리빌드 월드 II

Rebuild World

下 사후보복의뢰 프로그램

글 나후세
일러스트레이션 긴
세계관 일러스트 와잇슈
메커닉 디자인 cell

The advanced civilization that once dominated
the world has crumbled away, and a long time has passed.
People rallied the fragments of wisdom and glory scattered
all over the world and spent a long time rebuilding human society.

Episode
002

下 사후보복의뢰 프로그램

The advanced civilization that once dominated
the world has crumbled away, and a long time has passed.
People rallied the fragments of wisdom and glory scattered
all over the world and spent
a long time rebuilding human society.

Contents

> 제 50 화	지하상가의 수상한 인물	002
> 제 51 화	역전	033
> 제 52 화	각자의 선택	057
> 제 53 화	전투 종료의 경위	083
> 제 54 화	사후보복의뢰 프로그램	118
> 제 55 화	역장 장갑	136
> 제 56 화	색적 수단	155
> 제 57 화	사치스러운 사투	175
> 제 58 화	물러날 때	198
> 제 59 화	행운, 또는 불운한 결말	216
> 제 60 화	전투 이력 매매가	242
> 제 61 화	부적의 효험	261
> 제 62 화	세릴의 초조함	284
> 제 63 화	선행 떠넘기기	306
> 제 64 화	소중한 날, 통과점의 날	325
> 제 65 화	아무 일도 없었다는 확인	351
> 제 66 화	본래의 실력	370
> 제 67 화	실망	402
> 제 68 화	일촉즉발	434
> 제 69 화	세계를 보는 눈	454
> 한 담	핫샌드 판매 계획	478

The advanced civilization that once dominated
the world has crumbled away, and a long time has passed.
People rallied the fragments of wisdom and glory scattered
all over the world and spent a long time rebuilding human society).

Rebuild World RW

The advanced civilization that once domi...
People rallied the fragments of wisdom a...

Character

> **아키라** *AKIRA*
슬럼에서 출세하기 위해 헌터가 된 소년.
구세계의 유적에서 정체불명의 미녀 알파와
만나고, 그 의뢰를 받아 계약 관계가 된다.

> **키바야시** *KIBAYASHI*
쿠가마야마 도시 방어전 긴급 의뢰에서 아
키라가 마주친 헌터 오피스 직원. 무리, 무식
무모하게 사는 아키라에게 흥미를 보인다.

넬리아
중장강화복

> **야지마** *YAJIMA*

쿠즈스하라 시가지 유적 지하상가에 나타
난 유물 강탈범. 종잡을 수 없는 인물로,
상대의 허를 찌르는 전법이 주특기.

> **넬리아** *NELIA*

유물 강탈범 일당. 과거에 연연하지 않는
주의. 사투 속에서 아키라를 진심으로 유혹
하고, 그러면서도 죽이려고 드는 정신이상자.

"헉?!"
예상을 벗어난 사태에 넬리아가 경악한 표정을 지으며 외쳤다.
넬리아는 낙하하는 잔해의 틈새에서
자신처럼 공중에서 자세가 흐트러진 아키라를 봤다.
아키라의 눈은 넬리아를 똑바로 보고 있었다.
아키라는 두 다리로 천장을 박차고 아래층을 향해 힘차게 도약했다.

게인
중장강화복

> 케인
KAIN

유물 강탈범 일당. 금속 골격을 드러낸
사이보그. 팔이 넷 달린 대형 중장강화
복을 조작해 압도적인 화력으로 적을
분쇄한다.

> 루시아
LUCIA

슬럼의 고아. 지금껏 한 번도 들킨 적이 없
다는 소매치기 재능의 소유자. 아키라를
다음 표적으로 정하지만⋯⋯.

과거에는 빼앗기고 도망칠 수밖에 없었던 자신이,
바치지 않고, 도망치지 않고, 죽이는 것을 선택해
사투를 벌이고, 목숨을 걸고 얻은 대가를 사수했다.
그 선택의 끝에 지금의 자신이 있다.

>Author : nahuse >Illustration : gin >Illustration of the world : yish >Mechanic design : cell

리빌드 월드 II

Rebuild World

The advanced civilization that once dominated
the world has crumbled away, and a long time has passed.
People rallied the fragments of wisdom and glory scattered
all over the world and spent a long time rebuilding human society.

下 사후보복의뢰 프로그램

Author
나후세

Illustration
긴

Illustration of the world
와잇슈

Mechanic design
cell

제50화 지하상가의 수상한 인물

아키라는 쿠가마야마 시티 장기전략부의 지명 의뢰를 알선받아 쿠즈스하라 시가지 유적 지하상가에서 야라타 전갈 소굴 토벌을 돕게 되었다.

의뢰 기간은 일주일. 첫날과 둘째 날 모두 야라타 전갈 무리의 습격을 받았지만, 어떻게든 돌파했다.

메이드 옷을 입은 여자, 시오리와 사투를 벌이기 직전까지 다투거나 엘레나 팀과 함께 지하상가를 탐색하면서 그 실력에 놀라는 등, 야라타 전갈의 습격 말고도 여러 일이 있었다. 그러나 일단은 다치지도 않고 무사히 살아남았다.

그리고 셋째 날이 시작된다. 오늘만큼은 불필요한 말썽도 생기지 않고 무난하게 지낼 수 있기를 빌면서, 아키라는 지하상가로 내려간다.

그 희망을 부정하는 자신의 감을 무시하면서.

첫날에는 방위 팀, 둘째 날에는 탐색 팀이었던 아키라는 셋째 날에 다시 방위 팀에 배치되었다. 다만 첫날과 같은 방위 거점 경비가 아니라 신식 조명을 설치하는 작업에 투입되었다.

새로운 조명은 간이 중계기와 정보수집기 기능도 겸한다. 이것으로 제압을 마친 구역의 통신 상태가 개선되고, 나아가 주변을 항시 확인해 지형에 이변이 발생했을 때 신속하게 대처할 수 있다.

이것은 어제 지하상가에서 발생한 사건에 대응하는 방책이기도 했다. 이미 제압을 마쳐 일정한 안전을 확보한 방위 거점을, 야라타 전갈이 지하상가에 구멍을 내서 새로운 침공 경로를 늘려 습격했기 때문이다.

게다가 잔해로 의태한 야라타 전갈이 통로를 가득 채워 틀어막아 지하상가 지도에서는 통행이 가능한 장소를 낙반 등으로 지나갈 수 없는 곳으로 오인하게 하기도 했다.

아키라는 그 두 가지 사건 모두에 휘말렸다. 그리고 계약에 따라 탄약값을 의뢰 주체가 부담한다는 이점을 살려 안 그래도 비싼 CWH 대물돌격총 전용탄을 퍼부어 그 사태를 극복했다.

이렇듯 제압을 마친 구역의 안전성과 지하상가 지도의 신뢰성을 크게 떨어뜨리는 사태가 다시 발생하는 것도 새로운 조명을 설치하면 대폭 방지할 수 있다.

다만 지하상가는 넓고, 설치를 마친 조명은 대부분 일반 조명이다. 고성능 신식 조명으로 전부 바꾸려면 시간이 걸린다. 그래서 일단은 본부에서 가까운 조명부터 순차적으로 교체하라는 지시가 나왔다.

아키라는 이미 환하게 밝혀진 지하상가를 다른 헌터와 함께 대차를 끌면서 이동한다. 그리고 통로 조명을 대차에 싣고 고성능 조명으로 교체한다.

그렇게 작업하면서 문득 의문을 느낀다.

『있잖아, 알파. 잠깐 생각한 건데 말이야. 처음부터 이 고성능 조명을 설치하면 될 일 아니야?』

알파는 질문의 내용을 정밀하게 검토하고, 대답할 내용을 분석한 다음, 올바른 해답보다 아키라가 잘 이해하고 넘어갈 내용을 우선했다.

『넓은 지하상가를 잘 밝히려면 조명이 많이 있어야 해. 하지만 고성능 조명은 비싸니까, 싸고 일반적인 조명을 쓰겠지.』

『아하, 그런 건가.』

『싸게 처리하려다가 결국 비싸게 먹힌 셈이야. 아키라도 조심해야 할걸?』

그렇게 말하고 의미심장하게 미소를 짓는 알파에게, 아키라는 조금 도발하듯 웃는다.

『알아. 하지만 그건 알파가 잘 서포트해 줄 거잖아?』

『물론이야. 나만 믿어.』

알파는 자신만만하게 웃으며 받아쳤다.

아키라는 알파의 설명을 듣고도 전혀 의문을 느끼지 않았다. 그리고 알파가 예상한 대로 대답했다.

추산과 결과의 일치는 알파가 아키라의 인격을 조금씩이나마 잘 이해하고, 파악하고 있음을 의미했다.

그 뒤에도 조명 교체 작업이 계속된다. 조명을 구식 대신 신식으로 교체하고, 대차에서 신식 조명이 다 떨어지면 다시 본부로 돌아가 싣는다. 그 작업을 반복하는 것이다.

대차를 끄는 사람, 조명을 설치하는 사람, 주위를 경계하는 사람. 그것을 여러 헌터가 교대하면서 작업을 진행한다.

고작해야 조명만 설치하면 끝날 작업에 헌터를 여럿 투입한 것은 도시 측도 어제 습격 소동을 어느 정도 심각하게 받아들였기 때문이다. 작업 중에 갑자기 야라타 전갈 무리가 습격해도 대응할 수 있도록, 팀 행동을 기본 지침으로 삼았다.

하지만 그것이 전부는 아니었다. 지하상가 안쪽에서 발견된 유물이 예상보다 값비싼 물건이어서, 도시 측이 본격적으로 유물을 수집하려고 움직인 것이다.

이것으로 지하상가 부대의 행동 지침에 야라타 전갈 토벌과 함께 비싼 유물을 수집하는 목적이 추가되었다. 값비싼 신식 조명을 설치하는 예산도 그러한 지침에서 영향을 받은 것이었다.

다른 헌터와 같이 작업을 진행하던 아키라는 도중에 혼자 남았다. 다른 헌터가 최소 경과 시간을 마치고 떠났기 때문이다.

아키라도 함께 복귀할까 생각했지만, 혹시나 몰라 본부에 연락해 보니 추가 인원을 금방 보낼 테니까 그대로 작업을 계속하라는 지시를 받았다.

아키라는 잠시 생각한 다음, 그래도 괜찮겠거니 싶어서 그 자리에 남아 기다리기로 했다. 미조사 부분의 어둠 속에 남겨진 것이 아니라, 일단은 이미 제압을 마친 밝은 장소에 남았기 때문이다.

하지만 아키라 혼자서 한동안 작업을 계속하고 대차에 실은 신식 조명의 태반이 구식 조명으로 바뀌었을 무렵에도 추가 인원은 도착하지 않았다.

『늦는걸…….』

아키라는 괴이쩍은 눈치로 약간의 짜증과 불안을 표정에 드러냈다. 금방 오기로 한 인원이 좀처럼 오지 않는다. 그 이유는 자신에게 뭔가 안 좋은 일이 일어날 조짐이 아닐까. 그런 우려가 무의식중에 생겼다.

그런 아키라를 알파가 웃으며 달랜다.

『느긋하게 기다리자. 색적은 내가 하니까 몬스터에 습격당할 걱정은 없어. 혼자서 천천히 작업하기만 해도 최소 경과 시간을 무난하게 줄일 수 있으니까. 오늘은 운이 좋았다고 생각하자.』

『그래…….』

엊그제도, 어제도, 너무 많은 일이 있었다. 오늘 정도는 아무 일도 생기지 않아서 심심해 죽겠다며 불평할 만큼 평화로워도 상관없겠지. 아키라는 위험이 없어서 웃는 알파의 얼굴을 보고 그렇게 생각하면서 슬쩍 웃었다.

하지만 알파가 표정을 슬쩍 굳힌다.

『아키라. 일단은 경계해.』

『무슨 일이 있어……?』

아키라도 금방 표정을 굳히고 경계를 강화한다. 어제 엘레나 팀과 함께 지하상가를 탐색하면서 적이 알아차리기 전에 어둠 속에 있는 야라타 전갈을 격파했을 때도 알파는 평소처럼 웃었다. 즉, 이미 그때보다 상황이 나쁠 가능성이 있었다.

알파가 통로 저편을 손으로 가리킨다.

『저쪽에 무장한 거수자가 있어.』

『아니, 지하상가에 다른 헌터가 있어도 이상하지 않은데. 그리고 그 녀석이 무장해도 딱히 수상할 건 없잖아. 헌터니까 무장 정도는 하겠지.』

그렇게 말하고 의아한 표정을 짓는 아키라에게, 알파가 조금 진지한 표정을 짓고 설명을 보탠다.

『지하상가에 있는 헌터들의 렌탈 단말에는 근처에 있는 다른 단말의 위치를 파악하는 기능이 있어. 구조할 때 상대의 위치를 알아보거나, 아군끼리 오인해서 쏘는 일을 피하려고 말이야.』

『그건 나도 알아. 그래서?』

『저 인물의 위치 정보를 수신하지 않았어. 단말이 망가졌거나, 단말을 고의로 끈 거야. 어쩌면 렌탈 단말이 애초에 없는 걸지도 몰라. 이유는 셋 중에서 하나일 텐데, 고장이 났을 확률은 얼마나 될까?』

고장이 난 것이 아니라면, 그 인물은 자신의 위치를 다른 사람에게 알리고 싶지 않은 수상한 사람이다. 그리고 렌탈 단말은 황야 사양보다 튼튼하다.

몬스터와 전투해서 부서지는 일은 있어도, 그 상태로 고장을 알아차리지 못하고 지하상가를 어슬렁거릴 확률은 높다고 볼 수 없다.

즉. 대상은 높은 확률로 위험인물이다. 아키라는 그제야 그렇게 이해했다.

경계를 강화하면서 그 인물을 주시하자 알파의 서포트로 시야가 확장되면서 상대의 주위가 확대 표시된다. 지하상가를 혼자서 걷는데도 거리가 있어서 그런지 아키라를 알아차린 기색이 없다.

아키라는 조금 망설였다가 본부에 연락했다.

"여기는 27번. 본부, 응답 바람."

"여기는 본부. 그쪽에 보낼 추가 요원은 이미 파견했다. 조금만 더 기다려. 통신 끝."

"아니야. 끊지 마. 위치 정보를 공유할 수 없는, 헌터로 추정되는 인물을 발견했어. 지시를 내려줘."

"진짜야?"

"일부러 심심풀이로 거짓말하진 않아. 믿으라고 말하진 않겠지만, 지시가 없으면 방치해도 된다고 판단할 거야."

트러블이 생길 위험도 있으므로, 모르는 척하고 본부에 연락하지 않는 선택지도 있었다. 알파가 지적하지 않았으면 눈치채지 못했을 테니까 보고하지 않더라도 이상하진 않다.

하지만 일단은 방위 팀에 배치된 이상 의뢰는 성실하게 수행하자는 마음에서 연락했다. 그 보고를 거짓으로 취급한다면 아키라도 더 일할 마음은 없었다.

조금 언짢아진 아키라의 말투에서 본부 직원은 그 보고를 믿었다. 설치를 마친 신식 조명의 색적 기능에는 그럴싸한 반응이 없었지만, 아직 구식 조명이 있는 곳에 있다고 보고 현장의 판단을 우선시한다.

"그래? 단말이 망가진 걸지도 모른다. 일단은 확인해 줘. 고장이 난 거면 27번의 단말로 그 녀석이 연락하게 해."

"고장이 아니라면?"

"가능하다면 그 녀석을 본부로 데려와. 저항할 때는 합당한 수단을 써도 좋다. 그 결과를 포함해서 허가하마. 추가 요원과 함께 사태 수습에 임해 줘. 상황에 진전이 있으면 다시 연락해라. 통신 끝."

"알았어. 통신 끝."

아키라가 통신을 끊는다. 그리고 한숨을 크게 쉬었다.

알파가 먼저 충고한다.

『죽여도 된다고 허가했으니까, 필요할 때는 주저하면 안 돼.』

『역시 그런 의미였구나…….』

먼저 고장 가능성을 말한 이상, 본부에서도 그 확률도 꽤 있으리라 생각했을 것이다. 어쩌면 정말로 단순한 고장일지도 모른다. 아키라는 그렇게 생각하면서도 필요하다면 죽여도 상관없다는 지시가 아무렇지도 않게 나올 정도로 위험함을 다시 인식하고 표정을 굳혔다.

적대적인 침입자일 위험도 있지만, 단순히 기계가 고장이 난 사람일 가능성도 있다. 총구를 겨누긴 너무 이르다. 그렇게 판단하고 강장탄을 장전한 AAH 돌격총을 쥔다. 하지만 겨누지는 않고, 그러면서도 언제든 쓸 수 있도록 총구를 내려놓는다.

『알파. 뭔 일이 생기면 서포트해 줘.』

『알았어. 나만 믿어.』

알파는 평소처럼 자신만만하게 웃었다. 아키라는 그것을 보고 평정심을 유지하고, 한차례 심호흡해서 각오를 다졌다. 그리고 통로 저편에 있는 남자에게 소리친다.

"이봐! 그쪽 단말의 반응이 없어! 위험하다고! 망가진 거야?"

아키라의 목소리가 지하상가에 메아리쳤다.

남자는 놀라서 주위를 둘러보더니 한동안 목소리가 어디서 났는지 이리저리 찾았다. 그리고 뒤늦게 아키라를 알아차리고 이번에는 자신이 장착한 단말과 아키라를 자꾸 번갈아서 봤다.

다음으로 아키라를 보고 웃으며 손을 크게 흔든다. 그리고 자신의 단말을 자꾸 손으로 가리킨 뒤, 손짓으로 아키라를 불렀다.

갑자기 사람 목소리를 들어서 놀라고, 허둥지둥 누구 목소리인지 찾다가 다른 헌터를 발견했다. 그리고 왜 렌탈 단말로 연락하지 않고 소리쳤는지를 이상하게 여기다가 단말을 보고 고장을 알아채 본부에 연락하고자 아키라를 불렀다.

남자의 행동은 단말이 망가졌을 때 보일 반응과 일치했다. 수상한 점은 하나도 없었다.

그러나 아키라는 의심을 풀지 않고 남자에게 다가가지 않았다. 자신을 부르는 것이 모종의 함정이 아닐까 의심하고 그대로 상대가 어떻게 나오는지를 봤다.

그러자 남자는 얼굴에 의아한 기색을 드러낸 다음 아키라를 부르는 것을 그만두고 제 발로 다가오기 시작했다.

너무 의심했나? 그렇게 생각하면서도 아키라는 더욱 신중하게 행동했다. 일정 거리로 다가온 남자에게 천천히 총을 겨눈다.

남자는 당황한 것처럼 한순간 움직임을 멈추더니, 두 손을 슬쩍 들고 고개를 여러 번 가로저었다. 그리고 자신을 총구 앞에 노출한 채로 아키라의 반응을 살피듯 조심스럽게 다가오기 시작한다.

계속되는 남자의 반응을 본 아키라도 경계를 풀었다. 상대에게선 적의가 느껴지지 않고, 알파도 경고하지 않았다. 잠시 올렸던 총구를 서서히 내린다.

그것을 본 남자는 안도의 한숨을 쉬고 표정을 풀었다. 그리고 아키라가 있는 곳으로 걸어오면서 두 손을 천천히 내린다. 이제는 아키라에게 제법 가까이 다가왔다.

두 사람이 있는 광장 중앙, 그 기둥 근처에서 남자가 웃으며 한쪽 팔을 올린다. 그리고 그 팔에 장착한 자신의 단말을 다시 손으로 가리켰다. 아키라의 시선이 그 단말로 간다. 그러자 남자는 그 단말을 자세히 보여주려는 듯이 슬쩍 들었다.

아키라는 무의식중에 남자의 단말에 눈길을 주는 바람에 신경이 그쪽으로 쏠렸다. 그리고 동시에 나머지 한쪽 팔에는 완전히 주의를 기울이지 못했다.

경계도 풀려서 총을 든 팔에서 힘이 빠진다. 손에 쥔 AAH 돌격총이 슥 내려가 총구가 아래로 향했다.

다음 순간, 남자는 단말을 장착하지 않은 팔로 잽싸게 권총을 뽑았다.

총성이 울린다. 아키라는 전혀 반응하지 못했다.

첫 번째 탄환이 아키라의 뺨을 스치고, 두 번째가 왼팔에 달린 렌탈 단말을 직격한다. 세 번째는 옆쪽 잔해에 맞아 권총탄으로 보이지 않을 만큼의 위력으로 크게 훼손했다.

모든 총탄이 정확하게 아키라를 노렸다. 그리고 아키라는 갑작스러운 사태에 움직이지 못하는 바람에 피하려고 할 수조차 없었다.

하지만 그때 알파가 아키라의 강화복을 조작해 몸을 강제로 움직여 탄도에서 가까스로 벗어나게 했다. 그와 동시에 오른팔을 조작해 남자에게 반격한다. AAH 돌격총에서 수많은 강장탄이 힘차게 발사된다.

그러나 남자는 이미 근처에 있는 기둥 뒤로 도망쳐 AAH 돌격총의 사선에서 벗어난 뒤였다.

강장탄은 철판도 쉽게 뚫는 위력이 있지만, 구세계에서 만든 건조물을 관통하기에는 위력이 모자라 기둥에 튕겨 주위에 흩어졌다. 그 도탄이 다시 벽과 바닥에 맞아 광장에 흩날린다.

아키라의 오른손이 총을 제멋대로 쏘는 가운데 몸도 저절로 전력을 다해 움직였다. 근처에 있는 잔해, 거의 무너진 점포 자리에 있는 벽 일부로 재빠르게 이동해 그대로 벽 뒤에 몸을 숨긴다. 그리고 팔만 내밀어 남자가 숨은 기둥 주위를 다시 사격한다.

AAH 돌격총은 연동한 정보수집기를 통해서 조준기 영상을 알파에게 전송하는데, 그 정보를 바탕으로 하는 탄도 예측은 탄환이 남자에게 맞을 일이 절대로 없음을 나타냈다.

그런데도 계속해서 사격한다. 남자의 반격을 봉쇄하고 아키라가 제정신을 차릴 때까지 시간을 벌려고 잔탄을 소비한다.

『아키라! 정신 똑바로 차려!』

염화를 통해서 큰 소리로 말을 거는 것을 여러 번 듣고서야 아키라는 겨우 정신을 차렸다. 그와 동시에 반쯤 날아갔던 의식이 간과하던 극심한 통증을 인식하면서 얼굴을 크게 일그러뜨린다. 착용자의 의지를 완전히 무시하고 억지로 움직인 강화복은 아키라의 몸에 큰 부담을 주었다.

그래도 죽기 직전에서 탈출한 최소한의 대가다. 알파가 아키라에게 주는 부하를 줄이려고 강화복을 굼뜨게 움직였다면 아키라는 미간에 총탄이 박혀 뒤통수에서 탄환과 함께 머리통의 내용물을 흩뿌렸을 것이다.

아키라는 극심한 통증에 다시금 의식이 날아가지 않게 하려고 이를 악물면서, 아직 살짝 혼란 상태에 빠진 머릿속으로 어떻게든 상황을 파악하려고 했다. 대체 무슨 일이 있었는지를 떠올리려고 했다.

그러나 떠오른 것은 상대가 적이라는 사실과 자신의 한심함뿐이었다. 무시무시하게 천천히 움직이는 세계 속에서 넋을 놓고 아무것도 못 한 자신이, 아마도 알파가 조종한 강화복으로 움직이면서 적이 겨눈 총구를 멍하니 눈으로 좇았다.

의식은 있었다. 하지만 그 의식은 전혀 도움이 되지 않았다. 그 인식이 자기 자신을 질타하여 아키라의 표정을 몹시 딱딱하게 바꾼다. 그리고 잔해를 등지면서 시선을 눈앞에 있는 알파에게 단단히 고정했다.

『알파…… 상황을 설명해 줘.』

알파가 안심한 듯 미소를 짓는다.

『아키라. 정신을 차렸구나. 다행이야. 괜찮아?』

『그래. 미안해……. 움직이지 못했어.』

아키라는 그렇게 말하고 후회하면서 표정에 미안한 기색을 짙
게 드러냈다.

알파가 아무 일도 아니라는 듯 부드럽게 웃는다.

『괜찮아. 그런 걸 서포트하는 것이 내 일이니까. 그렇지?』

『그랬지…….』

각오는 자신이 담당한다. 주눅이 들어서는 발목만 잡을 것이
다. 아키라는 그렇게 생각해서 억지로 기운을 되찾고 간신히 웃
어서 대답했다.

알파도 만족스럽게 끄덕여 보였다. 그리고 상황을 설명하기
시작한다.

적은 상당한 숙련자이며, 장비와 기술 모두 사람을 죽이는 대
인전 특화일 것이다. 굳이 권총을 쓴 것은 몬스터와 싸우는 것
과 인간과 싸우는 것의 차이를 잘 알고 최소한의 살상력과 빠른
사격을 양립하기 위함이다.

일단은 반격했지만, 상대는 상처가 없다. 아마도 적은 공격이
실패했을 때 즉각 피난할 수 있는 장소를 확보하려고 공격 위치
와 타이밍을 자연스럽게 조정했을 것이다.

아키라의 렌탈 단말은 적의 사격을 막기 위해서 방패로 쓰여

망가졌다. 그것도 상대가 첫 공격을 회피당하면서 다음으로 일부러 렌탈 단말을 노렸을 가능성이 있다.

그 설명을 듣고, 아키라는 적이 자신과 같은 아이도 방심하지 않고 죽이려고 했음을 이해했다.

아키라는 지금껏 습격하는 사람을 자주 봤지만, 그들은 정도의 차이는 있어도 아키라를 얕잡아봤었다. 그 덕분에 득을 본 일도 많았다.

그러나 이번에는 명확하게 격이 높은 상대이고, 그런 방심이 전혀 없다. 오히려 아키라의 방심을 유도했었다. 남자의 연기는 너무 자연스러워서 살기를 조금도 느끼지 못했다.

아키라를 조금도 얕잡아보지 않는다. 그런 의미에서 이번 적은 지금껏 아키라를 습격했던 자들과 완전히 다른 부류다. 그것을 이해한 아키라의 얼굴이 극심한 통증을 참는 것보다도 훨씬 일그러졌다.

『상황은 알았어……. 그래서? 나한테 승산은 있을까?』

표정이 심각한 아키라에게, 알파가 자신만만하게 웃는다.

『당연하지. 아까 기습으로 아키라를 못 죽인 시점에서 상대의 운은 다 떨어졌어.』

든든한 대답을 들은 아키라도 슬쩍 웃었다.

『그것참 다행인걸. 온몸이 무진장 아픈데, 괜찮겠지?』

『괜찮아. 이참에 회복약을 먹어 둬. 비싼 걸로 먹어야 한다?』

『싼 걸로는 안 돼?』

『아키라의 팔다리가 부러져도 좋다면 그거라도 상관없어.』

『비싼 걸 먹을게.』

그렇게 슬쩍 농담하듯 이야기할 정도로 아키라도 침착함을 되찾았다.

하지만 이야기한 내용은 농담이 아님을 잘 알았다. 적을 해치우려면 강화복으로 신체에 과도한 부담을 줄 만큼 움직여야 한다. 유적에서 구한 고성능 회복약을 안 쓰면 몸이 버티지 못하는 것이다.

구세계의 회복약도 이제는 얼마 안 남았다. 그러나 사용을 꺼리다 죽어서는 본전도 못 찾는다. 단단히 복용한다. 곧바로 효과가 온몸에 퍼져서 피로와 통증이 가신다. 그 상태로 추가로 약을 입에 넣고 삼키지 않고 둔다.

『좋아. 그러면 반격을 시작하자. 아키라, 각오했어?』

『그래. 각오는 내 담당이니까.』

적을 죽이고 살아남는다. 이미 여러 번 경험한 일을 되풀이할 뿐이다. 죽여야 할 상대가 격상인 것도 포함해서 달라질 것은 없다. 지금까지도, 아마 앞으로도. 아키라는 그렇게 생각하면서 불필요한 긴장과 쓸데없는 두려움을 전부 각오로 뭉갰다. 재빠르게 움직일 수 있도록 배낭을 내려두고 신호를 기다린다.

『간다. 3, 2, 1…….』

각오를 다진 표정으로 손에 쥔 총을 AAH 돌격총에서 CWH 대물돌격총으로 바꾼다. 전용탄의 위력은 잘 안다. 맞히면 죽일 수 있다.

『0!』

아키라는 잔해 뒤에서 힘차게 뛰어나갔다.

◆

아키라를 습격한 남자의 이름은 야지마라고 했다. 절호의 기회에서 기습이 실패하는 돌발 사태에 경악하면서도, 지금은 기둥 뒤에 숨어서 냉정하게 상대의 실력을 가늠했다.

(그놈은 틀림없이 방심했었어. 그 표정은 절대로 연기가 아니야. 나는 완전히 놈의 허를 찔렀지. 내 속사도 평소처럼 완벽했는데…….)

자신의 기습에서 뭔가 실수가 있었는지 다시 확인해 보지만, 없다고 단언할 수 있었다.

적이 있는 곳을 고성능 정보수집기로 파악할 수 있는 자라도 적이 아니라고 오인하면 무방비해진다. 일부러 총구 앞에 몸을 드러내고 충분히 방심하게 유도했을 터였다. 적이라고 깨닫기 전에 죽일 수 있었을 터였다. 눈치채도 이미 늦을 터였다.

(그런데 그걸 피했지. 반응 속도가 어떻게 되어 먹은 거야? 콜론으로 사는 가속제라도 항시 복용하는 건가? 아니면 뇌 기능 확장자인가?)

동부에는 구세계 유물을 해석해서 만든 수많은 약이 유통 중이다. 일시적으로 신체 능력을 끌어올리는 것과 집중력 향상, 피로 해소에서 상처 치료까지, 그 효능은 각양각색이다.

가속제로 불리는 약물도 그런 종류다. 복용함으로써 뇌에 작용해 복용자의 의식을 가속하게 하고, 체감 시간을 마치 세계가 느려진 것처럼 늘릴 수 있다.

구세계의 가속제 중에는 효과가 너무 좋아서 발사된 탄환을 눈으로 좇을 수 있는 것도 있었다.

피아가 모두 강력한 화기로 쏴대는, 즉사가 기본인 전투에서는 움직이든 판단하든 한순간의 지체가 치명적이다. 그 한순간을 한없이 늘려서 적보다 빠르게 행동하려고 가속제를 복용하는 헌터도 많다.

하지만 가속제는 그렇게 많은 이점이 있는 한편으로 나쁜 부작용도 많다고 알려졌다. 사용자의 안전을 위해서 제조법과 효과 모두 심혈을 기울인 값비싼 약이라면 사용했을 때의 부담도 크게 줄어들지만, 더 좋은 효과를 기대해서 다용하거나 안전성을 무시하고 값싸게 만들어진 약에 손을 댔다간 부담이 커져서 뇌사할 위험도 있었다.

또한 동부에는 뇌 기능 확장자로 불리는 사람들이 있다. 뇌의 처리 능력을 높이려고 뇌 개조에 손을 댄 자들이다. 나노머신을 주입함으로써 신경 전달 기능을 강화하거나 기계 부품을 달아 뇌 기능을 확장하는 등 그 수단은 다양하고, 성공했을 때의 효과도 크다.

그러나 뇌를 건드리는 이상 위험도 크다. 개조 비용은 물론이거니와, 그 밖에도 육체와 정신 양면으로 여러 가지 대가를 치러야 한다.

즉, 가속제를 썼든 뇌를 개조해서 얻은 기능이든 효과가 큰 만 큰 대가도 크다. 기본적으로 여차할 때 쓰는 것이므로 전투 때, 혹은 경계 태세일 때가 아니면 보통은 쓰지 않는다. 완전히 방심했을 때 사용하는 것은 거의 있을 수 없는 일이다.

하지만 아키라의 비정상적인 반응 속도는 야지마로 하여금 가속제의 상시 복용 또는 수준 높은 뇌 개조를 의심하게끔 했다.

아키라는 구영역 접속자이며, 넓은 의미로 봤을 때는 뇌 기능 확장자라고 할 수 있다. 그리고 알파의 서포트는 구영역 접속자가 아니면 누릴 수 없으므로, 아키라를 뇌 기능 확장자로 판단한 야지마의 생각은 다른 의미로 정확했다.

(가속제를 썼든 뇌를 개조했든, 의식 가속을 항시 쓰는 놈이 왜 이런 데 있지? 아니면 원래 반응 속도가 저런 건가? 말도 안 돼. 이 주변에 있는 헌터는 조명 설치 작업을 지시받을 정도로 약한 놈들밖에 없어. 내 기습을 피할 실력자가 있을 리가…….)

있을 리가 없는 헌터가 있다. 정상적이지 않은 상황에서 그 이유를 추측한 야지마가 인상을 쓴다.

(설마…… 도시 측의 에이전트인가? 우리 계획이 도시에 들킨 걸까? 소년 체형의 의체를 쓰는 거고, 속은 노련한 공작원인가? 너무 깊이 생각한 걸지도 모르지만, 아무튼 위험해. 서두르는 게 좋겠군.)

야지마가 동료와 연락을 취한다. 머리에 내장한 통신기를 통하는 것이므로 밖에는 소리가 나지 않는다.

『나다. 그쪽 상황은 어떻지? 구멍은 지상으로 다 이어졌나?』

마찬가지로 동료의 목소리가 소리 없이 들린다.

『아직 개통 작업도 시작하지 않았어. 네 입으로 모든 유물이 도착하기 직전까지 기다리라고 했잖아.』

야지마가 혀를 찬다.

『예정을 변경한다. 지금 당장 개통해. 유물 운반도 서두르게 하고. 그리고 케인과 넬리아를 이쪽으로 보내.』

『이봐, 그쪽에서 무슨 일이 생긴 거야?』

『우리 계획이 도시에 들켰을지도 몰라. 내 속사를 피하는 놈이 이런 데서 어슬렁거린다고. 그런 놈이 이런 데 있는 건 이상해. 최악의 상황, 경비에 도시 측의 에이전트가 잠입해서 냄새를 맡은 걸지도 몰라.』

『도시 측의 에이전트라고……?! 웃기지 마! 도시를 적으로 돌릴 수 있을까 보냐! 이 자식, 괜찮다고 했잖아!』

『시끄러워. 도시에 소유권이 있는 유물을 가로챈 시점에서 진즉에 도시에 시비를 건 거라고. 지금 죽이고 튀면 아무런 문제도 없어. 알았으면 작업을 서둘러.』

야지마는 그 지시만 남기고 통신을 끊었다.

야지마 일행의 목적은 지하상가에 있는 유물을 탈취하는 것이다. 전부터 동료를 탐색 팀으로 보내서 조사를 명목으로 지하상가에서 대량의 유물을 수집했다. 발견한 유물은 하나같이 값비싼 물건으로, 팔면 큰돈이 될 것은 명백했다.

그러나 대량의 유물을 본부가 있는 출입구로 내보낼 수는 없다. 그래서 수집한 유물을 잠시 지하상가에 있는 모처에 숨기고, 나중에 다른 출입구를 찾거나 만들거나 해서 밖으로 운반하는 계획을 짰다. 그리고 그 계획은 순조롭게 진행되었다.

하지만 그 계획을 뒤흔드는 사태가 발생했다. 지하상가에 설치하는 조명을 신식 다기능 조명으로 교체하게 된 것이다.

감시 카메라나 움직임 감지 기능을 탑재한 조명이 지하상가에 설치되면 유물을 밖으로 내보내는 것은 물론이거니와, 지하상가 내부를 이동하기도 어려워진다.

나아가 유물을 숨긴 장소가 드러나면 가장 먼저 의심받는 것은 그 주변을 경비하고 탐색했던 야지마 일당이다. 그러므로 신식 조명의 설치 범위가 유물을 숨긴 장소에 이르기 전에 대처할 필요가 있다. 최소한 조명과 조명 사이의 연동 기능이 작동해서 빈틈없는 감시망이 깔리기 전에 작업을 마쳐야만 한다.

야지마는 어쩔 수 없이 추가 유물 수집을 중단하고 지하상가에 다른 출입구를 억지로 개통해 유물 운반을 강행하려고 했다. 그리고 출입구 개통과 유물 운반을 동료에게 맡기고, 자신은 지하상가의 상황도 확인할 겸 유물을 숨긴 장소 주변을 경계했다.

렌탈 단말의 기능을 끈 것은 본부에 그 위치를 알리지 않기 위함이다. 본부에서 다소 의심하더라도 곧바로 위치를 파악하려고 하거나 확인하러 움직이지 않을 것임을 알았다.

또한 다른 헌터에게 발견되지 않게 조심하기도 했다. 그러나 노골적으로 어딘가 잠복하는 것처럼 발견 즉시 수상한 자로 찍히는 짓은 하지 않는다. 그래도 야지마의 몸은 약간의 위장 기능이 있어서 정보수집기로도 간단히 탐지할 수는 없으니까, 문제는 없을 터였다.

하지만 상식을 초월하는 알파의 색적 능력으로 발견되고 말았다. 동요를 억누르면서 무해한 사람으로 위장하고 자신을 찾아낸 자가 어디 있는지 찾아냈다.

야지마의 눈에는 흔한 신인 헌터로 보였다. 도란캄 같은 헌터 조직에 들어가 조직의 힘으로 야라타 전갈 소굴 토벌 의뢰에 낀 것이리라. 야지마를 찾아낸 것도 우연으로 생각하고 안도했다.

이제는 그 헌터를 죽이고 괜한 입을 막으면 시간을 벌 수 있다. 야지마는 그렇게 판단하고 행동에 나섰다.

그 오판이 지금 상황을 초래했다.

◆

잔해 뒤에서 뛰쳐나간 아키라가 야지마에게 CWH 대물돌격총을 겨눈다. 알파의 서포트로 확장된 시야에는 기둥 뒤편에 있는 야지마의 모습도 투과 표시로 뚜렷하게 비쳤다. 조준이 어긋날 일은 생기지 않는다.

하지만 기둥이 차폐물이 된다는 사실에는 변함이 없다. 사선은 완전히 가로막혔다. 그런데도 아키라는 주저하지 않고 방아쇠를 당겼다.

전용탄이 그 반동으로 아키라의 몸을 뒤로 밀어내면서 사출되고 가까운 기둥에 명중해 굉음을 낸다. 착탄 지점에 구멍이 나고 그 주변이 조금 움푹 파고들어 튼튼한 기둥에 수없이 많은 균열이 퍼졌다.

그래도 역시나 구세계의 건조물답게 튼튼해서, 탄환은 기둥 중간에 멈추고 표적에는 이르지 않았다.

애초에 아키라도 다 알고 그런 것이다. 기둥을 꿰뚫을 듯한 충격을 등으로 느낀 상대가 그곳에서 무심코 도망치는 것을 노리고자 다음 사격에 집중한다.

기둥 좌우 어디에서 뛰쳐나올지. 본래는 둘 중 하나다. 틀리면 오히려 반격당할 우려가 있다.

그러나 기둥 뒤에 있는 상대가 보이는 아키라에게는 하나밖에 없다. 그리고 전용탄의 위력은 권총탄과 차원이 다르다. 무방비한 머리를 노릴 필요가 없다. 표적의 범위가 넓은 몸통을 노리기만 해도 충분히 죽일 수 있다고 보고, 아키라는 그 기회를 기다렸다.

하지만 야지마는 기둥에서 나오지 않는다. 그 대신 소리쳐서 말한다.

"기다려! 쏘지 마! 나도 여러모로 사정이 있다고! 적으로 오해한 거야! 미안해!"

아키라의 표정이 괴이쩍게 일그러진다. 상대가 하는 말을 조금이라도 믿어서 그런 게 아니다. 그렇게 노골적으로 거짓말하는 이유를 몰랐기 때문이다.

야지마는 계속해서 필사적으로 소리쳤다.

"말로 하자! 이야기하면 알 거야! 나는 이 지하상가 탐색 팀의 멤버야! 다른 헌터가 단말을 망가뜨려서 본부와 연락할 수 없다고! 본부에 연락해 줘! 그러면 오해가 풀릴 거야!"

아키라는 대답하지 않고 방아쇠를 당겼다. 전용탄이 기둥의 동일한 곳에 정확하게 박힌다. 그래도 관통하지는 않았지만, 균열이 많아지고 커졌다.

『튼튼한데. 역시나 구세계의 유적이야.』

『하지만 오래 버티진 못할 거야. 팍팍 쏘자.』

웃으며 사격을 권하는 알파의 옆에서 아키라가 고개를 끄덕이고 방아쇠를 당긴다.

상대가 끝까지 기둥 뒤에 숨는다면 이대로 계속 사격해서 약해진 기둥을 관통해 죽인다.

기둥 뒤에서 허둥지둥 튀어나오면 그때를 노린다. 기둥에 숨어서 위치를 교묘하게 바꿔 사선에서 도망치려고 들면 전용탄으로 기둥을 분쇄해 한꺼번에 해치운다.

방심하지 않는다. 이대로 숨통을 끊는다. 아키라는 그렇게 자기 자신을 다그치면서 CWH 대물돌격총을 단단히 겨누고 방아쇠를 당겼다. 다시 굉음과 함께 발사되어 명중한 전용탄이 기둥의 내구력을 크게 앗아간다. 기둥의 한계는 머지않았다.

◆

강력한 탄환이 박히면서 서서히 부서지는 기둥의 진동을 등으로 느끼면서, 야지마는 조금도 허둥대지 않고 상황 파악과 추측을 계속하고 있었다.

(말을 걸어도 대답하지 않고, 대화를 거부하면서 공격을 속행

하는군. 항복 권고를 포함해서 나를 생포하려는 언동도 전혀 없어. 그렇다면 도시 측의 에이전트일 가능성은 없나?)

도시 측 인간이라면 자신을 생포해서 정보를 입수하려고 할 것이다. 단순히 죽이면 끝날 일이 아니다. 그렇듯 단순하게 생각해서 행동하는 이상, 상대는 일개 헌터일 가능성도 있다고 판단했다.

(본부에 연락하려는 기미도 없어. 렌탈 단말이 망가진 걸까? 흥분해서 그런 것도 잊은 걸까? 뭐가 맞지? 후자……? 아니야…… 지금 사격은 냉정해. 즉, 전자다. 아까 저놈의 단말을 확실하게 파괴한 거야.)

불안 요소가 사라질 때마다 야지마의 표정이 즐거운 듯 일그러진다.

(이 기둥은 오래 못 버텨. 아마도 모종의 대물탄두, CWH 대물돌격총의 전용탄을 쓰는 건가. 끽해야 조명만 설치하러 온 인원이 왜 그런 걸 휴대하고 다니는 건데?)

그렇게 살짝 의문이 생겼지만, 그 추측을 계속해도 큰 의미는 없다며 중단한다.

(아무렴 어때. 상대한테 무식하게 큰 총이 있다는 것만 알면 충분하지. 그나저나…….)

야지마가 입꼬리를 올린다.

(오케이, 오케이. 상황은 나쁘지 않아. 저놈을 여기서 죽이면 본부에 사태가 들킬 때까지 시간을 벌 수 있어. 문제없다고.)

등진 기둥이 크게 흔들린다. 기둥이 버티는 것은 앞으로 한

발. 다음에는 기둥을 날리고 자신에게 도달한다. 야지마는 그 점을 이해하고 지금 상황을 즐기듯 웃으면서 권총을 눈높이로 들었다.

기둥에 다음 총탄이 명중한다. 한계까지 약해진 기둥 뒤에서 야지마가 움직였다.

◆

기둥을 쏘던 아키라가 야지마의 움직임을 감지한다. 아무래 도 기둥의 한계를 깨닫고 이탈하려는 것으로 보고, 기둥에서 뛰 쳐나온 순간을 노리는 데 전념한다.

하지만 그때 야지마는 아키라의 예상을 뒤엎는 행동을 보였 다. 기둥을 등진 상태에서 재빠르게 뒤돌아서고, 그 회전력으로 기둥을 세게 걷어찬다. 이미 한계에 다다른 기둥이 마지막 일격 으로 부서지고, 그 파편과 잔해가 흩날리는 돌무더기로 변해 아 키라에게 매섭게 날아들었다.

자신에게 날아드는 수많은 파편을 본 아키라가 경악하고 반사 적으로 피하려고 움직인다. 그때 아키라는 흩날리는 파편 사이 에서 자신을 권총으로 겨누는 야지마를 봤다.

야지마가 날아가는 돌무더기 사이로 권총을 겨눠 아키라를 조 준한다. 그와 동시에 CWH 대물돌격총의 총구를 보고 노린 대 로 되었다며 속으로 웃는다. 그 사선은 야지마의 움직임을 따라잡지 못했다.

CWH 대물돌격총은 강력한 탄환을 쏘는 만큼 무겁다. 강화복의 신체 능력으로 단단히 겨눠서 정밀하게 표적을 노릴 수는 있어도, 그 무게 때문에 조준을 크게 돌리는 데는 시간이 조금 필요하다.

기둥을 파괴하는 총탄을 맞으면 야지마 자신도 무사할 수 없다. 하지만 상대도 고속으로 날아드는 돌을 피하면서 조준을 돌리는 것은 불가능하다. 반동이 큰 전용탄이라면 절대로 명중하지 않는다. 야지마는 그렇게 확신했고, 그 판단은 옳았다.

이겼다. 의식이 조금 가속한 상태로 그렇게 확신하며 아키라의 머리에 권총을 겨누려고 한다. 머리에 장비를 착용하지 않는 헌터는 의외로 많다. 그곳을 노리면 권총으로도 충분히 죽일 수 있다. 이번에도 그렇다며 짙게 웃음을 띠었다.

하지만 그때 한 가지 사실을 깨닫고 경악한다. CWH 대물돌격총의 총구는 정말로 자신을 겨누지 않았다. 그러나 그 총은 누구 손에도 없이 자유 낙하를 시작하기 직전이었다.

그 총을 잡고 있어야 할 아키라의 손은 경악한 표정을 드러낸 얼굴과 의지와는 관계없이 원래 총을 내팽개치고 AAH 돌격총을 도로 붙잡았다.

흩날리는 잔해를 사이에 끼고 서로에게 총을 쏜다. 총성이 메아리치고, 잔해가 바닥에 다 떨어졌을 때는 그 자리에 다시 정적이 찾아왔다.

◆

야지마와 총격을 주고받은 뒤, 아키라는 간신히 근처 잔해에 몸을 숨겼다. 조금 전 억지로 움직이는 바람에 생긴 통증도 회복약 덕분에 이미 많이 가라앉았다.

아까 보였던 움직임은 전부 알파의 서포트에 따른 것이다. 아키라의 의지는 개입하지 않았다. 그래도 무슨 일이 생겼는지는 뒤늦게 이해할 수 있었다.

CWH 대물돌격총에서 손을 떼고 AAH 돌격총으로 잽싸게 바꿔서 사격한다. 그와 동시에 상대의 총격과 잔해를 피한다. 나아가 다른 손으로 CWH 대물돌격총을 낚아채면서 이탈하고, 근처에 있는 잔해 뒤에 몸을 숨긴 것이다.

아무튼 죽을 고비를 넘긴 덕분에, 아키라는 인상을 쓰면서도 슬며시 숨을 내쉬었다.

『알파. 어떻게 됐어?』

『아쉽지만 못 해치웠어. 공중에 있는 잔해에 사선을 가로막히는 바람에 효과적으로 사격할 수 없었거든. 그래도 몇 발은 맞혔지만, 꽤 좋은 전투복을 입었는지 별다른 효과는 없었나 봐.』

장비와 실력이 모두 명확하게 격상인 상대에게, 아키라가 얼굴을 찡그린다.

『강장탄을 맞고도 멀쩡한 거야? 튼튼한 놈이네. 야라타 전갈도 죽이는 위력인데 말이야. 알파, AAH 돌격총으론 아무리 쏴도 효과가 없어?』

『일단은 상대의 예비 총을 파괴했어.』

『화력은 꽤 줄였나?』

『상대의 주력 무기는 아까 그 권총 같으니까, 화력을 줄이는 의미에서는 미묘해.』

아키라가 한숨을 쉰다.

『알파. 다시 물어볼게. 이길 수 있지?』

『당연하지. 아까도 기습을 받았는데 문제없이 대응했잖아?』

『그랬지…….』

아키라와 알파가 생각하는 '문제없는' 기준의 차이를 느끼고, 아키라는 희미하게 쓴웃음을 지었다.

『괜찮아. CWH 대물돌격총의 전용탄을 몇 번이고 버틸 만큼 튼튼한 장해물은 이제 없어. 이제는 화력으로 밀어붙이자.』

『알았어.』

아키라는 다시 CWH 대물돌격총을 쥐었다.

◆

야지마는 다른 잔해에 몸을 숨기면서 인상을 썼다. 확실하게 죽여야 하는 공격을 두 번이나 회피당했다는 사실에 놀라움도 느꼈다.

(또야. 틀림없이 허를 찔렀을 텐데, 한순간의 지연도 없이 대응했단 말이지. 그렇게 놀란 얼굴로 즉각 대응해? 표정과 행동

이 일치하지 않는 것도 정도껏 해야지. 설마…… 나와 똑같이 한 건가?)

야지마의 생각을 등에서 전해지는 충격이 가로막는다. 아키라가 차폐물로 삼은 잔해를 쏜 것이다. 비교적 두꺼운 잔해를 골라서 숨었는데, 그래도 기둥만큼 튼튼하지는 않다. 강력한 탄환이 방패로 삼은 잔해를 꿰뚫기 전에 몸을 숨기면서 이동한다.

하지만 다음 사격도 장해물 때문에 육안으로는 볼 수 없는 야지마를 정확하게 노렸다.

(조준이 너무 정확해……. 어지간히 성능이 좋은 정보수집기를 쓰나 보군. CWH 대물돌격총의 전용탄도 그렇고, 그딴 게 있는 놈이 왜 이런 곳에 있어. 만약 저놈이 도시 측의 에이전트라고 해도, 대인전이라면 달리 적합한 장비가 있을 텐데…….)

그렇게 의심하면서 계속 추측하던 야지마의 표정이 떠오른 해답에 험악해진다.

(설마 CWH 대물돌격총 전용탄이 필요하다고 상정한 건가? 그것들의 존재도 누출됐나?)

야지마가 조금 고민한다.

"괜히 눈에 띌 위험이 있어서 쓰기 싫었는데…… 하는 수 없지. 쓰자."

그것을 사용하면 본부의 경계가 강화되고 자신들의 존재를 널리 노출시킬 확률이 커진다. 하지만 아키라를 죽이는 게 들키지 않을 가능성이 더 크다. 야지마는 그렇게 판단하고 결단했다.

◆

아키라가 야지마가 숨은 잔해를 노리고 있을 때 무언가가 날아들었다. 수류탄의 일종으로 판단하고 즉각 쏴서 떨어뜨린다.

다음 순간, 그것은 폭발해서 주변에 맹렬한 기세로 연기를 퍼뜨렸다. 하얀 연기가 짙은 안개처럼 순식간에 퍼져나간다.

아키라는 그것을 보고 놀랐지만, 잔해에서 뛰어나온 야지마를 보고 그쪽으로 조준을 돌린다.

그 실루엣은 연기에 묻혀 눈으로 인식하기 어렵지만, 정보수집기와 연동한 조준기로 노리는 것은 아무런 문제가 없을 터였다.

방아쇠를 당기려는 순간, 정보수집기의 색적 기능으로 조준기에 빨갛게 표시되었던 야지마의 실루엣이 크게 흔들리면서 사라졌다. 그와 동시에 조준기 영상도 심하게 흐려졌다.

아키라는 놀라면서도 방아쇠를 당겼다. 하지만 발사된 탄환은 주위에 퍼진 연기를 뚫고서 지하상가 벽에 격돌하는 결과로 끝났다.

연기 속에서 아키라를 노리는 총탄이 날아든다. 견제용으로 쏜 것이라서 재빠르게 잔해에 몸을 숨김으로써 다치지 않을 수 있었지만, 아키라의 표정은 딱딱했다.

『알파. 방금 조준기가 이상해졌어. 무슨 일이 생긴 거야?』

『정보수집 방해 연막(재밍 스모크)의 영향이야. 아까 던진 게 그 연막탄인가 봐.』

재밍 스모크는 무색 안개를 해석하는 과정에서 탄생한 것으로, 정보수집기의 정밀성을 떨어뜨리거나 통신 장애를 일으키는 성분이 포함된다. 아까 발생한 조준기 오류도, 정보수집기의 정밀성이 현저히 떨어진 영향이다.

원래는 강력한 색적 능력이 있는 몬스터에 대항하는 제품이다. 그러나 정보수집기를 장비한 사람도 많으므로 대인전에서도 쓰였다.

『재밍 스모크를 지하상가에서, 원거리 공격 능력도 없이 물량으로 밀어붙이는 야라타 전갈에 써 봤자 적의 위치도 모르는 채로 무리에 먹힐 뿐이야. 처음부터 대인용으로 준비한 거겠지.』

『골치가 아픈걸. 어제도, 엊그제도, 그토록 많은 야라타 전갈을 상대하고도 어떻게든 됐는데, 오늘은 고작 한 사람 상대로 이거야. 역시 인간을 상대하는 건 몬스터와 다르구나.』

질색하는 표정을 짓는 아키라에게, 알파가 의미심장하게 미소를 짓는다.

『그야 그렇지. 그러니까 인간은 황야에서 그토록 몬스터가 많아도 살아남은 거잖아?』

『하긴…… 그러네.』

장비를 조달하고 강화복도 입수해 어엿한 헌터가 되고, 싸우는 상대가 드디어 몬스터로 한정된다고 생각했을 때 일어난 일에, 아키라는 역시 인간이 더 버겁다며 쓴웃음을 흘렸다.

인간의 끈질김과 교활함 덕분에 인류는 몬스터 천국인 동부에서도 살아남았다. 인간이 인간을 죽일 때는 그것을 서로 맞부딪히는 것이다. 아키라의 감상은 어떤 의미로 당연했다.

제51화 역전

재밍 스모크 때문에 야지마의 숨통을 끊지 못한 뒤, 아키라가 상대의 대응을 살피고 있을 때 희미한 하얀 연기에 뒤덮인 건너편에서 다시 수류탄 같은 것이 여러 개 날아들었다.

연사 성능이 떨어지는 CWH 대물돌격총으로는 전부 맞히기 어렵다. 하지만 재빠르게 AAH 돌격총으로 바꿔 문제없이 대처했다.

하나는 충격 반응 기능이 있는 수류탄이어서 떨어지자마자 폭발했다. 그리고 나머지는 전부 재밍 스모크 연막탄이었다. 탄환에 용기가 파괴되어 내용물을 단번에 분출한 다음, 수류탄의 폭풍으로 연기를 확 퍼뜨려서 방해 범위를 순식간에 주변 일대로 넓혔다.

아키라가 장착한 정보수집기의 디스플레이는 알파에게 색적 설정을 재조정해 달라고 부탁한 덕분에 재밍 스모크의 영향을 받으면서도 조금 전만 해도 주변 상황을 다소 표시하고 있었다.

그러나 추가 연막탄 때문에 전부 물거품이 되었다. 연기는 광장 밖으로 퍼지고, 색적 결과가 광범위하게 노이즈로 변한다. 아키라는 이제 색적 결과는 봐도 의미가 없다고 판단하여 바이저 모양의 디스플레이 장치를 이마로 올렸다.

하얀 연기는 확산하면서 서서히 옅어진다. 그런데도 10미터 너머가 아무것도 보이지 않을 정도의 상태다.

『알파. 이러면 상대도 내 위치를 모르겠지? 연기에 숨어서 도망치려는 걸까?』

도망쳐 준다면 고맙다. 아키라는 그렇게 생각한 것에 조금 마음이 복잡해졌지만, 도망치는 상대를 집요하게 쫓아서 죽일 생각이 없는 것도 사실이었다.

하지만 그 어리숙한 생각을 알파가 부정한다.

『재밍 스모크는 성분을 조정해서 특정 색적 방법만 효과를 극단적으로 떨어뜨릴 수도 있어. 상대의 정보수집기에 맞춰 조정했다면, 그 색적 능력은 거의 떨어지지 않는다고 보는 게 좋아.』

아키라는 엘레나와 사라를 구했을 때를 떠올렸다. 그때는 무색 안개의 영향으로 자신의 위치를 적에게 들키지 않고 일방적으로 공격할 수 있었다.

『즉, 상대는 내가 훤히 보인다는 거구나. 참 편리하네.』

이번에는 아키라가 그때의 적들과 똑같은 처지가 되었다. 적이 도망쳐도 자신은 모른다. 그러나 자신이 도망치면 적에게 들켜 뒤에서 기습당할 수 있으므로 도망칠 수도 없다. 그렇듯 혹독한 지금 상황에 야유를 날렸다.

그러자 알파가 당당하게 웃는다.

『괜찮아. 그렇게 생각하고 방심한 적을 해치우면 돼.』

아키라는 조금 의심했지만, 스스로 대책을 세울 수 없다는 것도 잘 알았다. 게다가 그쪽 일은 알파를 믿기로 했으니까, 승낙하듯이 표정을 굳게 다졌다.

『뭔지 잘 모르겠지만, 맡길게.』

『나만 믿어.』

평소처럼 자신만만하게 웃는 알파를 보면서, 아키라는 그 지시에 따라 총을 CWH 대물돌격총으로 바꿨다.

◆

재밍 스모크의 하얀 연기가 서서히 옅어지고, 시야가 뿌여면서도 조금씩 명료해지는 가운데 드문드문 총성이 울려 퍼졌다.

큼직한 잔해가 CWH 대물돌격총의 전용탄이 명중해 파괴되어 간다. 야지마는 그러한 잔해 하나에 숨으면서도 전혀 초조해하지 않았다.

(도망치지 않나. 처리하기엔 딱 좋아. 도망쳐 주면 뒤에서 덮칠 수 있으니까 더 좋지만…… 아무리 그래도 그렇게 잘 풀리지는 않나.)

여유롭게 웃음을 띠는 야지마의 옆에서 잔해가 또 하나 부서졌다. 그래도 야지마의 표정에는 동요가 없다. 정보수집기로 아키라의 위치와 움직임을 파악해서 그 사격 자세로는 자신에게 맞지 않는다고 확신하기 때문이다.

야지마가 몸을 낮춰 신중하게 숨으면서 다른 잔해의 뒤로 이동한다. 자신이 숨을 만한 곳을 마구잡이로 쏘는 상황으로 보아

상대의 색적을 재밍 스모크의 효과로 완전히 무력화했다고 판단했다. 하지만 희미한 연기 속에서 자신의 위치를 우연히 포착하는 확률을 없애고자 아키라의 시야에 절대로 들어가지 않게끔 조심하며 이동했다.

그리고 광장에서 크게 반원을 그리듯 이동해 마침내 아키라를 뒤에서 노릴 위치를 잡았다.

이제는 상대가 엉뚱한 곳을 쏘는 순간에 그 틈을 노려 뒤에서 기습하면 끝이다. 그러면 자신이 이긴다. 야지마는 정보수집기의 색적 결과에 비친 아키라의 무방비한 등을 보면서 그렇게 생각하다가 잠시 멈칫한다.

(진정해…….. 내가 이겼다고 생각하고 두 번 습격해서 전부 뒤집혔어. 다음은 확실하게 죽여. 그 확실한 기회를 기다려. 재밍 스모크의 효과는 한동안 계속될 거야. 확실하게 죽이기 위해서, 지금은 서두르지 마.)

무해한 척 연기하고 상대에게 접근해 가까운 거리에서 속사로 죽인다. 그 기술은 비정상적 생명력을 가진 몬스터에는 거의 의미가 없지만, 인간을 상대할 때는 매우 효과적이다.

야지마는 그 기술을 갈고닦아 수많은 사람을 죽였다. 자신의 기술을 믿고, 자긍심 같은 감정도 느꼈다. 그렇기에 그것을 깨뜨린 자를 죽이고 싶었다.

아키라를 도시 측의 에이전트로 의심하는 바람에 동료를 불렀지만, 그런데도 죽이는 것을 우선한 이유는 자기 손으로 아키라를 죽이고 싶다고 무의식중에 원했기 때문이다.

자기 손으로 아키라를 죽이면 조금 흔들렸던 자신감도 되찾을 수 있다. 그렇게 생각했기에 다음에는 확실히 죽이고자 신중해지려고 한다.

한편으로 조급함을 참을 수 없었다. 동료가 합류하면 자기 힘으로 죽였다고 할 수 없기 때문이다. 그래서 본부에 들켜서 정찰을 파견하기 전에 죽이기 위한 것이라고 변명하고, 아키라가 다음에 반대편을 사격할 때 기습하기로 마음먹는다.

더욱 신중하게, 가령 상대가 두개골을 전차의 장갑 수준으로 튼튼하게 개조했더라도 그 장갑을 관통해 총탄을 박는 대장갑 강장탄을 권총에 장전한다. 그렇게 해서 마음을 차분히 가라앉히고, 표적의 움직임에 집중한다.

야지마가 노리는 타이밍은 아키라가 CWH 대물돌격총을 쏜 직후다. 하지만 쏜 후에 움직이면 늦을 것 같다. 상대가 사격 자세에 들어가 그 의식이 전방으로 쏠린 순간에 기습한다. 그렇게 마음먹고 상대의 작은 움직임도 놓치지 않으려고 집중한다.

그리고 아키라가 다음 사격을 위해서 반동을 잡으려는 움직임을 보인 순간, 야지마는 몸을 숨겼던 잔해에서 뛰쳐나가 자신과 정반대 방향으로 총구를 돌린 아키라에게 빠르게 달려들었다.

이미 머릿속으로 조준을 다 맞췄다. 거듭된 연마로 야지마는 머릿속 위치에 맞춰 정확하게 권총을 조준할 수 있다. 총을 겨눈 다음에 다시 조준할 필요도 없다.

만약 다음 일격이 지난번 두 차례와 같이 빗나가더라도 이대로 거리를 좁혀서 접근전으로 이행해 숨통을 끊는다. 상대에게는 CWH 대물돌격총을 다시 쏠 시간도, AAH 돌격총으로 바꿀 틈도 주지 않는다. 이걸로 이겼다고 야지마는 승리를 확신했다.

다음 순간, 야지마의 오른팔이 손에 쥔 총과 함께 날아갔다. 아키라가 뒤돌아보지도 않고 CWH 대물돌격총을 한 손으로만 힘껏 뒤로 돌려 전용탄을 쏜 것이다.

강력한 탄환은 야지마의 권총을 그 손과 함께 한순간에 분쇄하고, 나아가 손목, 팔꿈치, 어깨를 일직선으로 꿰뚫어 팔을 파괴했다. 그 부위를 구성하던 요소가 갈가리 찢기고, 자잘한 기계 조각이 되어서 주변에 흩날린다.

한쪽 팔을 잃고 어깨 단면에서 기계 부품을 드러내면서, 피격의 충격으로 날아간 야지마가 바닥에 부딪힌다. 그 얼굴은 경악으로 가득했다.

"말도, 안 돼……."

피탄의 충격은 야지마의 팔만 날린 게 아니라 몸에도 심한 손상을 주었다. 그러나 그 손상보다도 야지마는 정신적 충격 때문에 움직이지 못했다. 아픔은 없다. 하지만 혼란에 빠지고, 상황을 이해하지 못하고, 꼼짝할 수 없었다.

◆

상대는 고성능 정보수집기로 야지마의 위치를 파악했지만, 재밍 스모크의 영향으로 그 능력을 상실했다. 야지마는 그렇게 생각했고, 그것은 부분적으로 옳았다. 아키라는 정말로 야지마를 완전히 놓치고 말았다.

그러나 알파는 적의 위치를 정확하게 파악했다.

애초에 알파는 쿠즈스하라 시가지 유적이라면 정보수집기 없이 정밀성이 매우 뛰어난 색적이 가능하다. 지하상가라도 어지간한 정보수집기를 초월하는 정밀성으로 적이 있는 곳을 인식할 수 있다.

나아가 정보수집기가 수집한 데이터를 독자적으로 잘 분석해 재밍 스모크의 영향을 최대한으로 경감하고 있었다.

특정 색적 방법에만 방해 효과가 현저히 떨어지는 종류였던 것도 있어서, 그 방법만 찾으면 영향을 극적으로 줄이는 것도 손쉬웠다.

원래는 그러한 역해석을 단시간에 하려고 해도, 연기의 성분을 사전에 몰라서는 불가능하다. 하지만 알파는 방대한 연산력으로 그것이 가능하게끔 했다.

게다가 아키라의 오감을 일종의 정보수집기로 다뤄서 뇌가 일반적으로는 노이즈로 무시하는 감각을 취득해서 해석했다.

그렇게 알파는 재밍 스모크의 색적 방해를 완전히 무력화했다. 야지마가 아키라의 뒤로 이동한 것도 알파는 정확하게 인식하고 있었다.

그리고 알파는 그 사실을 일부러 아키라에게 알리지 않았다. 그래서 야지마는 공격 직전에도 자기 위치를 들키지 않았다고 판단했다. 아키라가 조금이라도 등 뒤를 신경 쓰는 낌새를 보였다면 야지마는 확실하게 눈치채고 기습하지 않았을 것이다.

아키라도, 야지마도, 알파의 의도대로 움직이고, 양쪽 모두 예상된 결과를 냈다.

야지마를 먼저 공격한 아키라가 고통스러운 표정으로 CWH 대물돌격총을 내린다. 두 손으로 단단히 고정해도 몸이 뒤로 밀리는 총을 속도를 중시해서 한 손으로 쏜 탓에 팔이 짜부라지는 듯한 부하와 통증을 느꼈다.

주저앉을 것만 같은 몸을 가까스로 세우면서 미리 입에 머금었던 회복약을 전부 삼킨다. 그러자 곧바로 진통 효과가 통증을 가라앉히기 시작했다.

치료용 나노머신의 회복 효과도 온몸에 골고루 퍼지는 게 아니라 심각한 부상 부위의 치료를 우선하고자 팔에 몰렸다. 아키라는 그것을 팔에서 전해지는 미묘한 감각으로 어렴풋이 이해했다.

그래도 팔에는 저릿한 느낌이 남아서 잘 움직일 수가 없다. 그 점에 조금 불안을 느끼면서 시선을 야지마에게 돌린다.

『해치운 게…… 맞겠지?』

『해치웠다는 정의에 따라 달라. 권총을 팔과 함께 파괴해서 공격 능력을 없앴고, 의체에도 큰 타격을 줬으니까 더는 민첩하게 움직이기 어려울 거야. 일단은 무력화를 마쳤다고 생각해도 되겠지. 죽여야 안심할 수 있다면, 머리라도 쏴서 완전히 숨통을 끊어.』

아키라는 후방으로 CWH 대물돌격총을 힘껏 돌렸지만, 본인이 한 일은 고작해야 그런 강화복의 움직임에 최대한 몸을 맞춘

것이다. 뒤돌아보면서 총을 돌리고 정밀하게 사격할 수는 없다.

당연하지만 조준은 알파가 했다. 아키라가 그 사실을 깨닫고 괴이쩍은 표정을 지었다.

『알파가 저 녀석의 팔을 노린 거지? 왜 머리를 안 쐈어? 죽이지 않고 붙잡으려고? 아니면 우연히 맞힌 거야?』

『아니야. 안전을 생각한 거야. 보면 알겠지만, 상대의 몸은 의체고, 원격 조작 인형일 가능성도 있었어. 그런 상대는 머리를 날려도 죽지 않을 수도 있으니까, 공격 능력을 없애는 것을 우선했어.』

강화복에도 제어장치가 있는 것처럼, 의체에도 대체로 비슷한 장치가 달렸다. 그것이 머리가 아닌 몸통에, 어떨 때는 오체에 각각 들어갈 수도 있다.

그때는 머리에 있는 뇌를 파괴해도 각 제어장치에 미리 입력된 지시에 따라 각 부위가 움직여 멋대로 공격할 우려가 있다.

게다가 뇌는 머리에 있다는 선입견을 역이용해 몸통으로 뇌를 옮기거나, 혹은 몸을 완전한 의체 겸 원격 조작 인형으로 취급함으로써 자신의 뇌를 작고 튼튼한 생체 유지 장치에 넣어서 짊어지고 행동하는 것도 생각할 수 있다.

어느 쪽이든 생체가 아닌 자에게는 머리의 상실이 치명상이 아닐 수도 있다. 그러므로 적에게서 공격 능력을 빼앗는 것을 우선했다.

그 설명을 들은 아키라가 다시 야지마의 몸을 본다. 팔이 날아갔는데도 피를 안 흘리고, 분쇄된 팔은 권총과 함께 고철 조각으로 변했다. 그것을 보면 사람의 몸이 아님을 알 수 있지만, 그것을 안 보면 모를 정도로 진짜 사람과 구분할 수 없었다.

『이 녀석이 의체일지도 모른다고, 알파는 어떻게 알았어?』

『여러 가지 이유가 있지만, 가장 큰 이유는 말없이 연기를 너무 잘한 점이야. 그가 처음으로 공격했을 때, 아키라는 완전히 속았지? 내가 피하게 하지 않았으면 죽었을걸?』

『정말 고맙습니다.』

『뭘 그런 걸 가지고.』

서로 가벼운 투로 웃고 대답한 다음, 아키라가 다시 진지하게 물어본다.

『그래서…… 그게 무슨 관계가 있어?』

『사실은 말이지. 나는 상대의 표정 등에서 어느 정도 거짓을 간파할 수 있어. 미세한 표정 변화라든가, 동작이라든가, 음성 등으로 판단해서 말이야.』

참 굉장하다고 감탄한 표정을 지었다가, 아키라는 곧바로 표정을 미심쩍게 바꿨다.

『잠깐만. 그렇다면 그때 공격받기 전에 알려줬으면 됐잖아.』

『나도 속은 거야.』

그게 무슨 말이야. 아키라의 표정이 이상하게 바뀐다.

『방금…… 거짓을 알 수 있다고 한 말은 어디 간 거야?』

『표정에 거짓을 나타내는 요소가 없었어. 하지만 거짓말했지. 즉, 그는 속내와 표정을 완전히 분리할 수 있다는 뜻이야. 그런 건 표정근을 완전히 조작할 수 있는 의체나 기계인형 정도나 할 수 있어. 아마도 과거의 자연스러운 표정을 기록하고 그것을 재생한 거겠지.』

그제야 문맥을 이해한 아키라는 납득한 듯 슬쩍 고개를 끄덕였다.

『자, 아키라. 슬슬 먹은 회복약이 다 퍼졌을 거야. 휴식은 이쯤에서 끝내고 그를 어떻게 할지 정하자.』

『그래.』

아키라는 야지마에게 다가가려다가 몸에서 작은 통증을 느꼈다. 회복약의 효과가 몸에 다 퍼지길 기다렸을 텐데도 부상이 다 낫지 않았다.

◆

야지마는 의체 사용자다. 몸을 대부분 생체 부품과 기계 부품으로 교체했으며, 생체 부분은 중추 신경계 정도만 남았다. 신체 능력도 강화복 착용자 수준으로 뛰어나 한쪽 팔을 잃어도 생체 유지의 면에서는 생채기에 가깝다. 생체라면 심한 통증으로 움직일 수 없는 부상일지라도, 통각을 조정한 의체라면 그럴 일이 없다.

분쇄된 팔의 연결부에서 통증을 느끼지만, 그것은 통각을 완전히 제거했을 때 발생하는 문제를 방지하는 기능에 불과하므로 조금 아픈 정도로 조정한 상태다.

하지만 마치 극심한 통증을 참는 것처럼 어깻죽지를 부여잡으면서 고통스러운 표정을 지었다. 그렇게 연기하면서 바닥에 널브러진 채 상황을 정확하게 인식하고, 그것을 호전시키고자 끝없이 머리를 굴리고 있었다.

그때 아키라가 다가오는 기척을 느꼈다. 상대가 멀리서 총을 쏴 숨통을 끊지 않는다는 사실에서 자신을 무력화했다고 생각해 경계심을 풀었다고 판단하고, 그대로 계속 고통에 허덕이며 무력한 척 연기했다.

물론 야지마의 부상은 별로 심각한 상태가 아니다. 한쪽 팔이 날아가고 총에 맞은 충격으로 몸통의 출력도 떨어졌지만, 그 의체는 어지간한 헌터라면 문제없이 죽일 성능을 유지하고 있다.

그러나 전투력은 아키라와의 교전이 무모할 만큼 떨어졌다. 뛰어서 도망치려고 해도 뒤에서 총을 맞을 뿐이다. 사전에 동료를 불렀지만 언제 도착할지 모른다. 얼추 계산해 봐도 아키라에게 머리가 날아가는 게 더 빠르다.

즉, 지금 상황에서 자신은 완전히 궁지에 몰렸다. 야지마는 곧장 정신을 차리고 동시에 그 사실을 이해했다. 그러면서도 겁에 질린 표정을 지으며 냉정하게 생각에 잠긴다.

(어디 보자……. 어떻게 할까? 일단은 시간을 끌어 봐?)

속내를 조금도 반영하지 않는 얼굴로, 야지마는 조금도 포기하지 않고 승산을 찾고 있었다.

◆

아키라는 야지마에게 어느 정도 다가가고 걸음을 멈췄다. 상대가 갑자기 덤벼들어도 문제없이 대처할 수 있는 거리를 유지하면서 CWH 대물돌격총을 겨눈다. 적은 자신보다 격상이다. 살아 있다면 경계를 풀 생각이 없다.

그러자 야지마가 바닥에 쓰러진 채로 아키라를 제지하듯이 남은 왼손을 힘없이 내밀었다.

"그러지 마…… 내가 졌어…… 쏘지 마……."

"왜 나를 공격했지?"

"그, 그건 오해라고 했잖아……. 제발 내 말을 들어 보라고……. 들어 보면 오해가 풀릴 거야……."

겁에 질린 표정도, 힘없는 목소리도, 떨리는 손도, 아키라에게는 연기로 보이지 않는다. 싸울 의지를 잃은 자가 목숨을 구걸하는 것과 똑같다. 하지만 상대의 거짓을 간파할 수 있다는 알파에게 먼저 물어본다.

『알파. 이게 진짜 같아? 아니면 전부 연기야?』

『의체 사용자를 상대로 거짓을 완전히 알아보기는 어렵다는 전제로 대답할게. 총에 맞기 싫다는 건 사실. 약한 모습은 거짓. 이야기를 들어보라고 하는 것은 사실. 이야기를 들어보면 알 수 있다는 것은 거짓. 아키라를 말로 구슬리려는 것이거나, 시간을 끌려고 하는 것 같아.』

"시간을 끌려고? 시간을 얼마나 더 끌어야 네가 살 수 있지?"

의심하는 아키라의 말을 듣고, 야지마가 고개를 크게 가로저으며 소리친다.

"시간을 끌다니?! 오해야! 그럴 생각은 없어! 진짜야! 거짓말이 아니야!"

『거짓말이야.』

아키라는 그렇게 담담하게 말한 알파의 말을 믿었다. 그리고 야지마의 처분을 생각한다. 그때 상대의 생사여탈권이 자신에게 있다는 여유가 아키라에게 행동을 곰곰이 검토할 여지를 주었다. 나아가 성실하게 일하려는 사고방식이 선택을 한쪽으로 치우치게끔 했다.

『가능하다면 본부로 데려오라는 말을 들었으니까 끌고 갈까. 살아 있으면 이 녀석에게 여러모로 알아낼 수 있을 테니까.』

『그렇다면 만약을 대비해서 나머지 팔다리도 날려.』

『그래야겠지…….』

사지를 잃은 상태로 머리채를 붙잡혀 악을 쓰면서 끌려가는 남자. 그 남자를 질질 끄는 자신에게 쏠리는 본부 사람들의 시선. 아키라는 그 광경을 상상하고 조금 고민했지만, 그런 일로 야지마의 사지를 남길 수는 없다고 생각을 고쳐먹고 안전을 중시했다.

아키라가 CWH 대물돌격총으로 야지마의 왼팔을 조준하려고 한다. 하지만 그 순간, 오른팔에 퍼진 심각한 고통 때문에 무심코 동작을 멈추고 인상을 썼다.

『아, 아파. 알파. 통증이 사라지지 않는데, 어떻게 된 거야? 회복약이 안 통하는 거야?』

『복용한 양이 부족했나 봐. 아키라의 강화복으로 CWH 대물돌격총의 전용탄을 한 손으로 쏘는 건 조금 부하가 컸던 거야.』

『그런데 왜 한 손으로 쏜 거야.』

『재빠르게 움직여서 최대한 빨리 반격하기 위해서. 상대의 방심을 유도하려고 반격 직전까지 잡은 자세 때문이기도 해. 그밖에도…….』

이야기가 길어질 것을 예감한 아키라가 도중에 끼어든다.

『알았어. 그럴 만한 이유가 있었다. 이거지?』

『그런 거야. 추가로 회복약을 먹어. 비싼 쪽 말이거든? 그렇게 힘들면 싼 것으로 얼버무리려고 들지 마.』

아키라가 신중하게 몇 걸음 물러나 회복약을 먹는다. 그리고 그 회복력을 실감하면서 인상을 팍 구겼다.

『드디어 다 사라졌어……. 제기랄. 의뢰 조건에 탄약값 말고도 회복약 대금도 내는 요구를 쓸 걸 그랬어.』

『어쩔 수 없어. 아키라. 지난번에도 잠깐 말했지만, 이제 무리해야 하는 상황의 위험도가 매우 높아졌어. 더욱 조심해.』

『알았어.』

아키라는 다시 야지마의 왼팔에 CWH 대물돌격총을 겨눴다.

◆

야지마가 아키라의 낌새에서 추측한다.

(이야기를 들을 의지는 없음. 시간을 끄는 것도 다 들켰군. 이 자리에서 나를 죽일 생각이 없는 것은 고맙지만, 본부로 끌려가

면 끝장이야. 친절하게도 나머지 팔다리도 파괴해서 본부로 운반할 작정인가. 아주 신중하군.)

야지마는 겉으로는 비통한 표정을 짓고 벌벌 떨었지만, 속으로는 냉정하게 생각하고 있었다. 사지를 잃는 것도 필요한 대가로 판단하고, 위기 상황에서 벗어날 방법을 모색한다.

(어쩌지? 이 신중함을 보면 넬리아와 케인이 도우러 와도 나를 죽이고 나서 대처할 거 같은데? 재밍 스모크 때문에 지금은 그 녀석들과 연락할 수 없어. 범위에서 벗어나면 어떻게든 연락을……)

상대가 이야기를 들어줄 의지가 전혀 없는 이상, 화술로 빈틈을 만들기는 어렵다. 사지를 전부 잃은 상태로 본부에 연행당한 다음에 도시 직원들에게 이야기해도 상황을 개선하기는 어려울 것이다.

자력으로 이 열세를 역전할 수단은 없다. 그리고 이렇게 다친 상태인데도 야지마를 경계하는 자가 자신의 우위를 버리는 수단을 취할 것으로 보긴 어렵다.

어떻게든 동료에게 연락해서 무해한 제삼자로 위장시킨 다음 접촉하게 하는 방법으로 돌파구를 찾거나, 혹은 도중에서 다른 헌터와 마주치기를 기대하거나. 아무튼 이 상황에 변화를 가져다줄 타인이 필요하다.

야지마가 그렇게 온갖 생각을 다 하고 있을 때, 그 타인의 목소리가 울려 퍼진다.

"저기?! 뭐 하는 거야?!"

목소리가 들린 곳에서는 헌터 소녀와 그 자리에 어울리지 않는 메이드 차림의 여자가 동행하고 있었다. 레이나와 시오리다.

무심코 레이나 일행을 본 아키라가 인상을 쓴다. 골치 아픈 타이밍에 왔다는 속내가 그대로 얼굴에 드러났다.

『조명 장치를 설치하는 추가 요원이 저 녀석들이야?』

『그런 것 같아. 조금만 더 일찍, 기왕이면 전투 중에 왔으면 좋았을 텐데.』

『그러게 말이야.』

그런 아키라의 표정에서, 야지마는 지금 상황을 돌파할 틈을 찾아냈다.

(면식은 있어도 친구는 아니군. 적어도 하는 말을 곧이곧대로 받아들일 관계는 아니야. 이 상황을 설명하기 귀찮다고 판단했지? 설명해도 믿지 않을 우려가 있다고 생각한 거군?)

속으로 씩 웃으면서, 야지마가 비통한 표정으로 레이나 일행을 보며 외친다.

"살려줘! 나를 죽일 거야!"

아키라와 레이나 일행의 시선이 야지마에게 쏠린다. 처음 봤을 때 알파조차 속인, 속내를 조금도 반영하지 않는 야지마의 표정은 완전히 영문도 모른 채 습격당한 피해자였다.

◆

지하상가에서 조명 설치 작업을 진행하던 레이나와 시오리는 본부의 지시에 따라 다른 작업 장소로 파견되었는데, 그곳에 아키라가 있을 줄은 미처 몰랐다.

지시를 받은 장소에는 조명이 실린 대차가 방치되어 있을 뿐 아무도 없었고, 이를 이상하게 여기면서 주위를 둘러봤을 때야 겨우 아키라를 발견했다.

하지만 그 아키라가 다른 헌터를 죽이려는 듯한 광경을 목격하고, 레이나는 무심코 소리를 질렀다.

"저기?! 뭐 하는 거야?!"

아키라도 무심코 레이나 일행을 봤다. 그 얼굴은 레이나 일행에게 성가신 것을 보였다는 것으로만 보였고, 실제로도 그랬다.

게다가 야지마가 필사적으로 외쳤다.

"살려줘! 나를 죽일 거야!"

아키라가 반사적으로 야지마에게 고개를 돌리자 야지마는 한 차례 몸을 떨더니, 겁에 질린 표정으로 레이나 일행을 향해 외친다.

"이, 이 자식이, 이 자식이 갑자기 나를 공격했어! 나를 죽이려고 했다고!"

아키라가 허겁지겁 부정한다.

"아니야! 아니, 내가 이 녀석을 쏘긴 했지만, 이 녀석이 나를 죽이려고 했으니까 그런 거야!"

"아니야! 네가 나를 죽이려고 했으니까 반격한 거야!"

"웃기지 마! 네가 갑자기 나를 죽이려고 했잖아!"

"너야말로 웃기지 마! 영문도 모를 소리나 하고 갑자기 공격해 놓고서!"

아키라와 야지마가 서로를 탓하며 악을 쓴다. 하나같이 상대의 의견을 완전히 부정하는 것으로, 논의와는 거리가 멀었다. 그래서 사정을 모르는 사람으로선 누구 말이 옳은지 전혀 알 수가 없었다.

레이나는 곤혹스러워하고, 시오리는 머리가 지끈거렸다. 조명 설치 작업을 도우러 왔는데, 이런 사태에 말려들 줄은 예상하지 못했다.

"시, 시오리. 어쩌면 좋아?"

시오리는 누가 거짓말하는지 알 수 없었다.

지난날 아키라는 자신들에게 적당히 거짓말하지 않고, 자신과 목숨을 걸고 싸울 각오로 솔직하게 대답했었다. 그런 아키라가 거짓말할 것 같지는 않았다.

하지만 상대 남자도 목숨이 아까워 허튼소리를 하는 것처럼 보이지 않는다.

그때 진지한 얼굴로 상대를 떠본다.

"먼저 본부에 연락해 보겠습니다. 두 분 모두, 그러면 되겠습니까?"

누가 거짓말하는지는 모르겠지만, 이것을 꺼리는 쪽이 의심스럽다. 시오리는 그렇게 생각하면서 아키라와 남자의 반응을 살폈다.

그러나 두 사람 모두 전혀 거리낌이 없었다.

아키라가 단호하게 대답한다.

"그래. 본부에 연락해 줘. 위치 정보를 공유하지 못하는 헌터의 대처를 본부에서 지시했으니까. 대상의 살상 허가도 받았어. 본부에 확인해 보면 알 거야."

야지마가 소리치면서 대답한다.

"그건 내가 할 소리다! 본부에 연락해 줘! 그러면 내 말이 옳다고 알 거야!"

아키라와 야지마가 서로 노려본다. 그런 두 사람의 반응에 레이나는 더더욱 곤혹스러워하고, 시오리는 다시 머리가 지끈거렸다.

그래도 시오리는 본부에 연락하려고 했다. 진위 판단은 자신들이 할 일이 아니다. 상황을 설명한 다음 본부에 판단을 맡기면 불필요한 다툼에 레이나를 끌어들이지 않을 수 있다. 그렇게 판단하고 속으로 안도했다.

하지만 그 안도는 금방 사라졌다. 본부와 통신이 연결되지 않았다.

레이나가 시오리의 낌새를 알아채고 자신도 본부에 연락하려고 했다. 그러나 결과는 마찬가지였다.

"안 돼……. 연결되지 않아."

레이나의 그 말에 야지마가 즉각 반응한다.

"그건 이 녀석이 쓴 재밍 스모크 탓이야! 이 자식, 본부와 연락이 안 되는 걸 알고 말한 거지?"

아키라가 언성을 높이고 맞받아친다.

"웃기지 마! 그건 네가 썼잖아! 나를 조사해 보면 없는 것 정도는 알아!"

"다 써서 그런 거지! 멋대로 말하는군!"

아키라는 속이 터져서 방아쇠를 당기려는 것을 가까스로 참았다. 이런 상황에서 야지마를 죽였다간 단순한 입막음이 되며, 그랬다간 문제가 더 커지기만 한다고 생각했기 때문이다.

알파에게 불필요한 다툼을 자기 손으로 늘리지 말라는 소리도 들었으니까, 아슬아슬한 선에서 겨우 참았다.

서로 으르렁대는 두 사람을 보고, 레이나도 나름대로 여러 가지를 생각해 보았다.

레이나에게는 양쪽 모두 진심으로 상대가 먼저 공격했다고 말하는 것처럼 들렸다. 그런 상황에서 서로 말이 맞지 않는데 양쪽 모두 거짓말하는 게 아니라면, 뭔가 오해가 생겨서 사투로 발전한 것으로 생각했다.

그리고 그것을 제지한 게 레이나 자신인 이상 방치할 수 없다고도 생각했다. 적어도 레이나는 지금 와서 내가 알 바가 아니니까 죽을 때까지 싸우라고 말할 수 없었다.

"시오리, 그냥 둘 다 본부로 연행하는 게 빠르지 않아?"

레이나를 이 다툼에서 멀리하고 싶었던 시오리도 그 제안을 받아들인다.

"알겠습니다. 그렇게 하죠. 그러면 두 분 모두, 동행해 주시길 바랍니다. 재밍 스모크의 범위에서 벗어나면 본부와의 통신도 정상으로 돌아오겠죠. 그래도 되겠습니까?"

시오리가 두 사람에게 물어보자 가장 먼저 야지마가 힘껏 고개를 끄덕였다.

"그래. 가자고."

야지마가 일어서려고 한다. 그러나 오른팔이 없는데도 오른손으로 바닥을 짚어서 일어나려고 한 탓에 몸이 기우뚱해 다시 쓰러졌다.

마치 그것으로 기운을 다 쓴 것처럼 힘없는 동작으로 다시 몸을 일으키려던 야지마가 움직임을 멈춘다. 겁에 질린 얼굴로 아키라의 총을 보고 입에서 작은 비명 같은 소리를 냈다.

그 모습을 본 시오리가 아직 총구를 야지마에게 돌린 아키라에게 요구한다.

"아키라 님, 총을 내려 주시겠습니까?"

아키라가 표정을 굳히고 침묵한다.

『더 서둘러서, 이 녀석들이 오기 전에 죽여야 했는데.』

알파도 조금 딱딱해진 표정을 지었다.

『이 상황에서 쏴 죽일 수도 없으니까 어쩔 수 없어. 괜찮아. 잘 기록해 두었으니까 누명을 쓸 위험도 없어. 원래부터 본부로 데려갈 예정이었으니까 동행인이 생겼다고 생각하자.』

『그래…….』

여전히 총을 내리려고 하지 않는 아키라의 태도를 본 시오리가 경계를 강화한다.

"아키라 님?"

"알았어."

아키라는 내키지 않는 태도로 총을 내렸다.

시오리는 노골적으로 불쾌해하는 아키라를 몹시 경계했다. 사투를 벌이던 상대의 숨통을 끊으려는 것을 자신들이 막았기 때문이다. 자칫하면 그 적의가 이쪽으로 향할 수도 있다. 그렇게 생각했다.

신중하게 대응해야 한다며 의식을 아키라에게 집중한다. 그 탓에 한쪽 팔을 잃고 겁에 질린 표정으로 바닥에 쓰러져 있는 남자를 주의하는 것을 경시하고 말았다.

시오리가 경계하자 아키라도 경계하는 태도로 반응했다. 그 탓에 야지마와 레이나를 주의하는 것을 소홀히 여기고 말았다.

즉, 아키라와 시오리 모두의 의식이 야지마와 레이나에게서 벗어나고 말았다.

『아키라! 레이나를 막아!』

알파가 지시했지만, 이미 늦었다. 아키라가 무심코 레이나를 봤을 때, 레이나는 쓰러진 야지마에게 손을 내밀고 있었다.

"자, 일어나."

레이나는 말이 심한 구석도 있고 성질도 잘 부리지만, 14번 방위지점에서 스스로 고립한 아키라에게 위험하다며 말을 걸 정도로는 선량하다. 그래서 자기 힘으로 일어서기 힘든 자에게 아무렇지도 않게 손을 내밀었다.

그 친절은 찬사를 보낼 만하다. 그리고 동시에 치명적인 악수였다. 여기는 방벽 안쪽이 아니라 황야이며, 레이나의 인식은 어리숙하고, 감각은 황야에 적합하지 않았다.

"아가씨?! 안 돼요!"

시오리가 불러서 레이나가 어리둥절한 얼굴로 이쪽을 돌아본 순간, 야지마가 자신에게 뻗은 손을 잡아서 힘껏 끌어당겨 레이나의 자세를 무너뜨린다. 그리고 재빠르게 일어나 휘청거리는 레이나의 등 뒤로 돌아가고, 왼손으로 레이나의 목을 잡아 구속했다.

야지마가 비웃음을 띠고 아키라와 시오리에게 고한다.

"움직이지 마."

조금 전까지 겁에 질렸던 표정은, 야지마의 지금 얼굴에는 하나도 보이지 않았다.

제52화 각자의 선택

지하상가의 신식 조명 설치 작업에는 도란캄의 신인 헌터들도 참가해서, 레이나와 시오리도 카츠야 팀과 함께 작업했다.

그때 본부에서 레이나와 시오리를 다른 작업장으로 보내 달라는 지시가 나왔다. 그 지시를 들은 팀 리더, 카츠야는 난색을 드러냈다. 도란캄은 불필요한 다툼을 피하고자 조직의 신인을 도란캄 이외의 헌터와 함께 행동하지 않게끔 한다. 그렇게 말하고 처음에는 거절했다.

그러나 본부에서는 레이나와 시오리가 둘이서 한 팀으로 등록된 까닭에 신인 헌터로 볼 수 없다고 말하고, 나아가 요전번에도 독자적으로 도란캄 이외의 헌터와 함께 행동했음을 지적했다. 그리고 결국 버티지 못하고 두 사람을 다른 곳으로 파견하게 되었다.

카츠야는 자신도 따라가고 싶었지만, 현장 지휘에서 빠질 수 없었다. 그러한 사정으로 레이나는 시오리와 단둘이서 일시적인 인원 조정에 따라 아키라가 있는 곳으로 가게 되었다.

지정 장소에서 한동안 설치 작업을 하고 돌아오기만 하면 된다. 그렇게 생각했던 레이나를, 지금 야지마가 뒤에서 목을 움켜잡고 있다.

자기 힘으로 일어나기 어려운 남자에게 손을 내민다는, 친절하고도 어리석은 행동에 나선 탓이다.

이곳이 황야라는 인식이 부족했던 친절은, 그 선량함만큼이나 비싼 대가를 치르게 되었다.

◆

야지마에게 목을 붙잡힌 레이나가 놀라움과 고통으로 일그러진 표정을 짓고 신음을 낸다.

"무, 무슨 짓이야?!"

이곳이 황야라는 인식을 과하게 받아들이는 바람에 속이고, 빼앗고, 죽이는 것의 저항감을 상실한 남자가 레이나의 반응에 어이가 없어서 말이 안 나온다는 투로 비웃는다.

"무슨 짓이긴…… 어? 설명이 필요해? 그건 좀 아닌데? 나로서는 참 알기 쉬운 상황 같은데. 혹시나, 만에 하나, 다른 녀석들도 상황을 올바르게 이해하지 못했을 때를 고려해서 간단히 설명해 주마. 너를 인질로 잡아서, 저것들을 협박하는 거야."

야지마가 웃음을 감추고 아키라와 레이나를 본다.

"움직이면 이 여자를 죽이겠어."

조용하지만, 명확한 살의가 담긴 목소리였다.

아키라는 인상을 쓰고 야지마를 경계하고 있다.

시오리는 노골적으로 야지마에게 살의를 드러내고 있었다. 얼굴은 평정심을 유지하려고 노력하고 있고, 표정에는 냉정함이 남아 있다. 하지만 속에서 끓어오르는 감정이 두 눈에 응축되어 있었다. 살의가 시선으로 드러나 야지마를 꿰뚫는 선이 눈에 보일 듯한 지경이었다.

그래도 아키라와 시오리 모두 가만히 있었다. 그것을 본 야지마가 침착하게 말한다.

"좋아……. 너희도 상황을 올바르게 인식한 것 같아서 참 다행이군."

이어서 레이나에게 말한다.

"자, 이해력이 떨어지는 너를 위해서 만약을 대비해 말해 두지. 내 악력이라면 네 목을 쉽게 분지를 수 있어. 그러니까 괜한 짓은 하지 마. 멍청한 짓을 하지 말라고."

레이나 일행이 나타났을 때, 야지마는 아키라의 표정에서 동료가 아님을 간파했다. 그리고 레이나 일행의 표정에서 상황을 전혀 이해하지 못했음을 간파했다.

이건 써먹을 수 있다. 그렇게 판단한 야지마는 곧바로 레이나 일행을 이용해서 상황을 유리하게 만들기로 했다. 하지만 이토록 잘 풀릴 줄은 몰랐다.

"그야 나는 오른팔이 없고, 아까만 해도 바닥을 나뒹굴고 있었지. 그러니 어쩌면 빈틈을 노려서 도망칠 수 있다고, 네가 착각할 수도 있겠지."

아키라가 자신 앞에서 총구를 내렸을 때, 야지마는 속으로 쾌재를 불렀다. 적어도 바로 죽는 상황에서 벗어났다고, 예상보다 좋은 성과에 스스로 놀랐다.

이제는 시간이 지나거나 이동함으로써 재밍 스모크의 효과가 감소하는 시점에서 동료들과 연락하고 구출하게 시키면 된다. 그렇게 생각했을 때 레이나가 다가왔다.

"그러나 그건 잘못 생각하는 거야. 나는 방심하지 않아. 너에게 허를 찔릴 만큼 무능하지도 않고. 만약 네 눈에 내가 방심한 것처럼 보인다 해도, 그건 희망적 관측이자 망상이다."

딱히 경계하지도 않고 자신에게 다가오는 소녀를 보고, 야지마는 오히려 뭔가 함정이 아닐까 의심했을 정도였다.

그러나 함정이 아니었고, 쉽게 인질로 잡을 수 있었다. 야지마는 터무니없는 악운에 감사했다. 그 악운을 가져다준 소녀에게 고마움을 담아서 충고한다.

"너는 내 말을 믿지 못할지도 몰라. 하지만 너를 구하려는 자들은 내 요구를 얌전히 따르고 있지. 그 사실에서 도출되는 해답을 잘 인식해 보라고."

그 자리에 침묵이 깔린다. 레이나는 움직일 수 없다. 시오리도 움직일 수 없다. 아키라는 움직이지 않는다. 야지마는 그 결과에 만족했다.

"좋아……. 그럼 총을 버려 주실까."

"시오리, 안 돼…… 윽?!"

입 다물라는 듯이 야지마가 레이나의 목을 쥔 손에 힘을 줬다. 그 탓에 레이나의 목소리는 중간부터 고통스러운 신음으로 변했다.

나아가 야지마는 시오리를 보면서 보채듯이 힘을 준다. 레이나의 입에서 신음조차 흘러나오지 않게 되고, 그 대신에 얼굴이 고통으로 더욱 일그러졌다.

시오리의 표정이 한순간 비통하게 바뀐다. 그리고 그 얼굴을 야지마를 향한 살의에서 레이나를 걱정하는 마음으로 크게 일그러뜨렸다. 조금 뒤늦게, 시오리는 손에서 총을 놓았다.

총이 바닥에 떨어지는 소리가 난다. 상황의 우열이 다시 명확하게 바뀌는 소리였다.

시오리가 나머지 총도 바닥에 떨어뜨리고 야지마가 있는 곳으로 걸어갔다. 그러자 야지마는 레이나를 붙잡은 손에서 힘을 잠시 뺐다. 그리고 다시 조금씩 힘을 주면서 재촉하듯이 레이나를 슬슬 흔들었다. 레이나는 공포로 일그러진 얼굴로 총을 버렸다.

시오리는 상대의 작은 빈틈도 놓치지 않으려고 야지마를 응시했다. 자신과 레이나가 총을 버릴 때마다 즐겁게 웃는 남자에게 폭발할 듯한 감정을 느끼면서도, 주인을 구할 기회를 놓치지 않으려고 평정심을 유지하려고 했다.

야지마는 여유롭게 희미한 웃음을 띠기 시작했다. 하지만 그 얼굴이 다시 험악해진다. 시오리는 그것을 이상하게 여기고 야지마의 시선이 가는 곳으로 천천히 고개를 돌렸다.

아키라는 묵묵히 서 있었다. 왠지 모르게 차분한 기색마저 보인다. 그리고 총을 여전히 손에 쥐고 있었다.

"아키라 님. 죄송하지만, 총을."

시오리가 재촉해도, 말을 걸어도, 아키라는 딱히 반응을 보이지 않고 잠자코 야지마를 응시하고 있었다.

시오리가 무심코 당황해서 말을 건다.

"아키라 님……?!"

"듣고 있어."

시오리를 보지도 않고, 아키라는 그렇게만 대답했다. 총을 버리려고는 안 했다.

야지마가 레이나의 얼굴을 아키라에게 억지로 돌린다. 그리고 힘을 줘서 레이나의 목을 졸랐다. 레이나가 고통스럽게 신음을 내고, 나아가 그 소리가 작아질 정도로 목이 강하게 졸리면서 더욱 고통스러운 표정을 짓는다.

시오리가 더욱 당황하면서 호소한다.

"아키라 님! 부탁합니다! 지금은 총을 버려 주세요!"

아키라는 대답하지 않았다. 그 대신에 야지마가 냉혹하게 말한다.

"요구는 올바르게 전해졌을 텐데, 협상은 결렬한 건가? 이 여자가 죽어도 좋다 이거지?"

아키라가 입을 연다.

"그 요구는 언제까지 계속되지? 네 동료가 여기 와서 우리를 죽일 때까지?"

야지마가 희미하게 반응을 보였다. 잠시 입을 다물고 레이나를 붙잡은 손에서 힘을 빼면서 침착하게 대답한다.

"뭘 착각했는지 모르겠는데…… 나는 동료가 없어. 네가 총을 버리면 나는 천천히 안으로 모습을 감출 거야. 충분한 거리가 생기면 이 여자를 해방하마. 약속하지. 아, 그러고 보니 이 여자를 해방하는 조건을 설명하지 않았군. 내 실수야. 사과하마. 이러면 납득하겠나?"

"너는 유물을 훔칠 작정이지?"

야지마가 또 입을 다물었다. 아키라가 계속해서 말한다.

"동요했지? 네가 나를 죽이려고 했을 때, 적당히 얼버무릴 기색이 전혀 없었어. 곧바로 주저하지 않고 죽이려고 했지. 즉, 내게 얼굴을 보인 시점에서 나를 죽여야 뒤탈이 없었다는 거야."

야지마의 표정은 속내를 반영하지 않는다. 하지만 그것만으로는 전부 숨길 수 없다. 과거 표정의 재생이 아니라 현재 표정인 이상, 속내를 은폐하는 데도 한계가 있었다.

표정 조작을 뇌에서 완전히 분리할 수도 있다. 그러나 지금 와서 밋밋한 표정으로 바꿨다간 자백하는 것이나 다름없다.

"아마도 이 주변에 유물을 감춘 거겠지? 의체를 쓰니까 얼굴은 나중에 얼마든지 바꿀 수 있겠지. 그런데도 이 지하상가에서 내게, 내가 보고할 본부에, 다시 말해서 도시 직원에게 그만큼 숨기고 싶은 일은 그것밖에 없어."

침묵도 반응의 하나다. 그 침묵은 웅변과도 같았다.

"얼굴을 본 녀석은 전부 죽일 작정이지? 지금 얼굴을 들키면 도시 직원에게 금방 정체가 들통나니까. 도시를 적으로 만드는 거니까 확실하게 현상수배범이 되겠지. 그걸 방지하려면 우리를 반드시 죽여야 해. 안 그래?"

그때까지 잠자코 듣고만 있던 야지마가 마침내 입을 연다. 슬쩍 황당해하는 얼굴로, 말귀가 안 통하는 자를 타이르듯 대답한다.

"이것저것 착각한 것 같은데. 허술한 네 추리를 정정하고 싶은 마음은 굴뚝같지만, 내가 뭘 말해도 믿지 않겠지."

"시간은 얼마나 더 끌어야 하지? 동료의 전력은 어느 정도야? 그 여유로 보면 꽤 강한 거겠지? 우리를 쉽게 죽일 정도로는."

"네 헛소리에 어울려 준다고 쳐도, 네가 총을 안 버리면 이 여자가 죽는다는 사실에는 변함이 없는데?"

"네가 그 녀석을 죽이면, 다음에는 너도 확실하게 죽을 거야. 그런데도 그렇게 여유를 부리는 걸 보면, 동료는 무척 강한가 보지?"

아키라와 야지마가 진지한 얼굴로 상대의 눈을 본다. 잠시 침묵이 있고, 야지마가 레이나의 목을 조르고 냉혹하게 말한다.

"마지막으로 말하지. 총을 버려."

"싫어."

아키라는 단언했다.

얼굴이 창백해진 시오리가 소리 없는 비명을 지른다. 하지만 레이나의 목이 부러지는 일은 없었다. 야지마는 오히려 힘을 풀고 아키라를 조롱하듯이 노골적으로 한숨을 쉬었다.

(진심이냐……. 계획은 다 들켰고, 죽이려는 것도 들켰는데. 이걸 어쩐다. 케인과 넬리아가 여기 언제 올지도 모르는 이상, 지금 상황에서 저 녀석은 내 동료가 도착한 순간에 나와 인질을 한꺼번에 죽일 수도 있어. 의체의 피해도 심각해. 총을 쏘면 아무리 애써도 피할 자신이 없는데.)

야지마가 마음속 초조함을 감추면서 어이없다는 투로 말한다.

"이렇게 예쁜 여자애가 인질이 됐는데도 참 냉정한 자식이군. 너는 정의감도 없나?"

"그 여자애를 인질로 삼은 녀석에게 들을 소리는 아니야."

"나는 상관없어. 나는 악당이니까. 마음 편하게 나쁜 짓을 할 수 있지. 악당의 특권이야. 정의로운 사람은 그럴 수 없지."

야지마는 일부러 가벼운 투로 말했지만, 이때부터 말투를 조금 진지하게 바꿨다.

"어쩔 수 없군. 너에게는 이 인질이 통하지 않는 것 같으니까, 효과가 있을 법한 다른 사람에게 부탁하마."

그리고 시선을 시오리에게 돌리고 말투를 갑자기 냉혹하게 바꾼다.

"이 여자가 죽는 걸 보기 싫으면, 그놈을 죽여."

야지마가 그렇게 말한 순간, 아키라는 야지마와 시오리를 모두 경계하는 기색을 보였다.

그 움직임에 야지마가 반응하고, 레이나를 방패로 삼으면서 살짝 뒤로 물러난다. 그리고 바닥에 떨어진 시오리의 총을 시오리의 발 앞으로 걷어찼다.

시오리는 끝없이 고뇌하고 있었다. 경악하면서도 아키라와 레이나의 얼굴을 번갈아 봤다. 아키라는 총을 버리지 않는 것을 선택했다. 다음은 시오리가 선택해야 한다.

아키라는 아직 총구를 내린 상태다. 그것을 레이나와 야지마에게 겨눌지, 아니면 시오리에게 겨눌지는 보류 중이다.

『알파…… 시오리는 어떻게 행동할 것 같아?』

알파가 간단하게 대답한다.

『아키라를 공격할 거야.』

『그 이유는?』

『그쪽이 인질이 더 오래 사니까. 저 사람이 요구에 따르지 않아서 인질의 의미가 사라지면 인질이 죽을 거야. 상대가 최종적으로 모두를 죽일 작정이더라도, 인질만 살아 있으면 죽이기 전에 구출할 가능성이 있어. 그런 상황이라면 그 가능성을 스스로 버리지 않을 거야.』

『이유를 포함해서 찬성해. 제기랄. 설명하기 귀찮다고 생각하지 말고 바로 죽일 걸 그랬어.』

『후회해도 소용없어. 할 수 있는 만큼 해 보자. 최악의 상황에는 다 죽일 거야. 괜찮지?』

『알았어.』

아키라는 각오했다.

시오리는 완전히 각오하지 못했다. 이판사판으로 야지마를 공격해도, 요구에 따라 아키라를 죽여도, 레이나를 구하지는 못할 것이다. 그것을 알면서 레이나를 구출할 방법을 모색하지만, 지금 상황에서는 승산을 찾지 못했다. 시간이 흘러서 상황을 바꿀 무언가가 생길 가능성, 그 작은 희망만 믿고 그 무언가가 올 때까지 시간을 끌 수밖에 없었다.

하지만 그것을 야지마가 막았다.

"뭐야, 너도 안 돼? 결국 인질은 의미가 없군. 그렇다면 하는 수 없지. 이 여자를 죽이마. 나도 죽겠지만, 동료가 복수해 주겠지."

이 말은 단순한 공갈이다. 야지마는 죽을 마음이 없다. 그것은 시오리도 잘 안다. 그러나 이대로 가만히 있다가는 공갈로 끝나지 않을 것도 사실이다.

시오리의 비통한 표정을 본 레이나가 무심코 뭔가 말하려고 한다. 하지만 야지마가 목을 꽉 쥐는 바람에 가로막혔다.

야지마가 살기가 담긴 목소리로 고한다.

"너는 입 다물고 있어."

레이나가 뭘 말해도, 그것이 도움을 요청하는 것이든 자기희생의 말이든, 이미 야지마에게는 거추장스러울 뿐이다.

보기 흉하게 살려달라고 말해서 버림받지 않게끔, 상관없이 공격하라고 말해서 정말로 그렇게 되지 않게끔, 인질의 가치를 떨어뜨리는 짓을 하지 못하게 목을 단단히 조였다.

그리고 시오리에게는 그것이 정말로 레이나를 죽이려는 것으로만 보였다.

시오리가 움직인다. 비통한 얼굴로 몸을 맞춰 바닥에 있는 총을 줍고 아키라에게 총구를 돌린다.

아키라도 반사적으로 움직인다. 상대의 사선에서 벗어나듯 몸을 확 틀면서 시오리에게 총구를 겨눈다.

총성이 울리고, 전투가 시작되었다.

◆

CWH 대물돌격총의 전용탄이 시오리의 옆을 지나간다. 상처는 없다. 하지만 엄밀하게는 옷을 스쳤다.

시오리는 온 힘을 다해 피하려고 했다. 어지간한 상대라면 여유롭게 피하고 반격할 수 있는 타이밍이었다. 그러나 거듭된 훈련과 실전으로 연마한 기술로도 그것이 한계였다.

시오리의 메이드 옷은 전투용이 아닌 일반 의류다. 어지간한 방호복도 분쇄하는 전용탄 앞에서는 종잇조각과 다를 바가 없다. 스친 부분에서 옷이 찢어지고, 탄환이 지나간 여파만으로 천이 너덜너덜해지면서 안에 입었던 강화 내피가 노출된다.

시오리의 강화 내피는 타이츠처럼 얇지만, 아키라의 강화복보다 신체 능력 강화와 방어력 면에서 모두 몇 단계나 성능이 좋다. 그 신체 능력으로 온 힘을 다해야 겨우 피한다는 사실에 시오리는 놀라움을 감추지 못했다.

하지만 회피 행동과 스친 탄환의 여파로 자세가 조금 흐트러지면서도 가속하는 의식 속에서 아키라를 노린다. 축적된 경험을 바탕으로 문제없이 명중한다고, 맞히고 만다고 판단한다.

하지만 피했다. 아키라는 강화복의 출력을 한계까지 끌어올리고, 사격 반동마저 이용해서 고속으로 물러나 시오리의 사선에서 완전히 벗어났다.

(지금 내 움직임을 따라잡다니……! 이런 반응 속도가 있을 수가!)

놀라는 시오리를 다시금 CWH 대물돌격총이 겨눈다. 아키라는 뒤도 안 돌아보고 후방에 있는 잔해를 디뎌 자세를 바로잡았다.

시오리는 곧바로 옆에 있는 잔해 뒤로 뛰어들어 아키라의 사격을 피했다. 다른 잔해에 명중한 전용탄이 잔해를 더욱 작은 파편으로 바꿔서 날렸다.

그대로 총격전이 이어진다. 시오리가 비교적 두꺼운 잔해를 방패로 삼고 아키라에게 사격하면서 접근한다. 방패로 삼는 잔해를 잘못 고르면 잔해와 함께 가루가 되겠지만, 어떻게든 거리를 좁혀 나간다.

아키라를 죽여도 사태가 좋아지지는 않는다. 오히려 나빠질 확률이 더 높다. 그것은 시오리도 잘 안다. 야지마가 원하는 것은 자신과 아키라가 서로 죽이는 것이다. 생각해 볼 것도 없다.

그러나 아키라와 싸우지 않으면 레이나가 죽는다. 그것은 참을 수 없다.

시오리는 자신이 죽어서 레이나가 산다면 얼마든지 기꺼이 목숨을 바칠 것이다. 하지만 그 정도로 해결될 상황이 아니다. 그것이 시오리를 궁지로 몰아넣는다.

시오리는 레이나를 향한 충성심과 절망적인 상황 때문에 반쯤 미치기 직전임을 알면서도 무모하기 짝이 없는 돌진으로 아키라와의 거리를 좁혀 나간다.

그 무모함이 아키라의 사격 타이밍을 어긋나게 했다. 예전과 같은 타이밍이라면 중간에 탄창을 교체해서 충분히 늦지 않지만, 피탄을 각오하는 것처럼 오인하게끔 하는 시오리의 돌진 때문에 총을 겨누는 시간이 부족해진다.

그래도 아키라는 탄창을 바꾸고 시오리에게 총구를 겨눠 방아쇠를 당겼다.

총성은 시오리의 발차기가 아키라의 총에 직격한 다음에 울렸다. 걷어차인 충격으로 사선이 어긋난 탄환이 시오리의 바로 옆을 지나간다. 그리고 CWH 대물돌격총이 아키라의 손에서 떨어져 날아간다.

아키라에게서 강력한 총을 앗아간 대가로 시오리가 한순간 아주 작은 빈틈을 보였다. 그 순간, 아키라가 마치 그것을 예상한 것처럼 시오리와 거리를 좁히고 마찬가지로 상대의 총을 걷어찼다.

쌍방의 총이 허공을 날고, 두 사람 모두 빈손이 된다. 다음 순간, 두 사람의 전투는 근거리 총격전에서 지근거리 격투전으로 이행했다.

시오리가 파고들어서 찌르기를 날린다. 아키라가 뒤로 펄쩍 뛰어서 이를 피하고 AAH 돌격총을 잡으려고 한다. 그것을 시오리가 더욱 파고들어 방지하려고 한다. 그때 아키라가 같은 타이밍에 파고들어 총이 아니라 주먹을 내질렀다.

강화복을 착용한 아키라의 일격이 시오리의 몸통에 꽂힌다. 하지만 시오리는 그 일격이 총에 맞는 것보다는 낫다고 각오했다. 강화 내피의 방어력과 레이나를 향한 충성심으로 버티고, 즉각 반격에 나선다. 날카로운 손날이 아키라의 뺨을 스쳤다.

상대와의 거리가 가까워져도, 무기가 총에서 팔다리로 바뀌어도, 치명적인 일격을 주고받는 사투임은 변함이 없다. 양쪽 모두 강화복을 착용했고, 헬멧 장비는 쓰지 않았다. 머리에 일격을 맞으면 즉사한다.

상황에 저항하기 위해, 레이나가 죽지 않을 가능성을 조금이라도 늘리기 위해, 시오리는 비통한 얼굴로 계속해서 싸웠다.

◆

눈물로 일그러진 레이나의 눈에는 죽기 살기로 싸우는 아키라와 시오리의 모습이 뿌옇게 비쳤다.

레이나가 인질로 잡히는 바람에 시작된 전투다. 레이나가 죽으면 끝난다. 지금은 생존 중이다.

온갖 감정이 레이나의 마음을 마구 헤집었다. 생사여탈권을 빼앗겼다는 공포. 섣불리 행동했다는 후회. 자신을 구하려고 싸우는 시오리와 이에 말려든 아키라에게 느끼는 죄책감. 그리고 아무것도 할 수 없는 자신의 무력감. 레이나의 마음은 엉망진창이었다.

그래도 혼란, 동요, 초조함 속에서 지금 상황을 어떻게든 하고 싶다고, 어떻게든 해야 한다고 생각했다.

그 마음이 앞뒤 생각하지 않고 쉽게 끓어오르는 레이나의 성격과 맞물려 야지마를 향한 증오에 불을 붙인다. 부풀어 오른 증오가 다른 감정을 밀어낸 순간, 레이나는 얼굴을 분노로 물들이고 온 힘을 다해 팔꿈치로 야지마를 때렸다.

레이나도 강화복을 착용해서 보통 사람을 크게 웃도는 신체 능력을 보유했다. 그 상태로 분노에 이성을 잃고 날린 일격이다. 그 위력은 어지간한 총격을 뛰어넘었다.

하지만 강장탄도 견디는 야지마를 쓰러뜨리기엔 위력이 너무 부족했다. 상대의 자세가 조금 흐트러졌지만, 그게 고작이다. 자신의 목을 붙잡은 힘이 약해지지도 않고, 오히려 야지마가 반사적으로 자세를 유지하려고 한 탓에 목이 더욱 세게 붙잡혔다.

그 고통이 분노로 물든 레이나의 얼굴을 다시 공포와 괴로움으로 덧칠했다.

야지마가 레이나의 목을 조르면서 비웃는다.

"나한테 빈틈이 있어 보였나? 아니면 빨리 죽여 달라는 건가? 어느 쪽이든 소용없는데? 내 의체는 그 정도론 피해가 없고, 인질인 너를 이 상태에서 죽이지도 않을 거다. 안타깝구나."

야지마의 목소리에서는 분노가 전혀 느껴지지 않는다. 그것이 레이나의 마음을 더욱 고통스럽게 했다.

"아, 자살해도 소용없을걸? 네 몸은 생체인 것 같으니까 혀를 깨물면 죽을지도 모르지만, 그때는 내가 네가 살아 있는 것처럼 잘 위장할 거다. 그러려고 네 입을 틀어막은 거니까. 뭘, 금방 들키진 않을 거야."

자신의 저항을 비웃는 목소리가 레이나의 귀에 닿고, 마음을 찔렀다. 레이나의 작은 저항은 그 의지와 함께 끝났다.

의지를 잃은 눈으로, 레이나는 눈물을 흘렸다.

◆

기운을 잃고 저항할 의지도 사라져 목을 붙잡고 있지 않으면 그대로 쓰러질 것만 같은 레이나를, 야지마는 한심한 나머지 어이가 없어서 비웃고 있었다.

(그딴 헛소리만 듣고 의지를 잃었나. 멍청하군. 진짜 멍청해. 죽기 살기로 날뛰면 나도 빈틈이 생길지 모르고, 만약에 나한테 죽더라도 그 전에 힘껏 악을 쓰면 자기 죽음을 알릴 수도 있을 텐데.)

손쓸 방법이 없다고 해서 그것이 포기할 이유는 될 수 없다. 의지를 잃으면 역전할 기회를 놓칠 뿐이다. 그렇게 생각하는 야지마에게 이 정도로 의지를 잃는 레이나는 멍청한 짓을 해서 인질로 잡힌 것을 빼더라도 그냥 바보였다.

(뭐, 이런 바보가 일부러 인질로 잡혀 주었으니까. 저 꼬마한테 죽을 뻔했을 때는 내 악운도 다 끝난 줄 알았는데, 이걸 보면 아직 괜찮을 것 같군.)

이 인질은 이제 진지하게 감시할 필요도 사라졌다. 야지마는 그렇게 판단하고 레이나를 감시하던 의식을 아키라와 시오리의 관찰로 돌렸다. 그리고 얼굴을 희미하게 굳힌다.

(그나저나 저것들은, 강하군. 저만한 실력자가 왜 이런 곳에 둘이나 있지? 조명 교체 작업을 시킬 실력이 아니잖아. 역시 도시 측의 에이전트인가? 아니지, 그것도 아닌 듯한데…….)

자신들의 계획을 눈치챈 도시 측에서 조명 교체 작업 인원에 에이전트를 몰래 넣었다면 인질을 무시하고 자신의 체포를 우선할 것이다. 무엇보다 에이전트끼리 죽고 죽이려고 드는 일은 있을 수 없다. 야지마는 그렇게 생각하고 추측을 부정했다.

(아슬아슬하게 생각해 보면, 저 꼬마만 에이전트고, 여자는 모종의 이유로 우연히 여기 있었을 가능성이 있겠군.)

아키라가 처음에 자신을 죽이는 것보다 구속을 우선한 것도, 인질을 잡히고도 총을 버리지 않은 것도, 그렇게 생각하면 앞뒤가 맞다.

(그렇다면 운이 좋군. 여기 우연히 있었던 실력자가 도시 측의 에이전트를 잡아 주는 거니까.)

야지마가 웃음을 짙게 띤다. 아키라와 시오리의 실력은 비등비등했다. 적어도 야지마의 눈에는 그렇게 보였다.

힘을 합쳐서 공격하면 야지마에게 승산이 없을 자들이 서로를 죽이려고 해 준다. 둘 다 죽어도 좋고, 균형이 계속되어서 동료가 도착할 때까지 시간을 끌 수 있다. 좋은 점밖에 없다. 야지마는 그렇게 생각하고 비웃는다.

(피폐해져라. 소모해라. 그대로 서로 갉아먹으라고. 여자는 저게 한계인가? 더 힘내라고. 저 꼬마만 죽으면 내 세상이야. 네가 이기면 최소한 편하게 죽여 줄게.)

야지마는 자신의 안전을 보증하는 멍청이를 단단히 붙잡고 조롱하고 있었다.

◆

아키라는 시오리의 맹공에 필사적으로 저항하고 있었다. 시오리는 울 것처럼 비통한 표정을 지으면서도 예리한 공격을 날리고 있다. 그것을 막고, 피하고, 반격한다.

강화복 성능은 딱 봐도 상대가 더 좋다. 상대의 공격을 제대로 맞으면 치명상을 면할 수 없다. 머리에 직격하면 통증으로 끝나지 않고, 터져서 내용물을 흩뿌릴 것이다.

아키라는 시오리의 강함에 경악하고 있었다. 사실 격투전으로 이행한 시점에서 금방 이길 줄 알았기 때문이다.

지금껏 여러 번 되풀이한 격투전 훈련에서, 훈련이기는 해도, 가상의 적이라고는 해도, 아키라는 알파의 압도적 강함을 똑똑히 봤다.

지금은 그 알파가 강화복을 조작해서 그 압도적 강함을 모방하게 하고 있다. 무모한 움직임을 강제하는 바람에 부하는 커지겠지만, 승리는 확실하다. 그렇게 생각하고 있었다.

그러나 그 예상이 뒤집혔다. 시오리는 알파의 서포트를 받는 아키라의 움직임에 끈질기게 버텼다. 오히려 아키라가 조금 밀리고 있었다.

『이, 이렇게 강했어? 알파! 정말 괜찮은 거지?!』

허둥대는 아키라와는 대조적으로 알파는 여유로운 태도를 보인다.

『괜찮아. 아키라는 그대로 이를 악물고 버텨.』

『제발 내 팔다리가 분질러지기 전에 어떻게든 해 줘! 무진장 아프다고! 이미 부러졌다고 해도 믿겠어!』

알파가 강화복을 조작해서 아키라에게 원래 실력을 뛰어넘는 움직임을 강제할수록, 실력이 부족한 만큼 몸에 가는 부담이 커

진다. 게다가 아키라와 시오리의 격투 기술은 확연하게 차이가
났다.

그 압도적 차이를 메꾸기 위해서 알파는 강화복 출력을 한계
까지 높여 착용자의 신체에 주는 부담을 최대한으로 잡고, 정밀
하면서도 극단적인 움직임을 아키라에게 강제했다.

유적에서 구한 회복약은 이제 없다. 아키라의 몸이 세포 단위
로 서서히 망가진다. 그 아픔은 이미 극심한 통증으로 변했다.

그래도 알파는 미소를 지었다.

『괜찮아. 아마도.』

『아마도 뭐가 괜찮은 건데?!』

미소를 지으면서 불안한 소리를 하는 알파를 보고, 아키라는
인상을 구겼다.

빠르게 연속 공격을 날리는 시오리에게 대항하기 위해서, 아
키라도 빠르게 회피 행동에 나서고 자세를 바꿔 반격을 날리고
있다. 그래서 시야는 눈이 핑핑 돌 정도로 순식간에 바뀌고 있
었다. 시야에 들어오는 게 너무 빨리 바뀌는 바람에 바닥과 벽
과 천장을 구분하지 못할 지경이다.

그래도 알파가 미소를 짓는다고 인식할 수 있는 것은, 알파가
아키라의 시야에서 고정된 위치를 유지하기 때문이다. 시야가
거꾸로 뒤집혀도, 순식간에 회전해도, 무심코 눈을 감아도, 여
유롭게 미소를 짓는 알파의 모습을 항시 볼 수 있다.

그 덕분에 아키라는 허둥대면서도 일정한 평정심을 유지하고
있었다. 알파가 웃는 이상, 아무리 힘들어 보여도 치명적인 상

황은 아니다. 그런 인식이 아키라를 버티게 했다.

그리고 아키라 자신은 모르지만, 아키라의 의식은 시오리와의 고속 전투를 조금씩 따라잡고 있었다. 시오리의 발차기를 몸을 크게 틀어서 피하고, 죽음을 느껴서 천천히 움직이는 세계 속 공중에서 바로 옆에 선 알파에게 상황 설명을 듣는다.

『아마도 저 사람은 가속제를 썼을 거야. 아키라의 사격을 그토록 완벽하게 회피한 반응 속도와 회피 행동으로 판단했을 때, 효과 지속 시간보다 능력 향상을 우선한 물건일 거고.』

『그런 약이 있구나! 그 효과가 떨어질 때까지 버티면 돼?!』

『그래. 아마도 그거면 이길 거야.』

『그 전에 내 팔다리가 먼저 분질러지진 않겠지! 뭔가 위험한 감각이 손발에 느껴지는데?!』

야지마와의 전투를 마친 뒤에 먹은 회복약의 효과로, 아키라의 몸은 상처 부위부터 치료되고 있었다. 그 덕분에 아키라의 팔다리는 아직 부러지지 않았다.

하지만 그 효과는 영원히 지속되지 않는다. 몸에 남은 효과도 슬슬 다 떨어질 참이며, 다 낫지 않은 부상이 극심한 통증이 되어 아키라에게 전투의 부하를 크게 전하고 있었다. 한계는 머지않았다.

알파도 그 정도는 알았다. 그런데도 웃는다.

『괜찮아. 아마도.』

『그러니까 아마도 뭐가 괜찮은 건데?!』

『저 사람이 정말로 가속제를 복용했는지는 모르고, 그 효과가 얼마나 지속될지도 모르는 이상, 그렇게 말할 수밖에 없어. 괜찮아. 아키라는 전투에 집중해. 칭얼거려도 상황은 좋아지지 않을걸?』

『나도 알아!』

아키라는 험악하게 일그러진 표정을 쓴웃음으로 덧씌웠다. 그리고 반쯤 자포자기한 듯한 웃음으로 덧칠한 다음, 의지를 불태워 계속 싸워나간다.

알파가 괜찮다고 했다. 아키라는 의심할 필요가 없다.

그리고 그 말대로 괜찮았다는 결과를 확정하고자, 아키라는 온 힘을 다했다.

알파는 미소를 지었다. 상황으로 봐서는 딱딱하고 비통한 표정이 더 어울릴지라도, 그 표정이 아키라의 의지를 약하게 하고 상황을 더 나쁘게 만든다면, 아키라가 즉사하기 직전이라도 미소를 짓는다.

더 좋은 결과를 위해서, 알파는 최선을 다하고 있었다.

◆

시오리는 알파의 추측대로 가속제를 복용했다.

다른 사람에게는 아키라를 확실하게 죽이려는 것처럼 보이게 싸우면서, 아키라를 죽이지 않고 호각을 위장해 시간을 끌고, 야지마를 주의 깊게 관찰해 기회를 기다리고, 빈틈을 노리고,

레이나를 구한다. 그것이 시오리의 생각이다.

그러려면 전투 중에 야지마에게 정신을 돌릴 여유가 필요하며, 최소한 아키라를 압도할 힘이 요구된다. 그것을 실현하고자 시오리는 부담이 큰 가속제를 썼다.

가령 발사된 탄환을 피할 수 있는 신체 능력을 강화복으로 갖추더라도, 그것에 반응하는 의식이 없으면 회피할 수 없다. 그 신체 능력에 걸맞게 빠르고 정밀하게 움직이려면 착용자의 의식이 동작을 따라잡아야 한다.

고성능 강화 내피의 신체 능력을 각오하고 써야 하는 가속제로 강화했다. 이러면 아키라의 실력이 어떻더라도 문제없다. 그래야 할 터였다.

(설마 이토록 강할 줄이야! 믿을 수 없어요!)

격투전으로 이행했을 때, 시오리 역시 아키라처럼 자신의 우세를 의심하지 않았다.

헌터의 전투 기술은 기본적으로 몬스터와 싸울 때 쓰는 것이다. 황야에서 멀리 떨어진 적을 노리든, 유적에서 지척에 있는 상대와 싸우든, 총격전이 기본이다. 대인 특화인 격투 기술은 어지간해선 단련하지 않는다.

그러나 시오리는 다르다. 레이나를 따라서 헌터 등록을 마치고 헌터 활동을 하지만, 헌터는 아니다. 레이나의 시종이자 경호원이다.

그렇기에 훈련도 지극히 높은 수준으로 받았다. 요인 경호 훈련에는 무장이 금지된 상태에서 위기에 대처하는 다채로운 격투 기술도 포함되어 있었다.

가령 아키라가 헌터 랭크 30 정도의 실력자라도 상대가 단순한 헌터인 이상 시오리는 격투전에서 아키라를 가뿐하게 물리칠 자신이 있었다.

하지만 그 자신감이 순식간에 무너진다. 아키라가 명확하게 훈련을 받은 움직임으로 응전한 것이다. 그것도 강화복의 성능 격차를 뒤집을 만큼 빠르고 날카로운 공격이었다.

탄환과도 같은 찌르기가 간신히 남아 있던 메이드 옷의 천을 꿰뚫고 찢어발긴다. 칼로 베는 듯한 발차기가 옷을 스치고 가른다.

강화복의 힘으로 신체 능력이 향상될수록 일반적인 움직임이 어려워진다. 섬세한 제어가 없으면 걷기조차 어렵다. 그 신체 능력을 완전히 살린 공격이 끊임없이 펼쳐진다.

시오리는 그것을 필사적으로 피하면서 반격했다. 야지마를 의식할 여유는 전혀 없다. 아키라와의 전투에 집중하지 않았다간 눈 깜짝할 사이에 쓰러질 것 같았다.

아키라를 죽이면 야지마는 레이나를 인질로 삼아 자신을 죽이고, 다음에는 레이나도 죽이겠지. 그렇기에 죽일 수 없다. 자신이 죽으면 아키라는 야지마와 레이나를 죽일 것이다. 그렇기에 죽을 수 없다. 시오리는 그렇게 생각하고 싸웠지만, 이미 양쪽 모두 성립하지 못하게 되었다.

레이나의 존재와는 관계없이 아키라가 예상보다 너무 강해서 죽일 수 없다. 야지마에게 의식을 돌릴 여유가 전혀 없다. 이대로 가다간 가속제 효과가 떨어져서 시오리가 죽는다. 레이나를 구할 기회가 찾아올 시간을 벌려고 싸웠는데, 그 시간이 적이 되기 시작했다.

시오리가 야지마의 요구에 따라 아키라를 공격한 것은 그편이 레이나를 구할 가능성이 더 크다고 생각했기 때문이다.

다른 선택지, 전속력으로 야지마를 공격해서 레이나가 죽기 전에 야지마를 죽이는 것을 선택했다면, 아키라의 지금 강함이라면 어떻게든 되었을지도 모른다. 이 상황에서 느낀 초조함이 낳은 잡념이 시오리를 옥죄고, 움직임과 의지를 무디게 했다.

(아, 아가씨. 저로는 아가씨를 못 구할지도 모릅니다! 어쩌죠? 이걸 어떡하면 좋죠?!)

비관이 마음을 침식하고 충성심이 절망에 굴복하려고 한다. 더 어떻게 할 수 없을 때까지, 시오리는 비통한 얼굴로 발버둥치고 있다. 한계는 머지않았다.

제53화 전투 종료의 경위

카츠야는 레이나와 시오리를 파견하고 얼마 뒤, 이상한 불안을 느꼈다. 다만 그것은 지금껏 자주 경험한 감각과는 조금 다르다. 지금 당장 달려가야 한다고 느낀 게 아니다. 희미하고 막연한 느낌이었다.

그것을 유미나가 눈치챘다.

"카츠야. 왜 그래? 고작해야 조명 교체 작업으로 생각할 테지만, 리더니까 너무 해이해지지 마."

"아, 미안해. 아니, 아까부터 뭔가 이상하게 불안한 느낌이 들어서."

유미나가 슬쩍 한숨을 쉰다.

"두 사람만 따로 보낸 게 그렇게 자꾸 신경이 쓰이면, 연락해서 확인해 보면 되잖아?"

"아, 그렇지."

"정말이지. 그걸로 만족하면 다시 집중해."

카츠야가 렌탈 단말로 레이나 일행에게 연락하려고 한다. 그러나 연결되지 않는다. 몇 번 시도해도 반응이 없다. 그래서 불안은 불길한 예감으로 변하고, 카츠야의 표정도 딱딱해졌다.

"카츠야, 왜 그래?"

"레이나하고 연락이 안 돼……."

"이상하네. 신식 조명 경유로 통신망이 바뀌어서 통신 장애가 발생한 걸까? 통신 상태가 안정될 때까지 기다렸다가……."

"잠깐 보고 올게."

"어?"

카츠야는 그 말만 남기고 뛰기 시작했다. 근처에 있던 아이리도 당연하다는 듯이 따라간다.

"저기, 카츠야?!"

불러도 카츠야는 멈추지 않았다. 함께 조명을 설치하던 도란 캄의 신인 헌터들이 갑자기 현장을 내팽개치고 나선 리더를 보고 무슨 일이 생겼나 싶어서 소란을 피운다.

유미나는 모두에게 자신이 확인하고 올 테니까 다들 자리에서 작업을 계속하라고 지시한 뒤, 인상을 쓰고 카츠야를 뒤쫓았다.

◆

레이나의 의지를 꺾은 야지마는 힘없이 늘어진 레이나에게서 경계를 풀고 아키라와 시오리의 전투에 의식을 돌리고 있었다.

강력한 적은 알맞게도 서로 죽이려고 하고 있었다. 언젠가 동료도 도착할 것이다. 그 여유가 야지마의 사고와 확인의 시야를 넓혔다.

넓어진 시야는 야지마의 의식을 바닥에 떨어진 CWH 대물돌격총으로 돌리게 했다. 그 총에 자신의 팔이 날아간 일도 있어서, 한번 의식한 이상 그냥 넘어갈 수 없었다.

(저 총의 위력은 위협이야. 오른팔을 간단히 날려 버렸단 말이지. 케인의 장갑도 저걸 여러 번 제대로 맞으면 피해를 볼 거야. 가능하다면 이참에 없애고 싶은데…….)

야지마가 아키라와 시오리의 상황을 재확인한다. 그 공방은 거의 호각이지만, 어쩐지 아키라가 밀어붙이는 것처럼 보인다.

(이대로 가다간 꼬마가 이기려나? 좋지 않군.)

레이나는 시오리에게 유효한 인질이다. 이미 시오리와 목숨을 걸고 싸우는 이상 그 동료인 레이나를 아키라가 걱정할 리가 없다. 레이나와 함께 망설이지 않고 야지마를 죽이려고 들겠지. 시오리의 움직임은 서서히 느려지고 있다. 그렇게 되는 것도 시간문제다. 야지마는 그렇게 판단했다.

(케인과 넬리아는 제때 올까? 제기랄! 본부와의 통신을 방해할 겸 재밍 스모크를 썼는데, 그 탓에 나도 그놈들과 연락이 안돼. 더 서두르라고 말할 걸 그랬어.)

시오리에게 가세하고 싶지만, 권총은 팔과 함께 부서졌다. 예비 총도 파괴당했다. 레이나를 붙잡고 격투전에 가담할 수도 없다. 그렇게 생각한 야지마의 시선이 다시금 CWH 대물돌격총으로 쏠린다.

(여자는 이미 많이 소모했다. 한쪽 팔만 남은 나로도 이길 수 있을까? 저 꼬마만 죽으면 인질은 더 필요가 없을까?)

야지마가 아키라와 시오리를 경계하면서 시선이 닿는 곳에 방치된 총으로 조금씩 다가간다.

(진정해. 아직 멀어. 너무 움직이면 눈치챌 거야. 들키면 저놈
도 내게 대처하는 걸 우선하겠지. 여자를 등지더라도 나를 공격
할 거야. 들키지 마. 조금씩 가.)

레이나의 의지는 꺾였다. 소란을 피울 우려는 없다. 지금 와
서 방해하진 않을 것이다. 그렇게 생각하면서 CWH 대물돌격
총과의 거리를 좁혀 나간다.

야지마의 시선이 그 총에 쏠린다. 자신의 오른팔을 날린 총.
그 총으로 아키라를 가루로 만들어 주면 얼마나 기분이 후련해
질까. 야지마는 그 광경을 상상하고 말았다.

(내 팔을 날린 총으로, 저놈을 날려 주겠어!)

잘 연마한 주특기인 기습을 아키라에게 막히고 기술의 자부심
에 상처가 났다. 그리고 팔이 날아갔다. 그것은 야지마에게 원
한을 심었다.

그 뒤로 레이나 일행이 나타나 사태가 급변했다. 치명적 상황
이 놀라운 행운으로 우세로 바뀌었다. 그것이 야지마에게 방심
을 주었다.

그 원한과 방심이 야지마의 사고를 뒤틀고, 눈이 멀게 하고,
상황 고찰을 한쪽으로 치우치게 했다. 각각의 불안 요소를 외
면하고, 이점과 기회만을 보고 말았다. 그리고 이런 상황에서
CWH 대물돌격총을 챙기러 가는 이유를 무의식중에 보완하고
있었다.

시오리는 가속제 효과가 떨어지기 시작한 탓에 움직임이 현
저히 느려졌다. 그 시오리와 호각으로 싸우는 아키라를 보면서,

야지마는 조금 남았다고 더욱 긴장한다. 이미 야지마의 의식은 어느 타이밍에 총을 집으러 뛰어갈지 하는 생각으로 가득했다.

그리고 결단한다. 빠르게 움직이는 데 방해되는 레이나를 내던지듯 손을 떼고, 조금 떨어진 바닥에 방치된 총을 향해 뛰었다.

조금 뒤늦게 아키라가 움직인다. 시오리를 등지고 전속력으로 같은 곳을 향해 달리기 시작했다.

(이미 늦었어! 내가 더 빨라!)

먼저 CWH 대물돌격총을 붙잡은 야지마가 그 총구를 아키라에게 돌린다.

의체는 피탄으로 생긴 파손과 충격으로 출력이 떨어졌고, 나아가 한쪽 팔로만 사격하는 것이다. 하지만 반동이 큰 전용탄이라도 한 발 정도는 문제없이 쏠 수 있다. 야지마의 의체는 그만한 성능이 있었다.

사냥감과의 사이에 차폐물은 없다. 자신의 사격 능력이라면 빗나갈 일이 없다. 아키라는 발사된 탄환을 피할 방법이 없다. 극한의 집중이 세계의 속도를 늦추는 가운데, 야지마는 승리를 확신하고 비웃으며 방아쇠를 당겼다.

탄환은 나오지 않았다.

"뭐어?!"

야지마의 입에서 그 속내를 완전히 드러낸 짤막한 말이 튀어나왔다. 예상하지 못한 사태에 경악하고, 머릿속은 있을 수 없는 상황에 대한 혼란으로 가득 채워졌다. 얼굴은 놀라움으로 물들어 있었다.

그 얼굴에 아키라의 주먹이 꽂힌다. 너무나도 큰 경악으로 상대에게 생긴 빈틈을 노려 거리를 다 좁히고, 주먹을 뒤로 확 젖혀서, 온 힘을 다해 날린 일격이었다.

강화복의 신체 능력과 모든 힘을 한 점에 모으는 달인의 기량으로 날린 일격은 야지마의 두 다리를 바닥에서 떼어내 날려 버렸다. 야지마의 손에서 CWH 대물돌격총이 떨어져 허공을 난다.

그만한 일격을 맞고도 야지마는 날아가면서도 상처가 없었다. AAH 돌격총의 강장탄을 버티는 의체는 그만큼 튼튼했다. 그래도 그 일격으로 정신을 차리고, 허공을 날면서 생각한다.

(왜 쏘지 못했지?! 탄창을 교체한 직후였는데?! 탄이 떨어질 리가…….)

뒤에 있는 벽에 세게 부딪힌다. 하지만 놀라움이 더 큰 탓에 그런 것은 아무래도 좋다는 듯 계속해서 생각한다.

(설마 빈 탄창을 끼웠나?! 의도해서?! 그 상황에서?! 아니야. 저놈은 분명 한 발을 쐈어! 빈 탄창이라면 그럴 리가…… 약실에 한 발을 남긴 상태로 교체한 건가?!)

빈 탄창을 일부러 휴대하고 다닐 리가 없다. 즉, 실수로 빈 탄창을 끼우는 일은 있을 수 없다.

그렇다면 빈 탄창을 뺀 뒤, 다른 탄창으로 교체하는 척하면서 빈 탄창을 도로 끼웠다고 생각할 수밖에 없다. 그 깨달음이 야지마에게 더더욱 큰 경악을 주었다.

(그 타이밍에서 탄창을 교체하던 것도, 그 탓에 여자가 다가

와 서둘러 쏜 것처럼 보인 것도, 설마 연기였나? 한 발 쏜 것도 내가 탄환이 남았다고 오인하게 하려고?! 여자가 총을 걷어차게 한 것도, 나중에 내가 빈 총을 줍게 하려고? 그게 말이 돼?!)

몸이 휘청거려서 일어나기도 어려운 나머지 등 뒤에 있는 벽에 기댄다. 그것은 의체의 손상 때문이 아니라, 너무나도 큰 놀라움 때문이었다.

(함정? 언제부터? 설마, 전부? 여자가 공격했을 때부터?! 그런 일이, 있을 수가…….)

새로운 깨달음이 더한 혼란을 낳는다. 그 탓에 자신의 처지도 잊고 계속해서 생각하고 만다.

하지만 그 생각도, 그 함정을 놓은 자에게 무심코 시선을 보낸 시점에서 날아갔다. 그 시선이 닿는 곳에는 야지마에게 CWH 대물돌격총을 겨누는 아키라가 있었다.

아키라는 야지마를 때려서 날린 뒤, 아직 공중에 있는 CWH 대물돌격총을 재빠르게 잡고 빈 탄창을 곧바로 교체했다.

『이번에야말로 방해받기 전에 끝내자.』

『당연하지!』

그대로 자연스럽게 총을 겨누고 조준한다. 알파의 조준 보정으로 이 상태에서 빗나가는 일은 있을 수 없다.

무리다. 야지마는 이해했다. 사선을 몇 번이고 헤쳐나온 경험이 절대로 피할 수 없다고 냉철하게 고하고 있었다.

하다못해 해답을 알고 싶다. 자신의 추측이 올바른지 알고 싶다. 그렇게 생각하고 무의식중에 입을 연다.

의미가 있는 말이 입에서 나오기 전에, 야지마의 팔을 분쇄했던 탄환이 이번에는 이마에 명중한다. 머리가 내용물과 함께 터져 나가고, 마지막 소원을 말할 틈도 없이 야지마는 숨을 거두었다.

◆

　시오리는 사태를 이해하지 못하고 반쯤 넋을 놓고 있었다. 하지만 제정신을 차리자마자 거의 한계에 도달했던 몸을 혹사해서 서둘러 레이나에게 달려갔다.

　"아가씨! 무사하세요?!"

　레이나는 심하게 기침했다. 목을 여러 번 질식을 넘어 쥐어뜯길 정도로 잡힌 바람에 무사하다고 말하기 어려운 상태다. 그래도 생명에는 지장이 없이 어떻게든 호흡을 가다듬는다.

　"사, 살았어……?"

　갑자기 변한 사태는 레이나도 미처 이해하지 못했다. 그 목소리에는 살았다는 기쁨이 없었다.

　시오리는 레이나를 안심하게 하고자 '이젠 괜찮아요.'라고 말하려고 했다.

　하지만 그럴 수 없었다. 아키라가 AAH 돌격총의 총구를 레이나에게 겨누면서 천천히 다가오고 있었다. 그 표정은 도저히 호의적으로 보이지 않았다.

◆

　아키라는 CWH 대물돌격총의 전용탄으로 야지마의 머리를 날린 뒤, 몸통과 팔다리도 쐈다. 의체인 야지마의 몸통과 사지가 생전의 지시에 따라서 움직일 때를 대비한 예방 조치다.

　사격의 충격으로 주변에 흩날리는 의체의 잔해를 보고 이걸로 완전히 무력화했을 거라며, 아키라는 조금 긴장을 풀고 지친 표정을 지었다.

　하지만 곧바로 정신을 바짝 차리고 총을 AAH 돌격총으로 바꿔 한 손으로 쥔다. 그리고 그 총구를 레이나에게 돌렸다.

　다음으로 휴대한 회복약은 다른 손으로 꺼내 상자를 요령껏 쥐어뜯듯이 개봉해 들이붓듯이 복용한다. 그대로 빈 상자를 내던지고 떨어지는 회복 효과를 양으로 보충하듯 한 상자를 더 열어서 먹었다.

　그동안에도 총구는 레이나를 향했다. 시오리의 움직임을 멈추려면 시오리 자신보다 레이나를 겨누는 게 효과적이다. 그것은 시오리와의 전투에서 잘 이해했다.

　지금 소지한 회복약을 다 쓰고, 두 손에 AAH 돌격총을 하나씩 들어 각각 레이나와 시오리를 겨눈다. 그리고 숨을 크게 내쉬고 조용히 선다.

　아까 전투로 아키라의 몸은 한계에 가까웠다. 이미 자기 힘으로 움직일 상태가 아니다. 강화복의 힘으로 간신히 서 있는 것으로, 방아쇠를 당기는 것조차 중노동이다.

회복약을 마구 먹었지만, 싸구려 약은 효과가 떨어지고 시간도 오래 걸린다. 험악한 얼굴로 심호흡하면서 회복 효과가 온몸에 퍼지기를 가만히 기다린다.

이 자리에서 몸 상태를 완전하게 회복하는 것은 불가능함을 안다. 그래도 수중에 있는 회복약의 효과가 나타날 때까지는, 아까 전투로 생긴 피로를 최대한 회복할 때까지는, 아키라는 시오리가 움직이길 바라지 않았다.

『알파. 상대의 상태는 어때? 가속제 효과는 다 떨어졌을 것 같아?』

『효능은 많이 떨어졌겠지만, 효과 자체는 아직 남았을 거야.』

『그렇군. 싸울 이유가 없어졌으니까, 내가 총을 내리면 전투가 끝나지 않을까?』

시오리의 강함은 몸소 느꼈다. 상대도 바라지 않은 전투였음을 잘 안다. 두 사람을 죽이면 본부에서 사태를 설명할 사람이 줄어든다. 무엇보다 야지마에게 당한 결과를 늘리는 꼴이다. 그것이 전부 지금 상황에서 방아쇠를 당기지 않는 이유가 되었다.

하지만 그것도 총을 내릴 이유로는 부족했다. 그때 알파가 조금 진지한 얼굴로 불안 요소를 덧붙인다.

『한 번은 아키라가 승리한 전투를, 저들이 아키라를 믿지 않는 바람에 원래 고착상태로 되돌렸고, 레이나의 실수로 형세가 역전된 데다가, 시오리는 레이나를 위해 아키라를 공격했어. 그래서 원한을 샀을 거라고 상대가 생각해도 이상하지 않아.』

『뭐, 그렇겠지.』

『덧붙이자면, 총을 버리지 않은 아키라에게 뭔가 감정이 있을 수도 있겠지. 아까와 다르게 시오리가 아키라를 죽이면 안 될 이유가 없어. 아키라에게 미운털이 박힌 레이나의 안전도 확보하고 싶을 테고.』

『그렇겠지.』

『가속제 효과도 많이 떨어졌을 테지만, 추가분이 있을지도 몰라. 있다면 과다 복용의 부작용으로 죽더라도 사용하길 주저하지 않겠지.』

『하긴, 지금 와서 목숨을 아끼려고 들진 않을 거야.』

『아키라가 총을 내린 다음에 시오리가 레이나의 안전을 위해 아키라의 보복을 방지하고자 같이 죽을 각오로 덤빈다⋯⋯. 그런 일이 없다고 믿을 수 있다면, 총을 내려도 되는걸?』

『무리야.』

교전 의지가 없다는 것과 상대가 그것을 믿는 것은 차원이 다르다. 그리고 그것은 상대도 마찬가지다.

적어도 아키라는 두 사람이 자신을 믿을 거라고, 조금도 신용할 수 없었다.

◆

시오리는 표정을 굳히고 아키라의 낌새를 살피고 있었다. 총구는 자신의 미간을 정확하게 조준하고 있다. 조금 전까지 사투를 벌였으니까 그것 자체는 어쩔 수 없다고 생각한다.

문제는 방아쇠를 당기지 않는 이유다. 경계해도 죽일 작정은 없다면 아무 문제도 없다. 레이나를 구한 은혜도 있다. 만약을 대비해서 몇 발 맞아도 상관없고, 시오리를 죽여야만 직성이 풀리고 레이나를 해치지 않는다면 그래도 좋다고 여겼다.

하지만 다른 이유도 충분히 생각해 볼 수 있다. 가속제 사용을 간파하고, 확실하게 죽이기 위해 그 효과가 떨어지기를 기다리고 있다. 혹은 단순히 죽일지 말지 고민하고 있다. 둘 중 하나이거나, 어쩌면 둘 다일 가능성도 있다.

시오리가 진지한 얼굴로 아키라에게 애원한다.

"총을 내려 주실 수 없을까요? 우리에게는 교전할 의지가 없습니다."

아키라는 움직이지 않는다. 시선을 조금 시오리에게 돌렸을 뿐이다.

"아키라 님의 분노는 합당합니다. 진심으로 사죄하겠습니다. 원하신다면 제 목숨으로 죗값을 치르겠습니다. 뭐든지 말씀해 주세요."

자신을 죽여서 아키라가 만족한다면 시오리는 죽음도 얼마든지 허용할 수 있었다. 바로 죽이든 괴롭히다 죽이든 받아들일 기개가 있었다.

하지만 그 대상에 레이나도 포함된다면 이야기가 달라진다. 모든 수단을 동원해서 막아야만 한다.

"아키라 님에게 피해를 준 책임은 전부 제게 있습니다. 아가씨께는 부디 자비를 베풀어 주시길 바랍니다."

아키라는 움직이지 않고, 대답하지 않는다. 시오리와 레이나를 향한 총구도 전혀 움직이지 않는다. 시선만 조금 움직여서 이야기를 듣고 있음을 드러내고 있었다.

아키라의 침묵을 부정으로 받아들인 시오리의 표정에서 심각한 초조함과 공포가 드러난다.

레이나는 어떤 의미로 지금 상황의 원흉이다. 야지마의 숨통을 끊으려던 아키라는 제지하고, 방심하다가 인질로 잡혔으며, 야지마의 협박에 시오리가 굴복한 원인이기도 하다.

그런 레이나를 아키라가 잠자코 넘어갈까? 시오리는 도저히 그렇게 생각할 수 없었다. 그래도 작은 희망에 기대 애원했지만, 소용없었다고 다시금 판단했다.

(역시, 안 되나요…… . 이를 어쩌면…… .)

자비를 바랄 수 없다면 다른 수단을 취할 수밖에 없다고, 시오리가 새로이 각오를 다진다. 예비 가속제를 쓰는 것이다.

단, 사용하려면 몇 가지 문제가 있다. 먼저 사용했다간 부작용 때문에 높은 확률로 죽는다. 소지한 가속제는 큰 효과를 기대할 수 있는 한편으로 단시간에 연속으로 사용하면 부담이 커진다. 예비는 단순한 예비이며, 더는 살 수 없는 상황에서 죽음을 각오하고 사용하는 것이기도 했다.

부작용의 문제는 죽음을 받아들임으로써 무시할 수 있다. 하지만 문제는 하나 더 있다.

아까 쓴 가속제는 긴급 상황에서 바로 사용할 수 있는 상태였다. 그러나 예비 가속제를 쓰려면 약을 꺼내서 복용해야 한다.

시오리와 레이나에게 총구를 들이대고 심하게 경계하는 아키라의 앞에서 그렇게 의심스럽고 느긋한 움직임을 보이면 어떻게 될지, 생각할 필요도 없었다.

게다가 시오리에게는 제한시간이 있었다. 가속제에는 전투 중에 의식을 유지하는 효과도 있다. 효과가 큰 만큼 반동도 크다. 효과가 완전히 떨어진 시점에서 의식은 반쯤 몽롱해지고, 싸우기는커녕 의식을 정상으로 유지하는 것조차 어려워지는 것이다.

예비 가속제를 사용한다면 그 전에 써야 한다. 총구는 레이나도 겨누고 있다. 실패는 용납할 수 없다.

"아키라 님. 전부 제 탓입니다. 부디……."

시오리는 그렇게 말하면서 무릎을 꿇고 몸을 숙이려고 했다.

총성이 울린다. 시오리가 경직해서 움직임을 멈춘다. 쏜 사람은 아키라이고, 탄환은 레이나의 바로 옆을 지나갔다.

"움직이지 마."

아키라의 짤막한 요구는 그것을 무시했을 때의 결말을 시오리에게 냉혹하고 알기 쉽게 알리고 있었다.

시오리의 안색이 창백해진다. 들켰음을 이해하고, 그것이 도출하는 답에 마음속 절망을 얼굴에 드러냈다.

시오리는 무릎을 꿇으면서 몰래 예비 가속제를 꺼내려고 했다. 연기로 머리를 숙일 마음은 조금도 없이, 성심성의껏 용서를 구할 작정이었다. 그래도 안 된다면 쓸 생각이었다.

하지만 그것을 아키라가 막았다. 그리고 자신의 말에는 응하지 않고 그저 움직이지 말 것을 요구하는 아키라의 태도에서 예비 가속제가 있음을 의심하고, 나아가 시오리의 가속제 효과가 떨어지기만 기다리고 있음을 이해했다.

이것으로 레이나를 구할 방법은 사라졌다. 그렇게 이해한 시오리의 얼굴이 절망으로 물들고, 충성심이 상황에 굴복한다. 그와 동시에 가속제 효과도 완전히 떨어졌다. 시야가 일그러지고, 의식이 흐려지고, 몸을 가눌 수 없어진다. 기절하지는 않았지만, 바닥에 쓰러져 일어나지 못했다.

레이나가 몹시 허둥대면서 시오리에게 달려가 몸을 부축하려고 한다.

"시오리?! 괜찮아?! 정신 차려!"

그 목소리는 시오리에게 들리지 않았다. 그저 의식이 흐려지는 가운데, 아키라에게 움직이면 죽인다는 말을 들었는데도 움직이고 말았음을 이해했다.

"아가씨…… 죄송합니다……. 부디, 도망쳐 주세요……."

하다못해 레이나만이라도 살 수 있기를. 그렇게 빌면서 시오리는 체념하고 눈을 감았다.

"…………?"

그러나 쏘지 않는다. 시오리가 이상하게 여기고 눈을 떠 본다. 총구는 여전히 자신을 향하고 있었지만, 아키라는 자신에게 눈길을 주지 않고 광장 통로를 보고 있었다.

왜 쏘지 않지? 시오리는 혼란을 느끼면서도 아키라의 낌새를 확인한다. 아키라는 이미 자신을 눈에 띄게 경계하지 않았다.

그 낌새를 본 시오리는 아키라가 가속제 효과가 다 떨어지길 기다린 게 맞지만, 그것은 자신을 확실하게 죽이려는 게 아니라 단순히 반격당할 위험이 없는 상태가 될 때까지 경계를 늦추지 않은 것임을 이해했다.

살 수 있을지도 모른다. 그렇게 인식한 시오리가 의지를 되찾는다.

그리고 아키라를 자극하지 않게 조심하면서 자신들을 본부에 연행하도록 유도하면 된다. 그러면 일단 레이나의 생명은 보증할 수 있다. 이번 실수의 대가는 자신이 치르면 된다. 그렇게 생각해서 지금이 협상할 기회라며 아키라에게 말을 걸려고 했다.

하지만 그때 아키라가 표정을 험악하게 일그러뜨리더니 시오리를 겨누던 총을 재빠르게 통로 쪽으로 연사했다.

수많은 탄환이 통로 모퉁이 쪽 벽에 맞아 큰 소리를 낸다.

이런 때 무슨 일이 생긴 거지? 계속 변하는 상황 속에서 시오리가 그런 초조함과 당혹함을 키우고 있을 때, 통로 모퉁이에서 사람 목소리가 들려온다.

"레이나! 시오리 씨! 무사해?! 지금 구해줄게!"

"카츠야······?"

레이나의 목소리를 듣고 시오리는 통로 모퉁이에 카츠야가 있다고 조금 뒤늦게 이해했다. 그리고 방금 사격이 카츠야에 대한 견제인 것도 이해한다.

"또냐······."

아키라가 중얼거리는 말을 들은 시오리가 얼어붙는다. 그 음성에서 다시는 똑같은 실수를 저지르지 않겠다는 의지를 느꼈기 때문이다.

그때 야지마를 바로 죽였으면 이런 일이 벌어지지 않았다. 그렇게 생각하고 있음을 쉽게 상상할 수 있었다.

"5 대 1…… 많은걸."

아키라가 다음으로 중얼거린 말을 들은 시오리가 다시 몸을 떤다. 아마도 카츠야와 함께 유미나와 아이리도 왔다고 예상하지만, 그건 중요하지 않다.

아키라의 말에서는 사태를 설명할 의지를 느낄 수 없다. 교전을 전제로 말했다. 나아가 자신들도 적으로 헤아렸다. 적을 무력화해서 풀어졌던 경계심을 원래대로 돌리고 말았다.

자신들을 인질로 잡고 협상할 사람으로는 보이지 않는다. 다섯 명은 많다고 했다. 누구부터 줄일지는 생각할 필요도 없다.

(카츠야 님, 하필이면 이럴 때……!)

아키라도 자신들이 왔을 때 비슷하게 생각했으리라. 시오리는 그렇게 생각하고, 절박한 상황에 무심코 탄식했다.

◆

가속제 효과가 떨어져서 쓰러진 시오리를 보고도 아키라는 일단은 경계하고 있었다. 그때 알파가 웃으며 말한다.

『아키라. 이제 총을 내려도 돼.』

『그래? 추가 가속제가 어쩌고 그러지 않았어?』

『나라면 이 상태로 추가 가속제를 쓰는 실수를 저지르지 않아. 뭐, 또 써도 괜찮게 만약을 대비해 쏘고 싶다면 쏴도 되거든? 지금이라면 반격당할 우려도 없어.』

『아니지, 그건 좀.』

쏠 마음이 있었다면 진즉에 쐈다. 아키라는 무력화만으로 충분했다.

『그렇다면 다음 사태에 대비하자. 주위에선 적을 확인할 수 없어. 다만 재밍 스모크의 영향이 남았으니까 경계를 게을리하지 마. 저 남자는 동료가 올 것처럼 굴었으니까, 그 점은 조심하자.』

『그래. 그랬지.』

아키라가 통로 너머로 시선을 돌린다. 이미 하얀 안개 같은 연기가 거의 사라졌지만, 아직 잘 보이지 않는 것처럼 느껴졌다.

『그 영향은 얼마나 지나야 사라져? 조금 기다리면 사라져? 아니면 몇 시간은 이 상태야?』

『그건 잘 모르겠어. 사용량과 종류, 주변 지형에도 좌우되니까. 탁 트인 지상보다 효과가 더 오래갈 것은 분명해. 밀폐 공간에 가까우니까. 확인해 보는 게 빠르겠네. 본부와 연결되는지 확인해 보자.』

『그래. 먼저 본부에 연락을…… 음?』

통신 장애는 남아 있지만, 색적 방해의 영향은 이미 꽤 줄어들었다. 아키라의 정보수집기가 광장의 다른 통로에서 누군가가 다가오는 반응을 포착했다.

『누가 오는데. 그 녀석의 동료인가?』

『아마도 아닐 거야. 이쪽으로 오는 방향을 보면 다른 헌터겠지. 본부와 연락이 끊겨서 상황을 확인하러 왔을 거야.』

알파의 추측대로, 그들은 야지마의 동료가 아니라 카츠야 일행이었다. 일단 적은 아니다.

그러나 상대도 똑같이 판단할지는 모를 일이다. 카츠야는 통로 모퉁이에서 광장을 본 순간 레이나 일행을 구하려는 듯이 총을 겨눴다.

하지만 아키라가 먼저 움직였다. 카츠야를 향해 재빠르게 총을 겨누고 난사해 상대를 견제한다.

"또냐……."

겨우 적을 무력화한 줄 알았더니 또 난입자가 나타났다. 그것도 다시 자신의 상황을 나쁘게 하는 쪽에서. 아키라는 무심코 속내를 슬쩍 입에 담았다.

이번에는 실수하지 말자고 의식을 바꾼 아키라가 문득 의문을 느낀다.

『알파. 아까 사격이 빗나간 건 내 실수야? 알파의 서포트가 있어도 조준이 어긋날 만큼 내 자세가 나빴어?』

『아니야. 내가 견제 사격으로 바꿨어.』

『왜 그랬는데. 저쪽도 쏘려고 했잖아. 죽이진 않아도 맞힐 정도로는 해야…….』

『상대도 견제 사격이었을 가능성이 있어. 게다가 지금 상황에서 5 대 1이거든? 무의미하게 적을 늘리는 행동은 자제해.』

알파의 서포트로 모퉁이 너머에 숨은 자들이 카츠야 일행임을 아키라도 알아차렸다.

아무리 그래도 한 사람 한 사람이 야지마나 시오리처럼 강하지는 않겠지만, 알파는 지금 상황으로는 정면에서 싸우기 어렵다고 판단한 것이리라. 그렇게 생각한 아키라가 다시 나빠진 상황에 투덜거린다.

"5 대 1…… 많은걸."

최악의 상황에는 모두 죽인다. 레이나 일행이 왔을 때도 그렇게 말한 알파가 이번에는 적으로 삼지 말라고 할 정도의 상대라고 판단하고, 아키라는 나빠지는 상황에 인상을 팍 구겼다.

◆

현장으로 달려간 카츠야는 아키라가 겨눈 총구 앞에서 지금 당장 죽을 지경에 처한 레이나와 시오리를 발견했다.

좌우지간 방지하려고 사격을 시도했지만, 오히려 아키라에게 견제 사격을 받고 움직임을 봉쇄당해 통로 구석에 몸을 숨기는 게 고작이었다.

"레이나! 시오리 씨! 무사해?! 지금 구해줄게!"

카츠야는 그렇게 큰 소리로 외치고 두 사람에게 자신들이 있음을 전했다. 그리고 상황을 다시 파악하려고 했지만, 전혀 알 수 없었다.

"왜 저 녀석이 레이나 일행하고 싸운 거야? 유미나, 어떻게 생각해?"

"나도 몰라. 카츠야. 아무튼 섣불리 움직이지 마."

카츠야가 노려보듯 인상을 쓰고 유미나를 본다.

"무슨 소리야! 빨리 구출해야지!"

하지만 유미나는 카츠야에게 더욱 험악해진 표정을 지었다.

"무사히 구출하려고 하는 말이야. 됐으니까 침착하게 굴어. 아까도 카츠야가 죽을 뻔했잖아? 카츠야가 헛되이 죽으면 두 사람을 구할 수 있어?"

유미나의 살벌한 기백에 기가 죽은 카츠야는 그제야 냉정함을 되찾았다.

"알았어……. 침착해질게. 그래서? 어쩔 건데?"

"어쩔까……. 아이리, 본부와 연락은 돼?"

"안 돼."

유미나는 카츠야가 멋대로 자리에서 이탈한 것을 변명하려고 이곳으로 오는 도중에 본부에 연락하려고 했다.

그러나 통신은 도중에 끊기고 말았다. 제자리에 가만히 있을 수도 없어서 그대로 카츠야를 뒤쫓았는데, 결국 통신은 회복되지 않았음을 알았다.

"정말, 뭐가 어떻게 된 거야……."

영문을 모르겠고, 그저 매우 심각한 사태라는 것만 아는 상황에 유미나는 골치가 아팠다.

상황이 고착상태에 빠진다. 카츠야는 투항을 권했지만, 아키라는 묵살했다. 시험 삼아 도란캄의 이름을 댔는데도 마찬가지였다. 레이나와 시오리를 해방하는 조건이 뭔지 물어봤지만, 대답도 없고 뭔가 요구하는 것도 없었다.

더군다나 빈틈을 살펴도 없어서, 통로 모퉁이에서 견제 사격을 시도하기만 했는데도 오히려 견제 사격이 날아든다. 카츠야는 상황을 개선할 수단을 전혀 찾아내지 못했다.

"젠장! 어쩌면 좋지?"

초조함을 드러내는 카츠야를 보고, 유미나는 고민한 끝에 결단했다.

"알았어. 내가 잠시 협상해 볼게."

"협상? 몇 번이고 말을 걸어도 무시했는데?"

"그것도 포함해서 잠시 시험해 볼 거야. 아이리, 카츠야를 잘 붙잡고 있어."

"응……? 알았어."

아이리도 아리송한 반응을 보였지만, 그렇게 해서 상황에 진전이 있다면 된다는 생각에 고개를 끄덕였다. 그리고 마찬가지로 아리송한 표정을 지은 카츠야의 옆에 섰다.

그러자 유미나가 총을 잡고서 두 손을 들었다. 그리고 마치 누군가에게 보여주려는 것처럼 총을 내던졌다.

카츠야는 유미나가 취한 행동의 의미를 몰라서 괴이쩍은 표정을 지었다. 하지만 다음에 유미나의 행동을 보고 놀라 허둥댄다. 유미나가 심각한 얼굴로 각오하듯이 숨을 살짝 내쉬고, 두 손을 든 채로 통로 모퉁이에서 나갔기 때문이다.

"뭐 하는 거야?!"

카츠야는 허겁지겁 유미나를 도로 데려오려고 했다. 그러나 그것을 아이리가 제지한다. 이미 늦었고, 지금 와서 카츠야가 나가도 같이 휘말리기만 할 것이라며 온 힘을 다해 카츠야를 붙잡았다.

틀렸다. 이제 늦었다. 그렇게 생각하고 유미나의 죽음을 예감한 카츠야의 표정이 비통하게 일그러진다.

하지만 유미나는 총을 맞지 않았다. 예상을 벗어난 사태에 어쩔 줄 모르는 카츠야를 아랑곳하지 않고, 유미나는 먼저 예상대로 되었다며 속으로 안도해서 표정을 살짝 풀었다. 그리고 시선에 들어오는 아키라에게 말을 건다.

"대화가 하고 싶은데, 괜찮을까?"

등 뒤에서 카츠야와 아이리가 놀라는 것을 느끼면서, 유미나는 천천히 아키라에게 다가갔다.

◆

아키라는 알파의 서포트로 통로 모퉁이에 있는 카츠야 일행을 두 눈으로 똑똑히 인식하고 있었다. 그 덕분에 원래는 보이지 않는 것, 두 손을 들고 총을 버리는 유미나의 행동도 자세히 보고 있었다.

무슨 짓인지 의심했지만, 그래도 상대가 총을 버려서 무의식중에 유미나에 대한 경계를 낮춘다. 그래서 유미나가 모퉁이에서 나왔을 때도 놀라기는 했지만 쏘지는 않았다.

"대화가 하고 싶은데, 괜찮을까?"

"뭔데……?"

조금 전 유미나가 한 행동은 총을 버렸다고 자신에게 알리는 게 목적이었다. 아키라도 그 사실을 뒤늦게 깨달았다.

이어서 자신이 보고 있는 것을 알아차렸다고 판단해 놀라서 유미나에 대한 경계를 조금 강화한다. 그리고 유미나가 어느 정도 다가왔을 즈음에 멈추라는 듯이 총으로 유미나의 얼굴을 조준했다.

유미나가 걸음을 멈춘다. 그리고 아키라를 달래듯이 표정을 조금 풀었다.

◆

유미나는 딱히 알파의 존재를 눈치챈 게 아니다. 통로 모퉁이에서 빈틈을 찾으려고 하는 카츠야의 움직임을 다 알아본 것처럼 반응하는 아키라를 보고 성능이 매우 뛰어난 정보수집기를 가지고 있다고 판단했을 뿐이다. 그 판단이 잘못되었다면 총을 맞았겠지만, 그 정도는 각오했다.

그리고 아키라가 이야기를 들을 자세를 보여줘서, 그것도 예상대로 되었다며 안도한다. 이 상황에서 레이나 일행을 쏘지 않는다면 무기가 없는 상대를 쏘지 않을 가능성이 크다고 생각했다. 더불어 무장하지 않고 안전한 상대가 하는 이야기라면 총을 들고 모퉁이에 숨어서 소리치는 것보다는 귀를 기울여 주리라고 판단했다.

지금까지는 잘 풀렸다. 하지만 진짜는 지금부터다. 유미나는 그렇게 자신을 타이르고 마음속 긴장을 숨기면서 침착한 표정을 가장한 뒤, 지금도 자신에게 총구를 겨눈 상대와 협상을 시작한다.

"우리는 거기 있는 두 사람을 구하려고 온 거야. 너와 싸울 마음은 없어."

조금도 믿지 않는 아키라의 시선을 느끼고, 유미나가 말을 바꿨다.

"두 사람을 구하고, 너와 싸우지 않는다. 이건 성립해?"

괴이쩍은 얼굴로 상대의 진의와 꿍꿍이를 캐려는 아키라의 낌새를 본 유미나가 말을 덧붙인다.

"무슨 상황인지 잘 모르겠지만, 시오리 씨를 쓰러뜨린 건 너지? 그렇게 엄청난 사람과 싸우긴 싫어."

그렇게 아키라를 슬쩍 치켜세우고, 교전할 의지가 없는 이유를 보강한다.

『알파.』

『진심이야.』

실제로 유미나는 진짜 그렇게 생각한다. 이렇게 몸을 드러내고 협상하러 나온 것도 카츠야와 아키라가 싸우지 않게 하기 위함이다.

카츠야는 저대로 두었다간 자기 몸도 생각하지 않고 두 사람을 구하려고 들 것이다. 시오리를 쓰러뜨릴 정도의 실력자와 두 사람이 인질로 잡힌 상태에서 싸우면 죽기만 할 것이다. 그것은 절대로 방지해야 한다. 그렇게 각오하고 행동한 것이다.

"하지만 두 사람을 버리고 돌아가는 것은 조직의 형편상 조금 어려워. 그러니까 두 사람을 구하고 빨리 귀환하고 싶은 거야."

『알파.』

『이것도 진심이야.』

"두 사람이 너에게 뭔가 피해를 줬다고 해도, 그걸 우리에게 말하면 곤란해. 나중에 여기 본부나 도란캄의 에이전트와 이야기하는 게 좋을 거야. 어때?"

상대가 레이나와 시오리를 죽이고 후다닥 도주하지 않는 것은 그럴 수 없거나, 그러기 싫거나, 둘 중 하나다.

그 이유가 레이나 일행을 해방해도 이 자리에서 무사히 탈출할 수 없다는 불안과 다음에 있을 문제를 평화롭게 해결할 수단이 없다는 것이라면 이것으로 어떻게든 될 터이다.

유미나는 자신의 추측에 희망이 많이 섞였음을 알면서도 이것으로 잘 풀리길 빌었다. 그리고 표정이 험악하면서도 고민하는 듯한 아키라의 태도를 보고 잘 풀릴 것 같다며 속으로 한숨을 쉰다.

하지만 그런 아키라의 표정이 갑자기 더 험악해지고, 표정에서 강한 경계심이 드러난다.

"두 사람을 구한다. 나와는 싸우지 않는다. 그게 성립할지 물어봤지?"

"맞아."

"나와 너 사이에서 성립할지는 몰라도, 네 동행이 성립하지 않는다고 생각하는 시점에서 불가능한데."

아키라의 시선은 유미나의 등 뒤를 향했다. 유미나의 표정이 딱딱해진다.

(카츠야, 섣불리 움직이지 말라고 했잖아?! 아이리, 카츠야를 잘 붙잡으라고 했잖아?! 누구야?! 둘 다?! 아니면 허풍?!)

아키라의 말은 반이 허풍이고, 나머지 반은 카츠야를 믿지 못하는 마음이다.

아키라도 동료를 위해서 무기를 버리고 총구 앞에 몸을 드러내며 협상하러 온 사람은 조금 믿을 수 있다. 하지만 나머지는 지금도 통로 모퉁이 뒤에 숨어서 이쪽의 빈틈을 엿보고 있다. 그들까지는 믿을 수 없다.

그런 상황에서 어떻게 할지를 물어본 것이다.

유미나가 지혜를 쥐어짠다. 협상해 봤지만 안 됐다고 말할 수는 없다. 지금 와서 돌아갈 수도 없다. 카츠야와 아이리가 있는 곳으로 돌아가려는 자신을 그냥 보낼 리도 없다. 이대로 가다간 상대의 인질을 한 사람 늘리는 것으로 끝난다.

그때 유미나가 머리를 굴린다. 그리고 이미 인질이나 다름없는 상태라면, 그 상황에서 더욱 상대에게 다가간다.

"나랑 너 사이에서는 성립한다는 거지? 알았어. 그러면 내가 두 사람 대신 인질이 될게. 이러면 어때?"

유미나가 억지로 이야기를 진행하려고 두 손을 들고 아키라에게 다가가려고 한다.

"그러면 다른 동료들도 두 사람을 안전한 곳으로 데려갈 필요가 생기니까 너를 쫓을 수 없어. 두 사람이 풀려나도 나라는 인질이 남아. 문제없을 거야."

"멈춰."

유미나가 더욱 다가갔을 때 아키라가 험악한 투로 제지했다. 그리고 발걸음을 멈춘 유미나에게 아키라가 고한다.

"강화복."

유미나는 잠시 망설였지만, 강화복에서 에너지 팩을 빼서 아키라에게 보여줬다. 벗으라고 하면 벗을 수밖에 없지만, 그랬다간 카츠야의 적개심을 자극할 테니 되도록 피하고 싶었다.

『알파.』

『저 사람의 강화복은 정지했어. 에너지 팩을 바로 장착할 수도 없어.』

"좋아…………. 이쪽에 등을 보이고 천천히 다가와."

유미나가 그 말에 따르자 아키라가 목깃 근처를 단단히 붙잡았다.

아키라는 오른손으로 AAH 돌격총을 들고 왼손으로 유미나를 방패로 삼듯 붙잡고는 카츠야 일행을 경계하며 이동한다.

유미나가 두 손을 들고서 카츠야와 아이리에게 들리게끔 큰 소리로 말했다.

"카츠야! 아이리! 이젠 괜찮아! 두 사람을 데리고 돌아가!"

아키라와 유미나와 거리가 있는 탓에 상황을 파악하지 못한 카츠야와 아이리가 반신반의한 기색으로 신중하게 통로 모퉁이에서 나온다. 그리고 괜찮다고 했는데도 유미나를 방패로 삼아서 총을 든 아키라를 보고 경계한다.

"유미나, 어떻게 된 거야?"

"나는 괜찮아. 너희는 레이나와 시오리 씨를 데리고 모두가 있는 곳으로 돌아가 본부에 사태를 설명해."

"사태……? 나도 알아듣게 설명해 줘!"

"됐으니까 서둘러. 만약 돌아가서도 본부와 통신이 안 되면 리더인 카츠야가 모두를 지휘해."

그렇게 이야기하는 동안에도 유미나는 아키라에게 끌려가고 있다. 아키라는 카츠야 일행이 온 통로 쪽으로 이동하고 있었다.

카츠야가 아키라를 노려본다.

"넌 진짜 대체 왜 이러는 거야? 엘레나 씨와 사라 씨와 함께 있던 녀석이 왜 이런 짓을……."

아키라는 아무 말도 없이 유미나를 방패로 삼아 총구로 경계를 드러내면서 카츠야 일행과 멀어진다.

카츠야가 무심코 아키라를 쫓으려고 하지만, 유미나가 카츠야를 보면서 고개를 크게 가로저었다.

"나는 괜찮으니까 빨리 두 사람을 데려가. 현장을 내팽개치고 구하러 간 거잖아? 그렇다면 끝까지 책임을 다해. 알았지?"

"알았어…………."

비통한 얼굴로 고뇌가 어린 선택을 한 카츠야에게, 유미나는 그러면 된다고 웃었다. 그리고 그대로 아키라에게 반쯤 끌려가면서 통로 모퉁이 너머로 사라졌다.

"젠장……!"

카츠야가 곧바로 움직인다. 부상이 더 심해 보이는 시오리에게 회복약을 주려고 하자 고개를 가로젓는다.

"저는, 걱정하지 말고…, 아가씨를, 빨리, 안전한 곳으로…….
부탁합니다……. 서둘러, 주세요……. 빨리……."

시오리는 그 말을 남기고 기절했다. 레이나가 몹시 허둥대기 시작한다.

"아이리, 레이나를 부탁해! 가자."

카츠야가 시오리를 들쳐메고, 아이리가 레이나를 부축한다. 그렇게 카츠야와 아이리는 동료들이 있는 곳으로 발걸음을 재촉했다.

동료들에게 두 사람을 부탁하고, 본부에 상황을 전하고, 곧장 유미나를 구출하러 간다. 카츠야는 그렇게 결심했다.

레이나가 중얼거리듯 소리를 낸다.

"미안해. 나 때문에……."

카츠야가 레이나를 달래듯이 말을 건다.

"무슨 소리야. 유미나가 끌려간 건 그 녀석 탓이지."

"아니야……. 내 탓이야……. 내가……."

상심해서 후회의 말만을 되풀이하며 자신의 말에도 반응하지 않게 된 레이나의 태도를 보고, 카츠야는 더는 말을 걸 수 없었다.

"진짜, 뭐가 어떻게 된 거야……?"

카츠야는 유미나를 걱정하면서, 딱딱하면서도 난처한 표정을 짓고 서둘러 이동했다.

◆

광장을 나선 아키라는 회수한 배낭을 짊어지고 유미나의 목깃 언저리를 붙잡은 채 지하상가를 이동했는데, 광장에서 조금 떨어진 곳에서 유미나를 잡은 손을 놓았다.

유미나가 슬쩍 숨을 내쉰다.

"풀어주는 거야?"

"안 돼. 그대로 앞을 걸어. 그리고 걸으면서 본부와 연락해 줘."

"무리야. 아까도 광장 근처에서 본부와 연락하려고 했는데 연결이 안 됐어."

"그건 재밍 스모크 탓이야. 이동하거나 시간이 지나면서 영향이 줄어들면 통신이 정상으로 돌아올 거야. 내 단말은 그 녀석의 공격으로 부서졌다고. 그러니까 대신에 연락해 봐. 빨리, 지금, 시험해 줘."

유미나가 지시에 따라 본부와 통신을 시도한다. 그리고 고개를 가로저었다.

아키라가 슬쩍 한숨을 쉰다.

"지금 당장 본부로 가겠어. 이동하면서 계속 본부와 연락을 시도해. 가자."

"알았어."

유미나가 걸음을 빨리해서 본부로 향한다. 강화복은 쓸 수 없지만 다치지 않아서 제법 빠르다.

한편, 아키라는 강화복 혜택을 보면서도 이미 몸이 한계를 맞이했고, 억지로 몸을 움직이는 고통을 참으면서 이동하는 바람에 유미나를 따라잡는 것도 힘들었다.

잠시 후 유미나는 아키라가 심하게 경계하면서도 자신을 해칠 생각이 없음을 눈치챘다. 속으로 안도하고 긴장을 확 푼 다음, 아까는 듣지 못했던 것을 물어보려고 한다.

"있잖아, 왜 시오리 씨와 싸웠어? 무슨 일이 있었는데?"

"나중에 본인한테 물어봐."

"이야기할 수 없는 이유가 있어?"

"나한테 들어서 어쩌게. 어디의 누구인지도 모르는 사람이 하는 말을 들어도, 그 내용을 신용할 수는 없다면서?"

불쾌해진 아키라는 지난번에 유미나에게 들은 말을 그대로 반쯤 화풀이하듯 돌려줬다. 나머지 반은 자신이 하는 말은 어차피 믿지 않을 것이라는 자조와 자학이다.

그러자 유미나가 매우 진지한 투로 대답했다.

"미안해……."

아키라는 설마 순순히 사과할 줄은 전혀 예상하지 못했다. 놀라는 바람에 조금 곤혹스러워하고 말았다.

"아, 아니…… 미안해."

그 뒤로 서로가 상대와의 거리감을 가늠하지 못하는 기묘한 침묵이 한동안 이어졌다.

이번에는 아키라가 유미나에게 물어본다.

"왜 스스로 인질이 되어서 그 자리를 수습하려고 했지?"

질문의 의도와 대답할 말을 생각하는 유미나의 침묵을, 아키라는 대답을 거부하는 것으로 받아들였다.

"아니…… 억지로 물어보는 건 아니야."

유미나는 왠지 소극적으로 보이는 아키라의 태도를 조금 의아하게 여겼지만, 그래도 질문에는 정직하게 대답한다.

"잘 협상하면 전투를 피할 수 있어 보였고, 시오리 씨를 쓰러뜨릴 만큼 강한 사람과 싸워서 동료를 희생하고 싶지 않았을 뿐이야."

"그랬군……. 그렇지만 내가 쏘면 어쩌려고 그랬어?"

"어쩔 수 없지."

"어, 어쩔 수 없다니……."

아키라가 다시 곤혹스러워한다. 그야 정말로 어쩔 수 없다고는 생각한다. 하지만 어쩔 수 없다는 말로 끝낼 일도 아니라고 생각했기 때문이다.

조금 곤혹스러워하는 아키라에게, 유미나가 가볍게 말한다.

"그러니까 쏘지 않아서 고맙다고 말할게."

"…………그래."

고맙다는 말을 들을 줄 몰랐던 아키라는 대답하는 데 조금 시간이 필요했다.

자신의 앞을 걷는 유미나를 보면서, 아키라는 문득 생각했다.

정도의 차이는 있지만, 시오리는 레이나를 위해서, 유미나는 동료를 위해서, 자신의 생명을 타인을 위해 바쳤다. 희생했다.

자신은 그럴 수 없다. 자각은 희미하지만, 그렇게 경의와도 같은 감정을 느낀다.

어떤 인생을 살면 그러한 생각을 가지는 인간이 될까? 그렇듯 신기하게 여기고 상상해 보지만 전혀 떠오르지 않았다. 그 사실에, 아키라는 슬쩍 자조했다.

그때, 본부와의 통신을 여러 차례 시도하던 유미나의 노력이 결실을 봤다. 유미나의 렌탈 단말에서 본부 직원의 목소리가 들린다.

"여기는 본부……."

그 순간, 아키라가 유미나의 단말에 대고 소리친다.

"여기는 27번! 수상한 인물과 교전하여 부상자 3명 발생! 전투 속행 불가! 수상한 인물은 사망! 다른 동료가 있을 위험이 크다! 그 일당은 지하상가 유물을 훔치려는 것 같다! 빠르게 전투력이 뛰어난 인원을 지원해 줘!"

유미나는 아키라가 갑자기 소리친 것을 보고 놀라서, 보고한 내용에 놀라는 게 늦어졌다. 그동안에도 아키라가 거침없이 소리친다.

"27번의 단말은 수상한 자와의 교전에서 파괴되어서 다른 헌터의 단말로 연락하고 있다! 또한 부상자 중 2명은 도란캄의 헌터가 회수했다! 이상!"

렌탈 단말에서는 상세한 정보를 요구하는 본부 측 목소리가 이어졌지만, 아키라는 그것을 무시하고 유미나에게 말한다.

"여기까지면 됐어. 이제 너 좋을 대로 해. 나는 본부로 갈 거야. 너도 본부에 간다면 바래다줄게."

"어? 아, 아니. 사양할게."

유미나는 놀라움과 급전개 탓에 그렇게 대답할 수밖에 없었다.

"그래? 그러면 한 가지 충고할게. 그 광장에는 돌아가지 않는 게 좋아. 나와 아까 두 사람을 습격한 녀석의 동료들이 왔을지도 모르니까. 그럼 잘 가."

아키라가 그 말만 남기고 뛰어서 그 자리를 떠난다.

"저, 저기! 그렇게 말할 거라면 더 자세히 설명을⋯⋯."

광장에서 있었던 일의 경위 같은 이야기를 들은 유미나는 자세한 내용을 물어보려고 황급히 아키라를 불러서 멈춰 세우려고 했다. 하지만 아키라는 이미 통로 저편으로 사라지고 말았다.

렌탈 단말에서는 지금도 설명을 요구하는 본부 직원의 목소리가 들리고 있다. 그러나 사정을 물어봐도 유미나도 모르는 이상 대답할 수가 없다.

"진짜, 뭐가 어떻게 된 거야⋯⋯."

유미나는 머리를 슬쩍 붙잡고서 한숨을 쉰 다음, 상황 파악을 뒤로 미뤘다. 본부와의 통신을 보류로 바꾸고, 먼저 카츠야에게 무사함을 알리고자 연락했다.

제54화 사후보복의뢰 프로그램

야지마를 해치운 아키라가 카츠야 일행과의 사이에서 발생한 문제를 해결하고 광장을 떠난 조금 뒤, 그 광장에 지하상가의 헌터들과는 딱 봐도 다르게 생긴 자들이 나타났다. 야지마가 호출한 동료, 케인과 넬리아다.

케인은 대형 중장강화복을 착용했다. 아키라나 엘레나의 강화복처럼 옷에 가까운 게 아니다. 소형 인형 병기를 입은 것처럼 보이는 강화복이다.

팔은 양쪽에 두 개씩 총 네 개가 달렸고, 모든 손에 중화기를 쥐었다. 두 강철 다리는 모두 역관절이다. 분류로 따지면 강화복이지만, 전투용 사이보그의 대형 확장 부품에 가깝다.

지하상가 통로는 매우 넓게 만들어졌다. 하지만 그 대형 중장 강화복은 너무 커서 통로를 한계까지 점거하므로, 사지를 접어서 조금 억지로 통로를 지나가고 있었다.

광장으로 나와 팔다리를 펴자 어떻게 그곳으로 들어갔는지 신기할 정도로 크게 보인다. 그만큼 대형 기체로 여기까지 오려면 고도의 조종 기술이 필요하므로, 착용자에게 그만한 실력이 있음을 드러내고 있었다.

넬리아도 중장강화복을 착용했지만, 그 정도로 대형은 아니다. 그러나 두꺼운 장갑으로 온몸을 완전하게 감싼 타입이라서 덩치가 크고, 지하치고는 넓어도 통로에 크고 작은 잔해가 널린 지하상가에서는 다소 움직이기 불편하다. 그것을 착용하고 여기까지 그냥 왔다는 것은 그만큼 실력이 있다는 증거였다.

케인과 넬리아는 유물을 지상으로 옮긴 다음에 수송차를 경비하는 전투 요원이다. 지하상가에서 벌이는 일은 야지마의 관할이며, 원래는 지하상가에 내려올 예정이 없었다. 전투력은 뛰어나지만 아무리 봐도 눈에 띄는 중장강화복을 장비한 것은 그런 이유다.

케인이 정보수집기로 광장 조사를 마친다.

"야지마의 시체……라고 할까, 분쇄된 의체를 발견. 머리가 날아갔으니까 뭐, 죽었겠군. 뇌만 빼냈을 가능성은 없겠지."

넬리아가 가벼운 투로 대답한다.

"그래? 그러면 돌아가자."

"이 주변에 숨긴 유물은 어쩌지?"

"야지마 말고 다른 시체는 있어?"

"아니, 없군."

"그렇다면 야지마를 죽인 녀석은 이미 여기를 뜬 거야. 적어도 여기에서 전투가 있었다는 사실은 본부에 들켰어. 곧바로 여기를 조사하려고 다른 헌터를 보내겠지. 그것들과 싸우면서 유물을 운반할 순 없어."

"뭐…… 그건 그렇지."

"그렇지? 얼른 돌아가자."

케인이 어이가 없다는 듯, 미심쩍게 들리는 투로 말한다.

"야지마가 죽었는데 태도가 가볍군. 애인 아니었나?"

"나는 과거에 연연하지 않아."

넬리아는 대수롭지 않게 대답했다.

그때 지하상가의 헌터들이 나타났다. 아키라가 있던 곳의 인원들과 통신이 끊긴 것을 이상하게 여긴 본부의 지시로 파견된 자들이다.

그 지시를 받은 상황에서 중장강화복을 착용하고 위치 정보를 공유하지 않는 자들을 발견하면 마땅히 대응할 수밖에 없다. 모두가 케인과 넬리아에게 총을 겨누고 매섭게 경고한다.

"꼼짝 마! 너희는 거기서 뭘 하는 거냐!"

하지만 케인은 전혀 움츠러들지 않았다. 중화기로 헌터들을 조준하고 주저하거나 경고하는 일도 없이 연사했다. 요란한 총성이 지하상가에 울려 퍼지고, 대량의 총탄을 뒤집어쓴 헌터가 즉사한다.

넬리아가 어이없다는 투로 말한다.

"거참, 더 조용히 죽일 순 없어?"

"보면 알잖아? 섬세한 작업은 어려워."

헌터들도 케인이 움직인 순간에 총을 쐈다. 야라타 전갈을 대비한 강력한 탄환이 탄막이 되어서 케인에게 쏟아진다.

그러나 케인의 장갑은 총탄을 튕겨내 주변에 흩뿌렸다. 그 일부가 넬리아에게도 맞는다.

"저기, 나한테도 튀잖아?"

우산을 털었더니 빗방울이 날아왔다. 그런 느낌으로 불평했다.

"나한테 말하지 마. 저들에게 말해."

케인도 비슷한 태도로 대답했다. 그리고 살아남은 헌터들을 더욱 매섭게 쏜다. 네 팔에 각각 달린 중화기를 일대에 난사해 총탄과 유탄으로 헌터들을 주변 잔해와 함께 쓸어버렸다.

◆

지상 본부에 도착한 아키라에게 직원이 심각한 기색으로 사정을 물어봤다.

야지마와의 전투와 대화 내용, 그리고 동료가 오기를 기다리는 낌새가 있었음을 이야기하자 직원이 추가로 조사를 보낸 헌터들이 그 동료로 추정되는 자에게 공격당해 피해를 봤다고 알려주었다.

조사부대는 단순히 수상한 자를 발견한 상황이었던 아키라와 달리 아키라와 연락이 닿지 않아 위험한 사태가 발생했음을 사전에 알고 현지에 갔으므로 인원과 장비 모두 토벌 팀 수준으로 갖췄다. 그런데도 다수의 사상자가 발생했다는 이야기를 들은 아키라가 얼굴을 실룩거린다.

알파가 씁쓸한 듯이 미소를 짓는다.

『위험했네. 그 사람들과 더 실랑이를 벌였으면 딱 마주쳤을지도 몰라.』

조금만 더 늦었으면 자신들도 그 시체들에 추가되었을지 모른다는 생각에 아키라는 살았다고 느끼는 한편으로 조금 기묘한 기분도 들었다.

『그러게 말이야. 왜 이렇게 아슬아슬한 상황이 계속되는 거야? 역시 내 운이 나빠서?』

그렇게 한탄하는 아키라에게, 알파가 조금 놀리듯이 미소를 짓는다.

『분명 인질로 잡힌 미소녀를 죽게 내버려 두려고 했으니까 운수가 나빠진 거야. 선행이 부족한 게 아닐까??』

아키라가 싫증을 내듯이 대답한다.

『억지 쓰지 마. 그 상황에서 총을 버렸으면 나는 무조건 죽었을걸?』

『그것도 포함해서 운수가 나빠진 거야.』

납득할 뻔한 아키라가 얼버무리듯 농담한다.

『아, 그러셔? 알파의 굉장한 서포트가 있어도 내 운은 보충할 수 없구나. 정말 아쉬운걸.』

『어머, 미안해라. 나도 애쓰고 있지만, 정말 힘들어. 그리고 누구보다 아키라가 가장 잘 알잖아?』

알파는 아키라의 가벼운 투정을 전혀 아랑곳하지 않는 기색으로 웃으며 대답했다.

『그래.』

아키라는 한숨을 푹 쉬었다. 그러자 광장에서 있었던 일을 물어본 직원이 미심쩍은 얼굴로 아키라를 본다.

아키라는 그것을 얼버무리려고 피곤해서 그랬다고만 말했다.

거짓말이 아니어서 의심받지 않았다.

지하상가 공략 본부가 된 건물에는 진료소도 설치되어 있다. 임시 시설이지만, 전력 유지를 위해서 제법 건실한 설비를 갖췄다.

본부에 보고를 마친 아키라는 그 진료소로 가고 있었다. 아키라의 몸은 비록 겉으로는 눈에 띄는 상처가 없을지라도 그 속은 만신창이다. 싸구려 회복약으로는 완치를 기대할 수 없다. 멀쩡한 치료를 받을 수 있다면 그러고 싶었다.

진료소로 이동하는 와중에 아키라가 직원에게 들은 주의사항을 떠올린다.

『치료는 공짜가 아니니까 조심하라고 했지. 뭐, 그야 당연한 소리지만.』

알파가 웃고서 설명을 보충한다.

『치료비는 보험 적용도 포함해서 각자 알아서 협상하라고도 했어.』

『보험에 든 적은 없어. 일부러 당부할 정도면 황야 요금인가? 비싸게 먹힐 거 같은걸.』

아키라는 작게 한숨을 쉬었다.

진료소는 건물 홀을 개장해서 여러 곳을 설치했다. 병원이나 제약회사 등에서 설치해 운영하는데, 작은 진료소가 모인 곳처럼 보이기도 한다. 그리고 그곳에는 마치 정비소의 일부 같은 설비도 있었다.

치료라고 뭉뚱그려서 말해도, 헌터 중에는 아키라처럼 몸이 생체인 사람 말고도 나노머신을 통한 신체 강화 확장자나 얼핏 보면 인간 같은 의체 사용자, 명확하게 기계임을 알 수 있는 사이보그도 있어서, 치료가 아니라 수리로 불러야 할 처치가 필요한 자도 있다. 그런 자들에게도 폭넓게 대응한 결과였다.

생체 인간은 이쪽. 그렇게 적힌 간판을 따라서 이동하자 하얀 가운을 걸친 남자가 아키라를 맞이했다.

남자는 의사보다는 인체 실험을 즐기는 과학자처럼 생겼다. 전체적으로 잘 모를 수상쩍은 냄새를 풍겼다. 옷에 달린 명찰에는 '야츠바야시'라고 적혔는데, 빛바랜 글자가 남자의 신용을 더욱 떨어뜨리고 있었다.

아키라는 의사에게 진료를 받은 경험이 한 번도 없다. 그래서 일반적인 의사를 판단하는 기준이 없다. 그런데도 야츠바야시는 아키라가 이건 좀 아니라고 불안을 느낄 분위기를 풍겼다.

『알파. 돌아가는 게 나을까?』

알파의 판단 기준에는 상대의 분위기가 수상하니까 안 된다는 게 없다. 그래서 교환한 렌탈 단말에서 추출한 정보와 이곳의 설비를 바탕으로 충분한 치료를 받을 수 있는지를 판단했다.

『아키라. 다른 진료소는 보험 사용을 전제로 하는 곳밖에 없어. 안타깝지만 생체에 보험도 없는데 멀쩡하게 진료해 주는 것은 여기밖에 없어.』

『그, 그렇구나.』

그렇다면 어쩔 수 없다고, 아키라는 마음을 굳게 먹고 앞으로 나갔다. 그러자 아키라를 손님으로 인식한 야츠바야시가 부드럽게 말을 건다.

"야츠바야시 진료소 쿠즈스하라 시가지 유적 지점에 잘 왔어. 담당 의사인 야츠바야시라고 해. 바로 묻겠는데, 치료비는 어떻게 낼 거지?"

"보수에서 빼 줘."

"알았어. 아, 쿠가마야마 시티 영업부의 지원으로 진찰만은 무료야. 그러니 진찰만 보고, 돈이 없으니까 치료하지 않는다고 해도 나를 원망하지 마. 그러면 옷을 벗어 봐."

아키라는 그 말대로 강화복을 벗었다.

야츠바야시가 아키라의 몸을 카메라 같은 물건과 스캐너 같은 장치, 기타 수상쩍은 기구로 조사해 나간다.

그러한 기구가 진찰에 적합한 기재인지는 아키라의 빈약한 지식으로 알 수 없다. 그래도 진찰은 10분 정도 걸려서 끝나고, 진찰 결과를 듣게 되었다.

"경상이라서 다행이군. 하지만 치료를 권하겠어. 얼마나 치료할까?"

아키라가 괴이쩍은 표정을 짓는다.

"내가 경상이야? 아까부터 팔과 다리가 무척 아파. 싸구려 회복약으로 겨우 움직이는 상태인데."

아키라가 진찰 결과를 의심하듯 말하지만, 야츠바야시는 대수롭지 않게 웃었다.

"중상이란 팔이 부러지거나, 다리가 뜯어지거나, 내장이 드러나거나 파열하는 등, 병원으로 직행해야 하는 상태를 말해. 뼈에 조금 금이 가거나, 내출혈이 심하거나, 근조직 혹사나 충격에 따른 손상이나 피로 정도라면 충분히 경상이지."

자신이 생각하는 중상의 개념을 망가뜨리는 이야기를 들은 아키라는 납득한 듯, 그렇지도 않은 듯, 미묘한 표정을 지었다.

"경상이든 뭐든 움직이기 힘들어. 전투에 지장이 안 생기게 치료해 줘."

"알았어. 그리고 치료 방법 말인데, 여러 가지가 있어. 나는 보험이 안 되는 수단을 추천해. 왜 추천하냐면……."

야츠바야시는 자신의 입맛에 맞는 치료 방법을 권하려고 여러모로 설명할 작정이었다. 그 말을 가로막듯이 아키라가 말한다.

"보험은 없어."

야츠바야시가 조금 의아한 표정을 지었다. 지하상가에 있는 헌터라면 소속 조직의 지원 등으로 보험에 드는 게 일반적이기 때문이다.

하지만 곧바로 희색을 띠었다. 의사가 환자에게 보일 표정은 아니다.

"그랬군! 그렇다면 내가 개발한 회복약을 써도 될까? 꼭 추천하지! 싸게 해 주겠어! 내가 만든 약이니까 일반적인 보험은 안되지만, 애초에 보험이 없다면 관계없겠지?"

야츠바야시는 그렇게 말하고 옆에 있는 용기를 집어서 아키라에게 보여줬다. 안에는 녹색 액체가 있었다.

아키라에게는 수상한 약물로만 보였다.

"싫어. 보험이 안 된다면, 뭔가 위험한 거 아니야?"

"괜찮대도. 이건 내가 구세계 유물을 해석해서 비슷한 성능을 재현한 거야. 그러니까 어떤 의미로는 구세계의 약품인걸? 물론, 안전성도 나한테 투여해서 확인을 마쳤지. 효과는 확실해. 흔한 싸구려와는 비교도 안 되거든?"

야츠바야시의 설득이 장황하게 이어진다.

"보험이 안 되는 것도 그런 보험은 대체로 제약회사가 뒤에 있기 때문이고, 단순히 자기 회사의 제품을 쓰게 하려고 다른 회사의 제품을 보험 대상에서 뺀 거야. 성분이 위험하다거나 그런 게 아니라고."

설득이 계속되면서 내용에 이상한 것까지 섞이기 시작한다.

"그러니까 괜찮지? 어느 정도 사용 실적을 안 만들면 애초에 보험 대상이 되지도 않아. 싸고 성능이 좋은 약이 유통되면 세상에도 도움이 되잖아? 상처를 고치고 사람들도 도울 수 있어. 살벌한 헌터 생활 속에서 잃어버리기 쉬운 풍부한 인간성을 되찾기 위해서라도, 이럴 때 작은 선행을 쌓아 보라고."

이야기가 계속되는 가운데, 알파가 잠시 끼어든다.

『아키라. 일단 말해 둘게. 이 사람의 몸은 생체이고, 표정에도 작위적인 게 보이지 않아. 그리고 거짓말도 안 하고, 속여서 돈을 갈취하려는 의도도 없어 보여.』

『아니, 그래도 말이지. 그게 좀.』

『뭐, 그렇겠지.』

보험이 대형 제약회사의 영업 노력에 따른 포섭이라고 할지라도, 인가를 받은 약품이자 널리 쓰이는 것임은 분명하며, 그만큼 안전할 것이다. 제아무리 효과가 좋은 약이라도 처음 본 사람이 자기에게 시험해 봤다는 말만으로는 불안을 씻을 수 없다.

그러나 구세계 회복약의 효과를 잘 아는 아키라는 야츠바야시의 약이 어떤 의미로는 구세계에서 만든 것과 같다는 말에 흥미를 보이고, 시험해 봐도 좋을지도 모른다는 작은 고민을 드러내고 있었다.

그것을 눈치챈 야츠바야시가 승부를 내려고 나선다.

"좋아! 알았어! 내 약을 써도 괜찮다면 내가 가진 구세계 유물을 팔지! 원래는 콜론을 받아도 이상하지 않을 구세계의 회복약이야! 그것을 선심 써서 오럼으로 팔지! 어때?"

야츠바야시가 약을 꺼내서 아키라에게 보여준다. 아키라는 그 상자가 눈에 익었다.

『알파. 이건…….』

『그래. 아키라가 유적에서 구한 회복약과 같은 물건이야. 거짓말하는 기색은 없고, 상자도 미개봉 상태네. 아마도 진짜일 거야. 가능하다면 입수하고 싶어.』

"몇 상자를 얼마에 팔 건데?"

"한 상자만. 가격은 200만 오럼이야. 말해 두지만, 원래는 중환자를 대비한 것이니까 기본적으론 파는 물건이 아니야. 파는 양도, 가격도, 흥정은 받지 않겠어."

아키라는 제법 고민했지만, 결국에는 지금껏 자신의 목숨을 몇 번이나 살려 준 구세계 회복약에 대한 욕심에 굴했다.

"알았어. 협상 성립이야. 그 대금도 보수에서 빼 줘."

"좋아!"

야츠바야시가 신나서 치료 준비를 시작한다. 녹색 액체가 용기에서 주사기로 들어간다. 아키라는 그것을 보고 조금 성급하지 않았나 희미하게 불안을 느꼈지만, 각오하고 치료를 받았다.

치료 자체는 금방 끝났다. 신체 몇 군데에 주사를 맞고 녹색 액체가 밴 붕대를 몸에 감기만 했을 뿐이다.

"다 됐어. 한동안, 그렇지. 한 시간 정도는 안정을 취해. 움직인다고 죽는 건 아니지만, 안정을 취하는 게 더 좋은 효과를 기대할 수 있어. 그리고 그 회복약을 팔았다는 건 비밀로 해 줄래? 다른 헌터가 팔아 달라고 몰려들면 곤란하니까."

"알았어. 이 치료비는 얼마야?"

"10만 오럼이야. 효과는 기대해 달라고. 그리고 대금은 보험이 안 되는 대신에 임상 시험 보수의 일부를 뺀 금액이야."

야츠바야시가 수상쩍게 웃으며 감사 인사를 한다.

"임상 시험에 협력해 주셔서 대단히 감사합니다. 인연이 닿으면 또 부탁할게. 사용 실적 데이터가 필요하거든. 아주 많이."

아키라가 얼굴을 실룩거렸다. 임상 시험. 수상쩍은 사람에게 들으면 한층 불안해지는 단어였다.

그때 갑자기 주변이 어수선해진다. 진료소가 있는 홀에 광장에서 다친 헌터가 다수 실려서 왔다. 중상자도 많아서, 피투성이가 된 자, 팔이나 다리가 없는 자, 하반신을 통째로 잃은 자도 있다.

그것을 본 야츠바야시가 조금 진지한 표정을 짓는다.

"어이쿠, 응급 환자가 왔군. 경상자는 방해되니까 떨어져 있어. 가능하다면 모두 살리고 싶으니까."

"모두? 아무리 봐도 죽은 녀석이 있잖아?"

"그런데 꼭 그렇지는 않아. 사전에 머리만 반의체로 만든 사람이나 머리가 떨어져도 한동안 뇌사하지 않게 생명 보전 나노머신을 넣은 사람도 있지. 서둘러 치료하면 의외로 살릴 수도 있어."

자신에게는 시체로만 보이는 자도 중상자이며 살릴 가능성도 제법 있다는 말을 듣고, 아키라는 몹시 놀랐다.

"뭐, 그것도 치료비를 낼 수 있다면 말이지. 사이보그 시술도 공짜는 아니니까 빚을 갚느라 남은 인생을 바쳐야 할지도 모르지만, 그건 내 알 바가 아니야. 자, 어서 가."

아키라는 그 자리에서 벗어나 계속해서 들어오는 중상자를 보고 조금 험악한 표정을 지었다.

알파는 평소처럼 미소를 짓는다.

『아키라는 경상이라서 다행이네.』

『……그래.』

자칫하면 자신도 저기 있었을지도 모른다. 아키라는 그렇게 생각하고 자신이 그만큼 위험한 곳에 있다며 다시금 조심하기로 마음먹었다.

아키라는 강화복을 입기 전에 에너지 팩을 교체하기로 했다.

오늘 아침에 교체했는데도 남은 에너지가 많이 줄어들었다.

『뭔가 많이 줄어들지 않았어?』

『내가 조작해서 꽤 무모하게 움직였으니까. 그 점은 어쩔 수 없어. 내 서포트가 없었더라면 강화복 자체가 망가져도 이상하지 않았을걸?』

알파는 아키라가 죽지 않게 하려고 강화복의 수명을 확실하게 깎는 식으로 사용했다. 그 덕분에 아키라는 죽지 않았지만, 대가는 컸다. 강화복의 움직임에서 뭔가 어색한 느낌을 받으면서 본부로 돌아간다.

야츠바야시에게 받은 진찰은 본부가 아키라의 몸 상태를 인정하는 효과를 내서, 한동안 안정을 취하라며 본부 경비로 돌려주었다.

이대로 아무 일도 없이 의뢰 시간이 지나가기를 기대하면서, 아키라는 묵묵히 경비 일을 했다.

◆

쿠즈스하라 시가지 유적의 외곽, 수없이 난립한 폐허 뒤에 전차와 인형 병기 정도는 가뿐하게 수송할 수 있을 법한 대형 수송차가 서 있었다.

장갑으로 뒤덮인 차체는 보기만 해도 튼튼하고, 타이어의 지름은 사람 키만 하다. 어지간한 잔해는 깔아뭉개면서 억지로 돌파할 수 있는 황야 사양 차량이다.

그 근처에서는 무장한 자들이 주위를 경계하고 있었다. 야지마의 동료인 유물 강탈범들이다. 계획을 지휘하던 야지마가 죽어서 지금은 케인과 넬리아가 대신 지휘하고 있다.

차량에는 이미 지하상가에서 입수한 대량의 유물이 실렸다. 유물을 지상으로 운반할 목적으로 뚫은 출입구는 헌터들의 추적을 막으려고 지하상가에서 빠져나온 케인과 넬리아가 폭파했다. 그러므로 계획을 앞당기는 바람에 회수하지 못한 유물을 지하상가에서 반출할 수도 없다.

즉, 케인 일행이 이 자리에 더 머물 이유는 없다. 다음은 대량의 유물과 함께 신속하게 탈출하면 거금을 손에 쥘 수 있다. 도시 측의 수색을 빠져나가기 위해서라도 서둘러 이동하는 게 좋다. 그것은 모두가 잘 알았다.

그런데도 케인 일행이 이 자리에 머무르는 것은 한 가지 문제가 발생했기 때문이다.

넬리아의 중장강화복에서 튀어나온 접속 단자가 수송차에 이어져 있었다. 접속한 곳은 차량의 제어장치로, 그곳에 다소 억지로 접속하려고 했다. 굳이 유선으로 이은 것도 그 때문이다.

한동안 작업하던 넬리아에게, 케인이 짜증을 숨기지 않고 물어본다.

"어때?"

"틀렸어."

넬리아는 포기했다는 듯 손을 흔들어서 결과를 보고했다.

"빌어먹을······!"

케인이 수송차를 때려서 마음속 격정을 드러낸다. 강력한 중장강화복의 팔로 힘차게 때린 탓에 차량의 장갑이 요란한 소리를 냈다.

"야지마, 이 자식이. 시답잖은 것을 남기고 말이야!"

수송차는 야지마가 마련한 것이다. 황야 사양으로 출력도 강한 대형차를 운전하려면 고도의 운전 기술이 필요하지만, 고성능 제어장치를 넣은 덕분에 초심자도 운전할 수 있다.

그러나 지금은 그 제어장치에 문제가 있었다. 야지마가 몰래 어떤 프로그램을 추가한 것이다.

사후보복의뢰 프로그램. 주로 그렇게 불리는 의뢰 알선 소프트웨어이며, 동부의 네트워크에서 암암리에 유통되는 물건이다.

기동 방법은 다양하다. 의체 사용자가 사용할 때는 생전에 스스로 보복 대상을 정하거나, 죽기 직전에 의체가 얻은 영상 정보 등에서 대상을 설정한 다음 그 정보를 송신해서 실행하는 경우가 많다.

소프트웨어는 그 정보를 받아서 사전에 설정한 사망 판정 조건 등에 따라 기동한다. 그리고 보복 대상의 살해와 같은 조건을 완수하면 설정대로 보수를 치른다. 의뢰인의 비밀 계좌에서 돈이 이체되거나, 비밀 재산을 숨긴 곳이 제시되는 등, 그 부분은 설정하기에 달렸다.

차량 제어장치에 들어간 사후보복의뢰 프로그램은 원래 야지마가 케인과 다른 동료가 배신했을 때 보복하기 위해서 비밀리에 추가한 것이다.

그러나 야지마는 아키라에게 죽었다. 그래서 사후보복의뢰 프로그램의 보복 대상은 생전에 야지마가 재밍 스모크로 통신 장애를 일으키기 전에 송신한 정보를 바탕으로 야지마를 죽였을 확률이 가장 높은 인물로 설정되었다.

이 프로그램 때문에 제어장치는 대상을 죽이지 않으면 움직이지 않는 상태가 되었다. 차량의 제어장치를 교체하는 강경 수단도 있지만, 그만한 기술력이 필요하다. 그리고 그 기술도, 예비 제어장치도, 케인 일행에게는 없었다.

대상의 사망을 확인하는 방법도 소프트웨어에 따라 다르고, 그 판단 기준에는 개성이 있다. 조잡하게 만들었다면 대상과 비슷하게 꾸민 마네킹을 적당히 부수면 될 때도 있다. 반대로 대상을 죽여도 잘 인식하지 못해서 헛수고로 그칠 때도 있다. 고성능 프로그램이라면 대상이 사망한 순간의 영상이나 시체 영상 등을 읽게 하면 올바르게 인증된다.

넬리아는 사후보복의뢰 프로그램에 개입해서 대상의 사망 판정을 어떻게든 위장하려고 시도했다. 그러나 그 시도는 전부 실패했다. 고성능 제어장치의 연산 능력과 누군가가 네트워크에 퍼뜨린 수준 높은 프로그램의 상승효과는 부정한 방법으로 인증을 돌파하려고 한 넬리아의 기술을 능가했다.

야지마 일행 중에서 이런 기술을 잘 다루는 자는 죽은 야지마를 빼면 넬리아가 있고, 그 넬리아가 못 한다면 이 자리에 있는 다른 사람들도 불가능하다. 케인도 그것을 알고, 아는 만큼 짜증이 치솟았다.

슬며시 한숨을 쉰 넬리아가 마음을 고쳐먹고 동료들에게 제안한다.

"어쩔 수 없어. 포기하자."

그 말을 들은 케인이 분노를 드러낸다.

"포기하자고?! 웃기지 마! 이 계획에 얼마나 들였는지 알아?! 수집한 유물도, 팔기만 하면 100억 오름, 아니 그보다 더 받을 수 있어! 거금을 들여서 수집한 유물을 지금 와서 버릴까 보냐!"

그 거친 태도에 겁먹은 자들이 허둥대기 시작했다. 이 자리에서 최대 화력을 지닌 케인이 자포자기해서 날뛰기 시작하면 멈출 수 있는 자가 없기 때문이다.

하지만 넬리아는 태연하게, 조금 어처구니없다는 기색마저 보였다.

"무슨 소리야. 유물을 버릴 리가 없잖아?"

"무슨 뜻이지⋯⋯?"

"소프트웨어 인증을 속이는 걸 포기하자는 거야."

수송차의 제어장치에 접속한 디스플레이에 사후보복의뢰 프로그램의 말살 대상이 비치고 있었다. 넬리아가 그 인물을 손으로 가리켰다.

"이 녀석을 죽이자."

디스플레이는 아키라의 모습을 표시하고 있었다.

제55화 역장 장갑

야츠바야시에게 치료를 받고 본부를 경비하던 아키라는 얼마 지나서 몸 상태가 많이 좋아진 것을 느끼고 놀랐다.

이미 통증은 가셨다. 구세계의 회복약을 자주 사용한 경험으로 진통 작용 덕분에 통증이 사라진 게 아니라 실제로 회복했음을 어렴풋이 이해했다.

팔다리를 살짝 움직여 힘을 줘 봐도 통증과 위화감이 전혀 들지 않는다. 몸 상태는 거의 완전한 상태로 돌아왔다.

『그 치료는 진짜 효과가 있나 보네.』

『구세계의 유물을 해석해서 만들었다고 했고, 그래 보여도 실력은 좋나 봐. 구세계의 회복약도 구했으니까 잘됐어.』

아키라가 태평하게 웃는다.

『운이 좋았던 거네. 뭐, 그만큼 운이 나쁜 일이 계속됐으니까. 이걸로 수지를 맞춘 거겠지.』

오늘 불운은 끝났다. 아키라는 왠지 모르게 그렇게 생각했다.

◆

조금 어수선한 분위기가 나는 본부에서, 지하상가 공략 지휘관이 험악한 표정을 지었다. 조금 신경이 곤두선 기색을 보이면서 부하와 이야기하고 있다.

"가설기지와는 아직 연락이 안 되나?"

"정기적으로 연락을 시도하고 있지만, 연결되지 않습니다. 가설기지 주변의 무색 안개 농도가 떨어질 때까지는 무리입니다. 역시 지하상가의 헌터를 지상으로 파견하는 게 어떨까요?"

"그들은 태반이 지하상가에서 활동하는 것으로 계약한 자들이야. 계약 내용에 저촉할 우려가 있어. 그리고 우리에게는 독단으로 활동 장소를 바꿀 권한도 없지. 그 유물 강탈범과의 전투도 계약 위반에 한없이 가까울걸? 무리야."

본부는 케인 일행의 대처에 골머리를 앓고 있었다. 지하상가에서 쫓아내는 데는 성공했지만, 헌터들도 다수의 피해를 내고 말았다.

예측하지 못한 사태라면 모를까, 중장강화복을 착용한 고화력 장비를 보유한 자가 최소 두 사람은 있는 집단을 상대로, 야라타 전갈 소굴을 토벌하러 온 헌터들을 지상으로 내보내 수색 및 섬멸에 나서라고 지시하는 것은 현장 직원의 권한을 확실하게 넘어섰다.

게다가 이미 유적에서 멀리 도주했을 확률도 높다. 지금 와서 주위를 수색해도 찾아내지 못할 것 같았다.

"하는 수 없지. 아무나 직접 가설기지로 파견해서 여기 상황을 전해. 그러면 도시 방위대가 움직이겠지. 그때부턴 그쪽 관할이야. 사안에 맞는 헌터를 선발해서 협상하고 곧장 출발시켜."

"알겠습니다."

지시를 받은 직원이 단말을 조작해서 사안에 맞는 헌터를 찾기 시작한다.

지하상가 깊숙이 파견한 자는 안 된다. 본부로 호출하려면 시간이 오래 걸린다. 도란캄 같은 헌터 조직에 있는 자도 안 된다. 계약에 없는 행동을 지시하려면 본인 말고도 조직 담당자와 협상할 필요가 있어서 시간이 오래 걸린다.

개인으로 의뢰를 받았고, 본부에 최대한 가까운 곳에 있으며, 다른 작업으로 급히 돌려도 영향이 적은 자. 그러한 자를 찾아보자 다행히 곧바로 찾을 수 있었다.

직원은 곧장 해당 헌터와의 협상에 나섰다.

◆

아키라가 직원의 지시 내용을 확인한다.

"즉, 렌탈 단말을 가지고 가설기지로 가면 되는 거지?"

"맞아. 정확하게는 통신이 되는 범위까지 접근하면 돼. 그러면 단말이 자동으로 가설기지와 연락을 취할 거다."

직원이 아키라에게 간절히 부탁한다.

"꼭 좀 부탁할게. 끝나면 오늘은 이만 가도 되니까 말이야. 치료를 받아야 했을 정도면, 몸 상태가 멀쩡한 건 아니겠지? 후다닥 끝내고 푹 쉬면 돼. 돌아가는 길에 가설기지에 들르기만 하는 거야."

무척 달가운 내용을 듣고, 아키라는 운이 돌아왔다고 기뻐했다. 부탁을 받아서 곧장 돌아갈 준비를 시작했다.

건물 밖으로 나와서 근처에 세운 자신의 바이크에 올라탄다. 최소 경과 시간은 아직 남았지만, 직원과 거래해서 오늘 시간은 다 소화한 것으로 처리했다. 아키라는 그 성과도 포함해서 운이 좋다며 기분이 좋아졌다.

『가설기지에 도착하면 오늘 일은 끝이야. 빨리 숙소로 가서 푹 쉬자.』

알파도 웃으며 긍정했다.

『그러자. 강화복 상태도 조금 나쁘니까, 기왕이면 나중에 수리를 맡기고 싶어. 시즈카의 가게에서 응급 수리 정도는 할 수 있으면 좋을 텐데.』

『그러면 돌아가는 길에 시즈카 씨의 가게도 들러야겠네.』

바이크를 타고 가설기지로 향한다. 그곳까지 가는 길은 지하 상가 공략용 물자를 수송하는 사정으로 잔해를 철거해 움직이기 편하다. 이러면 금방 도착할 것이다. 아키라는 그렇게 생각하고 긴장을 슬쩍 풀었다.

정보수집기의 색적 결과는 무색 안개의 영향으로 상태가 나빠졌다. 그러나 아키라는 이곳이 지상이고, 알파의 서포트가 있으면 문제가 없을 것으로 생각해서 그 점을 신경 쓰지 않았다.

바이크 운전을 알파에게 맡기고 오늘 있었던 일을 돌이켜 본다. 야지마와 싸우고, 시오리와 싸우고, 오늘도 참 고생이 많았다고 다시금 생각한다.

그리고 첫날도, 어제도 고생이 많았던 것을 떠올리더니 고생하는 날이 계속되었음을 깨달았다. 그리고 내일도, 나머지 계약 기간 내내 고생하는 게 아닐까 싶어서 속으로 머리를 부여잡았다.

오늘도 고생이 많았다. 무의식중에 그렇게 다 끝난 것처럼 생각할 정도로 아키라는 방심했다.

오늘은 아직 끝나지 않았다.

바이크가 갑자기 차체를 90도 돌려서 쓰러지기 직전까지 기울여 강제로 감속한다. 바퀴가 지면을 쓸듯이 미끄러지는 마찰로 요란한 소리가 난다. 그리고 다시 급가속하고, 진행 방향을 직각으로 틀었다.

아키라는 갑작스러운 사태에 미처 반응하지 못하고, 그저 놀라서 허둥댔다.

『알파?! 대체 무슨 일이야……?!』

무심코 알파 쪽으로 고개를 돌린 아키라의 표정이 굳는다. 기울어진 차체에 올라탄 채로 옆을, 지면과는 반대쪽으로 시선을 돌린 아키라의 눈에는 푸른 하늘과 일부가 무너진 고층 건물, 그리고 지금 당장 쏟아지려는 대량의 소형 미사일이 들어왔다.

한순간 뒤늦게 수많은 미사일이 주변 일대에 쏟아진다. 대기를 가르고 공중에 탄도를 그리며 떨어지고 차례차례 폭발했다.

다 무너진 건물이 쓰러지고, 포장된 도로가 분쇄된다. 찰나의 시간에 주변 일대가 화염과 폭풍에 삼켜졌다.

마침내 폭발음이 사라지고 안개도 걷힌다. 그리고 남은 것은 새롭게 생긴 잔해의 산이었다.

◆

소형 미사일이 떨어진 지점에서 조금 떨어진 곳에 케인과 넬리아가 서 있었다.

케인의 중장강화복에서 텅 빈 미사일 포드가 분리되고, 지면과 충돌해 요란한 소리를 냈다.

지하상가에서는 너무 커서 장비할 수 없었던 무장도 지상에서는 문제없이 사용할 수 있다. 그리고 케인의 중장강화복이라면 본래는 전용 차량이나 전차에 탑재할 만큼 무거운 소형 미사일 포드도 손쉽게 장착할 수 있었다.

케인은 기분이 좋았다. 대량의 소형 미사일로 적을 날려 버리는 쾌감을 느끼면서 유물 운반을 방해한 요인을 제거할 수 있었기 때문이다.

『지하상가에 있는 녀석을 어떻게 죽여야 할지 고심했는데, 알아서 밖으로 나올 줄은 몰랐군! 운이 좋았어! 이러면 제어장치도 풀 수 있겠지!』

한편, 넬리아는 평범한 태도를 유지하고 있었다.

『지하상가에 침입할 수단도 여러모로 준비했는데, 헛수고가되었네. 뭐, 수고를 덜었으니까 됐어.』

케인은 자신이 만든 광경을 강화복의 카메라로 보고 아키라의 사망을 확신했다. 미사일 포드 하나를 통째로 써서 일대를 쓸어

버린 것이다. 살았을 리가 없다고 생각했다.

『넬리아. 차량의 잠금장치는 풀렸나?』

넬리아는 강화복의 카메라로 보이는 영상을 수송차의 제어장
치로 전송하고 있었다. 무색 안개의 통신 장애는 중간에 소형
중계기를 설치해서 회피했으므로 가설기지보다 더 가까운 수송
차까지 송신하는 데는 문제가 없다.

이제는 사후보복의뢰 프로그램이 영상을 분석해서 아키라의
죽음을 인식하면 제어장치의 잠금이 풀린다. 넬리아는 그 결과
를 확인했다.

『안 돼. 풀리지 않아.』

『왜지? 방금 죽였잖아?』

『나한테 물어보지 마. 대상이 죽었다고 올바로 식별하지 못했
거나, 아직 살았거나, 둘 중 하나야. 케인. 다가가서 시체를 찾
아와. 하다못해 짜부라진 머리라도 찍어서 보내면 인증될 거야.
요란하게 죽이는 건 자유지만, 그 탓에 대상의 사망을 식별할
수 없게 되면 케인 탓이거든?』

『알았어. 찾아오면 되잖아. 찾아오면.』

케인이 아키라의 시체를 찾으러 간다. 강철 역관절 다리로 자
잘한 잔해를 부수면서 유적 내부를 이동한다. 그 도중에 무너지
던 건물에서 파편이 떨어져 머리에 부딪히지만, 케인의 중장강
화복은 흠집 하나 나지 않았다.

아키라가 있던 장소에 도착하고 기체 카메라로 주변을 확인한
다. 흩날린 피나 신체 일부를 찾아봤지만, 그럴싸한 것은 보이

지 않았다.

『없는데.』

케인이 중얼거리는 말을 들은 넬리아가 조금 어이없다는 투로 말한다.

『없다고 할 때야? 잔해에 묻힌 거겠지. 잔해를 파헤치든지, 정보수집기로 뒤지든지 해. 케인의 기체라면 잔해를 치우는 것도 간단하잖아.』

『알았대도. 잠깐만 기다려 봐.』

케인은 거대한 손으로 잔해를 붙잡아 길옆에 내던졌다. 가뿐하게 내던진 잔해가 지면에 부딪혀 그 무게를 느끼게 할 만큼 요란한 소리를 낸다.

잔해 밑에는 아키라의 시체가 없었다. 그 대신 심하게 망가진 바이크가 널브러져 있었다. 몹시 심하게 부서진 차체가 소형 미사일의 위력을 말해 주었다.

『그 녀석의 바이크가 있어. 역시 이 주변이야.』

『바이크는 안 돼. 본인을 찾아.』

『지금 찾고 있어!』

케인은 자신의 짜증을 해소하려고 요란한 공격 수단을 선택한 것을 조금 후회했다.

다시 집중해서 아키라의 시체를 찾는다. 잔해에 묻혀도 찾을 수 있도록 기체에 딸린 정보수집기의 해석 범위를 좁혀서 정밀성을 높인다. 나아가 정밀성을 떨어뜨리는 물체를 길옆으로 내던지면서 주위를 살핀다. 그러나 아키라의 시체도, 그럴싸한 것도 보이지 않는다.

『없는데⋯⋯. 폭풍에 날아갔나?』

그렇게 생각하고 이번에는 정보수집기의 탐지 범위를 조금씩 넓혀 나간다. 그런데도 그럴싸한 반응이 없다.

아키라의 시체를 못 찾으면 수송차를 움직일 수 없다. 케인은 그 조바심과 짜증 때문에 조금 울컥해서 탐지 범위를 단숨에 넓혔다. 그러자 조금 떨어진 곳에서 그럴싸한 반응이 있었다.

『거기냐!』

케인은 기뻐하면서 중장강화복의 헤드 카메라를 그쪽으로 돌렸다. 그 순간, 케인이 희미하게 굳었다.

카메라로 본 영상에는 CWH 대물돌격총을 겨누고 케인을 노리는 아키라가 있었다.

◆

아키라가 케인에게 공격받았을 때, 알파는 최대한의 회피 행동을 취했다.

모든 소형 미사일의 착탄 지점을 계산해서 회피할 수 없다고 판단한 다음, 가장 피해가 적은 장소로 전속력을 다해 이동한다.

나아가 아키라의 강화복 출력을 한계까지 끌어올리고, 일부러 바이크의 균형을 무너뜨려서 아키라의 다리를 지면에 닿게 한 다음, 관성에 몸을 맡기면서 바이크를 들어 방패로 삼았다.

수많은 미사일에 직격을 맞은 바이크가 한순간에 부서지지만, 그 덕분에 아키라가 직접 맞는 것을 방지했다. 나아가 폭풍에 저항하지 않고 뛰어서 충격을 경감하고, 지면과 충돌하기 전에 방어 태세를 취해서 아키라의 몸에 가는 피해를 최대한 줄였다.

　전부 아주 짧은 시간에 놀랍도록 뛰어난 정밀성으로 이루어졌다. 뭔가 조금이라도 틀어졌으면 아키라는 죽었다. 알파는 그것을 오차 없이 실행했다.

　그런데도 아키라의 피해는 컸다. 강화복 출력을 최대한 올려서 억지로 움직이는 바람에 온몸에 강한 부하가 걸렸다. 소형 미사일의 직격은 면했지만, 폭발의 여파는 피할 수 없어서 바람에 날아가 지면에 내팽개쳐졌다.

　그러한 부하가 엄습하면서 버티지 못한 아키라의 의식이 날아간다. 한순간의 방심이 죽음으로 이어지는 상황에서 몇십 초나 기절했다.

　그래도 아키라가 죽지 않은 것은 까놓고 말해서 단순한 우연이며, 어떤 의미로는 단순한 행운이다. 이번 불운을 알파의 서포트로 가까스로 보전했을 뿐이다.

　알파의 서포트. 알파와 만나고 아직 계속되는 그 행운이 아키라를 가까스로 살렸다.

　간신히 의식을 되찾은 아키라가 몽롱하고 혼란에 빠진 머리로 상황을 파악하려고 한다. 그러나 뺨이 딱딱한 지면에 닿았는데도 자신이 쓰러진 것조차 알아차리지 못하는 상태였다.

(뭐지……? 무슨 일이 생겼어……? 나는 자고 있었나……? 언제 잤지……? 어디서? 집에서? 집에 갔어? 갔던가……? 이동 중이었던가?)

아키라가 혼란에 빠져서 답이 나오지 않는 질문을 자신에게 거듭 던진다. 혼란한 상태에서도 흐릿한 의식을 조금씩 회복한다. 그제야 비로소 아까부터 알파가 계속 소리치는 것을 깨달았다.

『아키라! 일어나! 아키라! 죽기 싫으면 지금 당장 일어나!』

알파가 바락바락 소리치고 있다. 과거의 궁지에서 아키라가 상황을 비관해도, 그런 자신과는 정반대로 여유롭게 미소를 지었던 알파가 바락바락 소리치고 있다. 그것을 인식한 순간, 아키라의 의식이 단번에 깨어났다.

몸을 일으키려고 한다. 온몸에 끔찍한 통증이 퍼진다. 그 괴로움으로 무심코 인상을 팍 썼지만, 개의치 않고 온 힘을 다해 일어난다.

『적에게 반격해! 당장! 서둘러!』

일어나는 도중에 근처에 나뒹굴던 CWH 대물돌격총으로 아키라의 손이 제멋대로 간다. 반대 방향으로 꺾인 손가락을 강화복의 도움을 받아 억지로 돌리면서 총을 잡는다.

아파할 여유는 없다고 지금까지의 경험으로 알고 있다. 알파의 지시를 빠르고 확실하게 실행하지 않으면 죽는다는 것을 안다. 극심한 통증을 내는 몸을 알파의 조작으로 멋대로 움직이는 강화복에 맞춰 움직이고, 아키라는 CWH 대물돌격총을 재빠르게 겨눴다.

총구를 겨눈 곳에 있는 존재가 진짜 적인지 아닌지, 아키라는 조금도 의심하지 않고 방아쇠를 당겼다.

◆

케인이 회피 행동에 나서는 것보다도 아키라의 사격이 더 빨랐다. CWH 대물돌격총의 전용탄이 중장강화복의 동체 부분을 직격한다. 그 순간, 피탄 지점에서 섬광이 터졌다.

그 빛은 충돌 에너지 일부가 변환된 것으로, 기체가 역장 장갑(포스 필드 아머)으로 불리는 방어 체제로 지켜진다는 증거다.

과도할 만큼 위력이 강한 화기가 만연하는 동부에서, 중장강화복의 덩치를 커다란 표적이 아닌 위협과 공포의 존재로 만들 만큼, 포스 필드 아머의 방어력은 매우 뛰어나다.

그런데도 피탄의 충격이 커서 자세가 크게 흔들렸다. 그러나 중장강화복의 자동 평형 유지 장치(오토 밸런서)가 흐트러진 균형을 재빠르게 보조해 준 덕분에 넘어지는 것을 면했다.

케인이 반격에 나선다. 네 팔이 각각 중화기를 들고 아키라와 주변 일대를 한꺼번에 분쇄하려고 한다. 중장강화복의 출력을 전제로 하는 크기, 반동, 화력을 갖춘 중화기에서 대량의 총탄이 발사된다. 강력한 탄환이 무시무시한 기세로 사선에 있는 벽과 잔해를 손쉽게 파헤치고, 깨부수며, 모조리 파괴한다.

하지만 아키라는 케인의 팔이 움직인 직후에 회피에 나서서 그 폭풍 같은 포화에서 간신히 벗어났다.

그때 넬리아와 통신이 연결된다.

『케인? 무슨 일이 생겼어? 몬스터라도 있어?』

『그 자식이야! 안 죽었어!』

『그래? 미사일이 떨어지는 곳에 시체를 남기려고 위치를 조정했다가 죽지 못하고 빈사가 된 거야? 그래서 마지막 발악에 당했어? 숨통은 끊었고?』

『아니야! 그 자식, 내 미사일을 피했어! 더군다나 내게 한 방 먹이고 지금 공격도 다 피했다고! 포스 필드 아머의 내구를 확 깎아냈단 말이야!』

『이상한걸. 지하상가에 그렇게 강한 탄을 챙겨가도 쏠 상대가 없을 텐데.』

『총은 CWH 대물돌격총이었어. 탄은 아마도 그 전용탄이겠지. 왜 그딴 걸 지하상가에 가져오는데? 저 자식은 전차라도 잡으러 온 거야?! 이상하잖아!』

야라타 전갈을 상대하는 총탄으로 케인이 장비한 중장강화복의 내구를 돌파하는 것은 매우 어렵다. 그러나 CWH 대물돌격총의 전용탄이라면 이야기가 달라진다. 압도적 장갑으로 일방적으로 공격할 수 있는 편한 일이, 단숨에 사투로 부를 만큼 위험한 것으로 돌변했다.

허둥대는 목소리를 내는 케인과는 다르게, 넬리아는 차분한 말투를 유지하고 있다.

『야지마가 죽기 전에 그랬어. 도시 측의 에이전트에게 들켰을지도 모른다고. 그 녀석일지도 몰라.』

야지마의 준비에 허점이 있어서 도시 측에 계획이 노출되었다. 적어도 유물이 강탈당할 위험이 있다고 판단하게끔 했다.

그래서 도시는 만약의 사태에 대비해서 지하상가에 있는 헌터들 사이에 에이전트를 잠입시켰다. 나아가 도시를 적대할 정도의 상대라면 장비의 성능도 그만큼 높을 우려가 있다고 판단해서 CWH 대물돌격총의 전용탄 정도는 챙겨 주었다.

넬리아의 추측을 들은 케인이 허둥대는 목소리를 낸다. 그 추측은 틀렸지만, 지금 상황과 일치하므로 의심할 수 없었다.

『그게 사실이라면, 최악의 상황에는 도시 방위대가 여기로 올 텐데? 어쩔 거야? 아무리 그래도 놈들은 상대할 수 없어.』

『도시 측에서 정말로 경비할 마음이 있었다면 저 녀석만 혼자 있지는 않을 거야. 즉, 혹시 몰라서 일단 배치한 정도인 거지. 서둘러 저 녀석을 죽이면 문제없어. 다행히 가설기지 주변은 무색 안개가 짙어서 연락할 수 없을 거야. 시간은 있어.』

『서둘러서 저 자식을 죽이고 탈출하자 이거군!』

『그거야. 시작하자.』

케인과 넬리아가 아키라를 추적하기 시작한다. 섣불리 머물렀다간 방위대와 싸워야 한다는 불안 요소가 있지만, 모인 유물을 팔아서 벌 돈은 막대하다. 진짜로 방위대가 온다고 쳐도 도착할 때까지 시간적 여유가 있는 이상, 아키라의 살해를 포기할 수는 없었다.

이미 죽은 야지마가 아키라를 조금씩 궁지로 몰아넣었다.

◆

케인의 공격에서 벗어난 아키라는 유적 내부를 필사적으로 달리고 있었다. 바이크는 부서졌다. 뛸 수밖에 없다.

앞장서는 알파를 따라 이동하면서 야츠바야시에게 산 회복약을 삼킨다. 온몸을 좀먹던 극심한 통증이 곧바로 사그라들지만, 그것은 단순한 진통 작용이다. 몸은 여전히 만신창이다.

아키라는 자기 의지로 팔다리를 움직이려고 하지만, 이미 사지는 그 의지에 따를 상태가 아니다. 실제로는 강화복으로 몸을 바깥에서 지탱해 억지로 뛰고 있었다.

『알파! 저 녀석, CWH 대물돌격총의 전용탄을 버렸는데?!』

『그건 포스 필드 아머야. 피탄 지점에서 나온 빛은 '충격변환광'이라고 해서, 포스 필드 아머가 외부의 충격을 막을 때 충격 에너지 일부가 빛으로 변환되는데…….』

『아니야! 기술 해설이 궁금한 게 아니야! 어떻게 하면 좋을지 물어보는 거야! 전용탄이 막힌 다음의 대응 방법을!』

『상대가 멀쩡하지 않기를 빌면서 계속 쏠 수밖에 없어.』

『약점은 없어?!』

『지금 상황에 알맞게 답하자면, 없어.』

아키라의 표정이 험악해진다.

CWH 대물돌격총의 전용탄은 이 주변 몬스터에 쓰기에 위력이 과하다. 명중만 하면 거의 확실하게 격파할 수 있다. 어떤 적이든 맞히면 해치울 수 있다고, 아키라는 그 위력에 안심하고 있었다.

하지만 지금은 직격을 맞아도 죽기는커녕 반격하는 적에게 습격당했다. 아키라가 느끼는 동요는 컸다.

『지금은 아무 생각도 말고 거리를 벌려. 회복약도 다 쓰고. 내가 어떻게든 할 수 있다면, 반드시 어떻게든 해 볼게. 지금까지 그랬던 것처럼.』

『그래…… 부탁할게.』

『나만 믿어.』

알파는 확실하게 대답했다. 그러나 미소는 짓지 않았다.

아키라는 앞장서는 알파를 따라서 반쯤 무너진 폐건물로 들어가 그대로 3층으로 올라가고, 바깥을 다소 전망할 수 있는 장소로 이동했다. 그리고 야츠바야시에게 산 회복약을 대량으로 복용했다.

알파가 진지한 얼굴로 물어본다.

『아키라. 몸 상태는 어때?』

가볍게 팔다리를 움직여 상태를 확인한 아키라가 쓴웃음을 짓는다.

『통증은 없어. 하지만 감각이 거의 없는데. 움직이긴 하는데 안이 어떻게 됐는지는 상상하기 싫은걸.』

안에서 사지가 뽑혀도 강화복은 움직인다. 몸이 멀쩡한 상태인지는 벗어야 알 수 있다. 확인하고 싶지는 않았다.

『아키라는 되도록 움직이지 말고, 회복약의 치료 효과를 최대한 높여. 적이 쫓아오면 여기서 맞이해 싸울 거야. 각오해 둬.』

『알았어. 뿌리치긴 어려운 거지?』

『상대의 기동력, 색적 범위, 무기의 사거리를 추측한 결과를 고려하면, 너무 어려워. 차폐물이 적고 탁 트인 곳으로 유도당하면 상대의 첫 공격으로 봐서 승산이 없을 거야. 그래도 아까는 주위 건물과 잔해, 바이크를 방패로 삼아서 최대한 피해를 줄였거든?』

『그때 기억이 없는데, 그런 짓을 했구나.』

『바이크를 잃은 게 가장 큰 손해야. 바이크가 무사했으면 도망치는 것도 선택할 수 있었을 텐데. 하지만 바이크를 지키고 아키라가 죽으면 의미가 없으니까, 필요한 대가였다고 결론을 내리기로 했어.』

『그랬구나. 뛰어서 도망치는 건, 역시 무리일까?』

그렇게 가벼운 투로 물어본 아키라에게, 알파도 조금 농담하듯 대답한다.

『운 좋게 상대의 기동력이 떨어지고, 운 좋게 상대의 색적 범위가 무척 좁고, 운 좋게 상대의 무기가 유효 사거리가 짧고, 운 좋게 상대의 탄이 다 떨어지기를 기대하고, 불리한 도박에 나서서, 열심히 도망쳐 볼래?』

아키라가 쓴웃음을 짓는다.

『그만둘래. 알파를 만난 것 말고 다른 행운은 기대하지 않기로 했어.』

자신은 알파와 만나면서 인생의 남은 운을 다 썼다. 그래서 가끔 선행 비슷한 짓으로 훅 불면 꺼질 듯한 운을 보충하고, 언제 죽어도 이상하지 않은 헌터 활동을, 실낱같은 운과 알파의 서포트로 헤쳐나가고 있다.

알파에게 비슷한 말을 들은 것도 포함해서, 아키라는 그것을 제법 믿고 있었다.

언젠가 알파의 서포트로 대응할 수 없는 불운이 발생하고, 자신의 운과 실력으로는 도저히 저항하지 못해서 죽으리라. 아키라는 무의식중에 그렇게 생각했다.

물론 아키라는 한계까지 저항할 작정이다. 죽을 때까지 저항할 각오가 있다.

하지만 그 각오에는 무의미한 발악이라도 발버둥 치겠다는 의지와 함께 아무리 발버둥 쳐도 결과에 영향을 주는 일은 없다고 하는 일종의 체념도 섞여 있었다.

아키라는 염화로 대답하면서 그런 생각의 일부를, 언어로 표현하지 않은 감정을, 무의식중에 알파에게 전하고 있었다.

알파는 그것을 인식하고 말투에 힘을 줘 조금 화난 듯한 태도를 보인다.

『아키라. 말해 두겠지만, 나는 질 생각이 조금도 없거든. 아키라는 내 서포트가 고작 이 정도의 사태에도 완벽하게 대처하지 못하는 저급인 줄 알았어?』

아키라가 알파를 가만히 본다. 알파가 아키라를 가만히 본다.

알파는 그곳에 정말로 있는 게 아니다. 아키라의 시야를 확장하고 그곳에 있는 것처럼 출력하고 있을 뿐이다. 아키라는 그것을 안다. 알면서도, 아키라는 알파를 가만히 보고 있다.

아키라를 보는 알파의 모습은 아키라를 보는 것처럼 투영했을 뿐이다. 두 눈으로 아키라를 보는 게 아니다.

그래도 알파는 아키라를 똑바로 보고 있었다.

그리고 알파가 웃는다.

『아키라. 각오해. 그러면 평소와 똑같아.』

그 얼굴에는 평소와 똑같은 신뢰가 있었다.

그것을 본 아키라의 정신 지향성이, 승산이 없는 적에게 죽을 때까지 저항한다는 것에서 살아남기 위해 온 힘을 다하겠다는 것으로 바뀌었다. 아키라가 슬쩍 숨을 내쉬고 웃는다.

『각오는 내 담당이라고 했지. 알았어. 마음이 조금 약해졌나 봐. 미안해. 좋아! 각오했어!』

자신의 실력으로는 살아 돌아올 수 없는 상황에서 살아남기 위해서, 지금껏 몇 번이고 있었던 위기 상황을 타파하기 위해서, 아키라는 언제나 그랬듯 각오를 다졌다.

『그러면 돼.』

망설임을 버린 아키라의 모습을 보고, 알파는 조금 기쁜 기색으로 웃었다. 속내와 표정을 일치시켜 웃고 있었다.

아키라의 의지를 자신의 말로 더 좋은 상태로 바뀌게 한 것을, 자신의 계산, 추측, 예측대로 제어, 조정, 유도한 것을 확인하고, 기쁘게 웃었다.

제56화 색적 수단

야지마의 사후보복의뢰 프로그램으로 수송차 이동이 막힌 케인 일행은 그것을 해제하기 위해 아키라를 습격했지만, 놓치고 말았다.

그러나 케인의 중장강화복에 탑재한 고성능 정보수집기를 활용해 아키라가 도망친 건물을 손쉽게 찾아낸다.

『저기냐. 밖을 뛰어서 도망치면 우리에게 따라잡힌다고 생각하고 숨어든 건가?』

『그렇겠지. 쫓아갈 수고를 덜었어. 후다닥 처리하자.』

『그러지.』

다음 순간, 케인이 피탄했다.

중장강화복의 포스 필드 아머가 피탄 지점에서 강렬한 충격변환광을 뿌린다. 하지만 자세가 조금 흐트러지기만 하고 기본적으로는 상처가 없다. CWH 대물돌격총의 전용탄을 쓰는 적에 대비해서 사전에 포스 필드 아머의 출력을 높인 덕분이다.

사격이 계속된다. 넬리아는 케인의 뒤에 숨었다.

『상대도 싸울 마음인가 보네.』

『우습게 보기는!』

케인의 중장강화복 제어장치가 피탄 충격으로 저격 방향을 산

출했다. 이어서 정보수집기가 그 방향의 정밀성을 높여 적의 위치를 포착한다. 그리고 헤드 카메라가 건물 창문에서 총을 겨누고 있는 아키라의 모습을 찾아냈다.

케인이 중화기 4정을 쥔 팔을 곧바로 아키라에게 돌린다. 대구경 총구에서 특대 총탄이 고속으로 발사되어 일제 포격을 연상케 하는 파괴력으로 건물 측면에 명중한다.

대형 중장강화복이나 인형 병기가 아니면 다룰 수 없는 대형 총기에서 발사된 탄환은 두꺼운 철판도 종잇장처럼 관통하는 위력이 있다. 그런 탄환으로 연사한 것이다. 벽 뒤에 숨어도 보통은 잠시도 버틸 수 없다.

하지만 그만한 위력이 있는데도 건물 벽은 다소 파인 정도의 손상밖에 나지 않았다.

넬리아가 의아한 투로 말한다.

『제법 튼튼한 건물이네. 외벽만 그런 걸지도 모르지만. 어느 시대의 건축물일까?』

구세계의 건축물도 종류가 많다. 지역과 장소와 연대에 따라 문화와 기술에서 다양한 차이를 보인다. 쿠즈스하라 시가지 유적을 만든 문명의 시대도 정확하게는 알려지지 않았다.

넬리아는 건물의 튼튼함을 보고 조금 흥미롭게 추측했지만, 케인은 아무래도 좋았다. 넬리아의 소박한 의문을 일축하고 소리친다.

『내가 어떻게 알아! 해치웠어?!』

『틀렸어. 제어장치 잠금은 안 풀렸어.』

『또냐! 거참, 대체 무슨…….』

케인에게 다시 CWH 대물돌격총의 전용탄이 명중했다. 방금 공격을 피한 아키라가 건물 복도를 달리면서 다른 창문으로 다시 저격한 것이다.

『까불긴……!』

전용탄이 또다시 케인에게 명중해 투덜거리는 것을 막았다. 상대의 반격이 늦어지는 것을 파악한 아키라가 곧바로 다음 탄을 쏜 것이다.

『빌어먹을……!』

케인이 자세를 바로잡고 반격에 나선다. 넬리아도 케인을 방패로 삼으면서 반격에 가담한다. 어지간한 전차 정도는 대파 상태로 만드는 총탄의 폭풍이 건물의 측면, 아키라가 있었던 곳에 쏟아진다.

탄막 일부가 건물 창문을 지나 안으로 들어가고, 통로 벽에 무수한 구멍을 냈다.

◆

창틀에서 쏟아지는 대량의 총탄을, 아키라는 알파의 지시에 따라 민첩하게 이동하며 피했다.

건물 내부의 벽은 외벽보다 약해서, 탄환의 폭풍을 뒤집어쓰고 무너지려고 했다. 그것을 본 아키라가 표정을 굳힌다.

『위력이 엄청난데! 저런 걸 맞았다간 뼈도 못 추릴 거야!』

『CWH 대물돌격총의 전용탄만큼은 아니지만, 비슷한 가격대의 위력이 있을 것 같네.』

『나는 단발이고, 상대는 연사할 수 있어. 나는 맞으면 즉사고, 상대는 제대로 맞아도 조금 비틀거리기만 하는데. 정말 터무니없는걸.』

지하상가에서는 장소에 걸맞지 않을 만큼 과도한 위력을 뽐내던 총이 지금은 적을 조금 비틀거리게 하는 수준의 위력으로 전락했다.

그래도 이 총이 자신의 생명줄임은 틀림없다. 강장탄을 장전한 AAH 돌격총 정도로는 아무리 쏴도 우산으로 빗방울을 막듯이 튕겨난다. 아직 더 의지해야 한다.

기뻐해야 할지, 한탄해야 할지. 아키라는 판단을 조금 고민하면서 손에 쥔 총을 보고 쓴웃음을 지었다.

『이 총과 탄환이면 전차도 잡을 수 있다고 들었는데 말이야.』

『모든 전차를 해치울 수 있다고는 안 했는걸?』

『그건 그렇지만. 맞아도 효과가 있는 기색이 없으면 내 공격이 통하는 건지 불안해진다고. 어느 정도 효과가 있는 거야? 일단 통하기는 하는 거지?』

『대형 기체니까 제네레이터도 대형이야. 아마도 그 출력의 태반을 포스 필드 아머에 돌린 거겠지. 아무리 쏴도 안 통하는 것처럼 보이겠지만, 명중할 때마다 그만한 에너지를 소비하게 하는 거야. 효과가 있으니까 신경 쓰지 말고 계속 쏴.』

『알았어..』

얼마나 효과가 있는지 몰라도 할 수 있는 일이 한정되는 이상, 그것을 계속할 수밖에 없다. 아키라는 몸을 낮추고 복도를 미끄러지듯 이동하면서 다음 저격 위치로 갔다.

적에게 들키지 않게 조심해서 통로를 달리고, 아키라는 문득 의문을 느낀다.

『그나저나 꽤 빨리 들키는 거 같아. 폐건물은 얼마든지 있는데 왜 들키는 거야?』

『아마도 고도의 정보수집기로 찾는 거겠지.』

『어? 지금은 무색 안개가 깔렸잖아?』

『무색 안개가 정보수집기의 성능을 떨어뜨리는 게 맞지만, 그건 멀리 있는 것을 탐지하지 못하는 거지 근처를 조사할 때는 정밀성이 심하게 떨어지진 않아.』

『아니, 제법 필사적으로 뛰었는데. 그럭저럭 멀지 않아?』

『추적 방법을 말하는 거야.』

아키라의 몸에는 케인의 공격으로 연막 등의 물질이 묻었다. 이동하면 그것이 현장에 조금씩 남는다. 고성능 정보수집기로 근처에 남은 흔적을 탐지해 그 반응의 선을 따라가면 이동하는 곳을 좁히는 것도 어렵지 않다.

아키라는 그 설명을 듣고 납득한 듯 고개를 끄덕였다.

『도망칠 수 없을 만도 해. 역시 색적은 중요하구나.』

『뭐, 그 방법으론 지금 아키라가 있는 곳을 정확하게 파악하긴 어려워. 안심하고 사격해.』

『알았어. 색적은 잘 부탁할게.』

『나만 믿어.』

몸을 낮추고 통로를 이동하는 아키라의 시야에는 벽 바깥에 있는 케인과 넬리아의 모습이 똑똑히 보인다. 이렇듯 알파의 서포트 덕분에 창문에서 몸을 드러내 케인 일행을 조준하는 시간을 최대한 단축할 수 있다.

총을 겨누고 적을 조준하는 식으로 느긋하게 굴었다간 케인의 반격을 회피할 여유가 생기지 않는다. 장비와 실력 모두 명확하게 격상인 적에게, 아키라는 이전처럼 알파의 경이로운 색적으로 대항하고 있었다.

한순간의 지체가 아키라의 생명을 앗아간다. 그 한순간의 여유를 유지하기 위해서 온 신경을 집중하고, 체감 시간이 어긋나는 것마저 느끼면서 아슬아슬한 저격을 되풀이한다.

아주 짧은 시간만 창틀에서 몸을 드러내고, 재빠르게 케인을 쏘고 곧바로 몸을 감춘 뒤, 다음 저격 위치로 이동한다. 매번 그 모든 과정에서 한 번이라도 실수하면 아키라는 죽는다.

아키라는 목숨이 걸린 두더지 잡기 게임의 두더지였다.

◆

아키라라는 두더지를 때려야 하는 케인은 아키라가 사격하려고 창문에서 모습을 드러내는 순간만을 기다리고 있었다.

중화기를 쥔 거대한 네 팔은 제각기 네 개의 창문을 조준하고 아키라가 출현할 때를 대비한다. 명중 확률은 네 배가 되지만,

그래도 창문은 케인의 총보다 더 많다. 조준할 창문을 어림잡아 정하고 있지만, 그 창문에서 아키라가 나타나면 그대로 죽일 수 있다.

나아가 포스 필드 아머가 보호하는 케인은 혹시라도 잘못 선택해서 아키라의 사격에 정통으로 맞아도 죽을 일이 없다. 몇 번이고 다시 시작할 수 있다.

압도적으로 유리한 도박에서, 케인은 여유로움을 유지하고 있었다.

또 틀렸다. 다른 창문에서 아키라에게 공격을 받고, 피탄 충격으로 기체가 흔들린다. 즉각 반격하지만, 아키라는 케인이 해당 창문으로 조준을 돌리는 사이에 숨었다.

『꽝인가. 다음.』

다시 다른 창문에서 아키라에게 공격을 받는다. 반격은 제때 이루어지지 않았다.

대형 중장강화복의 팔은 그럭저럭 무거워서, 그 팔로 드는 대형 총기에는 그만한 중량이 있다. 나아가 대형 제네레이터의 출력을 포스 필드 아머로 돌린 탓에 조준하는 움직임이 조금 굼떴다.

『또야. 다음.』

케인이 아키라의 공격을 맞으면서 반격을 계속한다. 다음에 맞히면 된다고 생각하던 케인도 자꾸 놓치자 목소리에 짜증이 커지고 있었다.

『다음이다. 다음이야……. 다음……! 빌어먹을……! 다음!』

케인은 아키라가 저격 위치로 잡은 창문을 한 번만 맞히면 된다. 그러면 이긴다.

그러나 맞지 않는다. 단순한 기대치 계산으로 이미 세 번을 죽였을 텐데도, 모조리 빗나간다.

케인은 단순히 운의 문제라고 생각했지만, 실제로는 우연이 아니었다. 알파가 아키라에게 정답인 창문을 가르쳐 주기 때문이다.

알파는 그 색적 능력으로 케인의 사격 자세를 파악하고, 총구의 방향에서 정밀한 탄도 예측을 실시해 케인이 정한 창문을 완전히 간파하고 있었다. 그래서 아키라로 하여금 상대의 공격을 가장 피하기 쉽고 안전한 위치에서 사격하게끔 했다.

케인이 모종의 방법으로 자신의 선택을 알아낸다고 눈치채지 못한 것은, 그런 알파의 도움이 있어도 아키라가 아슬아슬하게 피했기 때문이다.

케인도 자신의 공격을 자꾸 여유롭게 회피하면 이상하게 여기거나 의심할 것이다. 하지만 필사적으로 미친 듯이 도망치는 아키라의 모습을 보면 상황을 의심하기 전에 '아깝다', '조금만 더 잘했으면' 하고 생각하게 된다. 아키라의 미숙함이 케인의 의심을 늦추고 있었다.

『빌어먹을! 빌어먹을! 빌어먹을!』

『케인. 시끄러워. 큰 소리로 칭얼댈 거면 통신을 꺼.』

『넬리아! 너도 잘 노려!』

『그러고 있어. 내 것도 피하는걸. 하지만 이토록 잘 피할 줄은 몰랐어. 야지마를 죽인 실력이 진짜란 걸까? 저 아이는 역시 도시 측의 에이전트일지도 몰라.』

넬리아가 자신이 말한 소박한 감상에서 추측을 전개한다.

『그렇다면 모종의 방법으로 우리의 움직임을 파악하는 걸까? 케인의 미사일에서 살아남은 것도, 지금 공격을 간파하는 것도, 그것 때문에?』

그 말을 들은 케인도 미심쩍은 투로 말한다.

『무슨 말이야? 저 꼬마가 도시 측의 에이전트라고 치고, 그게 우리 공격을 피하는 이유가 돼? 도시 측의 에이전트라서 고성능 정보수집기가 있고, 그걸로 우리의 움직임을 알아낸다고? 말도 안 돼.』

주변에는 희미하다고는 하나 무색 안개의 영향을 받고 있다. 그 상황에서 자신들의 공격을 완전히 간파하는 정보수집기가 있다면, 여차하면 최전선에서도 쓸 법한 물건일 것이다. 그것은 아무리 그래도 무리가 있는 생각이라고, 케인은 넬리아의 추측을 부정했다.

그러나 넬리아가 말을 잇는다.

『아니야. 그런 말이 아니야. 뭐, 비슷하다고도 할 수 있지만.』

그렇게 뜸을 들이는 넬리아에게, 케인이 조금 답답한 듯이 되묻는다.

『그래서 무슨 말인데. 똑바로 말해 봐.』

『쿠즈스하라 시가지 유적의 일부 설비가 지금도 가동하는 건 너도 알지? 유적 중심부에 떡하니 있는 고층 건물만 봐도 확실하잖아? 그 일대에는 구세계 시대의 꽤 중요한 시설이 있다고 들었어. 지금도 강력한 방위병기가 경비하고 있으니까 접근할 수는 없지만. 쿠가마야마 시티의 최종 목표는 그 시설을 탈취하는 거라는 말이 있어.』

『그 정도는 나도 알아. 그게 이거랑 무슨 관계가 있는데?』

『도시의 부대가 쿠즈스하라 시가지 유적에서 회수한 구세계 유물 중에 유적 전체의 지도를 상세하게, 실시간으로 표시하는 장치가 있다고 들었어. 그 전체 지도에 접속하는 기술이었던 같기도 하고. 뭐였더라…….』

『그래서 그게 무슨 관계가 있는데? 뜸 들이지 마!』

『눈치도 없는 남자구나. 말했잖아? 유적 전체를, 상세하게, 실시간으로 표시한다고. 구세계 기술이 얼마나 터무니없는지는 잘 알지? 어쩌면 우리가 아까 쏜 탄환의 하나하나를 정확하게 표시할지도 몰라. 물론, 여기 있는 우리도 말이야.』

『그래서 뭔데……?』

『즉, 그 전체 지도는 쿠즈스하라 시가지 유적 전용의 초고성능 정보수집기로 쓰일 수도 있다는 말이야. 그 데이터를 해석하면 우리가 어디를 노리는지 정도는 식별할 수 있을지도 몰라.』

『진짜……?』

『어디까지나 추측이야. 여담이지만 그 이야기가 퍼진 시기에 다른 소문도 있었어. 쿠즈스하라 시가지 유적의 괴담, 유혹하는 망령 말이야. 모종의 방법으로 그 전체 지도에 접속하면 유령이 보이고, 그것에 홀려서 죽는다는 소문.』

유혹하는 망령에 관한 소문은 의외로 많은데, 넬리아가 한 이야기도 그중 하나다.

『어쩌면 쿠즈스하라 시가지 유적의 이권을 독점하려는 도시 측이 외부에 퍼진 접속 수단을 은폐하려고 그런 괴담을 의도적으로 퍼뜨렸을지도? 그러니까 말이야. 어쩌면 도시 측의 에이전트라면 숨겨진 접속 수단이 있을지도…….』

그렇게 조금 즐거운 투로 자신의 지식을 떠들던 넬리아가 그때야 비로소 케인의 침묵을 알아차리고 괴이쩍은 투로 말한다.

『케인? 저기, 케인?』

그러자 케인이 갑자기 분통을 터뜨린다.

『이게 아주 사람을 우습게 보고…………!』

두더지 잡기 게임의 두더지는, 어느 구멍을 때릴지 미리 알고 있었다. 그렇게 해석한 케인이 상대의 손바닥 위에서 놀아난 분노를 터뜨리듯이 중장강화복의 무장을 전개하고 소리친다.

『다 날려 주겠어!』

그리고 속에서 들끓는 감정을 전부 토하듯이 무장에서 특대 포화를 날려서 두더지 구멍을 전부 뭉개려고 했다.

◆

다음 저격 위치로 이동하던 아키라에게, 알파가 표정을 굳히고 지시한다.

『아키라! 당장 건물 안쪽으로 도망쳐!』

그와 동시에 강화복을 조작해서 아키라를 건물 안쪽에 있는 방으로 뛰어가게 하려고 한다. 아키라는 그 움직임을 거스르지 못하고 그 자리에서 전속력으로 뛰기 시작했다.

그대로 갖가지 물건이 널린 실내를 내달려 아까 있던 통로에서 최대한 멀어지려고 한다. 알파의 표정에서 그 위험도를 눈치채고 필사적으로 달린다.

조금 뒤늦게 아키라의 후방에서 수많은 폭음이 울려 퍼지고, 화염과 폭풍이 몰아친다. 여기에 밀려난 잔해가 아키라의 옆을 날아간다. 그리고 아키라의 몸도 폭연에 삼켜졌다.

◆

케인의 중장강화복에 탑재한 미사일 포드 2기에서 발사된 대량의 미사일이 전부 아키라가 있는 건물에 명중했다.

건물 측면을 노리고, 아키라가 있던 층의 모든 창문에 쇄도해 일제히 건물 안으로 날아가 벽에 격돌해 대폭발을 일으켰다. 미사일 폭발이 비교적 좁은 건물 내부에서 압축되면서 창문에서 폭연이 역류했다.

넬리아가 어이없다는 투로 말한다.

『저기, 뭐 하는 거야. 시체를 가루로 만들면 사후보복의뢰 프로그램 인증이 안 될지도 모른다고 했잖아?』

케인이 소리쳐 반론한다.

『시끄러워! 도시 측 에이전트의 장비라면, 저래도 시체의 원형 정도는 남을 거야!』

『뭐, 그럴지도 모르지만.』

『애초에 프로그램도 해제 키로 지정한 인물이 저기 있다는 것쯤은 인식했을 거다. 그런데도 사망 판정이 안 뜬다면 처음부터 인증 기능이 정상이 아닌 거겠지? 어때? 인증됐어?』

『잠깐 기다려 봐. 확인할게. 틀렸어. 안 풀렸네.』

『흥! 프로그램의 판정으론 죽지 않았다고 말하고 싶은 거냐? 야지마 이 자식, 절대로 인증이 안 되게 뭔가 수작을 부린 거 아니야?』

『내가 조사한 바로는 인증 기능을 조작한 흔적은 없었는걸.』

넬리아가 케인의 태도에서 조바심을 눈치채고 슬며시 한숨을 쉰다.

『어쩔 수 없네……. 내가 직접 가서 잠깐 보고 올게. 아무리 그래도 시체 일부를 가까이서 촬영하면 괜찮겠지. 만에 하나라도 살아 있다면, 겸사겸사 죽이고 올게. 케인이 여기 남아.』

『넬리아, 너 혼자 가려고?』

『또 케인이 원형도 남지 않을 만큼 요란하게 날리면 곤란하니까. 내가 베면 확실해.』

넬리아의 중장강화복에서 뒤쪽이 열리고, 안에서 반라의 여자가 나타난다. 얼굴이 곱게 생겨서 미녀라고 해도 지장이 없는데, 예술품 같은 사지를 맨살을 가리는 면적이 작은 반투명 보디수트로 감싸고 있었다.

그리고 노출한 맨살에는 일종의 접속 단자 연결부가 있었다.

그곳에서 가느다란 코드가 중장강화복 내부로 이어지는데, 딱 봐도 생체가 아님을 알 수 있다. 넬리아의 몸은 야지마와 마찬가지로 의체였다.

의체 사용자 중에는 자신의 몸을 옷처럼 느껴서 맨살 노출에 저항감이 없는 자도 있다. 일반적으로 사람들이 자기 취향이 맞는 디자인의 옷으로 몸을 꾸미고 남들에게 보여주듯이, 인공물의 이점을 살려서 육체미와 풍만함을 과시하는 자도 있다.

또한 인공물이어도 생체와 별반 차이가 없음을 자타 모두에게 알리고자 일부러 맨살 노출을 늘리는 자도 있다. 선정적인 시선을 느끼면서 자신의 몸이 생체와 다르지 않다고 안심하는 자도 있다.

넬리아의 겉모습은 그 양쪽을 모두 충족했다.

넬리아가 몸에서 코드를 떼고 스트레칭을 하듯이 기지개를 켜면서 케인을 올려다본다.

"뭔 일이 생기면 연락할게. 케인은 일단 건물 주위를 경계하고 있어."

케인이 외부 음성으로 바꾼다.

"알았다. 평소처럼 총은 안 쓸 거냐? 쓸 거면 내 걸 빌려줄 수 있는데? 조금 크지만."

케인이 그렇게 말하고 자신의 대형 총기를 과시하듯이 슬쩍 움직였다.

넬리아가 즐겁게 웃는다.

"됐어. 나한테는 방해만 돼."

그리고 자신의 중장강화복 안에서 장비 고정 벨트를 꺼내 찬다. 그것에는 날이 무뎌 보이는 나이프와 날붙이의 자루 같은 게 여러 개 달려 있었다.

　"내 강화복은 여기 두고 갈 건데, 멋대로 손대지 말아야 한다? 몬스터가 나오면 망가지지 않게 쫓아내."

　넬리아는 그 말을 남기고 의체의 신체 능력으로 잔해로 가득한 지상을 어지간한 차량만큼 빠르게 달려갔다.

◆

　케인의 소형 미사일 공격으로 생긴 폭연에 먹히고, 날아가고, 바닥에 내팽개쳐진 아키라가 엎드려 있다.

　그 아키라의 팔이 움직인다. 몸이 아프긴 하지만, 의식은 또렷하게 유지했다.

　"또야……. 이번엔 기절 안 했어."

　하루에 두 번이나 폭연을 뒤집어쓴 사실에 탄식하면서, 지난번보다는 멀쩡하게 대처했다며 자찬하고 몸을 일으키자 웅크려 앉아서 아키라를 보는 알파와 눈이 마주쳤다.

　『아키라. 의식이 있으면 빨리 일어나.』

　『알았어.』

　아키라는 알파의 표정에서 어쨌든 치명적 상황에서 탈출했음을 알아차렸다. 그러나 위기 상황에서 벗어나지 않았다는 것도 이해했다.

『일어나면 회복약을 써. 이동은 안 해도 돼. 이 자리에서 움직이지 말고 쉬어.』

『알았어. 그런데 회복약은 다 썼잖아.』

『싼 회복약은 아직 남았잖아? 없는 것보단 나아.』

지시에 따라 배낭에서 싸구려 회복약을 꺼내 복용한다. 그리고 우연히 회복약 상자에 적힌 주의사항을 보고 쓴웃음을 지었다.

단시간에 대량으로 복용하지 말 것. 상자는 그렇게 명시하고 있었다.

『확실하게 몸에 나쁘겠네……. 엘레나 씨네를 도왔을 때처럼 또 훅 쓰러질 것 같아.』

알파가 슬쩍 웃는다.

『그때와 똑같다면 아키라는 적을 해치우고 안전해진 다음에 쓰러질 거야. 결과도 똑같길 기대하자.』

『그래.』

텅 빈 상자를 구겨서 내던진다. 이걸로 싸구려 회복약도 다 썼다. 이제 회복 효과는 몸에 잔류한 것만 남았다. 그것도 지금의 몸을 치료하면 사라진다. 다음에 중상을 입으면 그대로 치명상이 되고, 아키라의 생명을 앗아간다.

그 자리에서 가만히 회복 효과를 최대한 높이던 아키라가 문득 의문을 느꼈다.

『알파. 애초에 저것들은 왜 나를 공격하는 거야? 아는 거 없어?』

『안타깝지만 나도 몰라. 이건 예상인데, 아키라가 지하상가에서 죽인 자의 동료일 수도 있어. 자기가 죽어도 동료가 복수해 준다고 했잖아? 죽기 전에 뭔가 수를 써서 전한 걸지도 몰라.』

『동료를 참 아끼는 녀석들이네. 만약 그렇다면 아까 공격으로 나를 죽였다고 판단해서 사라져 주지 않을까. 어지간하면 죽잖아?』

『이미 아키라는 어지간하면 죽는 공격을 받고도 죽기는커녕 반격했어. 확실히 죽였다, 무조건 죽었다, 그런 증거가 없으면 끈질기게 공격할지 몰라.』

『그랬지. 이럴 줄 알았으면 지하상가에 있을 걸 그랬어. 운이 없는걸. 역시 그건가? 인질을 무시해서 운수가 사나워진 거야? 결과적으로 구했으니까 잘된 거잖아…….』

아키라는 자신이 대수롭지 않게 중얼거린 말에 신빙성이 생겨서 한숨을 푹 쉬었다. 그것을 본 알파도 쓴웃음을 지었다.

◆

이미 건물 내부로 진입한 넬리아가 통로 중간에서 멈춘다.

넬리아의 의체에는 정보수집기가 있어서, 지금도 주위를 색적하고 있다. 하지만 중장강화복보다는 성능이 떨어져 건물 내부를 조사하긴 힘에 부쳤다.

(무색 안개의 영향으로 정밀성도 대폭 떨어졌으니까, 이러면 그냥 끄는 게 나을까.)

내장 정보수집기가 정지하면서 넬리아는 오감을 모방한 의체의 단순한 센서로만 주위를 살필 수밖에 없게 되었고, 색적 정밀성이 대폭 저하했다.

그래도 넬리아는 즐겁게 웃었다. 그 여유의 원천은 숨기고 있는 유물이다. 수송차에 실은 유물 일부를 몰래 가져온 것이다.

그리고 그것에는 넬리아가 케인에게 이야기했던 쿠즈스하라 시가지 유적 지도에 접속하는 기기도 포함되었다.

(이렇게 빨리 써먹을 기회가 찾아올 줄 몰랐어. 자, 성능은 어떨까?)

그 접속기를 켠 넬리아가 입수한 정보를 변환해 자신의 확장 시야에 적용한다. 그러자 건물 전체의 상태가 상세하게 표시되었다.

기대했던 효과에 넬리아가 웃음을 짙게 띤다.

(잘됐어. 표시 정보를 이 건물로 한정하고, 그 상태에서 데이터 용량을 추리면 내 처리 성능으로도 괜찮을 것 같아. 그래도 데이터 용량이 꽤 크지만.)

접속기를 쓸 수 있더라도, 일반적으론 그것을 자신의 의체에 반영할 수 없다. 넬리아의 뛰어난 기량이 있어서 가능한 것이다.

(데이터 용량이 이러면 정보수집기와 병용할 수 없겠어. 아무렴 어때. 그러면 그 아이를 찾아보자. 어디 있을까?)

지금의 넬리아는 이 건물 한정으로 마치 알파에게 서포트를 받는 아키라처럼 벽 너머도 훤히 들여다볼 수 있게 되었다. 당연히 아키라를 곧바로 찾아냈다.

그러자 넬리아는 아키라 일행을 보고 살짝 놀란 표정을 지었다. 그대로 케인에게 연락한다.

『케인. 그쪽 상황은 어때?』

『아무 일도 없어. 그쪽은? 그 자식의 시체는 찾았어?』

『케인. 사후보복의뢰 프로그램의 인증 판정이 옳았어. 그 녀석은 아직 살았어.』

『뭐라고?!』

『그 녀석은 진짜 도시 측의 에이전트야. 소년형 고성능 의체라도 쓴 거겠지. 그 의체의 출력으로 케인의 공격을 막거나 피하거나 한 거야.』

『왜 도시 측의 에이전트가 군이 소년형 의체를 쓰는데? 단순히 성인형보다 성능이 떨어지잖아. 적어도 비용만큼 효과를 기대할 순 없을 텐데.』

『아마도 에이전트 신분을 안 들키려고 어린 헌터로 위장한 게 아닐까? 지하상가에는 도란캄 소속의 신인 헌터가 많다고 하니까.』

『그런 거군. 그렇다면…… 도시 측에선 적어도 만약을 대비해 에이전트를 잠입하게 할 정도로 정보를 파악했단 뜻인가. 대체 어디서 샌 거지?』

『글쎄. 다만 저 녀석이 혼자서 지하상가를 나선 건 우리의 습격을 가설기지에 알리려는 목적일 거야. 무색 안개의 영향으로 통신 장애가 발생했으니까 직접 전하러 간 거겠지.』

『그 도중에 습격해서 다행인가. 그만큼 가설기지에 있는 방위대가 늦게 오겠지. 그래서? 어쩔 거야? 도시 측의 에이전트라면, 실력이 여간내기가 아닐 텐데?』

『물론 죽일 거야. 당연하잖아? 내가 질 것 같아? 케인은 그대로 주위를 경계해. 금방 끝낼게.』

『알았어. 서둘러.』

통신을 끊은 넬리아가 아키라 일행을 다시 보고 의아한 듯, 그러면서도 즐겁고 여유로운 웃음을 띤다.

"그나저나 둘이었구나. 여기 도망친 것도 우연이 아니었어? 동료와 합류하려고 일부러 여기로 온 거야?"

넬리아는 여러 벽 너머에 있는 아키라와 함께 그 옆에 있는 알파를 인식하고 있었다. 그것을 케인에게 말하지 않은 것은, 말했다간 멋대로 챙긴 유물이 있음을 들킬지도 모른다고 생각했기 때문이다.

"뭐, 몇 명이든 관계없지만."

넬리아가 웃으며 나이프를 뽑는다. 그 칼날은 무뎌서, 예리함이 없는 것처럼 보였다.

제57화 사치스러운 사투

케인에게 공격받아 건물 안쪽으로 도망쳐서 회복약을 다 쓰고, 부상을 최대한 회복하고자 가만히 있던 아키라는 어느새 알파의 차림새가 바뀐 것을 눈치챘다.

『알파. 왜 옷을 바꿨어?』

『가끔은 아키라와 패션을 맞춰 보고 싶어서. 어때?』

알파의 옷은 아키라의 강화복을 여자 몸에 맞게 조정한 것처럼 보인다. 아키라와 알파는 남녀로 보든 어른과 아이로 보든 체격이 크게 다르므로 완전히 똑같지는 않으나, 기본 디자인은 똑같으므로 같은 제품임을 한눈에 딱 알아볼 차림이다.

『어떻긴. 평범한데?』

아키라는 구세계의 강화복으로 몸을 감싼 알파의 모습을 떠올렸다. 그것은 대담한 수준을 뛰어넘어서 문화의 벽을 느낄 정도로 노출이 심하게 디자인한 강화복이었다.

그 차림과 비교하면, 지금의 알파는 너무 평범하다. 풍만한 가슴에 맞춰 설계한 듯 들어가고 나온 부분도, 용도를 알 수 없게 트인 곳이 많던 구세계 강화복의 디자인과 비교하면 신경이 쓰일 수준이 아니다.

알파가 조금 어이없어하는 기색을 보인다.

『평범하긴…… 역시 아키라는 그런 걸 더 배우는 게 좋아.』

『그렇게 말해도 말이지. 그리고 지금 할 이야기가 아니잖아.』

『그것도 그러네. 그렇다면 적절한 이야기를 하자. 아키라. 적이 한 명 건물 내부로 진입했어. 작은 중장강화복 쪽이야. 대형은 건물 주위를 경계하고 있어.』

아키라의 긴장감이 고조되고, 옷 이야기가 머릿속에서 사라진다.

『역시 사라져 주지 않았구나. 하지만 소형이라고 해도 꽤 크잖아? 그 덩치로 들어왔어?』

『강화복을 벗고 들어온 거야. 좁은 곳으로 유인해서 상대의 강화복을 무력화하는 작전은 성공을 거두었어. 다만 이걸로 상대가 얼마나 약해졌을지는 미지수야. 강화복이 없어도 죽일 수 있다고 판단했으니까 건물에 진입했을 거야.』

그만한 장비를 보유한 자가 그런 장비가 없어도 해치울 수 있다고 판단하고, 죽이려고 찾아왔다. 아키라는 그것을 무섭게 느끼면서도, 각오를 다지고 일부러 낙관한다.

『입는 전차 같은 강화복을 벗기기만 해도 충분해. 강화복이 없다면, CWH 대물돌격총의 전용탄을 맞히면 죽일 수 있어.』

맞혀도 효과가 있을지 없을지 잘 모르는 상대에게 스트레스를 받으면서 사격하는 것보다는 훨씬 낫다. 아키라는 그렇게 생각하고 승산이 생긴 것에 희망을 느꼈다.

아키라의 희망이 낙관적 관측을 거쳐 긴장을 푸는 요인으로 바뀌기 전에 알파가 당부한다.

『승산만 생긴 거지, 아키라가 유리해진 건 아니야. 긴장을 풀지 마.』

『알아. 상대는 나보다 강해. 방심하진 않아.』

아키라는 정신을 바짝 차리듯 굳세게 대답했다.

알파가 만족스럽게 미소를 짓는다.

『기왕이면 상대를 긴 복도로 유인하고 복도 끝에서 저격하고 싶어. 적합한 장소가 나올 때까지 이동하자.』

『지금, 상대는 어디 있어?』

『저쪽이야.』

알파가 넬리아를 손으로 가리킨다. 그 방향에는 벽밖에 없지만, 아키라의 확장 시야에는 여러 벽 너머에 있는 넬리아의 모습이 알아보기 쉽게 표시되었다.

아키라는 격상의 상대를 경계했다. 그러나 넬리아와의 사이에 있는 벽과 거리, 그리고 상대는 자신이 보이지 않는다는 생각이 그 아키라의 경계심을 아주 조금 풀어놓고 말았다.

하지만 다음 순간, 아키라의 경계심이 단번에 상승한다. 여러 벽을 사이에 두고 있는 넬리아와 눈이 마주친 것이다. 넬리아는 아키라를 보면서 웃고 있었다.

『엎드려!』

알파의 외침과 함께 아키라가 전속력으로 바닥에 엎드린다. 알파의 강화복 조작과 아키라 자신의 움직임이 합쳐져 경이로운 속도로 몸을 낮춘다.

그 직전, 아키라는 나이프를 휘두르려는 넬리아의 동작을 봤다.

그 나이프의 길이는 휘둘러도 넬리아의 눈앞에 있는 벽조차 안 닿을 정도다. 가령 닿는다 해도, 벽은 케인의 중화기 총탄을 막을 만큼 튼튼하다. 자신과 넬리아의 사이에는 벽이 여러 개 있다. 상식적으로 생각해서 그것으로 자신을 벨 리가 없다.

아키라는 그렇게 생각하면서도 반사적으로 회피 행동을 취했다. 두 동강이 나는 공포를 느끼고, 자신의 직감을 의심하지 않고 따랐다.

아키라의 직감이, 자각하지 못하는 영역에서 판단이 작동한 요인은 크게 두 가지다.

첫째, 넬리아의 움직임에 망설이는 기미가 전혀 없었기 때문이다. 그 동작에는 그곳에서도 상대를 벨 수 있다는 확신이 담겨 있었다.

둘째, 과거에 아키라도 비슷한 짓을 한 경험이 있기 때문이다.

곧이어 넬리아가 힘차게 나이프를 휘두른다. 창백하게 빛나는 나이프에서 빛의 칼날이 날아간다. 절단 능력을 지닌 빛의 파동이 섬광의 칼날이 되어 퍼지고, 눈앞에 있는 벽은 물론 건물 외벽까지 한순간에 절단했다.

아키라는 그 칼날에서 간신히 벗어났다. 빛의 칼날은 아키라의 등 바로 위를 지나가 짊어진 배낭을 내용물과 함께 갈랐다.

바닥에 엎드린 아키라의 등에서 배낭 속 물건이 쏟아진다. 탄창이 탄약과 함께 절단되었다. 두 동강이 난 탄환의 절단면은 이상하리만치 매끄럽고, 꼼꼼하게 잘 닦은 것처럼 광택을 냈다.

칼날은 통과한 물체를 순수하게 절단, 또는 소멸시켰다.

『저런 게 있다니…… 아니지, 지하상가 유물을 훔치려고 한 녀석의 동료야. 가지고 있어도 이상하진 않나.』

중장강화복을 벗게 해서 적의 방어력을 떨어뜨렸지만, 그 대신에 공격력은 더욱 매서워졌다. 그렇게 생각하고 표정을 굳히면서 몸을 일으키려고 했을 때, 아키라는 바닥에 번지는 피를 눈치챘다.

(피……?! 베였어?! 피했을 텐데?!)

아키라는 허겁지겁 자신의 몸을 확인했지만, 무사했다. 그렇다면 이건 누구의 피일까. 그렇게 의문을 느끼고 고개를 든 아키라의 표정이 얼어붙는다.

"알파!"

바닥을 붉게 물들인 대량의 피는 몸이 양단된 알파에게서 흘러나오고 있었다.

◆

구세계에서 만든 나이프로 공격을 마친 넬리아가 쓰러진 두 사람을 확장 시야로 보고 즐겁게 웃는다.

"죽였어! 아니야……. 짐만 베었어? 아무렴 어때. 동료는 죽였나 보네."

모든 에너지를 방출해 한계를 맞이한 나이프의 날 부분이 소리도 없이 부서진다. 낙하하면서 가루가 된 칼날은 바닥에 닿기 전에 연기처럼 사라졌다.

"그나저나 이걸 피해? 역시 쟤도 우리 움직임을 파악하는 거구나."

넬리아는 아키라의 행동에서 자신처럼 상대의 위치와 움직임을 파악한다고 판단했다. 그렇지 않으면 방금 일격을 피할 이유가 없기 때문이다.

넬리아가 자루만 남은 나이프를 신나게 내던진다.

"거참, 너를 죽이려고 유물을 하나 버렸는데, 그런데도 살아? 정말 욕심이 많구나."

그리고 대신에 벨트에서 다른 나이프를 뽑아 양손에 쥐었다. 그 나이프에는 자루만 있고, 칼날 부분은 없었다.

"아무렴 어때. 내 유물은, 구세계에서 만든 무기는 더 있어."

넬리아가 양손에 쥔 자루를 조작한다. 그러자 자루에서 액체 금속이 중력을 무시하고 흘러나와 날 부분을 만든다. 은색 액체가 날을 따라서 끝에 맺히고, 굳고, 날을 키워나간다. 그리고 마침내 날 길이가 2미터쯤 되는 블레이드를 형성했다.

"기다려. 곧바로 썰어 줄게."

넬리아가 양손에 든 블레이드를 눈앞에 있는 벽에 휘두른다. 은색 칼날은 단단한 벽을 젤리처럼 손쉽게 갈랐다.

칼자국을 낸 벽에 넬리아가 의체의 출력을 살려 매섭게 발차기를 날린다. 절단이 끝난 벽이 발차기 충격으로 요란하게 부서지면서 무너졌다.

그리고 그 구멍을 지나 내부에 침입하더니, 아키라와의 사이를 가로막는 벽을 차례차례 베고, 파괴하고, 웃으면서 표적을 향해 일직선으로 전진했다.

◆

실존하지 않고, 영상만 있는 존재이며, 총탄을 무수히 뒤집어 써도 생채기도 안 나는 인물. 그런 알파가 몸이 양단되어서 자신이 흘린 피로 생긴 웅덩이에 잠겨 있다.

있을 수 없는 광경을 보고, 믿기 싫은 모습을 목격하고, 아키라가 적의 존재를 잊고서 절규한다.

"알파!"

그리고 필사적으로 알파에게 뛰어가 상반신을 안아 일으키려고 한다. 하지만 아키라의 손은 알파의 몸을 뚫고 바닥에 닿았다.

『정신 차려. 내 모습은 가상 현실이야. 잊었어?』

지독하게 혼란에 빠진 아키라가 평소와 같은 알파의 목소리를 듣고 정신을 차린다. 알파는 두 동강이 난 모습으로 고개만 아키라에게 돌려 미소를 지었다.

『내가 여기서 인간의 육체로 실존하고, 아까 공격을 제대로 맞았다면 어떻게 됐을지. 그 결과를 투영했을 뿐이야.』

알파는 몸이 위아래로 처참하게 잘린 모습이지만, 그것도 고작해야 영상이다. 본질을 따지면 옷을 갈아입은 것과 다를 바가 없다.

아키라는 알파가 무사한 것을 알고 안심한 듯 표정을 풀었지만, 곧바로 괴이쩍은 얼굴을 했다.

"왜 그런 짓을……."

알파도 단순히 아키라를 놀라게 하려고 이런 모습이 된 것은 아니리라. 뭔가 의미가 있을 것이다. 그렇게 생각하고 질문하려고 했는데, 알파가 제지한다.

『질문은 나중에 해. 나는 무사하고, 지금은 전투 중. 적은 접근 중. 그것만 파악하고 적에 대비해. 아, 내 모습은 한동안 이대로 둘 거야. 하지만 대화는 정상적으로 되고, 아키라를 서포트하는 데도 영향이 없어. 그 점은 걱정하지 마.』

적. 그 단어를 듣고 아키라의 의식이 바뀐다. 모든 의문을 내팽개치고 자신에게 다가오는 적, 넬리아에게 의식을 집중한다.

잽싸게 일어난 아키라가 넬리아를 향해 CWH 대물돌격총을 겨눈다. 그러나 그 방향에 있는 건 건물 벽이다. 아키라는 조금 주저했지만, 조준을 넬리아에게 맞추고 방아쇠를 당겼다.

꿍음과 함께 전용탄이 가까운 벽에 명중했다. 명중한 곳 주변이 크게 움푹 파이고, 피탄 지점에서 방사형으로 균열이 퍼진다. 하지만 그게 다이고, 벽에는 구멍도 나지 않았다. 당연히 탄은 넬리아에게 닿지 않는다.

아키라가 벽의 튼튼함에 놀란다.

『단단하잖아?! 저 녀석은 이걸 어떻게 벤 거야?!』

『구세계에서 만든 나이프를 쓴 거야. 아키라도 예전에 해 봤잖아?』

아키라는 예전에 자신을 습격한 자들을 구세계의 나이프로 건물과 함께 양단했다. 그때는 벽 하나를 사이에 둔 적을 벴을 뿐이다.

넬리아는 여러 벽과 함께 케인의 공격도 막은 건물 외벽도 한꺼번에 벴다. 넬리아가 쓴 유물의 성능은 아키라가 예전에 쓴 것보다 훨씬 뛰어나다.

『구세계의 나이프? 적이 쓰면 터무니없이 성가시네. 어쩌면 좋을까?』

『어떻게든 상대의 사선을 포착할 수밖에 없어. 자, 이제 올 거야. 아키라의 강화복으로 상대의 움직임에 얼마나 따라갈 수 있을지 모르겠지만, 무척 무모하게 조작하게 될 거야. 이를 악물고 버텨.』

『알았어! 하다못해 내 팔다리가 다 떨어지기 전에 끝내 줘!』

아키라는 자포자기한 투로 대답했다. 더는 회복약도 없다. 다음에는 진짜로 아키라의 사지가 분리될 수 있다.

알파가 양단되어 바닥을 나뒹구는 자세로 대답한다.

『노력해 볼게.』

알파의 목소리는 평소처럼 바로 옆에서 말하는 것처럼 들렸다. 그것이 아키라를 조금 침착하게 해 줬다. 아주 조금 여유를 되찾고, 슬쩍 웃어서 받아친다.

『이럴 때는 평소처럼 자신만만하게 대답해 달라고!』

『괜찮아……. 조금 떨어져도, 강화복을 입으면 걸어서 돌아갈 수 있어.』

넬리아를 경계하고 그쪽으로 시선을 돌린 아키라는 바닥에 쓰러진 모습으로 표시되는 알파의 표정을 볼 수 없다.

하지만 평소처럼 짓궂게 미소를 지었겠지. 아키라는 문득 그렇게 생각하고 쓴웃음을 지었다.

◆

넬리아는 수많은 벽을 베면서 건물 내부를 일직선으로 이동해 마침내 아키라가 있는 방 바로 앞에 도착했다.

넬리아는 벽 너머에 있는 아키라가 보인다. 아키라는 벽에서 거리를 두고 총을 겨눠서 넬리아를 기다리고 있었다.

자신이 벽을 가르고 방에 들어가는 그때를 노리는 것이다. 그 정도는 넬리아도 이해했다.

넬리아가 벽 앞에서 멈추고 즐겁게 웃는다.

"그런 데서 가만히 있는 걸 보면, 내가 다시는 똑같이 못 한다고 생각한 거구나. 정답이야. 그런 유물은 이제 없어. 네 동료를 벴을 때 너도 죽어 주면 편했는데, 정말 번거롭게 하는구나."

넬리아가 두 손에 쥔 블레이드를 겨눈다.

"네 총으로는 벽 너머에서 나를 공격할 수 없어. 내 블레이드는 벽을 벨 수 있지만, 거리 때문에 너까지 양단할 수 없어. 그러니까 지금부터는 우리 모두 꼼짝할 수 없다고 생각한 거니?"

그리고 제자리에서 춤추듯 한 바퀴 돌면서 블레이드를 휘두른다. 은색 칼날이 벽과 함께 단단한 물체를 빠져나가듯 갈랐다.

"그리고 이대로 교착상태가 계속되어서, 시간이 지나 무색 안개가 걷히면 통신 상태가 복구되어 같은 편이 구하러 올 거라고, 그때까지 버티면 된다고. 어쩌면 그렇게 생각한 걸까? 미안해. 우리는 조금 서둘러야 하거든."

넬리아가 한쪽 다리를 머리보다 높이 들고 요염하게 웃는다.

"그러니까 곧장, 그쪽으로 갈게."

그대로 힘차게 다리를 내려 바닥을 찍었다. 그 충격에 원형으로 갈라진 바닥이 아래층으로 낙하했다. 넬리아도 미소를 지으며 바닥과 함께 추락했다.

◆

아키라는 같은 층에 있던 넬리아가 아래층으로 추락하는 것을 보고 아주 잠깐 괴이쩍은 표정을 지었다.

그러나 넬리아가 보인 행동의 의도를 눈치챈 순간, 그 표정이 단번에 험악해진다. 그리고 거의 동시에 그 자리에서 몸을 뒤로 날렸다.

한순간 뒤늦게 바닥에서 은색 칼날이 튀어나온다. 칼날이 닿은 물체를 전부 절단하고 아래층으로 사라진다. 칼날이 벤 것은 바닥과 공기와 아키라의 앞머리가 조금. 그리고 밖에 있는 넬리아가 자신을 벨 수 없다는 환상이다.

넬리아가 두 손에 쥔 블레이드로 아래층에서 아키라를 노린다. 의체의 신체 능력으로 천장 가까이 도약해 공중에서 천장 너머에 있는 표적에 참격을 날린다.

넬리아의 두 손에 들린 은색 블레이드는 CWH 대물돌격총의 전용탄도 버티는 벽을 손쉽게 양단하는 예리함을 자랑한다. 당연하지만 아키라의 강화복으로 막는 것도 불가능하며, 닿으면 벽과 똑같이 썰린다.

아키라는 바닥에서 뛰어나오는 은색 칼날을 필사적으로 피하고 있었다. 아키라 자신은 물론이고, CWH 대물돌격총도 베여서는 안 된다. 공격 수단을 잃으면 승산이 절망적으로 줄어든다.

야지마는 강화복 출력을 최대한으로 올려서 온 힘을 다해 때렸는데도 죽기는커녕 전투 불능이 되지도 않았다. 아마 넬리아도 그럴 것이다. 맨손으로 이길 상대가 아니다. 아키라는 그렇게 생각했다.

넬리아의 블레이드가 종횡무진으로 바닥을 가르고 썰면서 아키라를 집요하게 베려고 한다. 아키라는 그 칼날에서 온 힘을 다해 몸을 피하고 있다.

일반적인 도검은 단단한 재질로 된 바닥을 베면서 칼날이 상하고, 점점 무뎌진다.

그러나 이 은색 칼날은 구세계의 유물이며, 구세계 기술의 결정체다. 넬리아가 튼튼한 바닥을 거듭 베어도 절삭력이 떨어지거나 하진 않는다.

특수한 액체 금속을 에너지 필드로 고정해 형성한 블레이드는 휘두를 때마다 융해와 응고를 반복해 항시 최고의 절삭력을 유지했다.

아키라는 아래에서 일방적으로 공격받고 있다. 반격할 수는 없다. 바닥은 벽처럼 단단해서 CWH 대물돌격총의 전용탄으로 쏴도 깊이 박힐 뿐이다. 게다가 아래에 있는 넬리아를 조준하려고 해도, 긴 총신이 바닥에 부딪혀 그럴 수 없다. 아무튼 지금은 계속 도망치고, 피할 수밖에 없다.

자신의 생명을 가장 우선해서 아슬아슬하게 피한다. 베이면 바로 죽는 몸도 중요하지만, 사선만 확보하면 상대를 죽일 수 있는 CWH 대물돌격총도 중요하다. 그 총이 파괴되면 상대는 틀림없이 위층으로 올라와 마음껏 칼을 휘두를 것이다.

그렇게 의식하면서 피해 다니던 탓에 AAH 돌격총이 은색 칼날에 희생되었다. 단단한 금속 뭉치를 마치 허깨비라도 벤 것처럼, 마찰을 전혀 느끼지 못하는 속도로 양단했다. 거울 같은 절단면에 아키라의 얼굴이 비친다. 상상을 초월하는 그 예리함에 무심코 얼굴을 실룩거렸다.

『알파! 이대로 가다간 내 다리가 남아나지 않겠는데?!』

아키라는 넬리아의 참격을 피하려고 급가속과 급정지를 거듭하고 있다. 그 움직임의 주축인 두 다리에는 큰 부하가 걸리고 있었다. 통각 말고 다른 감각은 이미 마비되었다. 한계가 머지 않았다. 아키라의 몸도, 강화복도, 전부.

알파가 허둥대는 아키라와는 대조적으로 침착하게 대답한다.

『참아. 괜찮아. 아직 안 떨어졌어. 얼마 남지 않았어.』

『그건 반격의 기회가 얼마 남지 않았다는 뜻이지?! 내 다리가 떨어질 때가 얼마 남지 않았다는 뜻은 아니겠지?!』

『물론이야. 반격한 다음에는 상태를 보증할 수 없지만.』

『보증해 줘!』

『좀 어렵겠는걸.』

반격의 실마리는 있지만, 그 대가는 클지도 모른다. 아키라는 그렇게 생각하고 몹시 껄끄러운 표정을 지으면서 넬리아의 참격으로부터 필사적으로 도망쳤다.

◆

넬리아는 번번이 아키라를 베려고 했지만, 전부 회피당했다. 그러나 그 사실에 경악하면서도 우위에 선 자의 웃음을 지우지 않았다.

넬리아는 얼핏 보면 우직하게 아키라를 노리는 것 같지만, 여기에는 직접 공격하는 것 이외의 목적으로 날린 참격도 있었다.

그 목적이란 천장 가공이다. 즉, 아키라가 봤을 때 바닥인 부분을 가를 때 절묘하게 각도를 틀고 베어서, 주위 바닥에서 잘려 나갔는데도 밑으로 떨어지지 않는 부분을 만들고 있었다.

넬리아는 그곳으로 상대를 유도하고, 걷어차 날려서 적의 움직임을 봉쇄할 작정이었다. 바닥과 함께 아키라를 차서 날리고, 공중에서 꼼짝할 수 없게 된 표적을 양단하는 것이다.

가공을 마친 다음에는 아키라에게 날리는 참격의 방향을 조정해서 상대가 회피하는 방향을 가공한 장소로 유도하고 있었다.

피하기 쉬운 곳으로 가지 않으면 못 피하고 베인다. 아키라는 유도하는 방향으로 피할 수밖에 없었다.

그리고 아키라가 가공한 장소에 온 순간, 넬리아는 웃음을 짙게 띠고 도약해 그대로 공중에서 의체의 출력을 살려 매섭게 발차기를 날렸다. 바로 위에 있는 아키라가 발을 디딘 바닥, 절삭가공을 마친 천장이 강철도 휘게 하는 발차기에 맞아 금이 간다.

힘차게 걷어차인 천장이 넬리아의 예상대로 아키라를 덩달아 날린다……는 일은 일어나지 않았다. 다른 곳과 연결된 부분이 없는데도, 넬리아가 어지간한 강화복을 능가하는 의체의 신체능력으로 걷어찼는데도, 다 잘라냈을 부분은 제자리에서 머물고 있었다.

"어?!"

예상을 벗어난 사태에 넬리아가 경악한 표정을 지으며 외쳤다. 발차기의 반동으로 자세가 크게 흐트러진다. 날아가야 하는 부분이 제자리에서 꿈쩍도 하지 않아 반동이 더 커진 탓이다.

그 부분은 넬리아의 참격으로 이미 심각하게 약해졌다. 강한 충격을 받은 천장이 부서진 잔해가 되어 무너진다.

넬리아는 낙하하는 잔해의 틈새에서 자신과 똑같이 공중에서 자세가 흐트러진 아키라를 봤다. 아키라의 눈은 넬리아를 똑바로 보고 있었다.

◆

가공을 마친 천장을 넬리아가 밑에서 강타했을 때, 아키라는 위에서 바닥을 걷어찼다. 알파가 넬리아의 작전을 예측하고 그

허를 찌르는 반격을 시도한 것이다.

바닥을 걸어차기 직전, 아키라가 CWH 대물돌격총을 위로 겨누고 쏜다. 그 반동을 강화복이 받고, 출력을 최대한 올린 강화복의 신체 능력으로 발차기에 위력을 더 싣는다.

아키라의 발차기 위력은 전투용 의체가 날린 넬리아의 발차기 위력을 상쇄했다.

걸쳐 놓기만 했던 천장이 넬리아에게 걸어차이고도 움직이지 않은 것은, 아키라가 동시에 걸어차는 바람에 위아래로 충격을 받았기 때문이다.

아키라는 발차기 반동으로 공중으로 날아가고, 모순된 시간 감각 속에서 몹시 느린 속도로 떨어지는 잔해를 보고 있었다. 아까만 해도 아키라가 발을 디디고 있었던 잔해다. 치열한 공격으로 훼손된 바닥 일부가 큰 덩어리로 쪼개지면서 천천히 낙하한다. CWH 대물돌격총의 다음 탄을 장전하는 시간이 답답할 정도로 느리다.

아키라는 잔해를 투과해 그 너머에 있는 넬리아가 보인다. 즉, 사선은 막혔다.

(어쩌면 좋지? 쏴도 이 녀석은 안 맞아. 이대로 가다간 추락해. 떨어지는 도중에 베이나? 어떻게 피하지? 애초에 공중에선 움직이기 어려워. 어쩌면…….)

한순간의 생각이 몹시 길게 느껴지는 가운데, 아키라의 몸이 제멋대로 움직였다. 알파가 강화복을 조작하는 것이다.

발차기 반동으로 날아오른 아키라가 천장에 착지한다. 그 순간, 두 다리로 천장을 박차고 아래층을 향해 힘차게 도약했다.

나아가 CWH 대물돌격총을 위로 겨누고 방아쇠를 당긴다. 사격 반동으로 아키라가 더욱 가속해서 아래로 날아간다. 그리고 넬리아와의 사이에 있는 잔해와 함께 아래층으로 낙하했다.

넬리아는 공중에서 아키라에게 반격하려고 두 손에 쥔 블레이드를 던지려고 했다. 그러나 힘차게 날아온 아키라와 두 사람 사이에 있던 잔해에 세게 부딪혀 실패했다.

아키라와 넬리아가 아래층 바닥에 충돌한 반동으로 공중으로 튀어 오른다. 모두가 강한 충격으로 무기를 손에서 놓쳤다. 두 사람의 무기가 허공을 난다. 양쪽 모두 공중에서 무기를 붙잡고, 자세를 바로잡으며 착지했다.

아키라와 넬리아가 무기를 들고 대치한다. 넬리아의 오른손에는 자루만 남은 블레이드가 있다. 그리고 아키라의 오른손에도 똑같은 자루가 있었다.

넬리아가 아키라를 보고 웃는다. 웃으면서 오른손에 쥔 자루를 조작한다. 자루에서 다시 액체 금속이 흘러나와 은색 칼날을 형성한다.

"불쌍한걸. 자루만 가지고 뭘 어쩌게? 잡으면 자동으로 칼날이 생길 줄 알았어? 구세계 무기도 안전장치 정도는 달렸어. 즉, 그걸 푸는 방법을 모르면 못 써. 조금 만져 본다고 알아낼 수는……."

아키라는 이 블레이드를 쓸 수 없다. 넬리아는 그렇게 생각하고 웃었지만, 아키라의 오른손에 있는 자루에서도 칼날이 생기는 것을 보고 의아한 표정을 짓는다.

"아하, 그런 거구나……. 너도 알았어? 평범한 헌터가 알 정보는 아닐 텐데. 그럭저럭 비밀이 유지되는 정보라서, 만약에 도시 측의 에이전트라도 어지간해선 모를 텐데 말이야. 넌…… 정체가 뭐니?"

아키라는 모른다. 알파가 안다. 알파가 왜 아는지 아키라는 모르고, 알 생각도 없다.

정체가 뭐냐고 묻는다면, 자신은 세상에 흔해 빠진 헌터다. 그런 자신을 무언가로 만들어 주는 게 알파다. 그리고 그것은 말할 수 없다. 그러니 아무것도 말할 수 없다. 아키라는 그저 입을 다물었다.

넬리아는 아키라의 침묵을 응답 거부로 판단했다.

"그래. 기왕이면 이름 정도는 가르쳐 줘도 되지? 이것도 다 인연인데. 기억해 줄게."

아키라가 조금 망설이고 대답한다.

"……아키라야."

"그래. 나는 넬리아야. 네 이름은 네가 죽을 때까지 기억해 줄게. 그러게, 앞으로 30초 정도일까."

다음 순간, 넬리아는 미끄러지듯 아키라와 거리를 좁히고 바닥에 닿을 정도로 내린 칼끝을 쳐올렸다.

아키라는 그것을 옆으로 뛰어 피했다. 칼날의 길이를 보고 뒤로 뛰었다간 베였을 것이다. 칼날이 올라오면서 한순간 원래 길이보다 더 길어졌기 때문이다.

넬리아의 블레이드가 각도를 확 틀어서 옆으로 몸을 날린 아키라를 쫓는다. 아키라는 오른손에 쥔 블레이드로 막았다. 칼날이 격렬하게 맞부딪히고, 넬리아의 블레이드가 충돌한 부분에서 부러진다. 동시에 은색 칼날이 액체가 되어 흩날린다.

넬리아가 파고들면서 부러진 칼날로 찌른다. 아키라는 몸을 숙여서 피한다. 넬리아가 찌르기 자세를 마쳤을 때는 이미 원래 길이로 돌아가 있었다. 아키라가 후방으로 물러나 피했더라면 은색 칼날에 꿰뚫려 죽었을 것이다.

아키라가 흐트러진 자세로 매섭게 수평으로 검을 휘두른다. 넬리아는 뒤로 뛰어서 피했다. 아키라의 블레이드는 늘어나지 않았다.

두 사람이 다시 대치한다. 아키라는 표정이 몹시 딱딱했다. 넬리아는 여유로운 웃음을 지우지 않는다. 상대와의 거리를 조정하면서 의아한 듯 웃는다.

"보통은 이걸로 죽는데 말이야. 너는 진짜 정체가 뭐니? 이번엔 피하는 방법을 아는 것처럼 움직였어. 그리고 검을 다루는 방법도 이해한 움직임이야. 일반적인 헌터는 그런 기술은 안 배울 텐데."

아키라는 대답하지 않는다. 모르는 것은 대답할 수 없다.

『알파. 반격의 기회는 어떻게 됐어?』

『아무튼 일방적으로 공격받는 상황은 벗어났어. 사실은 낙하하면서 상대에게 CWH 대물돌격총의 전용탄을 쏠 예정이었는데, 잔해가 만족스럽게 부서지지 않아서 실행할 수 없었거든.

아쉽지만 조금 운이 부족했네. 조금만 운이 더 좋아서 그때 사선에 들어왔으면 그대로 이겼을 텐데 말이야.』

『내 운은 진짜 빠듯하네. 그러니까 이렇게 불운한 일이 생기지. 그나저나 왜 내가 든 검은 늘어나지 않아?』

『칼날을 구성하는 액체 금속의 잔량이 적어서 그래. 아마도 아래층에서 아키라를 공격할 때, 잘 쓰는 손이나 다른 이유로 사용한 무기가 한쪽으로 치우쳤나 봐.』

『내가 적게 남은 검을 잡은 건, 상대가 많이 남은 것을 알고서 먼저 그걸 잡아서 그래? 아니면 그냥 아무거나 집은 거야?』

『아마도 아무거나 집은 거야.』

『그렇군. 내 운은 대체 어떻게 된 걸까.』

『나도 열심히 대응해 볼게.』

『거참 고맙네.』

알파가 자신의 불운에 대처하지 못하게 될 때, 아키라는 허무하게 죽는다. 슬슬 빠듯할지도 모른다. 아키라는 어렴풋이 그렇게 생각하면서 여유로운 미소를 지우지 않는 넬리아를 보고, 이 흐름을 바꾸기 위해서, 포기하지 않고 발버둥 치기 위해서, 상황을 조금이라도 유리하게 만들기 위해서, 상대의 평정심을 흐트러뜨리려고 조롱하듯 농담을 내뱉었다.

"이미 30초는 지났는데?"

자신보다 약한 상대의 조롱을 들으면 여유로운 미소가 조금이나마 사라지 않을까. 그렇게 하면 넬리아의 움직임이 조금이라도 허술해지지 않을까. 아키라는 은근 그러길 기대하고, 애써 비웃는 표정을 지었다.

그러나 넬리아는 즐겁게 웃는다.

"내가 너를 기억하는 시간이 늘어나서 기뻐해 주는 거니? 고마워."

아키라의 얼굴이 실룩거린다.

(머릿속이 어떻게 되면 그렇게 대답하는데……)

예상을 벗어난 대답을 들은 아키라가 움츠러든다. 반대로 넬리아는 참 기쁜 기색으로 이야기를 계속하려고 한다.

"그나저나 내 공격을 그토록 잘 피하니까 놀랍네. 블레이드 공방으로도 나와 정면에서 싸울 정도의 실력이야. 너, 그 나이에 대단하구나. 아니면 역시 소년형 의체이고, 속은 나이가 많니? 뭐, 어느 쪽이든 상관없지만. 그나저나 사귀는 사람은 있어?"

갑작스럽게 의미를 모를 질문을 받고, 아키라가 괴이쩍은 얼굴로 되묻는다.

"무슨 소리야?"

"없으면 나랑 사귀지 않을래? 마침 사귀던 남자가 죽어서 지금은 홀몸이야. 나는 강한 사람이 좋아. 네 실력이라면 불만이 없어."

"그런 농담이나 하는 걸 보면 정말 여유롭나 보군."

아키라는 넬리아의 말을 완전히 농담으로 판단하고, 슬쩍 무시하듯이 웃으며 대답했다.

그러나 넬리아는 즐겁게 웃는다.

"어머, 농담이 아니야. 진담이거든. 솔직하게 유혹하는 거야. 그래서? 어떠니?"

넬리아의 말이 자신의 동요를 유도하는 거짓말이나 연기라도, 그 말에 넘어가면 상황이 좋아질지도 모른다. 그렇게 생각한 아키라가 미심쩍게 물어본다.

"그 말은, 사귄다고 하면 나를 살려 주겠다는 거야?"

그 말에 넬리아가 아주 당연하다는 듯이 순순히 대답한다.

"아니. 죽일 거야. 그건 그거고, 이건 이거. 너를 죽이는 것과 내가 너와 사귀는 건 다른 이야기잖아?"

넬리아는 즐겁게 웃으면서 조금씩 아키라와 거리를 좁히고 있다. 아키라는 떨떠름한 얼굴로 조금 후퇴하고 있다.

자신의 상식을 뒤흔드는 말을 내뱉는 자에게, 아키라는 겨우 쓴웃음을 짓듯 딱딱한 표정을 지었다.

"어느 쪽이든 죽일 상대를 유혹하는 거야? 머리가 이상한 거 아니야?"

"그럴까? 사람은 오랫동안 사귀고 가장 사랑하는 사람도 죽여. 막 사귄 사람을 죽여도 이상하지 않을 거야. 게다가 비극이든 희극이든, 사랑하는 사람과 죽고 죽이는 경험은 좀처럼 없지 않을까? 지루한 인생을 쫓아내기 충분한 경험이야. 한 번밖에 없는 인생이잖아. 예쁘게 꾸며 봐야지."

아키라는 왠지 모르게 넬리아가 거짓말하지 않는다고 느꼈다. 알파에게 물어볼까 했지만, 그건 그만뒀다. 거짓말이 아니라고 단언하는 게 싫었으니까.

이해할 수 없는 생각을 말하는 넬리아에게, 아키라가 더욱 움츠러든다. 상대의 평정심을 흐트러뜨리려고 시작한 대화는 역효과를 낳고 말았다.

넬리아가 왠지 선택을 강요하는 듯 웃으며 아키라와 거리를 좁힌다.

"그래서? 어쩔래?"

희미하게 떠오르는 정체 모를 공포를 지우기 위해서, 아키라는 목에 힘을 주고 단호하게 말한다.

"거절하겠어!"

"그래. 아쉬워라."

넬리아는 진심으로 아쉬운 표정으로 웃었다. 그리고 아키라와의 거리를 단숨에 좁혀서 참격을 날린다. 아키라를 그것을 피하고 반격한다.

두 사람이 사용하는 유물은 CWH 대물돌격총의 전용탄도 버티는 물체를 쉽사리 가르는 무기다. 한 번도 안 쓰고 팔면 엄청난 값이 붙는다.

구세계의 유물은 비싸다. 그러나 사용하면 필요한 성분이나 에너지 등을 소비한 만큼 값이 내려간다. 부수면 더욱 가치가 떨어진다.

아키라와 넬리아는 서로 목숨을 빼앗고자 유물의 가치를 떨어뜨리고 있다. 그 가치를 떨어뜨린 만큼, 상대의 죽음에, 목숨에, 그 가치를 들이붓고 있다. 그것은 다른 의미로 정말 사치스러운 사투였다.

제58화 물러날 때

케인은 넬리아가 아키라를 죽이러 건물에 들어간 뒤로 그 주위를 경계하고 있었다.

확장 시야에는 중장강화복의 내장 정보수집기로 주변 상황의 변화를 하나하나 확인한 결과가 표시되고 있다. 그 일부는 일대의 무색 안개 농도가 많이 떨어졌음을 나타내고 있었다.

머지않아 안개가 걷힌다. 그것은 케인 일행에게 달갑지 않다. 지하상가와 가설기지의 통신을 방해하는 안개가 걷히고 케인 일행이 도시 방위대에 들키기 전에 철수해야 한다.

"늦는군. 넬리아는 뭐 하는 거지? 그 실력이라면 아무런 문제도 없을 텐데……."

케인은 넬리아의 실력을 높이 평가한다. 특히 접근전에서 넬리아를 이길 자는 거의 없다고 여긴다.

중장강화복을 못 쓰는 상황에서 접근전을 벌이면 혼자서 일행 전부를 죽이는 것도 불가능하지 않으리라. 그런 넬리아의 실력이라면 아키라를 금방 죽이고 돌아올 것이다. 케인은 그렇게 생각했었다.

하지만 그 넬리아가 유리한 환경인데도 아직 돌아오지 않았다. 케인에게는 비상사태나 다름없는 상황이다.

조만간 연락이 오겠지. 전투 중에 연락해도 방해만 된다. 그렇게 판단하고 먼저 연락하는 것을 피했다. 그러나 이제는 상황을 의심하기 시작하고, 그 생각을 거두어서 넬리아에게 연락해 본다.

『넬리아! 얼마나 걸리는 거야!』

기분이 좋아 보이는 넬리아의 목소리가 들려온다.

『케인. 지금 딱 좋은 참이야. 급한 일이 아니면 나중에 말해 줄래?』

『당연히 급한 일이지! 무색 안개가 걷히고 있어! 시설 설비에 따라 다르겠지만, 최악의 상황에는 이미 통신이 복구되었을 수도 있다! 괴롭히면서 즐기지 말고 얼른 처리해! 아니면 시체를 너무 쪼개서 인증이 오래 걸리는 거냐?』

『괴롭힌 적 없어. 그런 취미는 없거든.』

『그러면 인증에 문제가 생겼어? 역시 야지마 그 자식이 인증이 절대로 풀리지 않게 수작을 부린 거야?』

『그것도 아니야.』

케인이 넬리아의 상황을 추측하고, 믿기지 않아서 작게 말한다.

『설마…….』

『그런 거야. 이런 곳에 접근전에서 나랑 호각으로 싸우는 녀석이 있을 줄은 몰랐어. 야지마가 죽은 것도 당연한 셈이야. 나만큼은 아니어도 꽤 강했는걸. 그래서 지하상가 쪽 담당이 되었는데. 야지마도 참 운이 나빠. 그러면 정신 사나우니까 이쯤에서 끊을게. 나중에 봐.』

그것으로 넬리아와의 통신이 끊겼다.

케인이 넬리아와 대화하면서 얻은 정보를 분석한다.

"야지마가 죽은 것만으로도 계산이 틀어졌지. 그런데 이런 상황이다. 동지가 준 정보에 착오가 있었나? 아니면 돌발 사태가 계속된 결과인가? 어느 쪽이든 계획을 수정할 필요가 있군."

케인의 혼잣말을 듣는 자는 없다. 그 말투는 넬리아와 대화할 때와는 전혀 달랐다.

◆

케인과의 통신을 끊은 넬리아가 아키라와 거리를 잽싸게 좁히고 검을 휘두른다.

"기다렸지? 미안해. 동료가 잠시 재촉하는 바람에 조금 이야기했을 뿐이야. 오래 기다렸어?"

케인과 이야기하는 동안, 넬리아는 아키라와 거리를 벌리고 있었다. 움직임도 아주 조금 느려졌었다.

상대도 뭔가 한계에 다다라서 거리를 두고 상황을 지켜보려는 게 아닐까. 이 전투는 이득이 없다고 판단해서 철수를 생각한 게 아닐까. 아키라는 그렇게 조금 기대했지만, 그 기대는 쉽사리 부서졌다. 필사적인 얼굴로 응전하면서 대답한다.

"내 걱정은 하지 말고 얼마든지 이야기해 봐!"

넬리아가 매서운 참격을 날리면서 유혹하는 표정으로 달콤한 목소리를 낸다.

"야속해라. 차가워라. 그렇게 굴면 여자가 안 끌릴걸?"

"사랑하는 사람과 죽고 죽이는 취미가 있는 녀석에게 끌리고 싶지 않아!"

"나도 그런 취미는 없어. 말했잖아? 이건 인생을 예쁘게 꾸미는 거라고. 무미건조한 인생은 시시한걸?"

"미안하지만, 한창 파란만장하게 살고 있어!"

"그러니? 그렇다면 더더욱 즐겨야지!"

넬리아가 진심으로 즐거운 얼굴로 아키라를 베려고 든다. 방어력보다 기동력을 중시한 전투용 의체가 아름답게 휘어지고, 기능미와 육체미를 겸비한 사지가 액체 금속 칼날을 가속시킨다.

반대편이 훤하게 비칠 듯 얇은 칼날이, 그 존재를 의심케 할 정도로 단단한 잔해를 쉽사리 통과해서 아키라에게 쇄도한다.

아키라가 회복약의 진통 작용과는 다른 이유로 아픔을 느끼지 않게 된 사지를 강화복을 통해 억지로 움직여 넬리아의 칼날을 피한다. 몸에 걸리는 부하가 심각해서 강화복의 에너지가 없으면 손가락 하나 까딱할 수 없는 상태다.

전투 중인데도 뇌는 기절을 권하고 있다. 아키라는 그 본능적 방어 반응을 죽기 살기로 거역하고 있었다.

아키라의 한계가 임박했다. 그러나 넬리아는 아직 여유가 있다. 이대로 똑같은 상황이 계속되면 아키라가 거의 확실하게 죽는다.

그 상황을 아키라보다 먼저 한계에 도달한 것이 바꿨다. 아키라와 넬리아가 싸우고 있는 장소였다.

천장은 이미 넬리아에게 몇 번이고 베였고, 나아가 아키라와 넬리아가 동시에 걷어차면서 일부가 파괴되었다. 바닥도 두 사람이 교전 중에 몇 번이고 베어서 강도가 대폭 떨어졌다.

먼저 천장이 무너졌다. 붕괴한 천장이 크고 작은 잔해가 되어서 아키라와 넬리아에게 쏟아진다. 원래 두 사람의 실력이라면 그 잔해를 피하는 것도 딱히 어렵지 않다.

그러나 잔해에 대처하는 빈틈을 서로가 노리고 있다면 상황이 달라진다. 양쪽 모두 그 빈틈이 치명상이 될 것을 잘 안다. 아키라와 넬리아는 서로가 상대보다 우위에 서려고 자신들에게 낙하하는 잔해에 대응하는 것을 내버렸다.

천장에서 떨어지는 잔해의 충격이 이미 취약해진 바닥을 길동무로 삼았다. 아키라와 넬리아는 서로 상대를 보면서, 상대를 경계하면서, 천장과 바닥 붕괴에 휘말렸다.

◆

아래층 바닥에 쌓인 잔해 일부가 움직인다. 넬리아가 잔해를 치우고 일어섰다.

"정말이지. 우리의 만남을 방해하다니, 몹쓸 잔해야."

넬리아가 오른손에 쥔 자루를 본다. 칼날은 사라졌다. 자루를 다시 조작해 칼날을 재생하려고 하지만, 은색 칼날은 형성되지 않았다.

충격으로 망가졌거나, 칼날을 형성하는 액체 금속이 다 떨어졌거나, 에너지가 다 떨어졌거나, 그중 하나일 것 같지만, 원인이 뭐든 쓸 수 없다는 사실에는 변함이 없다. 자루를 내던지고 주위 상황을 확인한다.

아키라의 모습은 안 보인다. 필시 잔해에 파묻힌 거겠지. 피차 그 상황에서 잔해를 피하고 기습을 준비할 수는 없었을 것이다. 그렇게 판단했다.

주위를 둘러보는 넬리아의 시야에 알파의 모습이 비친다. 몸이 위아래로 두 동강이 나서 잔해 위에 널브러진 채 조금도 움직이지 않는다.

쿠즈스하라 시가지 유적 지도에서 얻은 정보로 확장 시야를 표시한 넬리아는 알파를 눈으로 인식할 수 있었다.

(저건 아키라의 동료, 아까 죽인 녀석이구나. 비싼 유물을 버리고 죽이길 잘한 거구나. 실력이 얼마나 좋을지는 모르겠지만, 만약 아키라와 비슷한 수준의 실력자라면, 2 대 1로 상황에서 졌을 거야.)

넬리아가 알파를 주시한다. 그 시야에서 한순간 알파의 모습이 사라졌다가 다시 나타난다. 시각 정보의 출처를 잠깐만 의체의 기능만으로 변경한 것이다.

(내 의체의 감각기로는 지각할 수 없다면, 꽤 고도의 위장 기능을 달았나 보구나. 주위에 있던 피도 안 보여. 단순한 광학 위장과는 다른, 고도의 위장 기능. 아마도 구세계의 기술. 상대에게 탐지당하지 않는다는 방심이 내 공격을 정통으로 맞는 빈틈을 낳은 걸까?)

넬리아는 알파가 실존한다고 판단했다. 자신의 공격을 맞아 두 동강이 나는 모습을 실제로 봤기 때문이다.

단순한 영상은 베이지 않는다. 그렇다면 실존한다. 그렇게 생각했다. 흐른 핏자국도 자연스럽고, 눈으로 봐서 판단할 때는 의심할 여지가 없었다.

상황 확인을 마친 넬리아가 가장 우선해야 할 대상에게 시선을 돌린다. 아키라다. 잔해 뒤에서 비틀비틀 일어나다가 풀썩 주저앉았다.

넬리아가 비틀거리면서 아키라에게 다가간다. 넬리아의 의체도 잔해가 무너지면서 심한 손상을 입었다.

"뭐…… 자잘한 생각은 나중에 하자. 우선——."

넬리아가 희미하게 웃는다. 아키라의 손에는 블레이드가 없었다. 그 대신에 CWH 대물돌격총을 지팡이로 삼아서 일어서려고 했다.

"——너를 죽여야지!"

넬리아가 아키라에게 달려간다. 그 움직임은 의체의 손상으로 조금 흐트러졌지만, 지금의 아키라를 죽이는 데는 문제가 없다고 판단해 전투 속행과 결판을 위해 웃으며 뛰기 시작했다.

◆

잔해에서 기어 나온 아키라가 자신의 의지와는 관계없이 풀썩 주저앉았다. 서둘러 일어서려고 하지만, 휘청거리기만 하고 잘 움직여지지 않는다.

넬리아의 공격에 대처하는 바람에 이미 아키라의 몸과 강화복 모두에 큰 부하가 걸렸었다. 그 상태에서 아까 있었던 잔해 붕괴에 말려든 결과다.

『알파. 몸이 잘 움직이지 않아. 알파 쪽에서 강화복을 조작할 순 없어?』

『안타깝지만 무리야. 지금껏 무모하게 움직인 것과 아까 공격으로 강화복 기능 일부와 제어장치 일부가 망가졌어. 그래서 강화복이 내 조작을 전혀 받아들이지 않아.』

자신의 강화복이 받는 알파의 서포트를 대폭 상실했다. 즉, 자신의 전투력이 격감했다. 그것을 이해한 아키라가 쓴웃음을 짓고 이를 악문다.

『이럴 때 말이야? 안 움직이는 건 아니지?』

『아키라가 움직일 수는 있을 거야. 내 조작과는 입력 계통이 다르니까. 강화복의 에너지도 아직 남았어. 움직이려는 의지만 있다면 움직일 거야.』

『그래? 쓰러진 건 내 의지가 부족한 탓이야?』

『각 부위의 손상 때문에 강화복을 움직이기 불편해진 건 사실이야. 내 쪽에서도 강화복을 조작할 수 없는지 여러모로 시도해 볼게. 반격의 기회는 내가 만들 테니까, 그때까지 어떻게든 시간을 끌어.』

『알았어. 서둘러 줘.』

아키라는 근처에 널브러진 CWH 대물돌격총을 지팡이로 삼아 어떻게든 일어선다. 온몸에 퍼지는 극심한 통증이 계속 움직임을 방해하고 있다. 이를 악물고 그 아픔을 참으면서, 다가오는 적을 응시한다.

넬리아의 의체는 출력이 대폭 떨어졌다. 그래도 보통 사람을 능가하는 속도로 거리를 좁히고 있다.

아키라가 CWH 대물돌격총을 겨누고 방아쇠를 당긴다. 그러나 극심한 통증을 참으면서 알파의 서포트 없이 총을 겨누는 그 움직임은 넬리아의 블레이드를 피하던 때와 비교해서 너무 굼뜨다.

아키라가 방아쇠를 당기기도 전에 넬리아가 그 총을 걷어찬다. 사선이 어긋난 총에서 발사된 총탄은 넬리아에게 스치지도 않고 엉뚱한 곳으로 날아갔다. CWH 대물돌격총이 아키라의 손에서 떨어져 조금 떨어진 바닥에 나뒹굴었다.

넬리아가 더욱 연타한다. 아키라는 그것을 간신히 막았다.

알파와의 훈련으로 아키라의 격투 기술은 크게 향상되었다. 하지만 넬리아에게 반격할 정도로 숙련되지는 않았다. 필사적으로 방어하고 있었다.

넬리아의 공격을 막을 때마다 아키라의 뼈가 뒤틀리고 근섬유가 망가진다. 완전히 수세에 몰린 아키라를 본 넬리아는 더더욱 매섭게 공세를 밀어붙인다.

아까와는 딴판으로 보일 만큼 움직임이 굼떠진 아키라를 보고, 넬리아는 상대의 부상을 너무 높게 평가했다.

(내 블레이드를 피하던 때의 움직임을 찾아볼 수 없어! 피해가

상당히 크구나! 몸을 추스르기 전에 죽이자!)

단순히 알파의 서포트를 잃은 탓이며, 지금이 아키라의 진짜 실력이다. 하지만 그것만큼은 넬리아도 모른다. 웃으며 계속 공격한다.

아키라는 제자리에서 넬리아의 맹공을 버티고 있다. 그 자리에서 도망치지 않는 것은 단순히 넬리아가 뒤에서 공격하는 것을 경계한 게 아니다. CWH 대물돌격총이 근처에 나뒹굴고 있기 때문이다.

이 자리에서 도망치면 넬리아에게 그 총을 빼앗긴다. 그 시점에서 유효한 공격 수단을 잃은 아키라는 승산을 완전히 잃는다.

건물 밖에는 CWH 대물돌격총의 전용탄도 버티는 중장강화복을 장비한 케인이 있다. 적을 정면에서 공격할 수단이 없다는 것을 알면, 케인은 틀림없이 피탄을 걱정하지 않고 죽이려고 들 것이다.

아키라의 눈과 의식은 넬리아의 공격에 반응할 수 있었다. 그러나 몸은 그렇지 않았다. 피로와 극심한 통증이 움직임을 굼뜨게 하고, 허술해진 방어에 넬리아의 공격이 꽂히고, 아키라를 더욱 고통스럽게 한다. 강화복 자체도 계속해서 걸리는 부하로 서서히 망가지고 있었다.

몸과 강화복 중 뭐든 하나가 먼저 한계를 맞이해도, 그 시점에서 아키라는 죽는다.

『알파! 슬슬 한계인데, 알파가 만든다고 한 반격의 기회는 어떻게 됐어?!』

『기회는 자주 오는 게 아니야. 조금만 더. 상대의 등 뒤를 봐.』

아키라가 넬리아의 등 뒤를 본다. 넬리아에게서 조금 떨어진 곳에 알파가 서 있었다.

아키라는 무심코 의아한 표정을 지었다. 넬리아는 알파를 감지할 수 없으니까 넬리아의 등 뒤에 있어도 주의를 끌 수는 없다. 애초에 실체가 없는 알파가 넬리아의 뒤에서 덤벼도 생채기 하나 내지 못한다. 아키라는 알파의 행동을 이해하지 못했다.

그때 넬리아가 아키라의 표정과 시선에서 자신의 등 뒤에 누군가가 있다고 판단한다. 그러나 의체의 감각기는 그 자리에 아무도 없음을 나타냈다.

하지만 넬리아는 알파를 벤 사실에서 의체의 감각기로는 포착할 수 없는 고도의 위장 기능을 갖춘 누군가가 있다고 판단하고 말았다.

그리고 쿠즈스하라 시가지 유적 지도 접속기를 통해서 자신의 등 뒤에 있는 알파의 움직임을 지각한다. 그리고 그 움직임으로 상대는 자신의 존재가 들킨 것을 알아차리지 못했다고 즉각 단정했다.

넬리아가 한순간에 몸을 반전하고, 동시에 돌려차기를 날린다. 등 뒤에서 자신을 기습하려는 상대의 허를 찌르는 완벽한 카운터. 넬리아는 그렇게 생각했다.

넬리아는 세 번 놀랐다. 등 뒤에서 기습하려는 적이 자신이 확실하게 죽였다고 여긴 자였다는 것. 그 인물에게 날린 발차기가 상대의 몸을 아무 저항도 없이 관통한 것. 그리고 아무것도 없는 허공을 걷어차 자세가 무너진 순간 아키라가 그 움직임에 완전히 맞춰서 자신을 걷어찬 것. 전부가 예상을 뛰어넘었다.

아키라가 온 힘을 다해 날린 발차기는 자세가 흐트러진 넬리아를 날렸다. 넬리아의 의체는 아키라의 발차기 정도로 망가질 만큼 약하지 않다. 그러나 상황을 뒤집는 일격이었다.

넬리아는 혼란의 극에 치달았다. 경악에 대한 무수한 의문이 뇌를 폭주하고 냉정한 사고력을 앗아갔다. 그 혼란은 발차기의 충격으로 날아가 잔해에 내팽개쳐졌을 때도 회복하지 않았지만, 자신에게 총구를 겨누는 아키라와 눈이 마주치면서 중단되었다.

아키라는 넬리아를 걷어찬 다음 재빠르게 CWH 대물돌격총으로 뛰어가 잡았다. 그리고 민첩하게 총을 들고 넬리아를 겨누고 방아쇠를 당겼다.

발사된 전용탄이 넬리아의 몸통을 직격한다. 복부가 분쇄되어서 기계 부품이 주위에 흩날린다. 총을 맞은 부위에서 위아래로 찢어진 상반신과 하반신이 피탄의 충격으로 날아가 따로따로 바닥을 나뒹굴었다.

아키라가 다시 넬리아에게 총을 쏜다. 탄창이 빌 때까지 쐈지만, 넬리아의 하반신과 두 팔만을 파괴하고 머리에는 한 발도 명중하지 않았다.

의도한 게 아니다. 넬리아의 머리를 노리고도 전부 빗나갔다.

아키라가 혀를 찬다. 넬리아는 의체 사용자다. 그것은 보면 안다. 그렇다면 최소한 머리를 분쇄해야 안심할 수 있다.

아키라의 발차기가 넬리아에게 꽂혔을 때, 그 몸은 알파가 움직였다. 그때 알파는 이미 아키라의 강화복 조작을 회복했다.

알파가 곧바로 서포트하지 않은 것은 넬리아의 방심을 유발하기 위함이다. 제아무리 알파의 서포트가 있어도 넬리아가 방심하지 않으면 그 상황에서 아키라가 허를 찌를 수 없었다.

그리고 예상보다도 아키라가 넬리아를 상대로 버틴 덕분에 알파는 최대한 상대의 빈틈을 찾아볼 수 있었다. 그 노고가 결실을 보고, 알파의 작전이 성공해서, 아키라는 죽을 고비를 넘기고 역전했다.

아키라는 이미 알파가 강화복 조작을 회복했음을 알아채서, 사격 서포트도 돌아온 줄 알았다.

그러나 몇 번을 쏴도 넬리아의 머리에 명중할 기미가 조금도 보이지 않는다. 초조함과 당황이 아키라의 머릿속에 떠오른다.

『맞질 않아! 어떻게 된 거야?!』

『강화복의 출력이 떨어져서 사격 반동으로 조준이 어긋나는 거야. 전용탄을 쓰니까 반동도 커. 다 망가진 강화복으로 그 반동을 제어할 수 없어. 상대의 몸통에 명중한 것도 내 서포트가 없었으면 불가능했을걸?』

알파의 설명을 들으면서 아키라가 탄창을 교체한다.

『어쩌면 좋지?』

『더 가까이 가서 쏠 수밖에 없어. 방치는 추천하지 않아. 저 상태로도 밖에서 입었던 중장강화복을 다시 착용하면 아직 잘 싸울 수 있어.』

『저 녀석을 죽이면 나머지 한 녀석이 도망쳐 주지 않을까?』

『그렇게 되면 좋겠네.』

그렇게 희망적 관측을 말하면서, 아키라와 알파 모두 그렇게 되지 않으리라고 생각했다.

◆

케인은 건물 밖에서 주위를 경계하고 있었다. 그동안 무색 안개의 농도는 평균치로 떨어져 있었다.

이미 가설기지와 지하상가의 통신은 복구되었을 것이다. 넬리아에게 추가 연락도 없다. 그러한 상황에서, 케인은 결론을 내렸다.

"물러날 때군."

케인의 중장강화복 뒤쪽이 열린다. 중장강화복을 착용한 것이 아닌, 마치 그 제어장치로 조립된 듯한 상태의 케인이 그 안에서 튀어나온다. 사지가 접혀 있었지만, 공중에서 팔다리를 펼쳐 무사히 착지했다.

중장강화복의 겉모습과는 대조적으로 케인의 몸은 매우 날씬했다. 가느다란 팔다리는 마치 곤충 같고, 몸통도 마찬가지로 호리호리하다. 머리에도 머리카락이나 피부가 없다. 인간과 비슷한 외모로 만든 의체가 아니라 명확한 전투용 사이보그임을 한눈에 알 수 있다. 몸에서 가장 인간에 가까운 부분은 다섯 손가락이 달린 두 손인데, 그것도 금속 골격을 훤히 드러냈다.

케인의 중장강화복 뒤쪽에서 중기관총과 저격총이 사출된다. 양쪽 모두 생체 사용을 고려하지 않은 대형 총기로, 형태만 봐도 무겁게 생겼다.

케인은 그 총을 가느다란 팔로 한 정씩 가뿐하게 잡았다. 상당히 무거운 총을 한 손으로 잡았는데도 자세가 전혀 흐트러지지 않는다. 그 몸이 호리호리한 겉모습으로는 상상도 못 할 만큼 고출력, 고성능이라는 증거다.

넬리아의 중장강화복이 혼자서 걷기 시작한다. 그것을 본 케인은 넬리아가 건물 내부에서 조작하고 있다고 판단하고, 자신의 예상이 옳았음을 확신했다.

케인이 자신의 중장강화복을 원격 조작해 거대한 중화기를 넬리아의 중장강화복에 겨눴다. 특대 총에서 발사된 무수한 탄환이 넬리아의 강화복을 삽시간에 분쇄했다.

"미안하군. 만약을 대비한 거야. 꼬리가 잡히면 곤란해."

케인은 자신의 중장강화복을 그 자리에 남기고 혼자 건물에서 멀어졌다.

◆

넬리아는 하반신과 두 팔을 잃고도 살아 있었다. 넬리아의 몸은 머리만 남아도 며칠을 버티는 종류의 의체다. 이 정도로는 죽지 않는다.

그러나 여기서 살아남을 수 있을까 하는 의미에서는 절망적이다. 왜냐면 CWH 대물돌격총을 든 아키라가 다가오고 있기 때문이다.

아키라는 넬리아를 확실하게 죽일 작정이다. 넬리아가 아직 살아 있는 것은 아키라가 상대를 괴롭히다가 죽일 생각이어서가 아니다. 피로와 부상, 장비 손상 등의 이유로 상대의 머리를 노려도 빗나갔기 때문이다. 넬리아도 그 정도는 이해한다.

아키라는 총을 겨누고, 넬리아의 머리를 노리고 방아쇠를 당기고, 빗나가서 인상을 구기고, 경계하면서 거리를 좁히기를 반복하고 있다.

원래라면 절대로 빗나가지 않을 위치로 단번에 다가가서 표적의 이마에 총구를 밀착하고 방아쇠를 당기면 끝이다. 그러지 않는 것은 단순히 아키라가 넬리아를 끔찍하게 경계하기 때문이다.

상대가 명확하게 강적이라는 점. 아까 전투에서 압도당한 점. 하반신과 두 팔이 없는 상태여도 전투력을 잃었다고 단언할 수 없다는 점. 그러한 요인에 따른 아키라의 경계가 넬리아의 죽음을 늦추고 있었다.

넬리아는 지금도 웃고 있다. 그것이 아키라에게는 이 상태에서도 아직 승산이 남은 자의 여유로 보였다. 그래서 아키라는 더욱 경계하고, 넬리아에게 다가가는 걸음을 늦추고 있었다.

하지만 넬리아는 딱히 승산이 있어서 웃은 게 아니다. 그 웃음은 자기 자신의 죽음을 특별히 여기지 않는 정신 구조를 드러낸 것에 지나지 않는다. 죽으면 그걸로 끝. 끽해야 그 정도. 그런 인식에서 생기는 여유로운 웃음이다.

그러나 넬리아도 죽고 싶은 건 아니다. 좌우지간 최선을 다할 작정이다. 그래서 건물 밖에 둔 중장강화복을, 제때 오기를 기대하지 않으면서도 일단은 호출해 봤다.

그러나 그 중장강화복과의 통신이 끊겼다.

(내 강화복이 파괴되었어? 밖에서 무슨 일이 생긴 거야?)

케인에게서 넬리아에게 통신이 들어온다. 완전한 내부 통신이므로 밖에는 들리지 않는다.

『넬리아. 그쪽 일은 어떻게 됐지?』

『케인? 사실은 조금 애먹고 있어. 미안하지만 여기 와서 도와줄래?』

넬리아는 아무 일도 아닌 것처럼 대답했다. 상황을 개선할 가능성을 조금이라도 키워야 하기 때문이다.

그러나 케인에게 바로 들켰다.

『그렇군. 졌나.』

지금 상황을 정확하게 전달하면 케인이 도우러 오지 않는다. 그것을 아는 넬리아는 평소처럼 가볍게 부정한다.

『애먹기만 한 거야. 서둘러 주면 고맙겠는데.』

그러나 케인이 차분하게 대답한다.

『적어도 제대로 움직이지 못할 정도로 당한 거지? 그것도 네 장기인 접근전으로. 아니라면 실내전에서 거추장스러운 중장강화복을 그쪽으로 보낼 리가 없지. 아, 네 강화복은 내가 파괴했다. 그러니 네 강화복이 오길 기다려도 소용없어.』

『어머, 너무해. 멋대로 손대지 말라고 했잖아.』

『미안하군. 나도 사정이 있어.』

넬리아는 매우 평범하게 말하고, 케인도 매우 평범하게 대답했다. 그 대화에는 타인은 고사하고 자신들의 생명도 가벼이 여기는, 일종의 광기가 존재했다.

케인이 말을 잇는다.

『뭐, 네 강화복을 멋대로 부순 건 미안하군. 그러니 대신 내 강화복을 보내마.』

『그건 고마워. 보낸다고⋯⋯?』

『그래. 내 중장강화복만 보내마. 자동 조종으로 말이지. 나는 도망치겠다. 접근전에서 너를 이기는 상대와 싸우긴 싫어. 덤으로 상대를 가리지 않고 요란하게 날뛰게 설정했다. 무색 안개는 이미 걷혔다. 연락을 받은 도시 방위대가 근처까지 왔을지도 모르지. 내 강화복이 요란하게 날뛰면 그 녀석들의 부대를 유인하는 미끼 정도는 될 거다. 그러면 잘 있어라.』

그것으로 케인과의 통신이 끊겼다. 재접속을 시도했지만 소용없었다. 넬리아가 조금 어이없다는 투로 중얼거린다.

"거참⋯⋯ 강화복을 줄 거면 접속 코드 정도는 동봉하라고."

넬리아는 죽음을 앞두고 냉정하게 생각했다. 살아남을 최선의 수단을 모색했다. 아키라의 탄환이 옆에 명중해 그 충격으로 조금 날아가도 당황하지 않고, 조금도 겁내지 않고 계속해서 생각했다.

"뭐, 할 수 있는 만큼은 해 보자"

떠오른 작전에 희망을 안고, 넬리아는 즐겁게 미소를 지었다.

제59화 행운, 또는 불운한 결말

아키라가 다시 넬리아의 머리를 노리고 방아쇠를 당긴다. 총 탄은 상대의 옆에 명중하고, 그 충격으로 넬리아를 조금 날려 버렸다.

『아직 안 되나……!』

알파가 아키라를 진정시키려고 웃으며 말을 건다.

『진정해. 조바심을 내면 맞을 것도 안 맞아.』

『알파의 서포트로 어떻게든 안 돼?』

『강화복이 파손되어서 불안정한 상태야. 그 상태에서 내가 무 리해서 외부 조작을 더 늘렸다간 강화복의 동작에 이상이 발생 할 위험이 있어. 자칫하면 아키라의 두 팔이 뒤틀려서 절단될 수도 있는데, 그래도 좋아?』

『하지 마.』

알파는 이미 평소 차림으로 언제나 그렇듯 아키라의 옆에 서 있었다.

아키라에게 총을 맞아 쿠즈스하라 시가지 유적 지도 접속기가 파괴된 넬리아는 이제 알파의 모습을 인식하지 못한다. 알파는 그 점을 파악했다.

아키라가 다시 총을 겨누고 넬리아를 노린다. 그때, 넬리아가 웃으면서 아키라에게 들리게 말하기 시작한다.

"나를 죽이면 너도 죽어."

아키라는 무시하고 방아쇠를 당겼다. 피탄 충격으로 넬리아가 또다시 조금 날아갔다. 그래도 넬리아는 계속 말한다.

"내 동료가 나를 배신하고 너와 나를 한꺼번에 죽이려고 해. 자동 조종 상태인 중장강화복으로 건물에 침입해서 말이야. 그 강화복에는 적을 저승길 동무로 삼는 자폭 장치가 있어. 도망쳐도 소용없어. 너를 죽일 때까지 어디든지 쫓아갈 거야. 네가 살상 범위에 들어가면 곧바로 자폭할 거야. 아마도 이 건물을 날릴 정도의 위력은 있을걸. 최소한 이 건물은 확실하게 무너질 거야."

아키라는 무시하고 넬리아에게 다가가 총을 쐈다. 탄환이 넬리아의 상반신에 맞고 목 아래의 몸통을 분쇄했다. 머리만 남은 넬리아가 충격으로 날아갔다.

"자폭을 막으려면 강화복 제어장치를 파괴하거나, 제어장치에 개입해서 정지시킬 수밖에 없어. 그 장갑을 뚫고 동체 어딘가에 있는 제어장치를 파괴하긴 어려워. 나라면 강화복 제어장치에 침입해서 기능을 정지시킬 수 있어. 나는 이미 개입을 시작해서 중장강화복의 자폭을 방지하고 있거든. 나를 죽이면 곧바로 자폭할 거야."

아키라는 무시하고 넬리아에게 다가가 총을 쐈다. 탄환이 머리만 남은 넬리아의 귀를 스치고 바닥에 맞는다. 그 충격으로 넬리아가 또다시 날아갔다.

"그래. 뭐, 마음대로 해. 선택은 네가 하는 거니까. 반한 사람과 같이 죽는 것도 나쁘지 않아."

그렇게 말하고 넬리아는 미소를 지었다. 아키라를 유혹했을 때와 똑같은 웃음을 띠었다.

이미 넬리아의 바로 앞까지 온 아키라가 그대로 옆으로 가 머리만 남은 상대의 머리채를 잡고 들어 올린다. 그리고 넬리아와 눈을 딱 맞추고 힘껏 노려본다.

"증거는?"

"없어."

아키라는 물어봤다. 살고 싶어서 하는 거짓말이 아니냐고. 진실을 말한다는 증거는 있냐고.

넬리아는 대답했다. 그런 것은 하나도 없다고. 자기가 하는 말을 못 믿겠으면 마음대로 하라고.

진실인지 거짓인지. 아키라는 알 수 없다. 고민하는 아키라에게 알파가 표정을 굳히고 지시한다.

『아키라. 일단 이동하자. 지금 당장.』

아키라는 알파의 지시에 따라서 넬리아의 머리를 잡고 서둘러 그 자리에서 뛰었다.

건물이 흔들린다. 그 진원지에서는 케인의 중장강화복이 건물에 억지로 들어오려고 했다.

자동 조종으로 움직이는 대형 중장강화복이 기체의 손상을 아랑곳하지 않고 건물 측면의 파손된 부분, 케인의 공격으로 취약해진 곳에서 거대한 강철 몸을 억지로 집어넣으려고 했다.

대형 기체의 머리와 팔을 건물 벽과 천장에 욱여넣으면서 자신의 중화기로 장해물을 파괴하고, 억지로 건물 깊숙이 진입하려고 한다. 남은 에너지를 전혀 개의치 않고, 기체 출력도 안전 기준을 무시하고 최대로 높여서, 그 경이로운 힘으로 아키라가 있는 곳으로 가려고 했다.

기체는 아키라의 위치를 명확하게 파악한 게 아니다. 그러나 무색 안개가 걷혀서 기능을 회복한 정보수집기가 대략 예측하는 수준으로 아키라의 위치를 포착했다.

천장보다 높은 대형 무인기가 장비한 모든 화기를 아키라가 있는 방향으로 난사하고 있다. 대형 총기에서 발사된 특대 총탄이 주위에 있는 사물을 분쇄하고 있다.

건물 내벽은 외벽만큼 튼튼하지 않다. 요란하게 부서지는 벽, 바닥, 천장이 잔해가 되어 주변에 날린다. 자동 조종으로 움직이는 기체는 잔탄을 고려하지 않는다. 예비 탄약을 소진할 때까지 계속해서 쏘아댈 뿐이다.

아키라는 재빨리 그 자리에서 도망쳐 중장강화복의 공격에서 벗어났다. 도망치면서 넬리아에게 묻는다.

"왜 그렇게 나를 죽이려는 거야? 아니면 네 동료가 여기서 도망치려고 시간을 끄는 거야?"

"아니야. 너를 안 죽이면 유물을 옮길 수 없어서 그래."

"유물 운반과 내 목숨이 무슨 관계가 있는데?"

"네가 죽인 야지마란 남자가 사후보복의뢰 프로그램에 너를 등록했어. 그 탓에 너를 안 죽이면 유물을 실은 수송차를 움직일 수 없는 거야."

아키라는 자신이 죽인 야지마의 언동을 떠올렸다. 야지마는 죽어도 동료가 복수해 준다고 했는데, 그것이 단순한 공갈이 아니었음을 알고 짜증을 내듯 인상을 팍 구겼다.

"정말 골치 아프네……. 그런 프로그램이 있어?"

"있어. 그런 이유가 없으면 우리도 굳이 너를 죽이려고 하지 않아. 의심이 풀렸으면 나랑 거래하자. 내가 케인의 중장강화복을 멈출 테니까, 대신 나를 살려줘."

"이대로 도망치면 돼. 저것이 건물 안에 낀 사이에 건물 밖으로 나가면 충분히 도망칠 수 있어."

"그게 안 된다고 판단했으니까 이 건물로 도망친 거 아니야?"

"네가 저 중장강화복의 제어를 빼앗을 수 있다면, 제어를 장악한 다음에 나를 공격하지 않는다는 보증이 있어? 나를 죽이면 유물을 가질 수 있다며?"

"그건 나를 믿을 수밖에 없어. 이렇게 엉망진창이 되도록 당했는걸? 더는 너랑 싸우고 싶지 않아."

넬리아는 머리만 남았어도 여유롭게 미소를 지었다.

"나도 너도 살 수 있으니까 나쁘지 않은 거래 같은데? 네가 나랑 사귀는 조건을 넣는 건 자중할게. 협박해서 사귀는 취미는 없으니까."

이런 때까지 사귀자는 이야기를 꺼낸 넬리아에게, 아키라가 얼굴을 실룩거린다.

『알파. 자폭 장치 이야기는 진짜 같아? 알파는 상대의 거짓말을 어느 정도 알 수 있잖아?』

알파는 고개를 슬쩍 가로저었다.

『안타깝지만 예전에도 말했다시피 의체 사용자의 표정에서 거짓을 알아내는 건 어려워. 모른다고 말할 수밖에 없어. 아, 하지만 사귀자는 말은 진짜일 거야.』

『그건 아무래도 좋아…….』

아키라가 고민한다. 넬리아의 제안을 받아들일 경우, 이 지경으로 몰아넣은 상대를 풀어주는 데다가 반격당할 위험도 있다. 그러나 건물 밖으로 도망쳐도 살아남는다는 보증이 없다. 케인의 기체가 간단히 따라잡아서 아키라를 죽일 위험은 얼마든지 있다.

『이판사판으로 부탁해 볼지, 이판사판으로 도망칠지…….』

고민하는 아키라에게, 알파가 다른 선택지를 추가한다.

『선택지는 하나 더 있는걸? 이판사판으로 싸운다.』

『하지만 싸우면 자폭하잖아?』

『꼭 그렇지도 않아.』

알파가 그 근거를 설명한다.

우선 기체에 진짜로 자폭 장치가 달렸는지는 알 수 없다. 진짜로 달렸더라도, 넬리아가 정말로 그 폭발을 막을 수 있다는 보증은 없다.

자폭 장치가 달렸을 때, 아직 폭발하지 않았다면 폭발의 살상 범위가 매우 좁게 설정되었을 가능성이 있다. 상대와 거리를 잘 벌리면 폭발하지 않을 가능성도 있다.

자폭 방법도 기체 내부에 수납한 폭발물을 폭파하는 건지, 기체의 남은 에너지를 변환해서 폭발하는 건지 알 수 없다.

후자라면 기체 에너지는 포스 필드 아머를 유지하는 데도 사용된다. CWH 대물돌격총의 전용탄으로 계속 공격하면 포스 필드 아머를 유지하는 데 남은 에너지를 다 쓰게 하고, 폭발 규모를 억제하는 효과가 있을지도 모른다. 잘하면 제어장치도 같이 파괴할 가능성도 있다.

알파는 확증이 있어서 이야기하는 게 아니다. 그 가능성을 제시할 뿐이다. 그러나 선택지가 늘어난 것은 사실이다.

『부탁하거나, 도망치거나, 싸우거나, 선택지는 세 개인가.』

『나는 선택지만 제시할 수 있어. 하나같이 운 요소가 개입해서, 추천하기 어려워. 아키라가 선택해. 어떤 선택지든 전력을 다해 서포트할게.』

『알았어.』

아키라는 머리만 남은 넬리아를 바닥에 내던졌다.

"조금만 더 발악하고 나서 너한테 부탁해 보겠어. 여기서 기다려."

아키라는 그 말만 남기고 뛰었다. 싸우기 위해서.

머리만 남은 넬리아는 목 부분이 딱 바닥에 닿은 모양새로 방치되었다. 그리고 떠나는 아키라의 모습을 보고 있었다. 넬리아는 웃고 있었다.

케인의 중장강화복은 자동 조종으로 움직이는데, 그다지 똑똑한 동작은 보이지 않는다. 공격 대상도 건물 내부에 있는 누군가, 또는 무언가로 불명확한 상태에서 정보수집기로 탐지한 그럴싸한 것을 하염없이 공격하고 있을 뿐이다.

명확하게 아키라를 식별해서 공격하는 게 아니다. 탑재한 정보수집기로 인간형 존재를 찾아내고, 사전에 설정한 우선순위에 따를 뿐이었다.

기체는 대상과의 사이에 있는 차폐물도 우회하지 않고 앞을 가로막는 사물을 팔과 총으로 파괴하며 전진하고 있었다. 네 팔에 들린 중화기 중 이미 2정이 탄약을 소진해 단순한 둔기로 변했다.

알파가 확장한 아키라의 시야에 조금 떨어진 곳에서 날뛰는 중장강화복이 표시된다. 그 모습에서 일부 무장의 탄약을 소진했음을, 아키라는 곧바로 이해했다.

『이거, 기다리고 있으면 탄을 소진하지 않을까?』

『잔탄이 없어진 순간에 자폭하는 게 아니면 좋겠지만. 이 건물이 무너지면 큰일 날걸?』

『그럴 수도 있겠네. 하는 수 없지. 가 볼까.』

요란하게 사격하는 중장강화복의 공격으로 건물 내부는 엉망으로 파괴되었다. 아키라는 차폐물에 몸을 숨기면서 사격을 개시한다.

CWH 대물돌격총의 전용탄이 대형 무인기의 동체 부분을 직격한다. 대형 기체가 잔해 사이로 좁은 건물 내부를 이동한 탓에 움직임이 매우 굼뜨다. 아키라의 몸 상태는 최악이지만, 움직임이 느린 대형 표적에 맞히는 것은 어떻게든 되었다.

기체의 포스 필드 아머가 전용탄의 충격을 막고, 굉음과 충격 변환광을 주변에 흩뿌린다. 기체가 아키라에게 반격하려고 하지만, 팔과 총이 걸려서 신속하게 반격할 수 없다. 그 덕분에 아키라는 무난하게 피할 수 있었다.

아키라는 사격과 이동을 반복해 상대에게 전용탄을 계속 맞힌다. 그때마다 기체가 특대 탄환을 주변에 날리며 반격한다. 벽이 깨지고, 천장이 무너지고, 총탄이 사방팔방 날아다닌다.

아키라가 일방적으로 사격하는 것처럼 보이기도 하지만, 상대의 공격을 한 대라도 맞았다간 아키라는 끝장이다. 한편, 케인의 중장강화복은 아키라의 사격이 자꾸 직격해도 흔들림 없이 반격하고 있다.

게다가 아키라가 몸을 숨길 장소는 상대의 공격에 부서져 조금씩 줄어들고 있었다. 아키라는 자신이 유리하다고 조금도 생각하지 않았다.

그 아슬아슬한 전투가 이어지고 있을 때, 전용탄이 중장강화복을 직격할 때 나는 소리가 갑자기 변화했다. 탄환이 에너지 부족으로 출력이 약해진 포스 필드 아머를 돌파하고 기체 내부에 도달한 것이다. 그것으로 중장강화복의 움직임이 눈에 띄게 나빠졌다.

아키라는 그 기회를 놓치지 않고 기체의 동체 부분에 전용탄을 꽂기 시작했다. 그리고 마침내 제어장치에 손상을 줬다.

망가진 제어장치가 잘못된 명령을 기체 각 부위에 송신한다.

그 결과, 강철 거인은 극심한 통증에 시달리는 듯 엉망진창으로 날뛰었다.

그리고 아키라가 더욱 필사적으로 사격하자 단말마 같은 소음을 내던 대형 중장강화복이 마침내 소리를 멈추고 가동을 정지했다.

그때 추가 전용탄이 박힌다. 강철 거인은 그 충격으로 자세가 크게 무너지고, 굉음을 내고 쓰러지면서 아키라의 승리를 요란하게 알렸다.

아키라가 탄창을 교체하면서 주의 깊게 상대를 확인한다. 움직일 기미가 완전히 사라졌다.

『이겼나······?』

『아마 괜찮을 거야. 적어도 아키라의 위협은 아니게 되었어.』

『좋아!』

아키라가 환희한다. 죽음의 고비에서 벗어난 환성이자, 예상하지 못한 거물을 해치운 기쁨이었다.

『아키라. 아직 전부 끝난 게 아니야. 전부 끝날 때까지 긴장을 풀면 안 되는데?』

『알았어. 가자.』

아키라는 그렇게 딱 말하고, 모든 것을 끝내려고 뛰었다.

◆

넬리아는 가만히 기다리고 있었다. 넬리아는 작전의 결과만 기다리면 된다.

그리고 넬리아의 지각 범위에 그 결과가 찾아왔다.

넬리아가 웃으며 아키라를 맞이한다.

"어서 와. 보아하니 케인의 중장강화복을 해치웠나 보네. 그 상태로 참 대단해."

넬리아가 말한 것처럼 아키라는 완전히 만신창이다. 몸과 강화복과 총이 모두 한계 직전이다. 그래도 아키라는 살아남아 이 자리에 서 있었다.

아키라는 지금 상황에서도 여유롭게 웃는 넬리아를 보고 괴이쩍게 웃고, 자신만의 대답을 내놓았다.

"여유롭네. 죽는 게 무섭지 않아?"

"무섭진 않아. 싫기는 하지만."

"그래. 나도 싫어."

"마음이 잘 맞네. 역시 나랑 사귀지 않을래?"

"거절할래. 나는 죽일 사람을 유혹하는 취미가 없고, 죽은 사람과 사귈 마음도 없어."

그렇게 딱 잘라서 거절한 아키라가 넬리아에게 CWH 대물돌격총을 겨눈다. 이 거리에서 빗나갈 리가 없다. 이제 방아쇠만 당기면 된다. 지금의 자신도 그 정도는 할 수 있다고, 아키라는 승리를 확신했다.

그런데도 넬리아는 웃고 있었다.

"그건 괜찮아."

아키라가 무심코 방아쇠에 댄 손가락을 멈추고 의아한 표정을 짓는다.

"뭐가 괜찮은데……?"

그 물음에 넬리아가 대답하기 전에 알파가 아키라를 제지한다.

『아키라! 절대로 움직이지 마!』

다음 순간, 아키라의 손에서 총이 날아갔다.

놀라는 아키라의 시야에 한 남자가 갑자기 나타난다. 아무도 없었던 곳에서, 적어도 아키라는 그렇게 인식한 곳에서 갑작스럽게 나타났다.

남자는 총을 겨누고 있다. 이 남자가 아키라의 총을 쏴서 날린 것이다.

아키라가 넋을 놓은 사이, 남자와 똑같이 무장한 자들이 똑같이 아무것도 보이지 않는 공간에서 차례차례 나타난다.

『알파! 이것들은 어디서 튀어나온 거야?! 아무것도 없었지?!』

『방금 침입했어. 전원이 위장 장비라서 아키라가 눈치채지 못한 거야.』

『위, 위장 장비……?』

『열광학 위장이나 유체제어 위장, 차음소파 위장 등을 조합해서 적의 색적에서 벗어나는 장비를 말하는 건데…….』

『아니, 나는 그걸 물어보는 게 아니라…….』

아키라가 알고 싶은 내용을 한 남자가 말한다.

"꼼짝 마! 우리는 쿠가마야마 시티 방위대다! 순순히 투항해라! 지시에 따르지 않을 때는 도시를 적대하는 행위로 간주한다! 이것은 즉시 섬멸 대상 인정도 포함한다!"

그들은 쿠가마야마 시티의 도시 방위대 대원이었다. 계속해서 추가 인원이 나타나 아키라와 넬리아를 에워싼다.

지하상가 공략 본부에서 가설기지에 연락하는 의뢰에는 아키라 말고도 여러 인원이 배치되었다. 아키라는 실패했지만, 다른 인원은 무사히 가설기지에 도착했다.

지하상가 습격 정보를 듣고 사태를 심각하게 여긴 가설기지 지휘관은 비장의 수단인 방위대의 즉각 파견을 결정했다.

방위대는 신속하게 지하상가 공략 본부 및 주변 수색에 나섰다. 그리고 그 과정에서 파견부대 인원이 전투의 여파로 추정되는 폭음과 연기를 알아차렸다.

그것은 케인이 아키라와 넬리아가 있는 건물을 공격했을 때였다. 유물 강탈범이 몬스터와 교전하는 가능성을 고려해 방위대 일부가 현지를 확인하러 갔다.

그때 방위대원이 넬리아에게 CWH 대물돌격총을 겨눈 아키라를 목격했다.

아키라가 자신을 포위한 방위대를 보고 한숨을 쉰다. 장비와 숙련도 모두 명확하게 자신보다 격상인 인원으로 구성된 집단이 빈틈없이 총을 겨누고 있다. 조금이라도 수상한 움직임을 보였다간 자신의 목숨이 쉽사리 날아갈 것이다. 그 정도는 아키라도 잘 알았다.

『예전에도 이런 일이 있었던 것 같아.』

『신기하네. 나도 그래.』

아키라가 야지마를 한차례 궁지에 몰아넣었을 때다. 그때는 바로 쏘는 게 정답이었다. 그때의 오답은 시오리와 사투를 벌이는 결과를 초래했다.

그렇다고 해서 그때의 올바른 선택지를 지금 여기서 선택할 수도 없다.

아키라가 넬리아가 뭔가 말하기 전에 두 손을 들고 소리친다. 상대가 먼저 괜한 소리를 하는 바람에 사태가 꼬이는 것은 사양하고 싶었다.

"나는 아키라! 지하상가 공략에 고용된 헌터야! 가설기지로 연락하러 가다가 유물 강탈범이 습격해서 교전했어! 확인해 봐!"

"구속해! 저항하면 사살도 허가한다! 지하상가에서 헌터가 다수 희생되어 사망자도 발생했다! 경계를 풀지 마!"

"나는 아니라고……."

방위대원 여러 명이 저항하지 않는 아키라를 구속한다. 아키라는 얌전히 붙잡혔다. 두 팔다리에 튼튼한 족쇄가 채워지고, 그대로 질질 끌리듯이 연행된다.

아키라는 자신의 긴장이 완전히 풀렸음을 깨달았다. 결과야 어땠든, 일은 끝난 것이다. 신체와 정신 모두에서 한계였던 아키라의 의식이 느슨하게 풀린다.

잠시 느슨해진 의식은 심각한 피로에 쉽사리 굴해서 그대로 아키라를 쉬게 하려고 한다. 더 버티지 못한 아키라의 눈이 감긴다.

알파가 아키라의 의식이 사라지기 전에 말을 건다.

『괜찮아. 푹 쉬어.』

알파는 아키라를 안심시키듯 부드럽게 미소를 지었다. 위험은 없다. 그 뜻을 전하려는 미소였다.

『그래……. 쉴게…….』

아키라는 안심하고 그대로 의식을 잃었다. 갑자기 축 늘어진 아키라를 방위대원이 허둥지둥 붙잡는다.

"대상이 의식을 잃었습니다!"

"바이털 사인을 확인하고 적절한 연명 조치를 시행해! 유물 강탈범일 가능성이 크다! 정보를 전부 끌어낼 때까지는 절대로 죽게 하지 마! 의료반에 대기하라고 연락해! 부대를 둘로 나눈다! A반은 대상을 지하상가 공략 본부로 이동하고 의료반에 인계해라! B반은 건물 내부를 수색한다!! 다른 유물 강탈범이 잠복했을 가능성이 있다! 찾아라! 조우하면 최대한 살려서 연행해라! 안 되면 죽여라!"

대장의 지시에 따라 부대원이 신속하게 행동을 개시했다.

넬리아도 아키라와 똑같은 취급으로 방위대에 구속되었다. 넬리아는 머리만 남았지만, 외부 통신을 차단하는 기기가 부착되었다.

넬리아는 꼼짝도 못 하는 상태에서 이송되는 아키라를 우연히 봤다.

(내가 그랬지? 괜찮다고.)

넬리아가 흡족하게 웃는다. 방위대가 도착할 때까지 시간을 끌면 살아남을 가망이 있다. 넬리아는 그렇게 생각하고, 실행하고, 살아남았다.

넬리아의 운이 넬리아 자신을 살렸다. 혹은 아키라의 운이 넬리아를 살렸다. 죽음이 불운이라면, 이 시점에서는 운이 좋았다.

◆

먼저 혼자 탈출해서 도시 방위대로부터 도망친 케인은 유적 외곽에 와 있었다. 대책도 없이 도망친 게 아니라, 그곳에 볼일이 있기 때문이다.

그곳에서는 남자들이 케인을 기다리고 있었다. 무장했고, 정도는 달라도 생체가 아니다. 모두가 역전의 병사를 방불케 하는 분위기를 냈다.

남자들이 케인을 보고 통솔된 동작으로 경례한다.

"동지! 고생하셨습니다!"

케인도 조용히 경례한다.

"수고했다. 동지. 상황을 알려주게."

"예! 배치한 자들은 전부 철수시켰습니다. 그자들 사이에 잠입한 동지도 탈출에 성공했다는 보고를 받았습니다."

"그렇군. 그렇다면 우리도 탈출한다. 만약을 대비해 쿠가마야마 시티로 귀환하지 않고 다른 도시로 이동한다. 출발하자."

"그자들은 처리하지 않아도 되겠습니까?"

그것은 케인의 동료였던 유물 강탈범들을 가리키는 말이다. 그들은 지금도 수송차에서 케인과 넬리아가 돌아오기만을 기다리고 있다. 그리고 그들은 이제 케인의 동료가 아니다.

"그렇다. 그들은 도시 방위대가 처리하겠지. 우리 손으로 처리하면 존재가 드러나기 쉽다. 나야 어쨌든, 다른 동지의 존재를 파악하면 활동에 지장이 생기니까."

"알겠습니다. 출발한다!"

케인이 남자들과 함께 그 자리에서 멀어진다. 이동 중에 한 남자가 케인에게 묻는다.

"동지. 직전까지 계획이 순조롭다는 보고를 받았습니다. 그런데도 좌초한 이유를 여쭤도 되겠습니까?"

"직접적인 원인은 야지마란 남자의 죽음이다. 그는 이동의 핵심이었다. 그리고 그 죽음에서 파생한 악성 요인에 대처하기 어려워지면서, 유감스럽게도 계획을 중지할 수밖에 없게 되었다."

"그자의 죽음은 피할 수 없었습니까?"

"당초 예정으로는 문제가 없었다. 그는 유물을 우리에게 운반할 때까지는 살 예정이었다. 동지…… 그 죽음을 예측하지 못한 내 무능이 계획 실패를 초래했다고 말하고 싶은 것이라면, 달게 받아들이지."

"아, 아닙니다. 동지의 능력으로도 대응하기 어려운 돌발 사태가 발생했다고 인식했습니다. 오해를 살 표현을 정정하고, 사죄합니다."

남자는 케인의 심기를 거슬렀다고 판단해서 더 질문하지 않았다.

케인이 이동하면서 생각에 잠긴다.

(그건 그렇고, 왜 실패했지? 쿠가마야마 시티 장기전략부에 잠입한 동지가 준 정보로는, 그곳에 야지마나 넬리아에게 이길 헌터가 없었을 것이다. 동지의 정보가 잘못되었다? 일부러 잘못된 정보를 줄 리는 없는데…….)

실제로 케인에게 넘어온 정보에 수상한 점은 없었다. 알파에게 서포트를 받는 아키라의 정확한 실력은 도시 장기전략부에서도 파악할 수 없기 때문이다.

(넬리아는 도시 측의 에이전트가 도란캄의 신인 헌터로 위장했을 우려를 말했지. 도란캄에선 새로운 헌터 파벌이 생겼고, 그 파벌의 중심에는 매우 우수한 신인 헌터가 있다는 정보도 있다…….)

도란캄은 최근 도시와의 관계가 밀접해지고 있으며, 세력을 더욱 확대하고 있다. 사무 파벌로 불리는 자들이 방벽 안쪽에 있는 자들에게 잘 빌붙은 것이다.

(도란캄을 내부에서 제어하려고 도시 측에서 에이전트를 집어넣은 건가? 우리는 단순히 그 에이전트와 우연히 교전한 건가? 도시 측의 에이전트라면 그 실력도 납득이 가지만…… 조사할 필요가 있군.)

케인이 남자에게 묻는다.

"동지. 가설기지 주변 제압 작업에서 도란캄의 신인 헌터가 큰 공을 세웠다고 들었다. 대상이 젊은 신인이라서 간단한 프로파간다로 우리 진영에 끌어들일 수 있다는 계획이 제안되었던 자다. 해당 인물에 짚이는 바는 없나?"

"압니다. 대상의 이름은 분명…… 카츠야, 였을 겁니다. 아이답지 않은 실력이 있어서, 구조반 활동에서 혼자 다수의 헌터를 구출했다고 하더군요. 관련 자료가 필요하십니까?"

"괜찮다. 나중에 내가 열람하고 알아보지. 필요가 생기면 지시하겠다."

"알겠습니다."

남자는 또다시 케인의 심기를 거스르지 않으려고 사족을 달지 않았다. 이것으로 이 자리에서 케인의 오해를 풀 기회는 사라졌다.

케인 일행은 그대로 쿠즈스하라 시가지 유적을 탈출해 황야로 모습을 감췄다.

◆

도시 방위대에 체포된 넬리아는 현재 독방에 수감 중이다. 독방은 쿠가마야마 시티에서 관리하는 시설 내부에 있으며, 전투용 사이보그라도 문제없이 수용할 수 있는 시설을 갖췄다.

넬리아는 지금도 머리만 있는 상태다. 독방 테이블에 고정되어 움직일 수 없는 몸이라고 할까, 애초에 움직일 몸이 없는 상태다.

머리만 남은 넬리아의 목에는 각종 접속단자가 달렸다. 그러나 대부분 생명 유지용이고, 통신용은 없다. 외부와의 통신을 차단하는 바람에 넬리아는 무척 심심했다.

그 독방에 한 남자가 들어온다. 간수가 아니다. 정장 차림으로, 웃으면서 왠지 경박한 태도를 보였다. 하지만 조직의 고위층에 있는 자 특유의 분위기를 풍겨서, 젊은 외모를 봐도 단순히 청년으로 치부하기에는 어색할 만큼 깊은 연륜을 드러내고 있었다.

그 남자가 넬리아에게 살갑게 웃는다.

"저기, 넬리아 씨였나? 나는 야나기사와다. 기분은 좀 어때?"

넬리아도 웃으며 대답한다.

"별로 좋지 않아. 심심해. 검열해도 좋으니까 바깥과 연결해 줄래?"

야나기사와가 웃으며 고개를 가로젓는다.

"미안해. 안타깝지만 그건 내 권한을 벗어나. 하지만 네 심심풀이를 거들어 주겠어. 잠깐 즐겁게 수다를 떨고 싶거든. 요컨대 너를 취조하려는 건데, 즐겁게 이야기하지 말라는 법은 없잖아?"

"할 말은 전부 했는데? 뭐, 이야기하는 건 상관없어. 하지만 이건 거래인걸? 이야기한 만큼 감형해 줘."

그렇게 말하고 의기양양하게 웃는 넬리아에게, 야나기사와가 살갑게 대답한다.

"물론이지. 나는 악인의 인권도 인정하는 편이야. 그렇게 거래할 권리도 똑똑히 보증해. 거래. 참 중요하지. 거래할 수 있다는 것. 그건 사람과 사람을 잇는 중요한 요소야. 서로 적대하는 사이라도 여러 가지를 주고받을 수 있지. 그것이 안 되는 대상은 몬스터로 취급할 수밖에 없어. 애초에 거래할 수 없으니까."

넬리아는 야나기사와의 태도에서 조금 불길함을 느꼈다. 웃음을 지우고 의중을 떠보듯이 의문을 드러낸다.

"그래서? 뭘 물어보고 싶어?"

"아, 케인이란 사람을 자세히 알고 싶은데."

"그건 전에 말했잖아? 똑같은 이야기를 또 하면 돼?"

"그야 들었지. 너한테도 들었고, 네 동료에게도 들었지. 그래서 우리도 그 정보를 바탕으로 네가 도망쳤다고 말한 케인이란 남자의 행방을 쫓거나, 그 동향과 출신을 알아보거나 하고 있거든."

그때 야나기사와는 호들갑스럽게 뜻밖이라는 표정을 지었다.

"그랬는데, 놀랍게도, 조사한 결과, 그런 남자는 존재하지 않는다는 걸 알았지. 케인이란 이름이 가명이라거나, 그런 이야기를 하는 게 아니야. 그렇다면 케인이란 가명을 쓴 인간이 존재했다는 뜻이니까."

"당신들 조사에 구멍이 난 이유를 나한테 추궁해도 곤란해."

갑자기 야나기사와가 웃는 얼굴로 조용히 넬리아를 바라본다. 넬리아의 불안을 자극하는 침묵과 웃음이었다.

넬리아가 무심코 괴이쩍은 투로 말한다.

"왜……?"

"그나저나, 네 처분은 어떻게 될 것 같지?"

"그러게……. 도시가 관리자 권한을 갖는 의체에 연결되어서 강제 노동일까? 현장은 도시가 관리하는 유적이고, 매우 위험한 장소일 거야. 이번 사건으로 생긴 내 부채를 갚을 때까지, 위에서 쓰다 버리는 물건 취급을 받으면서 유물을 회수하는 나날을 보내야 하겠지?"

야나기사와가 유쾌하게 고개를 끄덕인다.

"거의 정답이야. 다만 그것은 네가 쿠가마야마 시티에 소유권이 있는 유물을 훔친 유물 강탈범일 때의 이야기지. 그 정도의, 동부 전체에서 보면 흔한 잡범일 때의 이야기야."

넬리아가 표정을 굳힌다. 아키라가 총구를 들이댔을 때도, 죽음이 코앞으로 찾아왔을 때도, 이러한 표정은 보이지 않았었다.

"무슨 뜻이야……?"

야나기사와가 불안을 부추기는 웃음을 더욱 짙게 띤다.

"우리는 그 케인이란 남자를 건국주의자의 일원으로 보고 있어. 그것도 흔한 말단이 아니라. 간부급 인물로 말이야."

살짝 놀라는 표정을 짓는 넬리아에게, 야나기사와가 더 유쾌한 투로 이야기한다.

"동부에서 비슷한 사건을 일으키는 건국주의자는 꽤 있거든. 적당한 잡범을 부추겨서 도시가 관리하는 유물을 강탈하게 하고, 그 유물을 다시 강탈하는 거지. 건국주의자의 자금원이면서, 피해 액수는 통기련이 무시하지 못할 수준이야. 알지?"

"알아……."

"그리고 그 사건을 지휘하는 인간이 있다. 존재하기는 하지만, 그 존재를 확인할 수 없는 누군가가. 우리는 너희가 말한 그 케인이란 남자가 그 누군가가 아닐까 의심했어. 너희를 포위한 방위대의 장비는 진짜 대단했지? 그건 그 누군가를, 건국주의자의 간부를 체포하려고 한 거야."

넬리아의 머릿속에서 불길한 예감이 커진다. 그만큼 표정이 일그러지는 넬리아를 가만히 보면서, 야나기사와가 유쾌하게 이야기를 계속한다.

"너는, 지금, 건국주의자의 간부인 누군가와 무척 친밀한 관계로 여겨지고 있어. 그 누군가를 식별할 정보가 있다고 생각되고 있어. 한 도시가 아니라, 통기련에 적대하는 조직의 일원으로 의심받고 있어."

"그, 그래서?"

"그 오해가 안 풀리면, 너는 참 안타까운 처분을 받을 거야. 구체적으로는, 재구축 기술 연구소(재구축기연)의 실험 재료가 되겠지."

넬리아가 새파래진 얼굴로, 공포에 질려 헐떡인다.

"그, 그건, 해산했다고, 들었는데……."

"물론, 재구축기연은 공표한 대로 해산했어. 하지만 연구자를 몰살한 것도 아니고, 연구 결과를 폐기한 것도 아냐. 그들은 지금도 연구하고 있어. 예전보다 더 윤리적이면서, 연구 성과를 생각하면 눈감아 줄 수 있을 정도의 실험을, 지금도."

재구축기연이란 무엇인가. 실험이란 무엇인가. 겁에 질린 넬리아의 반응은 그것을 잘 알고 있음을 드러냈다.

"그들은 통기련이 관리하는 가운데, 아주 적은 인간의 인권을 소비함으로써 큰 성과를 내고 있지. 당연히 소비되는 인간에는 큰 죄를 저지른 자들이 선택돼. 주로 통기련에 대적해 동부에 큰 손실을 주는 인간, 예를 들면 건국주의자나 그 관계자가 말이야."

넬리아는 공포 때문에 의사소통이 곤란해지면서도 떨리는 목소리로 어떻게든 대답하려고 한다.

"우, 우리…… 우리는……."

야나기사와가 웃으며 끄덕인다.

"그래. 너희는 아니겠지. 건국주의자와는 관계가 없을 거야. 그러니까 지금부터 그걸 열심히 증명해 줘. 그렇게 믿을 수 있게 이야기해 줘."

그리고 노골적으로 연기하듯 웃고 한탄하는 척한다.

"아까도 말했다시피, 나는 악인에게도 인권이 있다고 봐. 갈려서 죽거나, 맹독을 먹고 죽거나, 몬스터에게 산 채로 먹혀서 죽는, 최소한의 인권이 있어야 한다고 생각해. 그러니까 개인적으로 재구축기연에 실험체로 바치는 비인도적 처분에는 찬성하기 어려워."

그리고 어쩔 수 없다고. 성의가 조금도 느껴지지 않는 쓴웃음을 짓는다.

"하지만 나도 직무가 있거든. 그러니까 너도, 너 자신을 위해서 내게 협조해 줘. 그리고 재구축기연에 보내질지 어떨지는 사실 나도 잘 몰라. 통기련의 기밀이라서."

공포로 굳어 버린 넬리아에게, 야나기사와가 웃으며 말을 권한다.

"그러면 이야기해 주겠어? 괜찮아. 시간은 많이 있어. 그리고 심심하다며? 괜찮아. 시간은 금방 갈 거야."

그 뒤로 넬리아는 살아남은 것을 후회하면서 필사적으로 변명했다.

넬리아의 운이 넬리아 자신을 살렸다. 혹은 아키라의 운이 넬리아를 살렸다. 그것이 행운일지 불운일지는, 아직 결론이 나지 않았다.

제60화 전투 이력 매매가

아키라는 새하얀 세계에 있다. 의식은 몽롱하지만, 이것이 꿈이고 예전에도 본 적이 있는 경치임을 어렴풋이 이해했다.

조금 떨어진 곳에 알파가 있다. 이전 꿈처럼 알파는 아키라를 눈치채지 않는다.

알파가 뭔가 이야기하고 있다.

"시행 499 평가 개시. 대상의 목표 답파 확률을 계산. 1퍼센트 미만. 대상의 미답파 생환 확률을 계산. 1퍼센트 미만. 부적격. 대상의 전력 향상을 계속한다."

계속해서 무표정으로 이야기한다.

"현 대상의 유도 방침을 입안. 구 대상이 계약을 파기한 행동 원리를 고려할 것. 구 대상이 자기 행동을 결정, 긍정한 요소를 다음과 같이 추측. 구 대상의 행동이 성공할 경우 가능해지는 불특정 다수 인간의 행복, 구제의 실현과 그 계속. 현 대상이 구 대상과 동일한 행동을 취하는 사상을 도입하지 않게 주의할 것."

계속해서 담담하게 이야기한다.

"또한 현 대상의 인격으로 고려해 현 대상이 구 대상과 동일한 사상을 도입할 확률은 낮다고 판단한다. 이것은 현 대상의 인간 불신, 타인 경시, 자기우선 사고에서 판단. 현 대상이 구 대상과 동등한 논리, 관용, 도덕, 박애 정신을 지닐 확률은 위험 치를 밑돈다."

그리고 이야기가 끝난다.

"시행 498을 재현하지 않기 위해 대상의 인격 변화에 유의할 것. 이상."

아키라의 의식이 흐려진다. 세계가 새까매지고, 꿈이 끝났다.

아키라는 병실에서 눈을 떴다. 뭔가 꿈을 꾼 것 같지만, 그 내용은 전혀 기억나지 않는다. 예전에도 비슷한 꿈을 꾼 것 같다는 느낌이 들 뿐이다.

병실은 생체 인간을 대상으로 한 1인실이다. 잠들어 있던 침대에서 몸을 일으키자 알파가 미소를 짓고 말을 건다.

『안녕, 아키라. 잘 잤어?』

『안녕, 알파. 그래. 오랜만에 푹 잔 것 같아.』

졸음은 완전히 가셨고, 몸 상태도 매우 좋다. 부상은 완치해서 전혀 아프지 않다. 몸 상태는 완벽했다.

아키라가 방을 둘러본다. 창문에는 창살이 없다. 실내 감시 카메라는 탈주 방지용이 아니라 환자의 용태를 확인하는 용도다. 나쁜 대우는 아니다. 그러나 그것으로 현재 상황을 완전히 긍정할 수는 없다.

『그런데, 여긴 어디야?』

『도시 병원이야. 아키라는 치료를 위해 여기로 옮겨졌어.』

『그랬구나.』

쿠가마야마 시티에는 도시와 헌터 오피스 양측의 입김이 닿은 대형 종합병원이 있다. 생체인 사람 말고도 의체나 사이보그에도 대응하기에 필연적으로 거대 시설이 된다.

이 종합병원의 주된 역할은 질병 치료가 아니라 부상 치료다. 전투에서 사지를 잃은 자를 대상으로 하는 몹시 비싼 재생 치료. 의체 수리나 조정, 다른 의체로의 전환 시술. 더 강력한 사이보그 부품으로의 교환과 개조. 또한 생체에서 의체로 전환하는 시술도 이루어진다.

환자는 대부분 황야에서 활동하는 헌터나 위험지대의 경비원 등, 전투 기술을 필요로 하는 자들이다.

아키라는 도시 방위대 대원이 연행하는 과정에서 정신을 잃었다. 유물 강탈범으로 의심받았으니까 독방에서 눈을 떠도 이상하지 않을 상황이었다.

『그래서? 나는 지금 어떤 대우인 거야?』

『그 사정은 나중에 사람이 와서 설명할 거야. 아키라는 지금 안전한 곳에 있고, 유물 강탈범의 일원으로 오해받지도 않았어. 그 점은 안심해.』

『그건 다행이네.』

아키라는 가슴을 쓸어내렸다.

몸 상태는 완벽하지만, 그렇다고 멋대로 방에서 나갈 수도 없다. 알파와 잡담하면서 시간을 보내고 있을 때, 도시 남자 직원이 방에 들어왔다. 키바야시다.

키바야시는 매우 신난 눈치였다.

"또 만났군. 여전히 무모하게 지내는 것 같아 기쁜걸."

아키라는 키바야시를 기억하지 않았다. 그래서 친근하게 말을 거는 낯선 사람을 미심쩍게 봤다.

키바야시가 아키라의 반응을 보고 눈치챈다.

"나야. 키바야시. 그 뭐냐, 예전 긴급 의뢰 때 보수로 먼저 바이크를 줬잖아? 기억 안 나?"

『쿠즈스하라 시가지 유적에서 쏟아져 나온 몬스터가 쿠가마야마 시티를 습격했을 때, 아키라가 긴급 의뢰를 받아서 혼자 바이크를 타고 지원하러 갔잖아? 그때 헌터 오피스 직원이야.』

아키라는 키바야시의 인상이 흐릿했지만, 알파의 설명을 듣고서 어렴풋한 기억에서 키바야시를 겨우 끌어냈다.

"기억났어. 순찰 트럭을 운전했던 헌터 오피스 직원이지?"

키바야시가 유쾌하게 웃는다.

"그래. 기억났나 보군. 그때는 헌터 오피스 직원으로 그 자리에 있었지만, 지금은 도시 직원으로 여기 있지. 잘 부탁한다."

키바야시가 아키라에게 손을 내밀어 악수를 청한다. 아키라가 악수에 응하자 키바야시는 무척 즐거운 기색으로 손을 잡고 붕붕 흔들었다.

"자, 개인적으론 조금 잡담하고 싶지만, 그 전에 일을 해야지. 오늘은 너와 협상하러 왔다."

"협상?"

"그래. 그 전에 먼저 네 현재 상황을 설명하마. 여기 있는 이유라든지, 그 뒤로 유물 강탈범이 어떻게 되었는지, 여러 가지가 궁금하지?"

"그래. 가르쳐 줘."

아키라는 키바야시의 말에 힘껏 끄덕였다.

키바야시가 아키라에게 종이 몇 장을 건넨다. 그것은 이번 사태의 상세 사항을 기록한 자료였다.

"자세한 내용은 거기 있지만, 읽으면서 들어."

키바야시도 같은 자료를 손에 들고 아키라에게 사태를 설명하기 시작했다.

아키라와 넬리아는 도시 방위대에 구속된 후, 지하상가 공략 본부의 의료반에 넘겨져 응급 처치를 받았다. 그리고 곧장 중요 참고인으로서 쿠가마야마 시티로 이송되었다.

넬리아가 유물 강탈범의 일원임은 금방 밝혀졌다. 다른 유물 강탈범들이 모조리 실토했기 때문이다.

그리고 그 넬리아도 수사에 매우 협조적이었다. 유물 강탈 계획의 세부 내용, 동료의 인원과 구성, 수송차 위치 등, 물어보는 질문에 솔직하게 대답했다.

나아가 묻지도 않은 유익한 정보도 전부 말했다. 물론 정보를 제공하는 대가로 감형을 요구하고 한 이야기다.

아키라는 넬리아의, 자신과 사투를 벌인 인간의 태도가 조금 의아했다.

"넬리아라고 했지? 그 녀석은 그렇게 순순히 이야기했어?"

"그래. 무척 협조적인 태도였다고 하더군. 아무리 자신의 감형을 조건으로 달았다고 해도 너무 협조적이니까, 조사를 담당한 직원과는 다른 인원이 왜 그토록 협조적이냐고 나중에 물어봤다던데."

"뭐라고 했대?"

"나는 과거에 연연하지 않아, 라고 했다더군."

아키라가 황당함과 감탄이 뒤섞인 표정을 짓는다.

"똑똑하다고 할까, 변덕이 심하다고 할까, 그런 녀석도 다 있구나."

"덕분에 조사는 순탄했다고 하더군. 네 의혹이 금방 풀린 것도 그렇고. 보통은 더 엄밀하게 조사하는 법이지. 뭐, 그 넬리아를 취조한 직원이 그냥 엄청나게 우수한 걸지도 모르겠지만."

"그렇다고 그 녀석에게 고마워할 마음은 없어. 하마터면 죽을 뻔했다고. 그래서? 그 넬리아는 어떻게 돼? 지금 들은 이야기론 꽤 감형받은 것 같은데, 죽지는 않는 거야? 곧장 석방하거나 하진 않겠지?"

"설마. 극형만 면하는 거야. 도시의 관리하에 강제 노동이지."

넬리아는 앞으로 위험한 유적 정찰이나 몬스터 토벌에서 쓰다버리는 도구 취급을 받아야 한다. 사용자보다 도시 측의 권한이 높게 설정된 의체로, 뇌에 폭탄을 달고서, 생사여탈권은 물론이고 신체의 자유마저 빼앗긴 상태로 일해야 한다.

일단 형기는 존재한다. 엄밀하게는 이번 사건으로 발생한 부채를 다 갚을 때까지다.

도시를 적으로 만든 만큼, 그 부채는 차원이 다르게 고액이다. 기본적으로는 죽을 때까지 강제 노동이나 다를 바 없다.

키바야시는 아키라를 위로하듯 넬리아의 처분을 간단히 설명했다.

"뭐, 본인이 애쓰면 해방될 가능성이 있겠지만. 보통은 그 전에 죽겠지."

"그렇구나……."

아키라는 그 설명을 듣고 넬리아의 숨통을 끊지 못한 것에는 속이 후련해졌다. 그러나 여전히 석연찮은 기분도 들었다.

자업자득이라고 해도, 그만한 실력자가 신체의 자유마저 잃고 앞으로 영원히 강제 노동에 시달려야 한다. 아키라는 그 사실에 작은 불만과도 같은 감정을 느꼈다.

키바야시가 그런 아키라의 미묘한 내색을 눈치챘다.

"무슨 일 있냐?"

"아니……."

"아, 네가 못 죽여서 못마땅해? 그 신병은 이미 도시가 확보했으니까 찾아내서 죽일 생각은 하지 말아라? 최악의 상황에는 남은 부채를 뒤집어쓸걸? 할 거면 형기가 끝나고 해."

"괜찮아. 그런 일로 도시에 싸움을 걸 마음은 없어."

"거참 다행이군. 가끔 있거든. 그런 녀석이. 뭐, 마음은 이해할 수 있지만."

키바야시는 그렇게만 말하고 설명을 재개한다.

유물 강탈범은 대부분 쉽게 체포했다. 수송차도 도시가 확보해서 실린 유물을 회수했다. 소량의 유물을 챙긴 몇 명이 지금도 도주하고 있지만, 도시 측은 넬리아에게 얻은 정보로 그 동향을 파악했으므로, 체포하는 것도 시간문제다.

다만 케인의 행방은 완전히 오리무중이다. 도시 측도 넬리아가 아는 인물 정보를 바탕으로 조사하고 있지만, 전부 위조한 내용임을 판명했을 뿐이다.

현장에 남은 중장강화복도 해석해 봤지만, 출신 성분에 관한 정보는 하나도 나오지 않았다. 케인에 관해서 아는 것은 계획의 주범인 야지마가 데려온 인물이라는 사실뿐이다.

유물 강탈범 조사는 아키라가 의식을 잃은 사이에 거의 끝났다. 유물 강탈범과 관계가 없다는 사실이 드러나 중요 참고인에서 벗어난 아키라는 그대로 병원에서 치료를 받다가 막 깨어난 참이었다.

키바야시가 유물 강탈범과 그들의 계획, 장래에 관한 설명을 얼추 마친다.

"설명은 이걸로 끝인데. 뭔가 물어볼 건 있냐?"

아키라가 조금 생각하고 한 가지 사실을 떠올렸다.

"그 케인인지 뭔지 하는 녀석의 중장강화복을 조사했댔지? 그것에 자폭 장치가 있었는지는 알 수 있어?"

"자폭 장치? 잠깐만……."

키바야시가 자신의 정보단말을 조작해 조사 자료를 열람한다.

"그런 정보는 실린 게 없군. 적어도 도시 방위대 기술반이 중장강화복을 조사한 바로는 해당하는 내부 장치의 존재는 확인된 바가 없다."

넬리아의 자폭 운운은 전부 거짓말이었다. 그렇게 이해한 아키라가 얼굴을 살짝 찡그렸다. 알파도 슬쩍 쓴웃음을 짓는다.

『한 방 먹었네.』

『뭐, 내가 이겼으니까 그냥 넘어갈래…….』

아키라의 표정은 말과 일치하지 않았다.

넬리아가 거짓말하고, 자신은 속았다. 상대가 한 수 위였다. 단순히 그런 이야기다. 아키라는 그렇게 생각하면서도 입가를 불만스럽게 일그러뜨렸다.

키바야시가 아키라의 낌새를 눈치채고 말을 건다.

"무슨 일 있어?"

"아무것도 아니야."

"흐응. 그나저나 왜 그걸 물어봤지?"

"아니, 방어고 회피고 싹 무시하고 돌진했으니까 어쩌면 자폭할 작정이었나 싶었거든."

"아마도 시간을 끌려는 수작이거나 미끼겠지. 그런 덩치가 돌진하면 대처할 수밖에 없을 테니까."

"그렇군. 아, 물어보고 싶은 건 그게 다야."

아키라가 그렇게 가볍게 대답하자 키바야시는 협상 전 단계의 설명을 마쳤다고 판단했다. 조금 마음을 다잡고 아키라와의 협상에 나선다.

"그러면 본론에 들어가지. 내가 준 종이의 마지막 부분을 봐."

아키라는 그 말대로 종이를 봤다. 그 순간, 아키라의 얼굴이 순식간에 새파래진다. 그것은 아키라 앞으로 나온 청구서였다.

아키라는 병원으로 이송되어 다양한 치료를 받았다. 청구서에는 치료 명세서와 각각의 치료비가 적혀 있었다. 또한 의식을 잃고 일주일이 지나, 그 입원비도 가산되어 있었다.

나아가 의뢰 취소 위약금 청구도 있었다. 야라타 전갈 소굴 토벌 의뢰 기간은 7일. 그중 아키라가 의식을 잃은 4일 동안의 위약금이다. 애초에 청구액의 태반은 치료비라서 전체를 봤을 때는 푼돈 수준이다.

청구액은 합계 약 6000만 오럼. 아키라의 얼굴이 새파래질 만한 금액이다.

아키라는 한순간 의식이 날아갈 뻔했지만, 겨우 버텼다. 완전한 몸 상태가 아니었다면 그대로 기절했을지도 모르는 충격이었다.

키바야시가 예상대로 반응하는 것을 보고 슬쩍 웃는다.

"그게 지금 네가 진 부채다. 청구액에 불만이 있을지도 모르지만, 따져도 소용없다는 점은 미리 말해 두지."

급환 등의 이유로 환자의 의식이 없을 때는 병원 측에서 치료 여부를 그 방법을 포함해 판단해도 된다.

환자의 의식이 없을 때 치료 허가를 받을 수 없어서 살릴 수 있는 사람을 못 살렸다는 식의 결과를 방지하는 것이다. 하지만 어디까지가 필요한 치료인지 하는 점은 해석의 여지가 많다. 따라서 돈을 낼 능력이 있는 중환자가 이송되면 효과가 좋지만 비싼 치료를 시행하는 사례가 끊이지 않는 판국이다.

그렇지만 치료에 문제는 없었으며, 치료비도 정당한 액수이고, 이미 치료를 마친 상태이므로, 아키라는 그 비용을 치를 의무가 있다. 키바야시는 그렇게 신신당부했다.

아키라가 몸을 떨면서 대답한다.

"그, 그렇다고 해서, 이런 돈을, 낼 수 있을 리가⋯⋯!"

그 반응은 키바야시도 예상했었다. 안심시키듯 웃고 아키라를 달랬다.

"진정해. 병원도 돈을 낼 가망이 전혀 없는 녀석을 그만큼 과도하게 치료하진 않아. 자선사업이 아니고, 자선사업도 돈이 없으면 못 해. 즉, 병원은 너에게 돈이 있고, 지불할 능력이 있다고 본 거다. 구체적으론 네 보수에서 까는 거지."

"보수?"

"그래. 보수다. 처음에 말했지? 협상하러 왔다고."

키바야시는 그렇게 말하고 유쾌하게 웃었다.

"결론부터 말하마. 네가 내 요구를 받아들이면, 그 청구액을 상쇄하고도 1억 오럼을 가지고 여기서 나갈 수 있다. 어때? 좋은 이야기지?"

6000만 오럼의 빚이 생긴 줄 알았더니, 그것을 상쇄하고 1억 오럼을 받는다는 말을 들어서, 아키라의 여유는 완전히 사라졌다. 넋을 잃고, 그대로 한동안 할 말을 잃었다.

『아키라. 슬슬 정신 차려.』

"⋯⋯⋯⋯헉?!"

알파의 부름에 아키라가 정신을 차렸다. 그 모습을 본 키바야시가 쓴웃음을 짓는다.

"정신을 차렸으면, 계속 설명해도 될까?"

"그, 그래. 요구가 뭔데?"

"요구는 단순해. 너의 이번 전투 이력을 넘겨 달라는 거야."

아키라는 지하상가 및 유물 강탈범과의 싸움에서 도시 측의 에이전트로 의심받을 만큼 활약했다. 그 전투 이력을 그대로 넘겨라. 그것이 키바야시의 요구였다.

"구체적으로는, 너는 지하상가에서 별다른 일 없이 평범하게 경비를 서다가 다쳐서 병원으로 후송된 것으로 처리한다."

의뢰를 완수하지 못하고 병원으로 후송된 점은 똑같지만, 지하상가에서 야라타 전갈과 싸우다 다친 것과 유물 강탈범을 물리치고 다친 것은 평가가 하늘과 땅만큼 달라진다. 그리고 그것을 없애는 의미도 크다.

"헌터 오피스에서 보관하는 네 헌터용 개인 페이지의 의뢰 이력도, 그 내용에 맞출 거다. 팔린 이력이 다른 헌터의 이력으로 간주되어서 그쪽 이력에 실릴 가능성도 있지."

헌터 오피스의 정보는 신뢰도가 매우 높다. 말로 설명한 이력이 그 헌터 랭크로는 말도 안 된다며 일소에 부치는 내용일지라도, 헌터 오피스의 개인 페이지에 실리면 믿어 준다. 그것을 말소하는 것은 보통 받아들이기 어렵다.

"당연하지만, 사실은 네가 했다고 떠들어도 안 돼. 너에게는 비밀을 지킬 의무가 발생한다. 그 사실을 타인에게 알려서는 안 되니까, 다른 사람이 의뢰 중에 무슨 일이 있었냐고 물어보면 무난하게 방위지점을 경비했다고 대답하거나, 비밀 보호 의무가 있어서 말할 수 없다고 해."

키바야시는 그만큼 설명하고 아키라의 반응을 기다렸다. 역정을 내도 이상하지 않을 소리를 했다는 자각이 있으므로 신중하게 아키라의 낌새를 살핀다.

하지만 아키라는 별다른 반응을 보이지 않았다. 오히려 가만히 입을 다물고 다음 설명을 기다리다가 뒤늦게 설명이 끝났음을 알아차리더니, 이상한 표정을 짓고 미심쩍은 투로 물어본다.

"그게 전부야……?"

그 말을 들은 순간, 키바야시가 참지 못하겠다는 듯이 숨을 내뿜었다. 그리고는 유쾌하게 웃는다. 입가를 가리고 웃음이 터져 나오려는 것을 참았다.

이상한 소리를 할 생각은 없었던 아키라가 이상하게 여기는 가운데, 겨우 웃음을 참은 키바야시가 말을 잇는다.

"그래! 그게 전부다! 유물 강탈범 일당의 주범 셋을 격파한 전투 이력을 잃기만 하면 된다고! 그중 두 명은 중장강화복을 착용했는데, 그것을 혼자서 물리친 전투 이력을 말이지!"

헌터 랭크도 실력을 증명하지만, 전투 이력도 중요하다. 강력한 몬스터를 격파한 실적이나 값비싼 유물을 매각한 경력은 헌터 랭크에 좌우되지 않는 실력 지표가 된다.

몬스터와의 전투와 인간과의 싸움에는 필요한 전투 기술도 달라진다. 빼어난 대인전 이력은 대인 방면의 실력을 요구하는 의뢰인들에게 높이 평가받는다.

전투용 의체 사용자나 중장강화복 착용자를 격파한 기록이 있다면 더더욱 그렇다. 그 헌터의 평가는 매우 높아진다. 더군다나 그 기록의 정확성을 헌터 오피스와 쿠가마야마 시티가 보증한다. 그 가치는 크다.

즉, 아키라는 본인이 상상하는 것보다 귀중한 것을 넘기라는 요구를 받고 있다. 만약 아키라가 그 가치를 이해하지 않더라도, 그것에 별다른 가치를 느끼지 못한다는 듯이 구는 아키라의 태도가 키바야시의 기분을 급상승하게 했다.

"여전히 무리, 무식, 무모해서 기쁘군그래. 그 정도의 전투 이력은 너한테 아무래도 좋은 거야? 그런 전투 이력이 사라지면 헌터는 보통 격노할걸?"

키바야시와는 반대로, 아키라는 그 전투 이력이 그만큼 대단한 건지 몰라서 곤혹스러웠다.

"나는 그런 요구에 1억 오럼, 아니 청구액을 상쇄하는 것까지 합쳐서 1억 6000만 오럼의 가치가 있어 보이지 않는데. 사기가 아니라면 금액의 타당성을 포함해서 설명해 줘."

아키라는 모종의 숨겨진 꿍꿍이가 있는 것 같아서 조금 의심하고 있었다. 기본적으로 이 거래를 거부할 수 없다. 거부하면 6000만 오럼의 빚이 생긴다. 지하상가 의뢰 보수로 다소는 갚을 수 있겠지만, 그것으로 부채를 상쇄할 것 같지는 않다.

자신에게 한 값비싼 치료도 이 거래를 거절하지 못하게 하는 방편이다. 그 정도는 눈치챘다. 그러나 그걸 안다고 해서 저항할 방법은 없다.

그 점을 포함해서, 아키라는 키바야시가 자신의 질문에 간단히 대답할 것으로 여기지 않았다.

하지만 키바야시가 쉽게 대답한다.

"그래도 되는데? 하지만 그 설명도 비밀 보호 의무에 들어가지. 그러니 거래가 성립한 다음에야 설명할 수 있다. 거래가 성립했다고 봐도 될까?"

"그, 그래."

"그렇다면 이 서류에 서명해 줘."

키바야시가 서류와 펜을 아키라에게 내민다. 그것을 받은 아키라는 서류의 내용을 읽으려고 했지만, 너무 작은 글씨로 종이를 빼곡하게 채우듯 적힌 탓에 곧바로 단념했다.

아키라 대신 서류 내용을 자세히 살핀 알파가 그 결과를 전달한다.

『괜찮아. 이상한 내용은 없어. 다른 사람에게 말했다간 도시가 적이 될 수 있으니까 조심해라. 대충 설명하자면 그러한 주의사항을 여러 가지로 세세하게 나열한 거야.』

그 말을 들은 아키라는 안심하고 서류에 서명했다. 서명을 마친 서류를 받은 키바야시가 기쁜 기색으로 웃는다.

"좋아! 이것으로 거래는 성립했다! 내 일도 끝났고! 아, 설명은 잠시 기다려 줘. 거래가 성립했다고 연락해야 하거든. 자꾸 보채니까 말이야."

키바야시가 정보단말을 꺼내 연락하자 잠시 후 다른 직원이 방에 들어왔다. 직원은 아키라가 받았던 자료를 회수해서 아키라의 서명이 들어간 서류와 함께 가방에 넣고 방을 나갔다.

일을 끝마친 키바야시가 긴장을 풀고 슬며시 몸을 편다.

"이걸로 내 평가도 치솟겠군. 뭔가 추가로 요구할 게 있다면 말해 봐. 깔끔하게 결정한 보답으로 조금은 거들어 줄 수 있는데? 이래 보여도 권한이 꽤 많은 편이야. 예전에 네 보수로 바이크를 먼저 줬잖아? 그건 꽤 높은 권한이 필요하거든?"

"아무튼 아까 말한 설명을 부탁해."

"어이쿠, 그랬지. 1억 6000만 오름. 그야 조금 비싸다고 여겨도 이상하지 않을 금액이지. 이런저런 꿍꿍이가 있다고 생각하는 게 당연해. 그리고 뭐, 그 꿍꿍이 말인데. 솔직히 말해서, 입막음과 선전 비용이 들어간 거야."

키바야시는 그렇게 말하고 이어서 설명했다.

지하상가 유물 강탈 사건은 일단락되었다. 도시 측에서 봤을 때는 운 좋게도 작은 피해로 평가할 범위에서 끝났다.

하지만 사건의 내용은 도시 측의 대비 부족과 과실을 적잖이 내포했다. 지하상가에서 발견한 유물을 신속하게 회수하지 않은 점. 유물 강탈범이 지하상가의 헌터들 사이에서 장기간 잠복한 점. 도시 첩보부가 사전에 유물 강탈 계획을 감지하지 못한 점. 이번 사건에서 도시 측이 범한 실수는 크다.

사건을 은폐할 수는 없다. 조직에 속한 헌터가 다수 사망했고, 도시 방위대도 파견했다.

그러나 사건의 내용을 단순히 공표할 수도 없다. 우연히 지하상가에 있던 헌터가 우연히 유물 강탈 일당의 주범 중 하나를 격파하고, 더군다나 지상에 남은 주범들도 격파, 물리친 것이다. 도시의 성과는 그 뒤처리밖에 없어서, 자랑할 공적이 없다.

도시 측은 무능했지만, 우연히 계속된 행운으로 어떻게든 해결했습니다. 이대로 가다간 도시 경영진은 그렇게 꼴사나운 보고를 외부에 발표해야 하는 사태에 이른다.

쿠가마야마 시티에 거액의 방위비를 내고 거주하는 수많은 고객과 정기적으로 정보를 교환하는 다른 도시 경영진, 그리고 상위 조직인 통기련에 그러한 보고를 올렸다간 쿠가마야마 시티가 큰 타격을 입을 수 있다.

보고를 받은 도시 경영진은 현재 상황의 개선을 모색했다. 다양한 조사와 조정이 이루어지는 가운데, 사태 수습의 책임자는 유물 강탈범 일당의 주범들이 아키라를 도시 측의 에이전트로 오해했음을 알았다. 어떻게든 도시 측이 입을 타격을 줄일 수단을 모색하던 그들은 그 점에 주목했다.

우연히 지하상가에 있던 헌터가 유물 강탈범을 우연히 격파한 게 아니라, 사전에 유물 강탈 정보를 파악한 도시가 비밀리에 에이전트를 지하상가에 파견했고, 그자가 정보대로 나타난 유물 강탈범을 격파했다. 그것이 사실이라면 도시의 평가는 오히려 좋아진다.

다행히 사실을 그렇게 날조하려고 해도 조금만 애쓰면 된다는 사실이 판명되었다. 즉, 아키라와 협상하면 되는 것이다.

아키라는 개인으로 의뢰를 받았고, 조직 등에 속하지도 않았다. 아키라와 협상해서 본인만 받아들이면, 다음에는 도시 측내부에서 조정하는 것으로 끝난다.

그리고 그 협상의 벽을 낮추기 위해서 아키라에게 비용이 많이 드는 치료를 시행했다. 대금을 도시 측에서 보증하기 때문에 병원에서도 치료비를 떼먹힐 걱정 없이 아키라에게 값비싼 치료를 시행했다. 그 결과, 아키라는 6000만 오럼에 가까운 부채를 지게 되었다.

부채라는 채찍과 협상에 응하면 부채가 해소되고 거금까지 생긴다는 당근을 준비한 다음, 기타 온갖 요소를 바탕으로 전투 이력을 매매하는 데 타당하다고 판단된 액수가 이번에 이력을 사는 금액이다.

1억 6000만 오럼. 전투 이력 거래는 평화롭게 성립했다.

제61화 부적의 효험

전투 이력의 거래를 마친 아키라는 키바야시에게 이번 일에 얽힌 사정을 얼추 다 들었다.

물론 키바야시도 숨겨진 사정까지 전부 설명한 건 아니다. 간략한 내용이라도 외부인에게 발설할 수 없는 부분은 생략했다. 그래도 일단 아키라가 궁금한 내용은 전부 들을 수 있었다.

도시 측이 이번 사태를 해결하려고 뒤에서 이래저래 손을 썼다는 이야기도 들었지만, 아키라는 딱히 신경 쓰지 않았다. 도시 측이 사실을 다소 왜곡하더라도, 그것은 기본적으로 아키라와 관계가 없는 세상의 일이며, 아키라에게 직접적인 피해가 없는 일이기 때문이다.

쿠가마야마 시티 전체와 다른 도시, 나아가 통기련 등과 관련되는 이야기는 얼마 전까지 슬럼에서 생활하던 아키라에게는 딴 세상의 일이며, 관심도 없고, 아무래도 좋았다.

키바야시가 이야기를 마무리한다.

"뭐, 간략하게 말하면 이런 느낌이다. 더 자세히 알고 싶다면 내가 좀 거들어 줘도 되는데, 그건 공짜로 해 줄 수 없어. 도시의 내부 정보니까. 그만한 돈이 필요하지. 어쩔래?"

"아니, 됐어."

"그래. 물어보고 싶은 거나 추가 요구는 더 없나? 있다면 이 자리에서 일단 말해 봐. 나중에 말해도 늦으니까. 나나 네가 이 방에서 나간 시점에서 끝이다. 뭔가 있으면 지금이 기회인데?"

"그렇게 말해도, 바로 떠오르는 게 없는데……."

"뭐, 모처럼 좋은 기회니까 말이지. 뭐든 좋으니까 말해 봐. 아, 보수를 늘려 달라는 건 안 돼. 도시도 돈이 무한정 있는 게 아니거든. 액수에 불만이 있으면 서명하기 전에 협상했어야지. 반대로 돈이 안 들어가는 거라면 편의를 봐 주마. 나는 네가 마음에 들었거든. 편애해 주지."

아키라는 자신을 너무 후대해 주는 키바야시의 태도의 이유를 몰라 조금 곤혹스럽다. 그래서 신기해하는 기색으로 물어본다.

"내 어디가 그렇게 마음에 드는데?"

그러자 키바야시가 무척 유쾌하게 그 이유를 설명한다.

"어디가 마음에 드냐고? 네가 사는 방식이 말이지! 무리, 무식, 무모! 앞만 보고 살고, 앞만 보고 달리다가 죽는다! 아주 좋아! 완전 내 취향이야!"

키바야시는 헌터 오피스 직원의 권한으로 헌터 본인이 비공개로 설정한 정보로 열람할 수 있다. 그 부분에 기록된 아키라의 전투 이력은 키바야시를 무척 즐겁게 했다.

AAH 돌격총 수준의 무장으로 캐논 인섹트와 싸웠다. 야라타 전갈 무리가 있는 건물에 혼자 돌입했다. 지하상가에서 토벌한 야라타 전갈은 500마리 이상. 급기야 유물 강탈범 일당의 주범 세 명을 혼자서 격파했다. 더군다나 그들은 전투용 의체 사용자와 중장강화복 착용자다.

더불어 도시 방위대에 연행되어 몸을 치료하는 데 6000만 오럼이나 들 정도로 만신창이가 되었다. 단순히 강한 게 아니라, 별로 강하지도 않은데도 아슬아슬하게 죽음의 고비를 넘겼다는 증거가 수북하게 튀어나왔다.

그것들은 하나같이 키바야시의 악평을 낳은 원인이기도 한 고위험 고보수 의뢰를 가볍게 뛰어넘는 것이다. 무리, 무식, 무모. 그야말로 그런 요소만이 있었다.

"내 권한으로 네 활동 이력을 봤거든? 고작해야 랭크 20 수준의 헌터의 실적이 아니야. 30이라도 무리겠지. 뭐, 그렇게 무리한 탓에 몸이 만신창이가 된 것 같지만, 나아서 다행이군. 이 느낌이라면 금방 또 만신창이가 될 테지만, 앞으로도 그 부분은 조심해야 할걸?"

아키라가 조금 질린 표정을 짓고 물어본다.

"내 몸이 그렇게 심각했어……?"

"그래. 그러니까 치료비가 6000만 오럼이나 나온 거지. 내가 설명했지? 치료비는 정당한 금액이라고. 치료할 때는 일부 재생 치료, 팔이나 다리가 없어졌을 때의 치료법도 썼으니까 말이지. 이번 치료 덕분에 지금의 너는 중위 구역의 주민만큼 건강할걸? 그 치료가 없다고 오늘내일 죽지는 않겠지만, 남은 수명은 1년이 고작이었겠지."

아키라는 말문이 막혔다. 자신의 몸 상태가 그토록 지독했을 줄은 미처 생각하지 못했다.

그런 아키라의 반응을 즐기면서, 키바야시가 말을 잇는다.

"지금 몸 상태가 무척 좋지? 그건 치료 덕분이야. 너는 슬럼 출신이지? 식사의 태반은 배급소에서 받은 걸로 해결했던가?"

"그, 그렇지만……."

"그건 운이 나쁘면 제법 위험한 걸 먹을 거다. 안전성을 확인하지 않은 몬스터의 고기거나, 연구 중인 구세계의 유물, 원리도 제조법도 모르는 식량 생산 장치로 만든 재료거나 말이지. 아무리 그래도 먹고 바로 죽는 것을 배급하지는 않겠지만, 장기간 다량으로 섭취하면 해로울 수도 있다고."

어떤 의미로는 잘 아는 사실이고, 어렴풋이 눈치채고는 있었지만, 새삼스럽게 지적받자 정신적으로 힘들어진다. 아키라는 조금 불쾌한 듯 인상을 썼다.

키바야시는 아랑곳하지 않고 계속 이야기한다.

"경미한 돌연변이가 발생할 때도 있단 말이지. 몬스터의 고기에서 제거하지 못한 나노머신이나, 수상한 식량 생산 장치로 만든 재료에 현재 기술로는 검출할 수 없는 나노머신이 포함된 것이 원인이라고 하던데. 사실은 너도 느낀 바가 있지 않아?"

아키라가 얼굴을 조금 찡그린다. 느낀 바가 있는지는 물어보면, 짚이는 구석이 있기 때문이다.

아키라는 구영역 접속자다. 그것은 일종의 돌연변이로 생각할 수 있다. 현재의 기술로 검출할 수 없는, 구세계의 잘 모를 무언가가 변이를 촉발했을 가능성이 있다.

만약 그렇다고 하면 그것이 알파와 만난 원인이기도 하지만,

무턱대고 기뻐할 수는 없다.

"도시에서 그런 걸 배급하는 거야……?"

"공짜보다 비싼 건 없다는 거지. 식대는 임상 시험에 협력한 대가로 상쇄하고 있습니다. 협력해 주셔서 감사합니다. 사실은 배급소 간판과 식량 포장에 슬쩍 적어 놨거든?"

읽을 줄 모르지만, 정말로 뭔가 적혀 있었다. 아키라는 과거에 먹었던 식량을 떠올렸다.

"뭐, 읽을 줄 아는 녀석의 태반은 그걸 먹을 필요가 없고, 아는 녀석도 괜히 소란을 피워서 배급이 없어지면 곤란하니까 입을 다물고 있겠지."

배급이 끊기면 자신도 죽었다. 그건 알지만, 아키라는 석연찮은 기분이 들었다.

"멀쩡한 것을 배급하는 착한 사람도 있지만, 그렇게 많은 것도 아니야. 더군다나 그런 정보는 바로 퍼져서 슬럼의 유력자가 독점한단 말이지. 뭐, 그게 슬럼의 질서야. 나한테 불평해도 소용없어."

도시 측은 기본적으로 슬럼의 질서에 개입하지 않는다. 도시 전체의 활동에 악영향을 미치지 않는 한은 방치한다. 슬럼의 치안은 그곳에 사는 사람들의 자치에 맡긴다고 해도 과언이 아니다.

슬럼은 도시의 하위 구역 중에서도 황야에 인접한 곳으로, 어떤 의미로는 황야와 동일시된다. 그래서 강도가 대낮부터 당당히 아키라를 습격하기도 했다.

그렇다고 완전한 무법지대인 것도 아니다. 힘이 전부라면 동부에서 가장 강한 존재는 통기련이며, 아키라가 있는 슬럼이라면 쿠가마야마 시티다.

그리고 통기련과 도시 모두 치안 악화를 싫어한다. 슬럼의 치안이 나빠져서 도시에 존재하는 것만으로 해악이라고 판단될 경우, 슬럼은 주민과 함께 소각된다.

그렇기에 슬럼은 위태로운 상태에서도 질서가 유지되고 있다. 슬럼에 있는 여러 조직이 영역을 유지하고 최소한의 치안을 유지하는 것도 그런 까닭이다.

"그 식량이 원인일지는 모르지만, 잔류 나노머신 수치가 지독했다고 들었거든? 헌터가 약에 절어 사는 것은 일종의 직업병 같은 거지만. 너는 회복약을 마구 쓰지?"

"그래. 안 쓰면 죽으니까."

"어차피 앞으로도 많이 쓸 테지. 한 달에 한 번은 검사라도 받아서 잔류 나노머신 제거 처리를 받는 게 좋아. 헌터용 약에는 대체로 나노머신이 들어가니까. 회복약이나 가속제나 강화제 등에는, 진짜 다양하게 들어가지."

"잔류하면 그렇게 안 좋아?"

"예외도 있고, 정도에 따라서, 종류에 따라서도 다르지만, 기본적으로 잔류는 오염 직전의 단계다. 해롭다고 보면 돼."

키바야시가 아키라에게 그 위험성을 설명한다.

나노머신과 본인의 상성이 매우 좋을 경우, 드물게도 영속적으로 유익한 효과를 유지한 채 나노머신을 몸에 정착할 수 있다. 그것을 가리켜 '적응'이라고 한다. 반대로 해로운 효과가 유지되고 몸에 정착하는 것을 가리켜 '오염'이라고 한다.

'잔류'는 이미 기능을 정지한 나노머신이 정상적으로 배출되지 않고 몸에 남은 상태다. 기능 정지 상태이면 해롭지 않다고 착각하는 자도 있지만, 실제로는 새롭게 섭취한 약물의 효과를 저해하는 경우가 많다.

그래서 효능이 떨어진 탓에 약을 더욱 다용하게 되고, 잔류량이 더 늘어나는 악순환에 빠진다. 최종적으로 효과가 완전히 사라진 상태로 나빠지는 사례도 있다. 나아가 동시에 사용하면 안 되는 다른 나노머신도 반응해 심각한 악영향이 발생할 우려도 있다.

아키라는 헌터로 활동한 뒤로 회복약을 대량으로 복용했다. 사용량의 기준을 하나도 지키지 않고 연거푸 사용했다. 자신도 모르는 사이에 그 대가가 아키라의 몸에 누적된 것이다.

키바야시가 진지하게 충고한다.

"헌터 활동은 몸이 자본이지. 어설프게 자기 의지로 무리할 수 있으니까 자기 몸 관리를 뒷전으로 하는 녀석도 있지만, 죽기 싫으면 몸 관리도 철저하게 해라."

아키라는 앞으로도 즐겁게 해 줘야 한다. 그러한 마음으로 진지하게 조언한다.

"총을 정비하는 것과 같다. 손질을 게을리하면 탄이 엉뚱한 곳으로 날아가고, 폭발할지도 모르지. 방아쇠를 당길 때마다 총이 날아갈지 모르는 도박에 임해야 해. 그렇게 시답잖은 이유로 네가 죽으면 나도 달갑지 않아. 단단히 조심해."

"알았어. 어…… 총?"

아키라는 그때 자신의 장비가 없음을 깨달았다. 지금의 아키라는 아무것도 없다. 옷도 강화복이 아니라 병원 환자복이다.

다시 방을 둘러보지만, 자신의 물건이 보이지는 않았다.

"저기, 내 장비가 어떻게 됐는지 알아?"

키바야시도 아키라의 장비가 어디 있는지 모른다. 정보단말로 다른 직원과 연락해 여러모로 조사해 본다. 그 결과는 아키라를 난처하게 했다.

"없다고……?"

"그래. 장비라고 할까, 네 소지품은 없다. 너를 연행한 곳에서 전부 회수할 수도 없고 말이지. 회수한 장비는, 강화복이라고 했나? 그건 신병을 조사하려고 여러모로 조사하는 과정에서 분해하고, 지금은 증거품 보관소에 있다고 하는군. 가져올 수는 있지만, 신청하는 데만 한 달 넘게 걸리고 애초에 엉망진창인 상태라서 기념품으로 쓸 게 아니면 의미가 없을 거라고 하던데."

"내 헌터증도 없었어?"

"몰라. 회수하지 않았거나, 증거품 보관소에 있거나, 둘 중 하나겠지. 어느 쪽이든 재발행하는 게 더 빠를걸?"

"알았어. 추가 요구를 할게. 헌터증 재발행, 바로 쓸 수 있는 정보단말, 그리고 헌터용으로 적당한 옷을 마련해 줘. 이 차림으로는 병원에서 도망친 환자가 되니까."

"알았다. 나중에 여기로 보내주지. 다른 건?"

아키라가 알파에게 확인한다.

『알파. 뭔가 더 있을까?』

『총이나 강화복 같은 장비는 안 부탁하게?』

『이유는 없지만, 장비는 되도록 시즈카 씨의 가게에서 사고 싶어.』

알파도 단순히 아키라가 보험을 들고 싶은 심정인 것은 안다. 그러나 그것이 아키라에게 의미가 있는 행위라면 섣불리 간섭할 생각이 없었다.

총기류를 다시 조달할 때까지 비무장 상태가 되지만, 알파도 병원에서 시즈카의 가게로 가는 경로 정도는 자신이 잘 서포트하면 문제가 없다고 판단했다. 그 정도의 상황까지 위험시할 필요가 있다면 아키라는 앞으로 외출할 수 없기 때문이다.

『그렇다면 헌터를 대상으로 하는 임대 주택을 소개해 달라고 하자. 슬슬 아키라도 숙소 생활에서 벗어나야지.』

아키라가 동의하고 키바야시에게 전한다.

"헌터를 대상으로 하는 임대 주택을 소개해 줘. 내 헌터 랭크로는 멀쩡한 집을 빌릴 수 있을지 의문이야. 좋은 집에서 싸게 살 수 있게 해 줘. 그리고, 그래. 보수는 바로 지급해 줘. 그걸로 장비나 다른 걸 다시 살 거니까. 추가 요구는 이게 다야."

"알았다. 아, 보수는 이미 계좌로 입금했다. 헌터증과 정보단말이 오면 확인해 달라고. 일단 내 연락처를 초기 설정으로 입력해 주마. 임대 쪽은 도시 산하의 부동산 업자에게 연락해 두지. 자세한 사항은 헌터 코드로 보낼 테니까, 정보단말을 받으면 확인해 줘."

그 준비를 마친 다음, 키바야시가 마지막으로 확인을 구한다.

"그 밖에는? 더 없으면 나는 나갈 거다? 내가 방을 나가면 추가 요구는 끝난다. 정말로 괜찮겠어?"

"그래."

"그렇군. 그러면 잘 지내라. 사냥 잘해라. 다시 무리, 무식, 무모한 짓으로 나를 즐겁게 해 보라고."

키바야시는 손을 가볍게 흔들고 방에서 나갔다.

그리고 몇 분 뒤, 아키라는 심한 공복을 느꼈다. 입원 중에 아무것도 안 먹었다. 치료 중에는 수액으로 영양을 보충해 속이 텅 비었다.

공복을 느끼자 갑자기 아키라의 배가 울리기 시작한다. 그러나 수중에 돈이 없다. 있어도 헌터증과 단말을 받을 때까지는 여기 있을 필요가 있다.

『아차…… 뭔가 먹을 걸 부탁할 걸 그랬어.』

『그러고 보니 아키라는 일주일 정도 아무것도 안 먹었네. 말하면 좋았을 텐데.』

『알파도 몰랐어?』

『나는 식사가 필요 없고, 아키라가 아무 말도 안 해서 괜찮은 줄 알았어. 나도 아키라의 공복감을 알 수 없어. 포기하고 기다리자. 아마도 금방 올 거야.』

『아, 부탁한 물건이 언제 올지도 물어볼 걸 그랬어. 이런 건 나중에 가서야 생각나는 거구나.』

『다 그런 거야.』

아키라는 배고픔을 참으면서 방에서 부탁한 물건이 오기를 기다렸다. 도시 직원이 부탁한 물건을 가져온 것은 한 시간 뒤였다.

◆

시즈카는 자신의 가게에서 평소처럼 가게를 보고 있었다. 장비나 탄약을 찾는 헌터들에게 가게에 들인 상품을 팔고 생계를 꾸리는 평소와 똑같은 일상이다.

다만 평소보다 한숨이 많음을 스스로 깨달았다. 그리고 그 이유도 짐작이 갔다. 아키라가 일주일 정도 가게에 얼굴을 내비치지 않았기 때문이다.

단순히 일주일 정도 가게에 오지 않은 적은 이전에도 있었다. 그러나 지금은 아키라가 야라타 전갈 소굴 토벌에 나선 뒤다. 가게 문을 연 직후에 탄약을 대량으로 보충한 뒤의 이야기다.

가게는 그럭저럭 번창하고 있다. 여기서 장비를 갖추고 황야로 떠나는 단골도 많다. 그리고 시즈카는 가게 주인으로서 모든 손님에게 최대한 잘 대응하려고 한다.

그래도 자신이 판 장비를 걸친 헌터들이 살아서 돌아오지 못하는 경험을 여러 번 했다.

몇 차례 상품을 팔고 얼굴을 익힌 자가 있다. 장비 상담을 요청받고 추천 무기를 알려주거나 하면서 제법 친해진 자도 있다.

자신을 유혹하고 청혼한 자도 있다. 다양한 헌터가 돈과 영광을 찾아서 황야로 떠나고, 황야에 먹혀서 죽었다. 시즈카는 그것을 기억한다.

시즈카는 장사의 성격상, 그리고 자신의 정신 건강을 위해서 그러한 죽음을 일부러 의식하지 않으려고 했다. 언제 죽어도 이상할 게 없는 사람들을 상대로 장사하니까. 그들의 죽음을 일일이 의식했다간 도저히 장사할 수 없다.

잠시 슬프기는 하지만, 그것으로 평정심이 흐트러지는 일은 거의 없다. 비정하다고도 할 수 있겠지만, 시즈카는 그것도 받아들일 수 있는 인간이다.

그렇기에 얼굴을 좀 익힌 헌터가 한동안 가게에 얼굴을 내비치지 않는 정도로 한숨이 늘어나는 것은 시즈카에게 드문 일이다.

(너무 정을 줬나 봐. 왜 그랬을까……?)

시즈카는 가게를 보면서 생각에 잠긴다. 이유는 여러모로 짚인다.

어려서 보호 욕구를 자극한 걸지도 모른다. 친구인 엘레나와 사라의 목숨을 구해준 고마움 때문일지도 모른다. 상처로 가득한 몸을 가까이서 봐서 그럴지도 모른다. 자신이 판 장비를 걸치고 황야로 떠나는 아이를 끌어안아서 그런 걸지도 모른다.

그러나 전부 결정적인 이유는 아니다.

생각해도 답이 없고, 그 대신에 수렁에 빠지려는 시즈카의 생각이 그 원인을 제공한 인물이 나타나면서 중단된다. 아키라가 왠지 모르게 주눅이 든 기색으로 가게에 조심조심 들어온 것이다.

"어서 와, 아키라. 오랜만이구나."

시즈카는 평소처럼 미소를 짓고, 평소처럼 말하며 아키라를 맞이했다. 적어도 시즈카 본인은 그럴 작정이었다.

"어? 아, 네. 오랜만이에요."

그러나 아키라는 시즈카의 미소를 보고 조금 주춤거리는 듯 어색하게 대답했다.

시즈카는 아키라의 태도가 의아하지만, 평소처럼 접객을 시작한다.

"오늘도 탄약을 보충하러 왔니? 지난번에 아키라가 받은 의뢰는 아직 안 끝났어? CWH 대물돌격총 전용탄은 충분히 들여놨으니까 팔 수 있는데, 기간으로 봐서는 지난번 의뢰는 다 끝났겠지?"

"아, 그래요. 의뢰는 다 끝났어요."

"그래. 그러면 평소처럼 보통탄과 철갑탄이면 될까?"

"아, 그게 말이죠. 사실은……."

아키라는 무심코 말을 더듬었다. 그리고 의아해하는 시즈카의 눈을 똑바로 보고, 다시 돌리고, 다시 눈을 본 다음에 각오한 듯 입을 연다.

"장비를 전부 잃어서요……. 전체적으로 알아봐 주실 수 있을까요?"

시즈카가 괴이쩍은 얼굴로 되물어본다.

"전부? 구체적으로 뭘 잃었는데?"

"모든 총과 강화복과 배낭을 통째로요. 그리고 사용하던 정보단말과 엘레나 씨한테 산 정보수집기까지, 아무튼 전부예요. 지금 제 소지품은 입은 옷과 계좌용 정보단말, 헌터증밖에 없어요."

시즈카가 놀란다. 아키라가 버는 돈의 대부분을 장비에 투자한 것은 시즈카도 잘 안다. 그것을 전부 잃었다면 재산을 대부분 잃었다고 고백하는 셈이다.

"저기, 대체 무슨 일이 있었니?"

"그게 말이죠. 이런저런 일이 있었어요. 그래서 말인데요. 견적을 낼 수 있을까요?"

"그건 상관없는데…… 예산은?"

시즈카도 몸뚱이만 남은 알거지가 된 아키라가 불쌍하지만, 그렇다고 무료로 상품을 제공할 수도 없는 노릇이다. 외상은 받을 수 없다. 시즈카에게도 생활이 있고, 장사로 하는 일이다. 가게 주인으로서, 장사꾼으로서, 양보할 수 없는 일선이 있다.

하다못해 예산이 적게 들면서도 최대한 좋은 장비를 추천해주자. 시즈카는 그렇게 생각하면서 아키라에게 예산을 물어봤다.

그래서 다음에 아키라가 말한 액수를 듣고, 시즈카는 경악할 수밖에 없었다.

"8000만 오럼 이내로 부탁할게요."

"미안해……. 내가 착각했거나 잘못 듣는 일을 피하고 싶어서 그런데, 혹시 모르니 다시 예산을 물어봐도 될까?"

"8000만 오럼 이내로요."

농담도, 착각도, 환청도 아니다. 정확하게 8000만 오럼이라고 말했다. 그 사실을 이해한 시즈카는 무심코 표정을 굳혔다.

시즈카가 아키라를 가만히 바라본다. 아키라는 조금 주춤거리면서도 마찬가지로 시즈카를 바라봤다.

시즈카는 아키라의 반응에서 적어도 예산의 출처가 부정한 돈이 아님을 간파했다. 하지만 그렇다면 아키라는 정상적으로 8000만 오럼을 번 셈이다. 신인 헌터가 낼 돈이 아니다. 숙련 헌터라도 즉석에서 내놓기는 어려운 금액이다.

얼마나 무모한 짓을 하면 그만큼 돈이 벌리는 성과가 나올까. 시즈카는 상상도 할 수 없었다.

시즈카가 아키라에게 딱딱한 투로 따지고 든다.

"아키라. 대체 무슨 일이 있었니? 지금 말한 금액이 정상이 아닌 건 너도 알지? 지난번 의뢰의 보수로 쳐도 이상해. 야라타 전갈을 산더미처럼 잡았다고 해도, 탄약값을 의뢰 주체가 대 주는 이상 기본 보수는 낮게 잡을 텐데? 얼마나 무리하면 예산을 8000만 오럼이나 잡을 보수가 나오는 거니?"

시즈카의 말투가 딱딱한 것은 그만큼 걱정한 증거다. 아키라는 그것을 기쁘게 여기면서도 미안한 듯한 얼굴로 대답한다.

"죄송해요. 의뢰인과 한 비밀 보호 의무 계약 때문에 그 사정은 말할 수 없어요. 장래의 신용에 문제가 생기니까 시즈카 씨한테도 이야기할 수 없어요. 시즈카 씨를 못 믿는 건 아니지만,

기본적으로 아무것도 말하지 않는 계약이라서, 비밀 보호 의무 때문에 말할 수 없다고 이야기하는 것도 꽤 아슬아슬한 정도거든요……."

시즈카에게 거짓말하기 싫다는 마음과 의뢰에 성실하려는 생각에서 아키라는 아슬아슬하게 이야기해도 된다고 판단한 내용을 간신히 대답했다.

시즈카가 겸연쩍게 말하는 아키라를 가만히 보면서 생각한다.

(아키라가 말한 의뢰 주체는 쿠가마야마 시티지? 아마도 또 뭔가 무모한 일을 한 거겠지만, 도시 측에서 함구하라고 시킨 것을 캐물으면 아키라에게 미안해.)

그렇게 생각하면서, 아키라의 낌새를 다시 확인한다.

(외상은 보이지 않아. 안색이 나빠 보이지도 않고. 솔직히 자세한 내용이 궁금하지만, 결국에는 고작해야 아키라가 의뢰를 성공리에 마치고 거금을 벌었다는 이야기야. 그걸 내가 순순히 칭찬할 수 없는 건, 그랬다간 아키라가 더 무리할 것 같다는 내 욕심인데…….)

"이런저런 일이 있었다고 했는데, 상처의 후유증은 없지?"

아키라가 똑바로 고개를 끄덕이고 대답한다.

"그건 괜찮아요. 치료도 잘 받아서, 오히려 의뢰 전보다 몸 상태가 좋을 정도예요."

그것으로 시즈카도 일단은 안심했다. 아키라에게도 이래저래 사정이 있겠지. 그래도 아키라가 무사하다는 사실에는 변함이 없다. 그렇다면 자신은 가게 주인으로서 확실하게 대응하는 게 아키라를 위한 일이다. 시즈카는 그렇게 생각하고 표정을 평소처럼 친근한 웃음으로 되돌렸다.

"알았어. 준비할 장비 내역은 예산 내에서 전부 내가 정해도 되니? 금액이 그러니까 진짜로 내가 마음대로 정한다? 후회해도 모를걸?"

그렇게 말하고 조금 짓궂게 웃는 시즈카에게, 아키라도 웃으며 대답한다.

"괜찮아요. 제가 고민해서 정하는 것보다 더 좋은 선택일 테니까요. 굳이 말하자면, 강화복은 체격이 조금 달라져도 사용할 수 있는 제품이 좋아요. 다음에는 몇 년 뒤에나 바꾸고 싶으니까요."

"알았어. 관두겠다고 해도 이미 늦었거든? 그러면 잠시 기다리렴."

시즈카는 그렇게 말하고 가게 안쪽으로 모습을 감추더니, 총을 두 정 가지고 돌아왔다.

"새로운 강화복이 올 때까지 이걸 써. 맨몸으로 사용하는 추천 장비는 여기 두 정이야. AAH 돌격총과 A2D 돌격총. AAH 돌격총은 예전에도 설명했으니까 생략하고, A2D 돌격총을 설명해 줄까?"

"그렇게 해 주세요."

아키라의 대답을 처음부터 예상했던 시즈카가 추천 상품인 A2D 돌격총을 평소처럼 신나게 설명하기 시작했다.

A2D 돌격총은 AAH 돌격총의 기본 설계를 바탕으로 위력과

명중 성능의 향상을 목표로 설계하고 제조한 총이다. AAH 돌격총과는 다르게 철갑탄과 강장탄을 순정 상태로 사용할 수 있도록 각 부품의 강도를 조정했다.

또한 설계 단계에서 유탄 발사기를 장착해 각종 유탄도 사용할 수 있다. 중량도 강화복 종류를 착용하지 않는 맨몸 헌터도 다룰 수 있는 정도로 억제해서 AAH 돌격총 다음으로 널리 애용된다.

AAH 돌격총용 개조 부품의 일부를 그대로 유용할 수 있어서 다루기 편한 총이다.

"양쪽 모두 순정품이야. 강화복 없이 한동안 사용감을 시험해 봐. 무게에 불만이 생기면 중량이 늘어나는 개조는 피하는 게 좋아. 강화복을 산 뒤에도 강화복 없이 다룰 수 있는 총은 필요해. 유적 내부에서 강화복이 망가졌을 때 맨몸으로 못 쓰는 총밖에 없으면 큰일이니까."

"조준기는 미리 바꾸는 게 좋을까요?"

"예전처럼 정보수집기와 연동할 거라면 나중에 하는 게 좋아. 표준 조준기라도 평범하게 육안으로 쓸 때는 성능이 너무 떨어지는 것도 아니니까. 정보수집기도 내가 주문할 장비 일체에 포함하고, 조준기도 거기 맞춰서 준비할 거야. 아니면 정보수집기도 네가 고를래?"

"아뇨. 한꺼번에 부탁할게요."

"알았어. 견적이 나오면 바로 연락할 테니까 조금 기다리렴. 상품이 도착하려면 2주 정도 더 걸린다고 생각해 둬."

그때까지 강화복이 없는 생활로 돌아가야 하는 아키라에게, 알파가 당부한다.

『알겠지만, 새 장비가 올 때까지 헌터 활동을 쉴 거야.』

『알았어. 내 불운을 과소평가할 생각이 없다는 거지? 나도 이 상태로 몬스터 무리나 중장강화복을 장비한 녀석들과 싸우긴 싫어.』

도시 밖으로 훈련하러 나가면 몬스터 무리와 마주치고, 의뢰를 알선받으면 중장강화복을 상대로 교전하는 지경에 처한다. 그 경험이 있는 이상, 아키라도 알파의 서포트를 완전하게 받는 상태가 될 때까지 비교적 안전한 도시 내부에 틀어박히는 데 이의가 없었다.

그 뒤로 아키라는 시즈카의 가게에서 당장 필요한 장비를 갖췄다. 새 배낭에 회복약과 예비 탄약, 총기 정비 도구를 욱여넣고, 구입한 총을 몸에 멘다.

그것을 다 합치자 그럭저럭 나가는 중량이 아키라의 몸을 짓누른다. 묵직한 무게를 느끼고, 강화복의 신체 능력 강화 혜택을 새삼스럽게 이해했다.

새 정보단말로 시즈카와 연락처를 교환했다. 만약 그쪽으로 연락이 안 되면 자신의 헌터 코드 앞으로 연락해 달라고 부탁해 두었다.

시즈카가 당장 필요한 장비를 걸친 아키라를 본다. 자신의 가게에 처음 왔을 때보다는 훨씬 좋은 장비를 갖췄다.

그러나 시즈카의 눈에는 불안해 보였다. 아키라에게 밀려드는 고난의 양과 질이 점점 상승하면서, 지금 장비로는 완전하게 대응하지 못할 것 같았다.

"아키라는 한동안 그걸로 싸울 거니?"

만약 그렇다면 무리하지 말라고 조금 강하게 충고하자. 시즈카는 그렇게 생각했다.

아키라가 고개를 가로젓는다.

"아뇨. 새 장비가 다 올 때까지는 헌터 활동을 쉴 거예요. 완전하지 않은 상태로 황야에 나갈 실력은 아니니까요."

"그래. 그게 좋아. 일이 많았던 것 같으니까, 가끔은 푹 쉬렴."

시즈카는 아키라에게 무리하거나 무모하게 굴 생각이 없음을 알고 안심해서 미소를 지었다. 그리고 꾸벅 인사하고 떠나는 아키라를 배웅한 뒤, 엘레나와 사라도 아키라를 걱정한 것을 떠올린다.

"아키라는 정보수집기도 잃었다고 하니까, 장비를 고를 때 걔네 의견도 들어볼까? 나 혼자서 정하면 불평할 거야. 아키라가 살아 있다고 알면 걔네 기분도 풀리겠지."

시즈카는 정보단말을 꺼내 아키라의 장비를 고르게 상의하고 싶다는 내용을 써서 엘레나와 사라에게 송신했다.

◆

시즈카의 가게를 나선 아키라는 셰릴의 거점에 얼굴을 내비치기로 했다.

한동안 입원하고 정보단말도 바꿔서 셰릴은 자신과 연락하지 못하는 상태가 지금도 계속되고 있다. 이미 죽었다고 여겨도 이상하지 않다. 괜한 오해를 부르기 전에 일찍이 얼굴을 내비치는 게 좋겠지. 그렇게 생각한 것이다.

슬럼을 걸으면서 얼마 전에 탕진한 돈을 돌이켜 본다.

『그나저나 치료비에 약 6000만 오럼, 장비 대금으로 8000만 오럼인가. 번 돈의 대부분을 순식간에 썼네. 내 금전 감각은 어떻게 된 거지?』

이걸 예전의 자신이 알았다간 무조건 졸도할 거라며, 아키라는 쓴웃음을 지었다.

그것을 본 알파가 웃는다.

『그만큼 벌게 되었다고 기뻐해. 아키라의 생명과 소지품을 전부 판돈으로 걸고, 내 서포트가 있어도 불리한 도박에서 겨우 승리해 딴 돈이라고 생각하면 그걸로도 충분한 액수는 아니라고 말할 수 있는데 말이야.』

『그래? 뭐, 그럴지도 몰라.』

『하지만 이걸로 아키라의 장비는 아주 충실해질 거야. 몸도 꼼꼼하게 치료를 받았으니까, 지금껏 무리하면서 쌓인 부하를 걱정할 일도 없어졌어. 보통 일이 아니긴 했지만, 결과적으로는 잘됐다고 보는걸?』

『으음. 그건 좀, 판단하기 어려운데.』

아키라는 이번 싸움에서 소지품을 전부 잃었다. 그것은 조금씩 다르긴 해도 전부 목숨을 걸고 얻은 물건이다. 애착이 생긴 물건도 있었다. 물론 엄청나게 많은 돈을 벌었지만, 몇 번이고 죽을 뻔하기도 했으니까 무턱대고 기뻐할 수는 없었다.

그때 아키라가 시즈카의 가게에서 산 부적을 떠올린다.

(그건 분명, 구세계의 도박과 관계가 있는 부적이었지.)

도박은 기본적으로 판돈이 많이 걸리고 확률이 낮을수록 돈을 많이 딸 수 있다. 그리고 아키라는 몇 번이고 죽을 뻔하고 거금을 땄다.

(만약 이번 일이 그 부적 덕분이라면, 그것에 큰 도박의 기회를 늘리는 효험이 있다면…….)

그것이 터무니없이 위험한 대신 보수가 좋은 도박일지라도, 없는 자와 분수를 모르고 성공하고 싶은 자에게는 도박의 기회를 얻은 시점에서 큰 행운이다. 어지간한 사람은 그런 기회조차 얻지 못하고 쓰러지고, 몰락하고, 죽는다. 아키라도 그건 잘 안다. 알지만, 순순히 기뻐하긴 어려웠다.

(지면 죽고, 이겨도 푼돈. 보통은 그런 기회가 더 많아. 그런 의미에서는 확실히 효험이 있지만…… 그래도…….)

아키라는 더 생각하기를 그만뒀다. 정신 건강에 나쁘기 때문이다.

게다가 그 부적은 이미 잃어버렸다. 더 생각해 봤자 의미가 없다. 그렇게 결심하고 마음을 바꿔 먹었다.

그런 아키라의 분위기를 보고, 알파가 조금 의아한 표정을 짓는다.

『아키라. 뭘 생각해??』

『아, 그게. 예전에 시즈카 씨네 가게에서 산 부적을 생각했어.』

아키라는 염화로 그렇게 대답할 때 무의식중에 갖가지 생각을 같이 전하고 말았다.

부적을 생각한 것을. 그 효험으로 죽을 뻔한 전투를 몇 번이고 경험했을지도 모른다는 것을. 정말로 엄청난 거금을 벌었지만, 그 전투는 되도록 피하고 싶었다는 것을.

그리고 그 부적을 알파가 아키라에게 권했다는 것을.

그것을 염화로 수신한 알파는 아키라에게서 노골적으로 눈을 돌렸다.

『내 탓이 아니야.』

『알아.』

평소의 알파답지 않은 태도를 보고, 아키라는 슬쩍 웃었다.

제62화 셰릴의 초조함

슬럼에 있는 조직의 거점, 셰릴은 자기 방에서 보스의 업무를 보고 있었다.

카츠라기에게 빌려주는 인원의 할당, 핫샌드 판매로 번 자금의 관리 및 운용, 다음 장사 계획의 수립 등, 보스가 할 일은 얼마든지 있다.

그러한 일을 몹시 언짢은 표정으로, 무언가를 외면하려는 것처럼 열심히 처리하고 있었다.

오늘만 이런 게 아니다. 셰릴의 분위기는 요새 들어서 항상 이랬다.

조직에 있는 자들이라면 누구나 셰릴의 기분이 언짢은 이유를 안다. 요즘 들어서 아키라가 거점에 얼굴을 내비치지 않기 때문이다.

셰릴이 아키라에게 푹 빠진 것은 조직에서 누구나 잘 아는 사실이다. 그리고 얼마 전만 하더라도 아키라는 거점에 둔 바이크를 찾으러 빈번하게 얼굴을 내비쳤다.

그러나 요새는 렌탈 차량을 구하거나 쿠즈스하라 시가지 유적으로 버스를 타고 다녀서 거점에 얼굴을 내비칠 기회가 대폭 줄어들었다. 그 탓에 기분이 언짢은 것이라고, 아이들은 낙관적으로 생각했다.

하지만 셰릴은 상황을 비관적으로 받아들였다.

셰릴의 짜증은 연기다. 그 연기는 부하들에게 효과를 잘 발휘해서, 조직의 생명줄이면서 후원자인 아키라가 한동안 얼굴을 내비치지 않았는데도 정말로 지금 상황이 셰릴을 언짢게 할 정도에 불과하다고 인식하게끔 했다.

하지만 셰릴 본인에게 미치는 효과는 슬슬 한계였다.

방에는 셰릴 혼자 있다. 부하들을 속이려고 언짢은 척할 필요는 없다.

그런데도 셰릴은 자신의 표정을 위장하고 있었다. 의도적으로 언짢은 표정을 지었다. 다른 누구도 아닌 자기 자신을 속이기 위해서였다.

아키라는 이미 죽었을지도 모른다고, 잠시 그렇게 생각하고 말았다. 그것을 부정하지 못하는 상황에서 한없이 끓어오르는 초조함과 불안과 공포를, 자신은 단순히 아키라를 못 봐서 언짢은 것이라는 연기로 간신히 틀어막았다.

아키라가 한동안 얼굴을 내비치지 않아서, 셰릴은 아키라에게 받은 정보단말로 연락해 보려고 했다. 하지만 몇 번 시도해도 연결되지 않는다.

불안한 나머지 혼날 것도 각오하고 아키라의 숙소로 가 봤지만, 아키라는 그곳에 없었다. 더군다나 체크아웃도 안 해서 기한이 지난 끝에 개인 물건까지 처분되었다. 그것은 헌터가 죽었을 때 흔히 있는 일이다.

장기간 연락이 없으면 죽었다고 생각해라. 셰릴은 아키라에게 그런 말을 들었다. 연락이 끊기고 벌써 일주일이나 지났다. 초조함과 불안과 공포가 심해지는 셰릴에게, 일주일은 길고 긴 시간이었다.

자신은 아키라에게 강하고 심하게 의존한다. 조직의 보스로서 문제없이 능력을 발휘하는 것도 다 아키라란 버팀목이 있기 때문이다. 그 버팀목을 잃으면 자신을 유지할 수 없다. 그런 자각이 셰릴을 몰아세운다.

정신을 지탱하는 축이 불쾌한 소리를 내면서 꺾이고 있다. 그것이 다 꺾이는 순간, 자신은 비통하게 울며 절규할 것이다. 그 깨달음이 셰릴을 더욱 몰아붙인다.

머릿속의 냉정한 부분이 남 일처럼 셰릴의 축이 꺾일 때까지 남은 시간을 헤아리고 있다. 오래 버텨야 몇 주, 빠르면 며칠. 자칫하면 몇 시간. 머릿속에서 남은 시간을 헤아리는 소리가 울려 퍼지면서 셰릴의 정신을 좀먹고 있었다.

셰릴은 그러한 현재 상황에서 온 힘을 다해 눈을 돌리고 있었다. 자기 방에 틀어박혀 열심히 일하는 것도 그런 까닭이다. 이제 현실을 똑바로 볼 힘은 남지 않았다.

그런 셰릴이 있는 방에 에리오가 노크하지도 않고 들어오고 말았다. 불안으로 가득한 속마음을 감추기 위해서, 셰릴이 과하게 언짢은 표정과 목소리로 대응한다.

"에리오. 들어오기 전에 노크하라고 했지?"

에리오가 셰릴의 박력에 움츠러들어 얼굴을 실룩거렸다.

"미, 미안해. 조심할게."

"그래서? 무슨 일이야?"

"아키라 씨가 왔어. 여기로 들이면 돼?"

그 말로, 셰릴이 내뿜던 박력이 확 사라졌다.

◆

셰릴의 방으로 안내받은 아키라는 소파에 앉아 묘한 표정을 짓고 있었다. 이번에도 셰릴이 정면에서 끌어안았다. 그것 자체는 예상했지만, 예상보다 훨씬 더 세게 끌어안았다.

셰릴은 아키라의 무릎 위에 올라앉아 두 팔로 몸을 감고 밀착하면서 부드럽게 웃고 있다. 그 태도에는 조금 전까지 언짢았던 기색이 하나도 없다.

아키라는 셰릴이 너무 세게 끌어안는 바람에 예전에 숙소에서 자신을 죽기 살기로 부둥켜안았던 때를 떠올리고, 좌우지간 저항하지 않고 마음대로 하게 내버려 두었다.

그대로 잠시 시간이 흘러 어느 정도 만족한 셰릴은 두 팔을 아키라의 어깨에 대고 몸을 조금 떼더니, 얼굴을 아키라의 정면에 두고 기쁜 듯 웃었다.

"안녕하세요. 만나서 기뻐요. 아키라도 바쁠 테지만, 기왕이면 더 자주 보러 와 주세요. 아, 연락했는데 닿지 않았어요. 바빴나요? 무슨 일이 있었는지 물어봐도 될까요?"

"그래. 조금 죽을 뻔했어."

아키라는 사소한 일을 이야기하듯 가볍게 대답했다. 그래서 셰릴에게는 시시한 농담을 하는 것처럼 들렸다. 평소 셰릴답지 않게, 아키라에게 조금 못마땅한 표정을 짓는다.

"그 농담은 예전에도 들었어요. 하나도 안 웃겨요."

셰릴은 아키라의 생사와 관련된 사항은 아무리 시시한 농담이라도 가볍게 흘려듣지 않는다. 슬픈 표정을 짓고 진심으로 비통한 목소리로 애원한다.

"그런 말은, 농담이라도 하지 마세요."

셰릴의 표정은 반쯤 의도한 것이다. 시선과 동작과 표정과 목소리 모두, 상대에게 주고 싶은 인상을 만들기 위해서 매일 조금씩 연마한 기술로 조정하고 있다.

그래도 말 자체는 거짓이 없는 본심이다. 그 표정과 목소리 모두 전하고 싶은 마음을 확실하게 전하기 위한, 조금 강한 장식에 불과하다. 그래서 정말로 잘 전해지고 있었다.

같은 것을 부하인 아이들에게 하면 셰릴의 미모가 그 기술의 효과를 증폭해 시시한 농담으로 상대를 슬프게 했다는 죄책감과 셰릴과 같은 미소녀가 무척 걱정해 주었다는 큰 기쁨을 준다.

그러나 아키라는 태연하게 대답한다.

"거짓말이나 농담이 아니야. 진짜로 죽을 뻔했어."

셰릴이 한순간 경직한다. 그리고 아키라의 태도에서 정말로 거짓말이 아님을 이해한 순간에 허둥대기 시작했다.

"괘, 괜찮아요?!"

"괜찮아. 상처가 아프니까 너무 들러붙지 마."

꾸밈없이 심하게 허둥대는 셰릴의 반응을 보고, 아키라는 호들갑도 심하다며 조금 질겁했다.

셰릴은 그런 아키라의 태도에서 정말로 괜찮음을 이해하고 안도의 한숨을 쉰 다음 다시 아키라를 꼭 끌어안았다.

"걱정하게 하지 마세요……."

"그렇게 말해도 말이지. 헌터 활동은 위험이 따르는 법이야. 그런 일도 생겨."

"그, 그건, 그렇지만요……."

셰릴이 조금 토라진 기색을 보인다.

"애인이니까, 이럴 때는 끌어안고 뭔가 안심할 말을 해 주어도 되잖아요."

"어?"

아키라는 조금 이상한 소리를 냈다. 너는 대체 무슨 소리를 하냐는 듯한 아키라의 태도에 셰릴이 조금 의기소침하면서 태도를 바로잡는다.

"우리의 뒷배가 되기로 하면서, 대외적으로는 그런 대우라는 의미예요."

"아하, 그랬지. 그런 말이구나."

그렇게 납득한 아키라를 본 셰릴을 속으로 한숨을 쉬었다. 다시 아키라에게 들러붙고는 자신의 턱을 아키라의 어깨에 얹어 얼굴을 보이지 않게 한다. 애인이 아니라고 아키라에게 부정당한 낙담이 생각보다 커서 똑바로 웃는 얼굴을 보일 자신이 없었기 때문이다.

적당히 얼버무려서 애인이 될 수 없을까 하고 조금 기대했지만, 틀렸구나 싶어서 아쉽다. 그리고 뭐가 틀렸는지 답 없는 생각에 잠긴다.

셰릴은 이렇게 끌어안아도 아키라의 반응이 너무 밋밋한 바람에, 자신이 예쁘다고 생각해도 고작해야 슬럼 기준으로 그런 것이지 사실은 대단하지 않은 걸지도 모른다며 의심한 적도 있었다.

예전에 카츠라기에게 아키라는 눈이 높다는 말을 들었고, 미인 헌터와 아는 사이라는 이야기도 그 의심을 키웠다.

하지만 지금은 핫샌드를 팔 때 본 손님들의 반응으로 괜한 걱정이었다고 생각했다. 적어도 호의적으로 받아들여 주는 용모라고 판단했다.

이렇게 끌어안았을 때 손대 주면 얼마든지 응할 수 있는데. 그렇게 생각했지만, 아키라는 손댈 기미가 전혀 없다. 뭐가 잘못인지 셰릴은 꽤 진지하게 고민했다.

아키라가 그런 셰릴의 반응을 보고 생각한다. 뒤틀린 사고방식으로 내놓은 답은 역시나 뒤틀려 있었다.

아키라는 셰릴이 자신에게 아양을 떠는 듯한 태도를 보이는 이유를, 조직의 유지와 발전을 위한 것으로 생각했다. 슬럼의 생활이 얼마나 고된지는 잘 안다. 필사적으로 구는 것도 충분히 이해할 수 있다.

자신이 떠넘긴 자리라고는 해도, 조직의 보스로 있으려면 강력한 헌터라는 뒷배가 필요하다. 그렇게 생각한 셰릴이 자신과의 관계를 유지하려고 필사적인 것에는 아키라도 의문을 느끼지 않았다.

나아가 셰릴의 조직이 자신과 같은 뒷배가 필요해지지 않을 정도로 세력을 키운 뒤에는 자연스럽게 관계가 소원해질 것으로 여겼다.

그 생각을 바탕으로 아키라는 셰릴이 보이는 태도의 이유를 추측하고, 나름대로 조언한다.

"도와준다고 했으니까, 내가 살아 있는 동안에는 어느 정도 도와줄 거야. 하지만 헌터 활동으로 먹고사는 이상 죽을 마음이 없어도 죽을 때는 죽어. 내가 언제 죽어도 어떻게든 되게, 셰릴도 조직을 강화하는 게 좋을걸?"

셰릴이 다시 아키라에게서 몸을 조금 떼고 아키라의 얼굴을 정면에서 본다. 그리고 왠지 모르게 비통한 얼굴로 아키라를 바라본다.

"조직은 강화할 거예요. 아키라에게 도움을 받고, 여러모로 의지하는 것도 알아요. 하지만 아키라가 죽을 때를 이야기하진 말아 주세요."

"응……? 알았어."

아키라는 말실수했음을 어렴풋이 깨달았다. 그러나 뭘 어떻게 실수했는지는 몰랐다.

올바른 대답을 모르는 아키라는 입을 다물고, 셰릴도 아키라에게 달라붙어 입을 다물었다.

셰릴이 아키라에게 울면서 도움을 요청하고 아키라가 응한 때부터, 셰릴이 의지할 상대를 찾고 아키라가 응한 때부터, 가혹한 현실에 부서진 셰릴의 마음이 아키라가 준 구원과 안도와 의존으로 재구축한 뒤부터, 셰릴의 행동은 겉으로는 이전과 똑같더라도, 그 행동 원리는 크게 달라졌다.

셰릴이 조직 강화를 추진하는 것은 성장한 조직이 낳은 성과를 아키라에게 바치기 위해서다.

이미 셰릴은 아키라에게 몸을 바쳤다. 나아가 그것을 거부당했다.

셰릴은 미소녀로 부르기 마땅한 외모의 소유자다. 슬럼의 주민치고는 신체 일부를 제외한 발육이 좋고, 옷차림도 깔끔하다. 종합적인 외모는 도시 하위 구역의 평균을 크게 웃돌고 있다. 시베아의 비호 아래에서 비교적 좋았던 환경이 셰릴의 타고난 미모를 슬럼의 생활 속에서도 크게 훼손하지 않았기 때문이다.

그 몸을 마음대로 해도 좋다고 제안했는데도, 아키라는 몬스터가 습격했을 때 전력도, 미끼도 안 된다고 쌀쌀맞게 내쳤다. 셰릴은 아키라를 몸으로 붙잡아 둘 수도, 쌓인 빚을 몸으로 갚을 수도 없다.

셰릴은 아키라가 자신을 돕는 이유를 모른다. 선행 비슷한 짓을 하면 자신의 불운이 조금이라도 개선되지 않을까 하는, 아무런 근거도 없는 기원이라는 것은 상상도 할 수 없다. 그저 사소한 변덕과 타성으로 자신을 돕는 것처럼 보인다.

지금의 셰릴은 아키라에게 받은 은혜를 갚을 게 없다. 그리고 아키라가 셰릴에게 베푸는 은혜, 다시 말해서 빚은 지금도 쌓이고 있다.

조직의 규모를 키우고 그 힘으로 아키라에게 이익을 바치지 않으면, 자신을 구하길 잘했다고 생각하게끔 하지 않으면, 언젠가 아키라는 자신을 헌신짝처럼 버릴 것이다. 셰릴은 그렇게 생각했다.

셰릴이 생각하는 것처럼 아키라는 셰릴을 버릴 마음이 없다. 아키라가 생각하는 것처럼 셰릴은 아키라를 내칠 마음이 없다. 서로 상대가 자신과 쉽게 연을 끊으리라고 생각한다. 그 엇갈림이 아키라를 향한 셰릴의 집착을 강하게 만들었다.

조금 전 대화에서 이어지는 기묘한 침묵을 어떻게든 하려고 셰릴이 다른 화제로 이야기를 돌린다.

"저기, 아키라와 연락하려고 했는데 연결되지 않았어요."

"아, 전에 쓰던 정보단말이 망가졌어. 오늘은 새로운 연락처를 알려주려고 온 거야."

아키라가 셰릴을 물러나게 하고 정보단말을 꺼내자 셰릴도 책상에 둔 정보단말을 챙겨 돌아왔다. 그리고 연락처 교환을 마쳤다.

그리고 아키라의 옆에 앉았던 셰릴이 다시 아키라의 몸 위에 올라타 마주 보고 앉으려고 한다.

"잠깐만. 또 껴안으려고?"

"네. 연락처 교환은 마쳤으니까요."

"한 번 떨어졌으면 이제 됐잖아."

"싫어요. 아키라가 죽을 뻔했다는 말을 듣고 너무 걱정했으니까, 그 정신적 피로를 해소할 때까지는 놓치지 않을 거예요. 안 그래도 조직을 지휘하느라 피곤하니까, 평소보다 더 오래 끌어 안을 거예요."

셰릴은 평소의 기운을 되찾고, 일부러 자신의 욕구에 따랐다. 그렇게 적극적으로 밀어붙이는 바람에 아키라가 조금 주춤거린다.

"셰릴도 뭔가 할 일이 있지 않아?"

"우선순위가 가장 높은 일을 하고 있어요. 아키라를 끌어안고 쌓인 피로를 해소하면서, 저와 아키라가 얼마나 사이좋은지 조직 사람들에게 널리 알리는 거예요. 제가 조직의 보스로 있기 위해서도, 다른 슬럼 조직과의 관계를 위해서도, 이것은 매우 중요한 일이에요."

"아무도 안 보니까 별로 의미가 없지 않아?"

"사람을 부를까요?"

"그러지 마."

그것은 정말 중요한 일이라고 이해하지만, 아키라도 셰릴이 끌어안은 광경을 남들에게 과시하고 싶진 않다. 그렇게 막장은 아니다.

단둘이서 방에 있으면 주위 사람들이 멋대로 짐작하겠지. 그 정도가 아키라의 타협점이었다.

그때 에리오가 이번에는 노크하면서 방에 들어왔다.

셰릴이 에리오를 차갑게 본다.

"에리오. 내가 방에 들어오기 전에 노크하라고 했지만, 그건 안에 있는 사람에게 허가를 받고 들어오라는 뜻이거든?"

지난번과 똑같은 위압감을 느낀 에리오가 움츠러든다.

"미, 미안해."

"그래서? 무슨 일이야?"

시답잖은 일이라면 가만두지 않겠다. 셰릴은 그 의지를 시선에 단단히 담아서, 에리오를 괜히 움츠러들게 했다.

"카츠라기 씨가 왔어. 셰릴한테 볼일이 있대. 일단 응접실로 들였어. 지금은 바쁘다고 말하는 게 나을까?"

아키라만큼은 아니어도 카츠라기 또한 중요한 인물이다. 조직의 주요 수입은 카츠라기를 통한 것이므로 푸대접할 수는 없다.

"곧바로 가겠다고 전해."

어쩐지 안심한 듯한 아키라와 어쩐지 못마땅한 기색을 보이는 셰릴을 남기고, 에리오는 황급히 방에서 나갔다.

◆

거점 응접실 소파에 카츠라기가 앉아 있다. 테이블 맞은편에는 셰릴과 아키라가 앉고, 그 뒤에 에리오와 아리시아가 서 있다.

에리오와 아리시아는 조직의 다른 사람들을 취합하는 간부와도 같은 대우를 받아서, 셰릴이 시지마나 카츠라기 등 조직 외부의 중요 인물과 거점에서 만날 때는 동석하게 되었다.

두 사람은 언젠가 셰릴을 대신해서 조직 안팎의 다툼을 조정하는 담당이 될 예정이지만, 지금은 셰릴의 뒤에 서 있는 게 한계다.

셰릴이 온화하게 웃으면서 이야기를 시작한다.

"카츠라기 씨를 되도록 기다리게 하지 않기 위해서라도 사전에 연락해 주셨으면 해요. 아, 만약 카츠라기 씨가 제 부하에게 전했다면 저희 실수니까 사과하겠어요."

"아니, 잠시 근처에 와서 들렀을 뿐이다. 미안해."

"그러실 것 없어요. 그래서? 무슨 일로 오셨죠?"

카츠라기가 아키라를 힐끗 보고 대답한다.

"잠깐 근처에 와서 들렀다고 했잖아. 뭐, 아키라가 있는 것 같으니까 잠깐 이야기하고 가마."

"그랬군요."

카츠라기는 셰릴의 부하에게 돈을 조금 쥐여 주고 아키라가 거점에 얼마나 자주 얼굴을 내비치는지 슬쩍 염탐하고 있었다. 그리고 요새는 얼굴을 내비치지 않는다는 사실을 알아서 상황을 살피러 온 것이다.

만약 아키라와 연이 끊겼다면 카츠라기는 셰릴과 가까이 지낼 마음이 없다. 투자를 회수하러 나설 것이다.

사전 연락도 없이 온 것은 셰릴과 주변 인물로부터 반응을 쉽게 끌어내기 위해서다. 사전에 확인하러 간다고 연락하면 요즘 들어 방심할 수 없는 셰릴에게 모종의 대처를 마칠 시간을 줄 것이다. 그렇게 생각하고 한 짓이다.

셰릴도 그 정도는 짐작한다. 그러나 굳이 추궁할 마음은 없었다. 아무런 문제가 없는데도 괜히 의심해서 헛수고만 했다고 생각하게끔 하는 편이 더 좋기 때문이다.

"그나저나 아키라. 유물 수집은 어떻게 됐냐? 나한테 팔 유물을 모을 계획은 있어? 아니면 아직 가설기지 관련 의뢰를 계속하는 거냐?"

"그쪽 의뢰는 다 끝났어. 똑같은 의뢰를 더 받을 예정도 없어."

"그것참 다행이군."

"그렇지만 새로 발주한 장비가 올 때까지 헌터 활동을 휴업 중이야. 이래저래 2주는 걸려. 유물 수집은 조금만 더 기다려 줘."

그때 카츠라기가 못마땅한 태도를 보인다.

"장비를 새로 발주했어? 이봐, 그럴 거면 나한테 사라고. 내가 뭘 장사하는지 알잖아."

"장비류를 사는 곳은 예전부터 다른 곳으로 정했어. 미안해."

카츠라기가 더욱 못마땅한 태도를 보인다. 반쯤은 연기지만, 셰릴을 도움으로써 장차 자신의 고객으로 삼고 싶은 상대가 다른 가게에서 장비를 갖춘다면 기분이 내킬 리가 없다. 셰릴에게 한 투자가 헛수고가 되는 게 싫어서, 은근슬쩍 속내를 드러내는 투로 언성을 높인다.

"이봐, 아키라. 유물을 팔러 오지도 않아, 내 가게의 상품도 사지 않아. 자꾸 그러면 나도 우리 사이를 다시 생각해 봐야겠는데? 같이 죽을 고비를 넘긴 사이라도 한도가 있어."

지당한 말이다. 그렇게 생각하면서도 아키라는 시즈카의 가게 말고 다른 곳에서 장비를 살 마음이 없었다.

그러나 뭔가 안 사면, 하다못해 구입을 검토라도 하지 않으면 카츠라기의 불만이 사그라지지 않으리라. 그렇게 생각하고 카츠라기에게 살 만한 물건을 시험 삼아 말해 본다.

"알았어. 그러면 회복약을 팔아 줘."

"그렇게 싼 물건을 조금조금 사도 말이지⋯⋯."

카츠라기는 그 정도로는 만족할 수 없다는 태도를 노골적으로 보였다. 하지만 그 태도도 이어지는 말에 확 날아간다.

"1000만 오럼을 낼게."

"뭐⋯⋯?"

제시된 금액을 듣고, 카츠라기는 무심코 허를 찔린 표정으로 말했다.

아키라가 진지한 얼굴로 이야기를 계속한다.

"나도 효과가 있는지 없는지 알 수 없는 싸구려 회복약을 원하는 건 아니야. 골절 정도는 즉석에서 완치하는, 구세계 회복약 수준의 고성능 회복약을 원해. 최전선에서 상품을 들였다며? 그런 회복약은 가져오지 않았어?"

카츠라기가 장사꾼의 얼굴로 되묻는다.

"돈은?"

"헌터증으로 내도 된다면 지금 낼게. 물건은?"

"한 상자에 200만 오럼짜리 회복약이 있지. 가게에 재고가 있으니까 발주 기간도 없지. 가져오기만 하면 돼."

"다섯 상자 줘."

아키라가 헌터증을 내민다. 카츠라기는 그것을 받아서 자신의 헌터증 대응 단말에 대고 결제 처리를 마쳤다.

카츠라기는 결제 처리가 정상적으로 완료될 때까지 아키라가 정말로 1000만 오럼을 낼 수 있을지 의문이었다. 하지만 결제가 정상적으로 끝난 것을 확인하고 웃음을 띠었다.

돈벌이가 좋은 헌터와의 관계는 헌터를 상대로 장사하는 자들에게 매출보다 더 큰 가치가 있다. 카츠라기가 셰릴을 힐끗 보고 생각한다.

(회복약에 1000만 오럼을 턱 내놓나. 돈을 잘 버는군. 그게 셰릴에게 멋진 모습을 보여주려는 것이라도 말이지. 내 투자는 보탬이 된 거야. 앞으로도 이렇게 잘 부탁하마.)

카츠라기가 아키라에게 헌터증을 돌려주고 일어선다.

"좋아. 가져올 테니까 기다려 봐. 여기 있을 거지?"

"그래."

그리고 방에서 나가기 전에 다시 아키라를 돌아봤다.

"너무 순순히 돈을 내는데, 내가 이대로 돈을 먹고 튀거나 질이 떨어지는 상품을 가져오면 어쩌려고 그래?"

아키라가 태연하게 솔직히 대답한다.

"도망치면 쫓아가서 죽일 거고, 이상한 물건을 가져오면 우리 사이를 다시 생각하겠어."

"그렇군. 앞으로도 친하게 지낼 수 있겠어."

카츠라기는 만족스럽게 웃고 방을 나섰다.

에리오와 아리시아는 눈앞에서 1000만 오럼의 거래가 이루어지는 것을 멍하니 지켜봤다.

이들은 온종일 일해도 기본적으로 버는 돈이 매우 적다. 카츠라기의 중개료와 조직 상납금이 빠져서 수중에는 1000오럼도 남지 않는다. 그러한 자신들의 수입과는 차원이 다른 금액이 걸린 거래를 대수롭지 않게 끝마친 아키라와 카츠라기를 보고 속이 복잡했다.

두 사람은 아키라가 슬럼의 주민이었다는 것을 안다. 나이와 처지 모두 자신들과 크게 다르지 않았던 사람이 어떻게 따라잡아 볼 생각이 들지 않을 정도로 출세해서 자신들 앞에 있다.

그것은 두 사람에게 운이 좋으면 자신들도 아키라처럼 될지도 모른다는 희망을 주는 한편으로, 아키라와 별반 차이가 없었던 자신들이 왜 그렇게 되지 못했는가 하는 감정을 더 느끼게 했다.

셰릴은 얼핏 봐서는 태연한 척했지만, 속으로 몹시 초조함을 느끼고 있었다. 셰릴이 예상했던 것보다 아키라가 돈을 잘 벌었기 때문이다.

1000만 오럼을 태연하게 낼 정도로 돈을 잘 버는 헌터의 실력이 지천으로 널린 평범한 헌터와 비교도 안 될 것임은 명백하다. 셰릴과 조직원들은 그토록 실력이 뛰어난 헌터를 버젓한 대가도 치르지 않고 이용하는 셈이다.

충분한 대가로 갚지 않으면 언젠가 아키라가 자신들을 버릴 것이다. 셰릴은 그렇게 생각했다. 그 대가는 헌터의 실력에 비례해서 커진다.

최소 1000만 오럼을 버는 헌터에게 충분한 대가란 도대체 얼마일까. 셰릴은 상상할 수 없었다.

얼마 후 카츠라기가 상품을 가지고 돌아왔다.

"기다리게 했군. 이게 한 상자에 200만 오럼 하는 회복약이야."

테이블에 놓인 회복약 상자는 하나같이 한 손 크기에 내용물도 별로 많아 보이지 않는다. 그러나 그만큼 효과가 좋을 거라고, 아키라는 흥미롭게 보고 있었다. 하지만 상자의 숫자를 확인하고 얼굴을 찡그린다.

"다섯 상자라고 했잖아?"

테이블에 놓인 회복약 상자는 네 개다. 아키라가 사기로 한 숫자보다 한 상자 모자란다.

"재고를 확인해 봤더니 네 상자밖에 없더라고. 그래서 말인데."

카츠라기는 그렇게 말하고 추가로 다른 회복약 상자 세 개를 테이블에 올렸다.

"사죄의 뜻으로 한 상자에 100만 오럼 하는 회복약을 세 상자줄게. 합계 1100만 오럼 치의 회복약을 1000만 오럼으로 제공하지. 이걸로 봐주지 않겠냐?"

"뭐, 상관없나. 알았어."

"미안해."

아키라는 쓴 돈보다 많은 회복약을 구했으니까 아무 문제도 없다. 카츠라기도 200만 오럼짜리 회복약 네 상자보다 매출이 늘었으니까 타협할 수 있는 범위다.

무엇보다 카츠라기로서는 이미 대금을 받았는데도 주문에 맞게 상품을 제공하지 못했다는 실수를 없던 일로 만드는 게 더 중요하다. 장사꾼으로서는 돈을 돌려주면 끝날 문제가 아니다.

우려했던 일을 해결한 카츠라기가 곧바로 다음 영업에 나선다.

"그나저나 앞으로도 같은 가격대의 회복약을 살 예정이 있으면 들여놓을 건데, 어쩔래?"

"그걸 살 돈이 있을 때 카츠라기한테 재고가 있으면 살 거야. 돈이 있어도 재고가 없으면 다른 가게를 찾아보지 않을까? 그 돈이 있을지 없을지는, 헌터 활동이니까 예상할 수 없어. 재고 조정은 알아서 해. 본업이잖아?"

"옳거니. 기대하고 기다릴 테니까 돈이 생기면 연락해 줘."

단순히 산다고 말하면 예약이 된다. 아키라는 적당히 말을 흐리고 확약을 피했다. 카츠라기는 속으로 가볍게 혀를 차고 영업용 미소를 지었다.

카츠라기가 의식을 돌려서 화제를 바꾼다.

"아, 맞다. 헌터 활동을 재개하면 다시 유적에 갈 거지? 유물 말고도 세간에 알려지지 않는 유적이 있는 장소라든가, 그 유적의 내부 지도 같은 정보가 있다면 팔라고. 너에게 아직 그쪽 거래처가 없으면 가져와. 사 주마."

그런 정보에 짚이는 구석이 있는 아키라가 살짝 반응하자 그 것을 관심이 있는 것으로 판단한 카츠라기 웃으며 계속 이야기한다.

"내가 다른 헌터에게 파는 것을 대행해도 돼. 가격 협상과 같은 성가신 일을 대신 처리하는 만큼 중개 수수료나 배당을 꼭 받겠지만, 네가 직접 파는 것보다는 훨씬 편하게 돈이 벌릴걸?"

"유적의 내부 정보를 판다고 해도, 정보수집기 데이터라도 괜찮아? 데이터 형식은 어떻게 할 건데?"

"그런 데이터를 해석하는 업자와 연줄이 있어. 어지간히 특수한 데이터가 아닌 이상은 괜찮겠지. 애써 유적을 수색했는데 변변찮은 게 없을 때라도 빈털터리로 돌아오지 않을 수 있다고. 뭐, 이미 널리 알려진 유적 정보라도 더 자세한 정보라면 용돈벌이는 될 거다."

"알았어. 내키면 말이지. 그나저나 여러 방면으로 손대는구나."

"통치기업으로 올라가려면 돈 말고도 여러모로 필요하니까. 돈도 필요하지만. 융자도 언제든지 받아줄 수 있는걸?"

"미안하지만 그럴 돈은 없어."

"그렇겠지."

그 뒤로 카츠라기는 아키라와 새 연락처를 주고받고 돌아갔다.

구입한 회복약을 배낭에 집어넣던 아키라가 마지막에 남은 한 상자 100만 오럼짜리 회복약 상자를 집어서 배낭에 넣으려던 순간에 손을 멈췄다.

그리고 잠시 생각한 다음, 그 회복약을 셰릴에게 건넸다.

"가져. 적당히 써."

"고, 고맙습니다."

셰릴은 애써 웃는 얼굴로 말했다. 즉, 얼굴에 웃음을 띠는 데 제법 노력이 필요했다.

그 탓에 얼굴이 왠지 딱딱하고, 비교적 셰릴과 가깝게 지내는 자라면 조금 무리하는 것을 곧바로 알 수 있었다. 적어도 셰릴이 평소 아키라에게 보이는 웃는 얼굴은 아니다.

아키라도 셰릴의 미묘한 표정을 보고 자신이 또 뭔가 실수했음을 깨달았다. 그러나 이번에도 뭘 어떻게 실수했는지 모르겠다.

『알파. 내가 또 뭘 실수했어? 셰릴네 애들이 다쳤을 때를 대비하면 좋을 것 같아서, 덤으로 받은 것을 준 건데……』

『나는 문제가 있는 행동 같지 않아. 그래도 뭐, 아키라와 셰릴은 대외적으로 애인이나 애첩 같은, 그런 사이로 위장하고 있잖아?』

『그렇지.』

『그런 상대에게 주는 선물이 멋없는 회복약이면 분위기가 안 사는 걸지도 몰라. 아니면 반값 세일 품목을 상대에게 선물했을 때의 고마움과 애정도 반값이 된다면, 실질적으로 10퍼센트 할인한 상품의 덤은 고마움과 애정도 10퍼센트 줄어들까? 아니, 이건 지나친 생각이야.』

『꼭 그렇게 깊이 생각해야 해? 귀찮네. 그야 덤으로 받은 상품이 아니면 주지도 않았을 테지만 말이야.』

『타인에게 애인과 애첩의 증표로 반지나 목걸이 같은 장신구와 값비싼 회복약 중에서 뭘 보여주는 게 좋은지 생각해 보면,

회복약 상자를 증표로 삼는 것은 과시용으로 조금 무리가 있을지도 몰라.』

『아하, 그렇구나. 뭐, 도와준다고 했으니까 나중에 뭐든 적당히 그럴싸한 걸 선물할까.』

아키라와 알파는 미묘하게 어긋난 대화를 했다.

셰릴이 두 손에 든 회복약을 보면서 생각한다. 이것으로 또 갚을 수 없는 은혜가 늘어났다. 아키라에게 바쳐야 하는 대가가 더욱 커졌다.

한 손으로도 쉽게 들 수 있는 상자가 몹시 무겁게 느껴진다. 짓눌릴 것만 같다.

셰릴은, 초조했다.

제63화 선행 떠넘기기

셰릴은 아키라에게 받은 100만 오럼짜리 회복약 상자를 든 채로 잠시 굳어 있었지만, 제정신을 차리자마자 에리오와 아리시아를 방에서 내쫓았다.

표면상으로는 업무에 복귀하겠다고 말했을 뿐이다. 그러나 두 사람은 셰릴에게서 '당장 나가라.', '들어오지 마라.' 라고 하는 듯한 위압감을 느끼고 허둥지둥 방에서 나갔다.

잠시 자리에서 일어섰던 셰릴이 아키라 앞에 온다. 아키라는 또 끌어안으려는 줄 알았지만, 셰릴은 그대로 아키라의 맞은편에 도로 앉았다. 그리고 진지한 얼굴로 묻는다.

"아키라는 뭔가 제가 해 줬으면 하는 게 없나요?"

"갑작스러운걸."

"언제나 도움을 많이 받고, 이렇게 좋은 물건도 주셨으니까 뭔가 보답하고 싶어서요. 저한테 바라는 것이거나, 저희한테 바라는 것이라도 상관없어요."

그렇게 말하지만, 셰릴에게서 값비싼 물건을 받은 기쁨은 느낄 수 없다. 그 대신에 뭔가 필사적인 분위기를 내고 있었다.

아키라는 그런 셰릴의 분위기를 조금 이상하게 여기면서도 뭔가 없을지 일단 생각해 봤다. 하지만 딱히 떠오르는 게 없었다.

"지금 당장은 딱히 없어. 부탁할 게 생기면 그때 말할게."

평소라면 셰릴도 아키라가 그렇게 말하면 물러났다. 그러나 이번에는 달랐다. 더욱 진지한 얼굴로 매달린다. 그것은 이미 탄원이나 애원에 가까운 태도였다.

"정말로 아무것도 없나요? 뭐든지 좋아요. 간단한 거라도, 정말 어려운 거라도, 아무튼 말씀해 주실 수 없나요?"

뒷배가 되어 준 대가를 아키라에게 주는 것은 조직이 더 커지고 확실하게 힘을 기른 다음이어도 늦지 않으리라. 조금 기다리게 해도 큰 이익을 선물하는 게 더 좋은 인상을 줄 터이다. 그렇게 마음속 어딘가에 있었던 낙관은 셰릴에게서 사라지고 말았다.

지금 당장, 무엇이든지, 모종의 이익을 주어서 은혜를 안 갚았다간 버림받는다. 하지만 뭘 어떻게 하면 좋을지 모르겠다. 그러한 초조함에 시달리고 있었다.

아키라와 재회한 기쁨으로 잊었지만, 사실 셰릴은 핫샌드를 팔아서 번 돈을 주려고 했다. 하지만 그 금액은 전에 아키라가 시지마와 화해하는 대가로 내준 돈과 방금 받은 회복약의 값을 합친 200만 오럼보다도 적었다.

단순하게 빌린 돈과 갚는 돈을 계산해도 보답은커녕 쪼들리기만 하다. 그리고 금전적이 아닌 다른 빚까지 포함하면 푼돈을 줘도 임시방편으로만 여겨질 것이다.

100만 오럼짜리 회복약을 자신에게 아무렇지도 않게 주는 이상, 아키라에게 그 정도 돈이 대수롭지 않다는 것은 확실하다.

그렇게 생각하고 반쯤 궁지에 몰린 셰릴은 다 포기하고 아키라에게 직접 어쩌면 좋을지 물어보기로 했다.

아키라에게 버림받기 싫은 셰릴은 실행할 수 있는 일이라면, 그것이 무척 어려운 일이라도 주저하지 않고 실행할 작정이었다. 설령 알몸으로 엎드려서 발을 핥으라고 해도, 망설이지 않고 실행했을 것이다. 그만한 각오가 있었다.

그러나 아키라는 딱히 없다고 대답했다. 그 대답에 더욱 궁지에 몰린 셰릴은 더욱 필사적으로 아키라에게 부탁했다.

아키라가 셰릴의 기백에 밀려서 생각해 본다. 아무거나 좋으니 뭐든 부탁하지 않으면 절대로 물러나지 않을 것임은 아키라도 잘 알았다.

하지만 어깨를 주물러라 같은 부탁으로는 납득하지 않을 것 같았다. 셰릴의 기백은 그 목적에 조금 역효과를 내서, 아키라가 간단한 일을 마음 편하게 부탁하지 못하게끔 했다.

그대로 한동안 생각하던 아키라가 문득 떠올린다. 그리고 시험 삼아 말해 보기로 했다.

"그래. 그렇다면 슬럼의 아이들에게 멀쩡한 식사를 주거나, 글자를 읽고 쓰는 법을 가르쳐 주거나 해 봐."

셰릴이 뜻밖의 말에 놀란다. 부탁하면 뭐든지 할 각오가 있었지만, 그 말은 예상을 너무 벗어났다. 잠시 침묵한 뒤 의아한 기색으로 되물어본다.

"그런 걸로 되나요……?"

그런다고 아키라에게 무슨 득이 있는지, 셰릴은 전혀 몰랐다.

아키라도 조금 의아한 눈치를 보였다.

"나는 무척 어려운 일을 부탁한 건데, 그게 너한테 간단한 일이라면 부탁할게. 내용의 규모와 질은 셰릴의 판단에 맡기겠지만, 현실적인 범위에서 나아지는 것을 목표로 해 줘."

셰릴이 진지한 얼굴로 대답한다.

"알겠어요. 최대한 노력할게요."

"아, 그리고 내가 시켰다고 하거나, 그런 소리는 하고 다니지 마. 왜 그런 일을 하는 거냐고 물어보면 적당히 얼버무려 줘."

셰릴이 똑바로 고개를 끄덕인다.

"알겠어요. 절대로 말하지 않을게요."

셰릴은 아키라가 왜 그렇게 부탁하는지 모른다. 그런 선행에 관심이 있는 사람으로는 보이지 않는다. 선행으로 이름을 팔 작정이라면, 이름을 감춰서는 의미가 없다. 역시 아키라에게 무슨 이득이 있는지 좀처럼 모르겠다.

그러나 셰릴에게 중요한 점은 그게 아니다. 중요한 것은 그것이 아키라에게 무척 어려운 일이라면 실행해서 아키라에게 충분히 보답할 수 있다는 점이다.

셰릴은 어떠한 고난이라도 물리치겠다는 확고한 결의로써 아키라의 부탁을 실행하기로 마음먹었다.

◆

알파가 신기해하는 얼굴로 아키라에게 묻는다.

『있잖아, 아키라. 왜 그런 부탁을 했어?』

알파는 아키라를 항시 관찰해서 그 기본 행동 원리 등을 파악하려고 한다. 그래서 지금은 어느 정도라면 아키라의 행동을 예측할 수 있게 되었다.

그러나 방금 부탁한 것은 알파가 파악한 아키라의 행동 원리와 동떨어졌다. 그렇다면 더 정확한 행동 원리를 파악하기 위해서 그 행동을 취한 이유를 알아야만 한다.

알파는 내심 강하게 경계하면서, 그것을 조금도 느끼게 하지 않고 작은 의문을 물어보는 태도로 말했다.

그것에 아키라가 가볍게 대답한다.

『아, 별생각 없어. 이걸로 내 운이 조금 좋아지면 좋겠다고 생각한 거야.』

『무슨 뜻이야?』

『뭐라고 말하면 좋을까. 저기, 슬럼의 아이들에게 식사와 지식을 주는 건 선행이겠지?』

『뭐, 일반적으론 그럴 거야.』

『내가 그걸 셰릴에게 부탁하면 간접적이지만 선행을 베푸는 셈이니까, 내 불운도 조금은 개선되지 않을까 생각한 거야.』

즉, 아키라는 선행을 남에게 떠넘긴 셈이다.

악행을 부추기는 것이 악행이라면, 선행을 부추기는 것도 선행이리라. 그런 생각으로 셰릴에게 선행을 부추김으로써, 자신을 불운도 조금은 좋아지지는 것을 기대한 것이다.

행운을 바란다는 미신이나 주술 같은 행위라는 점만 빼면, 아키라는 이기적으로 생각했다.

『자신의 이름을 말하지 말라고 부탁한 건?』

『내 이름을 내걸었다간 나중에 일이 귀찮아질 것 같으니까.』

아키라가 자신의 이름을 감추라고 셰릴에게 부탁한 것도 나중에 귀찮은 일에 휘말리는 것을 피하기 위함이다.

무상으로 타인을 돕고, 상대에게 이름을 알리지 않고 사라진다. 그러한 미담을, 이름을 알리지 않는 것이 다른 여러 사람에게 무상으로 도움을 요청받는 것을 방지하는 것으로 해석할 만큼 아키라는 사고방식이 뒤틀렸다.

아키라는 섣부른 선행에서 발생하는 모든 문제를 셰릴에게 떠넘기고, 있을지 없을지도 모르는 이익을 얻으려고 한다. 셰릴에게 어려운 부탁을 했다고 생각한 것도 비슷한 이유 때문이다.

알파는 아키라의 설명에 납득하고, 갑자기 마음이 바뀌어 선행에 눈뜬 것이 아님을 이해하고 안심했다. 다소 이기적인 것이 알파도 아키라의 행동을 제어하기 더 쉽다. 갑자기 착한 사람이 되어서는 곤란하다.

『그랬구나. 납득했어. 효과가 얼마나 있을지는 의문이지만.』

『별로 기대하진 않아. 별생각 없이 한 일이니까 효과가 없어도 나한테 피해는 없어.』

『그것도 그러네. 뭐, 만약에 아키라가 갑자기 선행에 눈을 떴다고 해도, 네 목숨을 희생해서 누군가를 감싸고 죽지만 않으면 상관없어. 나한테는 아키라밖에 없으니까, 그런 이유로 죽으면 싫거든?』

그렇게 말하고 왠지 의미심장하게 미소를 짓는 알파에게, 아키라는 셰릴에게 들키지 않도록 조심하면서 쓴웃음을 지어 보인다.

『그런 짓은 안 해. 나는 관계도 없는 인질을 내버릴 정도로는 비정하다고. 알파도 알잖아?』

『그랬지.』

아키라는 지하상가에서 레이나를 인질로 잡히고도 무기를 버리지 않았다. 그렇듯 아키라는 자신의 비정함을 잘 인식하고 있다.

그러나 알파는 안다. 아키라는 예전에 셰릴의 거점에서 시즈카를 해치겠다는 뜻이 담긴 말을 한 남자를 주저하지 않고 쏴 죽였다. 도시로 몰려가는 몬스터 무리를 물리치는 긴급 의뢰를 일단 거절한 뒤, 엘레나 일행이 방어전에 참전했음을 알고 갑자기 혼자 의뢰를 받았다.

만약 인질로 잡힌 사람이 시즈카, 엘레나, 사라 중 누군가였을 경우, 아키라가 인질을 내버릴지 어떨지, 알파는 판단하기 어려웠다.

그리고 셰릴이다. 아키라는 덤으로 생긴 물건이라고 해도 한 상자에 100만 오럼짜리 회복약을 줬다. 그것이 셰릴을 돕겠다고 한 자신의 말에 따른 것인지, 아니면 다른 무언가가 있는지. 그 판단도 불분명하다.

아키라에게 셰릴을 돕기를 권한 것은 알파 자신이다. 아키라의 행동 원리를 잘 알기 위해서, 셰릴이 그 기회를 제공하게 하려는 목적이 있었다.

그것이 잘못된 판단일지도 모른다고, 알파는 희미하게 우려했다.

◆

거점 응접실을 나선 아키라는 또다시 셰릴의 방에서 끌어안겨 있었다. 볼일을 마쳐서 떠나려고 했는데, 셰릴의 기세에 밀려 끌려온 것이다.

아키라에게 보답해야 한다는 눈앞의 걱정거리를 처리한 셰릴은 본래의 총명함을 되찾고 자신에게 어려운 일을 떠넘긴 아키라가 후회하는 것을 어렴풋이 알아차렸다. 그리고 그 일로 이야기하고 싶다며 압박하는 웃는 얼굴로 아키라를 방으로 데려왔다.

잡담을 섞으면서 이야기하고 있을 때 다시 노크 소리가 들린다. 이번에는 멋대로 문을 열지 않았다.

"들어와."

셰릴이 대답하자 아리시아가 방에 들어온다. 두 사람의 분위기를 보고 방해했나 싶었지만, 아무튼 용건을 전한다.

"셰릴. 벌써 셰릴의 목욕 시간이 됐는데 안 해도 돼? 안 할 거면 다른 사람들 들일 건데."

셰릴의 거점에는 욕실이 있다. 그것을 모두가 교대로 쓰는데, 조직의 인원에 비해 욕실의 숫자와 넓이가 턱없이 부족하다. 청소나 목욕물을 교환하는 시간 말고는 항상 누군가가 이용하는 상태다. 최근 들어서 구성원이 더욱 늘어난 것도 있어서, 여러 명이 욕조를 써도 모두가 매일 목욕하기 어려울 정도다.

그러한 상황에서 셰릴은 보스의 권력을 써서 매일 한 시간 정도 혼자 느긋하게 목욕했다. 들어가기 전에는 부하들에게 욕조를 청소하고 목욕물을 갈게 시켜서 매일 깨끗한 물에 몸을 담근다. 슬럼의 아이치고는 무척 사치스러운 생활이다.

그래도 일단은 시간을 정해서 목욕했다. 마음만 먹으면 언제든지 할 수 있지만, 강권을 휘둘러서 부하들을 욕실에서 내쫓아 청소까지 시키고, 넓은 욕실을 아무 때나 빈번하게 독점했다간 아무래도 불필요한 불만이 커지기 때문이다.

셰릴도 조직의 보스로서 조직의 유지와 발전을 위해서라면 얼마든지 강권을 휘두를 것이다. 하지만 사적인 일로 번번이 강권을 휘두를 만큼 그 지위가 반석인 것은 아니다.

이미 욕조 청소와 목욕물 교환은 끝났다. 그런데도 셰릴이 욕실에 나타나지 않아서 아리시아가 두 사람의 상황을 확인하러 온 것이다. 아리시아는 셰릴이 안 쓴다면 에리오와 함께 들어간 다음에 다른 사람들도 쓰게 할 작정이었다.

아키라에게 달라붙어서 시간 가는 줄도 몰랐던 셰릴이 조금 놀라면서 대답한다.

"벌써 시간이 그렇게 됐어? 갈 테니까 조금만 기다려."

셰릴은 아키라에게서 떨어져 목욕 준비를 시작했다. 그 모습을 본 아키라가 중얼거린다.

"목욕이라……. 나도 가서 목욕이나 할까."

목욕 욕구가 자극받은 아키라는 배낭을 들고 곧장 떠나려고
했다.

하지만 그때 알파가 지적한다.

『아키라. 어딜 가려고?』

『어딜 가긴. 항상 묵는 숙소인데.』

『돈을 먼저 낸 숙박비만큼의 날짜는 아키라가 입원하는 동안
에 다 지났어. 숙소로 돌아가기는커녕 숙소를 찾는 것부터 시작
하지 않으면 아키라가 잘 데도 없을걸?』

아키라의 움직임이 멈춘다. 그럭저럭 익숙해진 곳으로 돌아
가지 못하는 데다가 숙소에 두고 온 개인 물품도 전부 사라졌음
을 이해하고 슬쩍 한숨을 쉰다.

『지금부터 숙소를 찾아야 하나……. 뭐, 찾아보면 있기는 하
겠지만.』

이미 해가 저물고 있다. 욕실도 있고 그럭저럭 괜찮은 방은 전
부 찼을 확률이 높다. 샤워 정도만 설치한 싸구려 방이나 하룻
밤에 10만 오럼이나 하는 비싼 방이라면 비었을 수도 있겠지
만, 그런 데서 묵을 마음은 생기지 않는다.

아키라는 아직 그럭저럭 괜찮은 방이 빈 숙소를 찾아 도시 하
위 구역을 헤매는 자신을 상상하고, 갑자기 움직일 의욕이 사라
지고 말았다.

잠시 돌아가서 쉰다. 그런 마음으로 바뀐 탓도 있어서 예비 탄
약을 채워 넣은 배낭이 지독히 무겁게 느껴진다. 강화복을 착용
하지 않아서 그 무게가 등을 묵직하게 짓눌렀다.

셰릴이 그런 아키라의 분위기를 눈치챈다.

"아키라. 왜 그래요?"

"아니, 지금부터 머물 숙소를 찾아야 한다는 걸 깨달았을 뿐이야."

셰릴은 아키라의 태도에서 그 속마음을 짐작하고 웃으며 제안한다.

"제 방이라도 괜찮다면 자고 가실래요? 숙소 같은 설비는 없지만, 침대 정도는 있어요."

"그래도 돼? 아, 하지만 느긋하게 목욕하고 싶은데……."

고민하는 아키라의 반응에서 타고난 총명함으로 그 원인을 추측한 셰릴은 밑져야 본전이라고 생각하고 일단은 말해 본다.

"지금부터 저랑 같이 쓰면 다른 사람이 들어올 시간까지는 푹 담글 수 있는데요? 욕조는 꽤 크니까 팔다리도 쭉 뻗을 수 있어요. 짐도 아키라의 물건을 훔치려는 바보는 없을 거예요. 불안하다면 욕실 근처에 두면 돼요. 반투명 유리 너머로 보이니까요."

아키라가 계속 고민한다. 고민의 가장 큰 부분은 몸과 소지품의 안전에 관한 우려가 차지한다.

여기는 슬럼이지만, 길바닥이 아니라 셰릴의 거점 내부다. 그곳이 얼마나 안전한지 아키라는 모른다. 하지만 고민할 정도로는 안전하다고 생각한다. 그리고 동시에 고민할 정도로는 안전을 의심한다.

셰릴의 말은 그 의도대로 아키라의 우려를 줄였지만, 결정할 만한 효과는 없었다.

그때 알파가 판단 재료를 덧붙인다.

『색적은 내가 평소처럼 할 테니까 괜찮아. 아키라의 짐이 도둑맞아도 금방 알 수 있어.』

『그래? 그렇다면 괜찮을까?』

아키라의 고민이 한쪽으로 크게 기운 것을 눈치챈 셰릴이 더욱 기울이려고 웃으며 새로운 판단 재료를 추가한다.

"목욕할 시간이 점점 줄어들고 있는데, 어쩔까요?"

셰릴은 아키라의 표정을 보고, 대답을 듣기도 전에 어떻게 될지 파악했다.

결국 아키라는 자신의 목욕 욕구에 굴해서 셰릴과 함께 목욕하기로 했다. 지금은 거점 욕실에 있는 욕조에서 목욕 중이다. 팔다리를 쭉 펴고 목까지 담가 푸근한 목욕물에 온도와 감각에 몸을 맡기고 있었다.

아키라는 병원에서 치료를 받아 신체적으로는 완전한 상태일 몸에서 있지도 않을 피로가 빠져나가 목욕물에 녹아드는 감각을 맛보고 있었다. 그것이 정신적인 피로이든, 단순한 착각이든, 치유된다는 사실에 차이는 없다.

소지품은 탈의실에 두었다. 아키라의 소지품에 손대는 자가 없도록 밖에서 에리오와 아리시아가 감시했다.

감시 자체는 셰릴이나 조직의 다른 소녀들이 목욕할 때도 이루어진다. 이미 셰릴이 목욕할 때 엿보려고 한 자가 조직에서 추방된 적이 있다.

멍하니 앞을 보는 아키라의 눈에 몸을 꼼꼼하게 씻는 셰릴이 비쳤다. 아키라도 비누 등을 셰릴에게 빌려서 몸을 씻은 다음 욕조에 들어갔다.

저렇게 구석구석 씻어야 하는 걸까? 그 소박한 의문이 목욕의 쾌감에 침식되고 있는 아키라의 머릿속에 한순간 떠올랐다가 금방 사라졌다. 그것은 지금의 아키라에게 중요한 일이 아니기 때문이다.

셰릴은 몸과 머리카락을 정성껏 씻었다. 타인과의 협상 등을 유리하게 이끌고 싶을 때 자신의 외모가 매우 도움이 된다는 사실을 아는 만큼, 그리고 아키라와 함께 있다는 이유도 있어서 자신의 몸을 평소보다 훨씬 더 곱게 단장했다.

카츠라기에게 받은 화장품이나 비누 샘플은 슬럼의 기준으로 보면 품질이 터무니없이 좋은 물건이다. 슬럼의 생활로 상했던 살결과 머릿결은 이미 충분한 광채를 되찾았다.

목욕물을 뒤집어쓰고 윤기를 더한 셰릴의 알몸은 무척 곱고 아름답다. 슬럼에서 사는 소년이 조직에 속하는 혜택을 이해하면서도 그것을 판돈으로 걸어서 한 번 보려고 도박에 나설 만큼 매력적이다.

또한 그 소년은 도박에서 실패하고 셰릴의 알몸을 보지 못한 채 빈손으로 추방당했다. 자신의 선택을 후회하고, 하다못해 한 번은 보고 쫓겨나고 싶었다며 한탄했다.

몸을 다 씻은 셰릴이 욕조로 간다. 시야에 들어온 인물이 갑자기 멀리 움직여서 아키라의 시선이 셰릴을 향한다. 그 시선을 느낀 셰릴의 뺨이 욕조에 들어가기도 전에 빨갛게 물들었다.

셰릴도 동의했다고는 하나 또래 남자에게 알몸을 보이는 것은 부끄럽다. 그래도 실오라기 하나 걸치지 않은 알몸을 손으로 가리거나 하지 않고 욕조로 다가가 균형이 잘 잡힌 알몸을 부끄러워하면서도 아키라에게 다 드러내듯이 욕조에 들어갔다.

그리고 아키라의 반응을 살핀다. 시야에서 움직이던 것을 눈으로 좇는 수준으로 인식하던 아키라는 대상이 움직이지 않자 시선을 정면의 허공으로 되돌렸다.

셰릴은 자신의 신체 일부를 제외하고, 정확히는 가슴 크기를 제외하고 몸매에 자신이 있는 편이었다. 그래서 자신의 몸에 전혀 관심을 보이지 않는 아키라의 태도는 셰릴의 마음에 큰 충격을 주었다.

그래도 일단은 조심스럽게 물어본다.

"저기, 어때요……?"

그 말을 들은 아키라가 욕조를 슬쩍 둘러보고 대답한다.

"넓어……."

아키라의 의식은 목욕물에 녹아들기 시작했다. 조금 달뜬 머리로 어휘력이 부족한 셰릴의 질문을 자기 나름의 해석으로 보완해 의미가 크게 달라진 질문에 대한 답을 흐리멍덩하게 생각하고 대답했다.

셰릴은 아키라가 한 대답의 의미를 곧바로 이해했다. 넓은 욕조에 만족했다는 의미다. 그것은 동시에 셰릴의 알몸에는 아무런 흥미를 드러내지 않았다는 뜻이기도 했다.

부끄러움을 참고 자신의 알몸을 본 감상을 물었는데도 단순히 욕조를 조금 좁게 했다는 수준으로 취급받았다는 것을 깨닫고, 셰릴이 조금 소침해진 듯 그 몸을 목욕물에 푹 담근다.

(그야 넓은 욕조라고 설명하긴 했는데, 보통 그렇게 받아들여?)

수면 아래로 이동한 입술에서 나온 불평은 가득 담긴 물이 기포로 바꿔서 감춰 주었다.

셰릴이 조금 못마땅한 눈으로 아키라를 본다. 그래서 아키라도 자신이 잘못 대답했음을 깨달았지만, 영혼을 목욕물에 빼앗기고 있는 아키라는 타당한 질문 내용과 그 대답까지는 생각이 미치지 않았다.

셰릴에게는 다시 물어본다는 수단도 있었다. 하지만 이 상태로는 소용없다고 여기고 그만두었다.

그 예상은 옳았다. 아키라는 비슷한 상황에서 알파에게 가슴이 크다는 말만 했다. 셰릴에게도 가슴이 작다는 말만 할 것이다. 현명한 선택으로 셰릴은 괜히 소침해지지 않고 넘어갈 수 있었다.

상대가 자신의 알몸에 너무 관심이 없는 탓에 부끄러움이 조금 희석된 셰릴은 마음을 바꾸고 다시금 차분하게 아키라의 눈치를 살폈다.

목욕물에 몸을 담그고 목욕의 쾌락에 몸을 맡긴 채 기분 좋은 표정을 짓는 아키라는 정말이지 긴장이 확 풀린 것처럼 보인다.

어디에나 있을 법한 어린아이로 보인다. 적어도 1000만 오럼을 떡하니 내놓는 헌터로는 도저히 보이지 않는다.

셰릴이 그런 아키라를 보고 생각한다.

아키라가 평범한 소년이라면, 조금 억지로라도 지금 이 자리에서 밀어붙여 농락하면 여러모로 고민하지 않아도 되지 않을까?

아키라의 손을 잡아 자신의 사지에 살을 맞닿게 하고, 서로 다리를 엉기고 입술을 맞대면 아키라도 그럴 마음이 생기지 않을까?

자신의 외모가 다수의 남자에게 충분히 매력적인 것은 틀림없다. 그렇다면 아키라도 속으로는 싫어하지 않으리라.

그렇게 생각하고 억지로 밀어붙이는 광경을 상상한다. 상상 속의 아키라는 말로만 저항하고 자신을 받아들였다.

얼핏 보면 무방비한 아키라의 모습이 셰릴의 사고를 부주의하게 하고, 상정과 가정을 자신의 입맛에 맞게 바꾼다. 평소와 다른 환경이 셰릴의 총명한 판단력을 조금 망가뜨렸다. 본인은 모르지만, 셰릴은 조금 흥분한 상태였다.

그리고 아키라에게 손을 뻗으려고 살짝 움직였을 때, 셰릴은 자신을 보는 아키라의 모습을 깨달았다.

아키라는 셰릴을 가만히 보고 있다. 그 거동을 관찰하고 있다. 대상이 적인지 아닌지를, 고요한 눈으로 확인하고 있다.

아키라는 무의식중에 셰릴에게서 악의와도 다른 무언가를 느끼고 의식을 전환했다. 셰릴의 앞에서 어디에나 있을 법한 소년이 사라지고, 주저하지 않고 적을 죽이는 헌터가 나타났다.

셰릴이 경직한다. 그와 동시에 조금 전까지 있었던 낙관도 사라졌다.

그러자 셰릴을 보는 아키라의 눈도 보통으로 돌아왔다.

아키라는 자신의 변화를 알아채지 않았다. 그래서 셰릴의 태도가 조금 이상하다고만 생각해 의아한 듯한 기색을 보인다.

"무슨 일 있어?"

"아, 아뇨. 아무 일도 없어요."

"응? 그래."

아키라는 왠지 어색한 셰릴의 대답에도 그렇게 슬쩍 대답하기만 하고 신경 쓰는 기색이 없었다. 다시 목욕의 쾌락에 몸을 맡기고 그 표정을 편안하게 풀었다. 경계심으로 잠시 몸으로 돌아왔던 아키라의 영혼이 다시 목욕물에 녹아들기 시작한다.

그런 아키라를 본 셰릴은 안도했다.

(위험했어. 나도 참 얼빠진 생각을 했지 뭐야. 뭘 생각하는 거야. 조금 밀어붙이는 정도로 잘 풀린다면 진즉에 손댔을 거잖아? 정신 차려.)

셰릴은 다시 억지로 밀어붙였을 때의 광경을 상상해 봤다. 상상 속 아키라는 셰릴의 목을 한 손으로 움켜쥐고 들어 올리고 있었다. 그리고 상상 속 자신이 그대로 바닥에 내팽개쳐지기 전에, 셰릴은 다음을 상상하기를 그만뒀다.

(역시 아키라가 먼저 손대게 하거나, 최소한 사전에 허가를 받아야 해.)

아무튼 같이 목욕하는 정도로는 아키라와 사이가 돈독해졌다. 지금은 그걸로 만족하고, 셰릴은 남은 목욕 시간을 아키라에게 몸을 기대고서 지내기로 했다.

　자주 들러붙어 익숙해진 것도 있어서, 아키라도 셰릴을 밀어
내는 짓은 하지 않았다.

제64화 소중한 날, 통과점의 날

목욕을 마친 셰릴은 자기 방으로 돌아가고자 아키라와 함께 거점 내부를 걸었다.

졸려서 흐느적거리는 아키라의 손을 잡고서 걷는 도중에 몹시 부러워하는 눈치로 아키라를 보는 소년들이 있음을 알아챘다. 아키라와 사이가 돈독하다고 알리려고 팔짱을 끼자 아키라에게 쏟아지는 시선이 강해졌다.

그 시선에 자극받은 아키라가 의식을 각성하고 괴이쩍은 얼굴로 주위를 둘러본다. 시선의 주인들은 허둥대며 잽싸게 사라졌다.

셰릴은 즐거운 기색으로 웃고 다시 졸음에 굴하기 시작한 아키라를 곧장 방으로 유도했다.

방으로 돌아가자 아키라는 완전히 졸음에 굴복한 상태였다.

"셰릴. 난 이제 잘래. 저 소파를 빌려도 될까?"

셰릴이 기쁜 듯 웃고 제안한다.

"제 침대를 써도 돼요. 넓으니까요."

"그래……? 고마워."

아키라가 짐을 근처 바닥에 두고 침대에 누우려고 한다. 셰릴에 말에는 자신도 한 침대에서 같이 자겠다는 의미가 있지만, 아키라는 눈치채지 못했다. 셰릴은 그걸 알면서도 말을 생략했다.

셰릴이 아키라의 모습을 보고 한 발짝 나아가 제안을 한다.

"옷을 벗는 게 어떨까요? 옷에 묻은 때가 시트에 묻으면 세탁하기 어려우니까요."

"알았어……."

졸음으로 사고력을 잃은 아키라는 그 결과를 잘 생각하지 않고 옷을 벗더니 속옷 차림으로 침대에 누웠다. 졸음으로 무거워진 눈꺼풀이 닫히려고 했다.

셰릴이 기쁘면서도 조금 아쉬운 표정을 짓는다. 아키라와 같이 잘 수 있다는 사실과 자신을 조금도 의식하지 않는다는 사실에 복잡해진 속내를 얼굴에 드러내고 있었다.

"푹 쉬세요. 잘 자요."

"잘 자……."

아키라는 졸린 투로 대답하고 곧바로 잠이 들었다.

셰릴은 아키라가 잠든 뒤에도 한동안 조직의 보스로서 일했다.

부하에게 분배한 일의 진척을 확인하고, 결과를 확인하고, 새로운 일을 준다. 문제가 있으면 개선책을 내놓고, 조직 전체의 활동을 고려해 조정하고, 부하들 사이의 다툼을 중재한다.

업무량으로 단순히 비교할 수는 없지만, 그래도 조직에서 가장 일하는 사람은 셰릴이다.

오늘 일을 마치고 방문을 잠근다. 그리고 옷을 벗고 속옷 차림이 되어 아키라가 잠든 침대에 들어가 그대로 아키라를 깨우지 않게 조용히 끌어안았다.

이미 아키라의 체온이 침대에 전해졌다. 나아가 양쪽 모두 속옷만 입어서 상대의 체온이 잘 느껴진다.

셰릴은 전해지는 온기를 만끽하고 만족스럽게 미소를 지었다. 그대로 눈을 감고 오늘 일을 돌이켜 본다.

(이런저런 일이 있었지만, 오늘은 좋은 하루였어. 아키라에게 버림받지 않게 앞으로도 열심히 해야지…….)

앞으로의 일을 생각하는 동안에 셰릴의 의식도 잠기운에 사로잡힌다.

셰릴은 행복하게 잠들었다.

◆

다음 날, 잠에서 깬 아키라는 자신이 낯선 장소에 있는 데다가 이상하게 움직이기 불편함을 깨닫고 괴이쩍은 표정을 지었다.

그때 알파가 웃으며 말을 건다.

『안녕, 아키라. 잘 잤어?』

『안녕. 알파, 여기는 어디…… 아, 그랬지. 셰릴의 방에서 잤던가.』

아키라는 완전히 안심한 기색으로 자신을 끌어안은 셰릴을 떼어놓고 침대에서 나와 먼저 옷을 입었다.

그때 속옷 차림의 셰릴이 시야에 들어온다. 아직 자는지 아키라를 껴안고 잠들어서 기쁜 듯한 표정을 지었다.

그런 셰릴을 본 아키라는 어이없다는 눈치였다.

『이해할 수 없는 이유로 끌어안고, 어제는 같이 목욕도 하고, 속옷 차림으로 침대에 같이 눕고, 얘는 나를 뭐라고 생각하는 거야? 덮치지 않을 줄 아나?』

너무 무방비하다. 아키라는 그렇게 생각하고 황당해하지만, 알파는 그런 아키라를 황당해하는 반응을 보였다.

『아키라. 무슨 소리야. 이건 덮치게 하려는 거야. 마음대로 해도 좋다는 말을 예전에 들었었잖아?』

아키라가 괴이쩍게 되묻는다.

『그랬어? 아니, 그렇다고 해도 남이 덮치게 유도하지 않아도 되잖아.』

『손대면 정이 생긴다고 생각한 거겠지. 실제로 나도 그런 느낌이 들어.』

아키라가 복잡한 표정을 짓고 셰릴을 본다.

『그래? 아니, 그렇다고 말이야…….』

『뭐, 나와 한 계약을 무시할 정도로 이 아이를 아끼지만 않으면 나도 딱히 아키라가 셰릴을 손대도 상관없어. 손댈 때는 그 점을 주의해.』

『괜찮아. 그런 일로 알파와 한 약속을 깰 마음은 조금도 없어.』

아키라는 덤덤한 태도로 그렇게 대답했다. 그러나 그 말에는 한 점의 거짓도 없었다.

알파는 아키라의 표정과 무의식중에 염화로 보내는 심정에서 그것을 이해하고 무척 기쁜 듯 웃는다.

『그렇다면 다행이야. 그나저나 또래 여자가 속옷 차림으로 옆에서 자는데도 아키라는 전혀 신경 쓰지 않는구나. 관심이 없어?』

『그건 그거야. 어디의 누군가가 내 시야에서 알몸으로 어슬렁거리니까 내성이 생긴 거겠지.』

그렇게 말하고 아키라가 조금 짓궂게 웃는다. 그러자 알파가 짓궂고 즐겁게 웃었다.

불길한 예감이 든 아키라가 제지할 틈도 없이, 그 예감은 곧바로 적중했다. 알파가 옷을 없애고 알몸을 드러낸 것이다.

알파의 모습은 실존하지 않는 영상 정보만 있는 인공물이며, 그 몸은 정밀하고 예술적으로 철저하게 계산해서 만든 아름다움의 극치다. 더군다나 항상 가까이서 관찰해서 얻은 아키라의 취향을 반영했다. 시각에 한정하면 아키라에게 알파보다 더한 미인은 없다.

나아가 알파는 유혹하듯이 아키라를 바라보면서 고혹적인 자세를 취해서 요염하게 미소를 지었다.

아키라가 얼굴을 조금 붉히고 알파에게서 눈을 돌린다. 왠지 분해 보이는 그 표정을 본 알파가 즐겁게 웃는다.

『내성이 생긴 거 아니었어?』

아키라가 쑥스러움을 감추려는 듯 일부러 언짢은 표정을 짓고 불평한다.

『시끄러워. 때와 장소와 상대에 따라 다르다고. 원래대로 돌려놔.』

알파는 아키라의 반응을 잘 확인한 다음에 옷을 되돌렸다. 아키라의 불만은 놀림당했다는 사실에 대한 것이며, 그 밖의 불만은 확인되지 않았다.

알파가 아키라의 곁에서 유혹하듯 속삭인다.

『또 보고 싶어지면 언제든지 말해.』

아키라는 비위가 상해 다시 알파에게서 눈을 돌렸다.

아키라를 항시 관찰하는 알파는 아키라에게도 일반인과 같은 수준으로 성욕이 있고, 이성에 관심이 있음을 안다.

셰릴은 틀림없이 매력적인 미소녀. 그런데도 아키라의 반응이 눈에 띄게 무미건조하고, 끌어안겨도, 같이 목욕해도, 속옷 차림으로 무방비하게 누운 모습을 봐도 동요하지 않는 것은 단순히 아키라에게 셰릴이 그런 대상이 아니기 때문이다.

아키라는 기본적으로 타인을 두 종류로 분류한다. 적이냐, 적이 아니냐. 그리고 양쪽 모두가 아키라에게는 이성으로서 관심을 주는 대상 밖이다.

하지만 양쪽 어디에서 부합하지 않는 아주 작은 예외, 아군 또는 그것에 해당하는 종류의 사람에게는 아키라도 나름대로 반응을 보인다.

그것은 아무 타산도 없이 아키라를 걱정해 준 시즈카이며, 목숨을 구해준 엘레나와 사라이며, 자신을 여러모로 서포트해 주는 알파다.

알파가 아는 한, 이렇게 네 명에게는 아키라가 그만한 태도를 보였다.

엘레나와 사라의 집에서 헐렁하게 차려입은 사라를 봤을 때나 몸매가 훤히 드러나는 강화복을 입은 엘레나를 봤을 때, 알파가 확장 시야에 엘레나와 사라의 알몸을 보였을 때, 방금 알파의 알몸을 봤을 때는 아키라가 조금 배배 꼬인 기색을 보이면서도 그 나이 소년에 걸맞은 반응을 보였다.

어쩌다가 셰릴의 위치가 그 예외 쪽으로 이동할 경우, 아키라는 순식간에 셰릴에게 농락당할 우려가 있다. 알파는 그렇게 생각하고 이번에 슬쩍 반응을 떠보았다. 그리고 현시점에서의 결론을 내린다.

어지간한 일이 생기지 않는 한, 셰릴이 아키라의 '적이 아니다' 분류에서 달라질 확률은 낮다.

셰릴의 진의가 어떻든, 셰릴을 조금 인연이 있는 이해관계의 동반자로 인식하는 이상 아키라가 셰릴을 대하는 태도를 바꿀 우려는 없다.

이 상태라면 문제없으리라. 알파는 그렇게 판단했다.

셰릴은 아키라보다 조금 늦게 잠에서 깼다. 기분 좋은 표정을 지었지만, 끌어안고 있었던 아키라가 없다는 사실을 잠이 덜 깬 상태에서 알아차리고는 그 얼굴을 조금 괴이쩍게 찡그린다. 그리고 무의식중에 손으로 근처를 더듬어 아키라를 찾기 시작했다.

하지만 그 손이 침대 시트를 헛되이 더듬기만 하자 왠지 서글픈 표정을 지었다.

서서히 의식이 또렷해지고 나서야 셰릴이 몸을 일으킨다. 그리고 방을 슬쩍 둘러보고 이미 출발 준비를 마친 아키라를 발견했다.

소파에 앉아 정보단말을 조작하던 아키라가 셰릴을 본다.

"일어났어? 안녕."

"안녕하세요. 벌써 출발하게요? 아침 정도는 대접할 수 있는데요?"

"괜찮아. 밖에서 적당히 먹을게."

자신이 먹으면 누군가가 먹을 게 줄어든다. 슬럼에서 식사가 얼마나 중요한지 아는 아키라는 그 마음만 받기로 했다.

"알겠어요. 그러면 거점 밖까지 모실게요."

아키라가 쓴웃음을 짓는다.

"그 차림으로……?"

셰릴은 그 지적에 비로소 자신이 속옷 차림임을 깨닫고, 조금 부끄러워하면서 허둥지둥 옷을 입었다.

◆

셰릴의 거점을 뒤로한 아키라는 간단하게 끼니를 때우고 그대로 키바야시가 소개한 부동산 업자의 사무소에 가기로 했다. 키바야시에게 부탁한 임대 주택과 관련해 메시지가 왔기 때문이다.

길을 걷는 도중에 알파가 아키라에게 묻는다.

『아키라는 어떤 집에서 살고 싶어? 가면 확실하게 물어볼 테니까, 지금 생각해 두는 게 좋아.』

『그러네. 우선 큰 욕실이 있으면 좋겠어. 차를 살 때를 생각해서 큰 차고도 있어야겠네. 장비나 예비 탄약을 둘 공간도 필요해. 그리고 내 물건을 둘 곳과 누울 자리만 있으면 되지 않을까?』

『그리고 집세도 생각해야지. 키바야시가 잘 이야기했을 테지만, 그 탓에 아키라에게 1억 오럼이 있다는 전제로 집을 추천해도 곤란해.』

『그것도 그러네. 그러고 보니 나는 어제 하루에만 9000만 오럼이나 썼잖아. 20만 오럼에 허둥대던 나는 대체 어디 갔지?』

『낭비는 안 했어. 성장한 증거로 보자.』

그 말을 듣고 아키라가 표정을 조금 흐린다.

『성장……했을까. 솔직히 실감이 별로 없어. 나는 진짜 성장했어? 알파만 의지했는데, 장비만 고성능이 되고 내 실력은 크게 달라지지 않은 게 아닐까?』

약해졌다고 생각하진 않는다. 강해졌다고도 생각한다. 하지만 예전과 비교해서 얼마나 강해졌는지 자기 자신에게 물어보면, 조금은, 약간은 같은 식으로 소극적인 대답만 나왔다.

몇 번이고 죽을 고비를 넘기고, 무시무시한 강적을 타도하고, 믿기 어려운 거금을 벌었다. 하지만 그것은 전부 알파의 서포트 덕분이다. 평범한 꼬마를 유적에서 살아 돌아오게 할 정도의 가호를 받고서도 겨우 실현한 행운의 결과다.

순수하게 자기 힘으로 봤을 때 자신은 얼마나 강해졌는가. 사실은 뒷골목에서 나뒹굴던 시절과 별로 달라지지 않을 게 아닐까. 아키라는 그런 불안에 줄곧 사로잡혔다.

알파가 아키라를 안심시키듯 미소를 짓는다.

『걱정하지 마. 아키라는 잘 성장했어.』

아키라는 그 말을 믿지만, 여전히 약하다는 불안을 불식하는 데는 이르지 못했다. 그것을 눈치챈 알파가 말을 잇는다.

『불안해서 고민할 바에는 그만큼 훈련에 힘을 쏟아. 자신의 실력을 과대평가해서 방심할 바에는 과소평가해서 경계해. 그리고 나를 더 의지해.』

알파가 웃으며 이야기를 마무리한다.

『괜찮아. 헌터 활동은 원래부터 목숨을 거는 일이야. 불안해지는 게 당연해. 그렇기에 초심을 잊지 말고 가자.』

『그래. 맞아. 앞으로도 잘 부탁해.』

알파의 말에 조금 마음이 편해진 아키라는 마음을 다잡고 알파에게 슬쩍 웃어 보였다.

부동산 업자의 사무소에 도착한 아키라가 접수처에서 키바야시의 이름을 대자 곧바로 담당자가 나타났다.

담당자는 아키라를 보고 조금 놀랐다. 아키라가 아이라는 사실을 포함해 쿠가마야마 시티에서 소개할 만한 헌터로 보이지 않았기 때문이다.

그러나 곧바로 정신을 차리고 친절하게 접객하기 시작한다.

도시 측에서 소개받은 것도 있어서 우대 고객을 위한 방으로 안내해 희망하는 조건을 물어보며 간단히 상담한 뒤, 요망에 맞는 부동산을 구경하러 가는 처리를 마쳤다.

아키라에게 소개한 부동산은 하위 구역에서 비교적 황야 쪽에 가까운 곳에 있는 단독주택이었다.

동부에는 비는 토지가 얼마든지 있지만, 안전한 토지는 매우 적다. 방벽 안과 밖에서 토지의 가격에 하늘과 땅만큼 차이가 나는 것도 그런 이유다.

도시 하위 구역의 집세는 기본적으로 황야에 가까울수록 싸고 방벽에 가까울수록 비싸다. 예외는 있지만 대체로 민간 경비회사 치안을 유지하는 구역이며, 안전을 위해서 거액의 경비 비용을 들인다는 점에는 차이가 없다.

아키라가 소개받은 집은 혼자 살고도 남을 만큼 넓었다. 욕실도 넓고 방도 많고 차고도 크다. 처음부터 딸린 가구도 많아서 새로 구하지 않고 그대로 살아도 되는 상태다. 아키라의 희망 사항은 다 갖췄다.

조금 흥분하면서 내부를 둘러보던 아키라에게 담당자가 친절하게 설명해 준다.

헌터를 위한 주택으로, 건축 소재도 튼튼한 것을 사용해 화기 폭발 등이 발생해도 최소한의 피해로 막을 수 있다.

방어 목적으로 경비용 중화기를 설치해도 상관없지만, 그것으로 인근 헌터와 다툼이 생겨도 부동산에서는 일절 관여하지 않는다.

일단 계약 중인 민간 경비회사가 주변 치안을 유지하지만, 강도 등이 침입해도 자력 대응이 기본이며, 지원 요청은 별도 요금이 든다. 전투로 파괴된 가옥의 수리나 시체 처리 등은 연락해 주면 유료로 대행해 준다.

집세는 월 50만 오름. 수도 요금, 전기 및 난방 요금, 경비 요금 및 각종 보험료가 포함된다. 순찰 강화나 비상시 무력 지원 등은 옵션이다.

보통은 헌터 랭크 30이 넘는 자에게만 소개하는 곳이지만, 키바야시의 중개를 고려해 특별히 소개했다. 담당자는 그 말로 설명을 마쳤다.

"안내와 설명은 이것으로 다 끝났습니다. 아키라 님. 질문하실 게 있으십니까?"

원래는 자신과 같은 사람에게는 절대로 소개해 주지 않는 집이다. 키바야시의 중개도 언제까지 힘을 발휘할지 모른다. 아마도 이 기회를 놓치면 다음은 없다. 그렇게 생각한 아키라는 바로 결정하기로 했다.

"여기로 할래요. 언제부터 빌릴 수 있죠?"

"집세 입금이 끝나는 대로 가능합니다. 이 자리에서 결제해 주시면 바로 입주하실 수 있죠."

"알겠어요. 그러면 그렇게 해 주세요."

아키라가 담당자에게 헌터증을 내민다.

담당자는 그것을 받아 소지한 기기로 읽어들여서 계약 처리를 진행했다. 그리고 아키라에게 헌터증을 돌려주고 공손히 머리를 숙인다.

"결제를 확인했습니다. 저희 부동산을 이용해 주셔서 대단히 감사합니다. 이것이 집 열쇠입니다. 분실하셨을 때는 바로 연락해 주십시오."

아키라는 그 열쇠를 조금 감동하며 받았다. 바로 지금부터, 임대라고는 해도 집을 구한 것이다.

"다음 달 이후의 집세는 고객님 계좌에서 자동으로 인출됩니다. 입금이 1초라도 지연되는 시점에서 임대 계약이 해소되고, 부동산 내 모든 물품의 소유권이 관리 회사로 이행됩니다. 부디 조심해 주시길 바랍니다."

언제 죽어도 이상하지 않은 헌터를 위한 집인 만큼, 그 처리는 엄격했다.

"이미 비치된 가구는 고객님께서 임의로 처분하셔도 상관없습니다. 필요하지 않으시다면 매입해 드리겠습니다."

"혹시 이 집의 가구는……."

"네. 이전 거주자가 쓴 물건입니다."

아키라는 다시 실내를 둘러본다. 방에 있는 수많은 가구는 전에 여기 살던 헌터의 유품이다. 아키라가 죽으면 아키라의 유품이 된다.

"그러면 저는 이만 물러나겠습니다. 무슨 일이 생기시면 편하게 연락해 주십시오. 저희 부동산을 이용해 주셔서 대단히 감사합니다."

담당자는 다시금 아키라에게 공손히 머리를 숙이고 떠났다.

아키라가 대문을 잠근다. 그리고 방으로 돌아가 짐을 내리고 장비를 벗어서 근처에 있는 의자에 앉아 감회가 깊은 기색으로 숨을 크게 내쉬었다.

"집이라…….. 내 집이야…….."

알파가 지금까지 있었던 아키라의 노고를 달래듯 웃는다.

『축하해, 아키라. 드디어 집을 구했구나.』

그리고 슬쩍 독려하듯 미소를 지었다.

『뭐, 남에게 빌린 집이지만.』

아키라는 아랑곳하지 않고 웃었다.

"상관없어. 그래도 내 집이야. 슬럼 길바닥에서 살던 내가 나만의 집에 살게 된 거야."

오늘보다 나은 내일을 목표로 헌터가 된 뒤로 정말로 여러 일이 있었다. 뒷골목을 뛰쳐나와 황야로 떠나고, 유적에서 알파와 만난 뒤로는 믿기지 않는 일만 계속되었다. 그렇게 생각하면서, 아키라는 그 나날을 돌이켜 보았다.

과거에 바란 것을 능가하는 꿈같은 생활이 지금 현실이 되었다.

아키라가 알파 쪽으로 자세를 바로잡고 서서 진지한 표정으로 머리를 숙인다.

"전부 알파 덕분이야. 고마워. 그리고 앞으로도 잘 부탁해."

알파가 평소처럼 미소를 짓고 대답한다.

『뭘 그런 걸 가지고. 앞으로도 잘 부탁할게.』

오늘은 아키라에게 소중한 날이며, 큰 마침표가 찍힌 날이다.

그러나 알파에게는 큰 의미가 없는 통과점의 날에 불과하다.

그것은 아키라와 알파의 표정에서 큰 차이가 되어 드러났다.

그 뒤로 아키라는 그날 하루를 식량과 일용품, 실내복 등을 도시 하위 구역에서 사러 다녀오거나, 새로운 정보단말을 알파가 조작할 수 있게 설정하거나, 여러 가지 일을 하면서 보냈다. 밤이 찾아왔을 무렵에는 아키라의 새집 생활 준비도 다 끝났다.

오늘 하루의 마무리로 새집 욕조에서 목욕해서 피로를 씻는다. 아키라가 바란 대로 넓은 욕조에서 팔다리를 쭉 뻗고 느긋하게 몸을 담갔다.

알파도 영상만으로 같이 몸을 담갔다. 오늘 아침에는 알파의 알몸을 보고 허둥댔던 아키라도 지금은 전혀 반응하지 않는다. 아키라에게 목욕이란 그런 것이다.

『아키라. 다음 예정 말인데, 내일부터 장비가 올 때까지는 공부와 훈련으로 집에 틀어박혀 지낼 거야.』

"알았어. 훈련은 뭘 하는데……?"

사격 훈련이나 접근전 훈련은 실내에서 할 수 없을 것 같다. 아직 차가 없는 차고라면 격투전 훈련 정도는 할 수 있겠지만, 강화복이 없는 이상 제약이 많을 것이다. 아키라는 그렇게 생각하고 의아한 기색을 보였다.

그리고 아키라는 도무지 이해할 수 없는 말을 들었다.

『체감 시간의 의도적 압축과 그 전환의 의식적, 무의식적 조작, 조건 부여 등의 훈련이야.』

"미안한데…… 잘 모르겠어. 즉, 뭘 하면 되는 거야?"

『뭐, 해 보면 알아. 내일부터 할 거야.』

"알았어."

아키라는 훈련의 목적도, 내용도 전혀 상상하지 못했다. 하지만 알파가 그렇게 말한 이상 해 보면 알 거라고 보고 자세히 물어보지 않았다. 그것도 알파에 대한 신용과 신뢰의 증거다.

그런 아키라의 태도에 알파는 만족스럽게 미소를 지었다.

다음 날, 아키라의 훈련은 집 차고에서 시작되었다. 총 없이 방호복만 입은 아키라 앞에서 알파가 훈련 내용을 설명하기 시작한다.

『지금부터 자신의 체감 시간을 자유자재로 조작하는 기술을 훈련할 거야.』

이해력이 미치지 못해서 곤혹스러운 아키라에게, 알파가 자세히 설명한다.

죽음이 임박했을 때처럼 극도로 집중한 상태에서 간혹 나타나는 시간 감각의 모순. 세계가 슬로모션처럼 천천히 움직이는 가운데, 자신의 의식만이 변함없이 계속되는 듯한 감각. 그것을 의도적으로, 혹은 특정 조건에 맞을 때 확실하게 발생하게끔 훈련한다.

그것이 가능해진 다음에는 체감 시간의 압축률을 올리도록 훈련한다. 현실의 1초를 체감으로는 10초로, 100초로 느끼게 한다.

체감 시간을 줄이는 게 아니라 압축한다. 열중하고 정신이 팔려서 시간을 잊는 게 아니고, 천천히 흐르는 세계 속에서 공포로 혼란에 빠져 허둥대는 게 아니다. 어디까지나 냉정하게 평상시의 정신 상태를 유지하면서, 1초의 농도를 한없이 올린다. 그리고 그 상태를 적은 부담으로 장시간 유지할 수 있게 한다.

그것이 가능해질 때, 아키라의 실력은 비약적으로 향상한다.

알파는 그런 설명을 평범하게 이야기했다. 그러나 아키라는 평범하게 받아들일 수 없었다.

"그렇게 쉽게 말해도…… 내가 할 수 있어? 솔직히 자신이 없는데?"

아키라는 염화 훈련에서 설명을 들었을 때보다 황당무계한 소리를 들은 것 같았다. 지금부터 그냥 하늘을 날아라. 그런 소리를 하는 정도로 뚱딴지같은 내용 같았다.

하지만 알파는 웃어서 아키라의 의문을 날려 버린다.

『할 수 있어. 그보다 무의식중에는 이미 할 줄 알아. 이제 그것을 의식해서 할 수 있기만 하면 돼.』

"이미 할 줄 안다고……?"

『그래. 알기 쉽게 예를 들자면, 예전에 시오리나 넬리아와 싸웠지?』

아키라가 두 사람과의 전투를 떠올린다. 그때 아키라는 알파의 조작으로 달인의 기량을 보이는 강화복의 움직임에 최대한 따라가려고, 자신의 실력을 몇 단계는 초월하는 무모한 거동을 따라잡으려고, 죽기 살기로 몸을 움직였다.

『그때 시오리는 가속제를, 그것도 몹시 성능이 좋은 것을 사용했을 거야. 그렇게 체감 시간을 압축하고, 나아가 반응 속도를 극적으로 끌어올려서, 정밀한 고속 전투를 가능하게 했어. 넬리아는 고속 전투가 가능한 의체를 조작하려고 전환 수술의 하나로 뇌를 개조한 거겠지.』

"그것과 무슨 관계가 있는데?"

『아키라는 상대의 움직임을 눈으로 좇았어. 게다가 내가 조작하는 강화복에 움직임을 어떻게든 맞추려고 했고. 아키라는 너무 필사적이어서 몰랐을 테지만, 일반적인 시간 감각으로는 그럴 수 없거든?』

화들짝 놀라는 아키라에게, 알파가 조금 의기양양하게 웃는다.

『아마도 죽음의 위험을 느끼면서 극도로 집중한 덕분이겠지. 위기 상황에서 탈출하려고 무의식중에 체감 시간을 압축하는 데 성공한 거야.』

아키라는 놀라면서도 알파의 설명을 받아들였다. 일단은 납득할 수 있는 내용을 신뢰하는 알파가 설명하니까 그 말을 믿었다.

사실이야 어찌 됐든, 그렇게 믿고 인식함으로써 아키라에게 확고한 사실이 되었다.

그것은 아키라의 정신에서 '불가능하다'가 '가능하다'로 전환되었음을 의미했다.

아키라의 얼굴에 놀라움이 사라졌을 때, 망설임이 없는 표정이 남았다. 알파는 만족하고 구체적인 훈련 내용을 이야기하기 시작한다.

『우선 아키라는 위기 상황이라고 자신의 뇌를 속이는 것부터 해. 그 인식을 계기로 지금까지 무의식중에 했던 체감 시간 조작을, 의도해서 할 수 있게 만드는 거야. 그러면 상황과 관계없이 자기 의지로 체감 시간을 조작할 수 있게 돼.』

"뭘 해야 할지는 알겠는데, 구체적으로 뭘 어떻게 하면 돼?"

『해 보면 알아. 바로 시작하자.』

알파는 그렇게 말하고 훈련용 복장으로 갈아입었다. 장식이 과한 드레스, 혹은 이상하게 천이 많이 달린 무희의 의상과도 같은 옷으로 몸을 감싼다. 맨살 노출은 얼굴 정도로 제한되어 두 다리는 바닥에 닿는 스커트가, 두 팔은 매우 긴 소매가 가렸다.

두 손에는 검을 쥐었다. 긴 소매 밖으로 몹시 예리해 보이는 칼날이 쭉 뻗었다.

알파가 오른손에 쥔 검으로 아키라의 눈앞에 들이댄다. 그 칼날은 그것이 현실에 없음을 잘 알아도 아키라가 무심코 조금 몸을 뒤로 뺄 정도로 예리하게 빛났다.

『지금부터 내가 아키라가 보는 앞에서 춤추다가 갑자기 공격할 거니까, 그 공격을 피해. 아키라는 춤추는 나를 똑바로 봐. 알았지?』

"아, 알았어."

『체감 시간을 압축하는 훈련이니까, 거리를 벌려서 피하지 마. 내가 다가가도 제자리에서 벗어나면 안 된다?』

"알았어."

『좋아. 이제 시작하자.』

알파가 몇 걸음 물러난 다음 아키라에게 공손히 인사한다. 그리고 균형이 잘 잡혀서 예쁜 얼굴로 우아한 표정을 짓고 천천히 춤추기 시작했다.

대량의 천을 허공에 나부끼는 알파의 모습은 신비로울 만큼 아름답다. 광택을 띤 천과 장신구가 사지의 움직임에 맞춰 환상적인 빛의 띠를 만들고, 우아하게 휘둘리는 칼날이 예쁜 빛을 뿌린다.

똑바로 보라고 말할 필요도 없이, 아키라는 춤추는 알파의 자태에 시선을 빼앗겼다.

두 눈을 감고 우아한 표정을 지은 채 자세를 전혀 흐트러뜨리지 않고 춤추는 알파의 모습은 신앙과 숭배를 넘어선 신성한 의식처럼 느껴졌다.

우아하게 춤추는 장소가 그 의상과 세련된 춤사위와 동떨어진 차고라는 사실은 그 모습에 매료되는 데 아무런 방해도 되지 않았다.

아키라가 정신을 차렸을 때는 이미 알파의 공격이 끝났다. 알파가 오른손에 쥔 검으로 아키라의 목을 수평으로 그었다.

아키라는 전혀 반응하지 못했다. 검이 실존했으면 베인 것도 모르고 죽었다.

아연실색한 아키라에게 알파가 짓궂게 웃는다.

『똑바로 봐야 하거든?』

"알았어……."

아키라가 정신을 바짝 차린다. 날붙이를 휘두르는 사람이 앞에 있는데도 위기의식이 조금도 없어서는 말이 안 된다. 알파에게 홀리지 말고, 그 움직임을 관찰하고 거동에 집중해야 한다. 아키라는 강한 의지로 알파에게 의식을 집중했다.

다시 거리를 벌린 알파를, 아키라는 작은 변화도 놓치지 않으려고 진지하게 주시했다.

그런 아키라의 표정이 조금 괴이쩍게 변한다. 알파의 의상에서 장식 천이 한 꺼풀 떨어졌다. 허공에서 둥실둥실 떨어지는 천은 바닥에 닿기 전에 빛이 되어 사라졌다.

알파의 의상은 아키라의 시각 정보에 불과한, 영상만 있는 가짜다. 제멋대로 떨어지는 일은 없다. 즉, 알파가 의도해서 뗀 것이다.

"알파. 왜 그 천을 뗐어?"

『그냥 더 쉽게 하려고 그런 거야. 천이 치렁치렁 달린 지금의 복장은 내 움직임을 포착하기 어렵게 해. 공격의 예비 동작을 감추거나 말이야. 상대의 각 신체 부위가 어떻게 움직이는지 파악하면 그만큼 공격을 예측하기 쉽잖아?』

"그야 그렇겠지만. 그 상대의 공격을 재빨리 눈치채고 반사적으로 체감 시간을 압축해 피하게 되려고 하는 훈련 아니야?"

『괜찮아. 아키라가 내 공격에 전혀 반응하지 못하니까. 애초에 위기 상황으로 인식하지 못하잖아? 최소한 공격을 지각하고 공격당한다고 느끼지 못하면 체감 시간의 감각을 바꾸는 트리거가 될 수 없어.』

"하긴, 그러네."

『아키라가 내 공격에 당할 때마다 내 의상에서 천을 하나씩 줄일 거야.』

"뭐……?"

『혹시 내 알몸을 즐기고 싶은 거라면, 완전히 두 손 놓고 있어도 되는데?』

알파는 요염하게 웃고 말한 다음, 조금 초조해진 아키라의 앞에서 다시 춤추기 시작했다.

화려하게 춤추는 알파의 모습을, 아키라는 감정을 표정에 드러내지 않도록 얼굴에 힘을 주면서 지켜봤다.

훈련이 계속된다. 아키라는 상대가 공격에 나서는 아주 작은 조짐도 놓치지 않으려고 알파의 움직임에 세심한 주의를 기울였다.

그런데도 알파의 공격을 한 번도 못 피한다. 의상을 화사하게 꾸미는 대량의 천이 알파의 몸과 검의 움직임을 감춰서 공격 동작을 알아보기 어렵게 한다. 더불어 아키라의 눈이 알파의 움직임을 따라가지 못한다. 두 가지 이유로, 정신을 차리고 보면 어느새 베였다.

아키라도 알파의 움직임을 어떻게든 포착하려고 필사적으로 집중하려고 한다. 그러나 죽음의 고비에서 죽기 살기로 내달리는 전투 시의 집중력과 비교하면 지금 아키라의 집중력은 조잡하다고 평가할 수밖에 없다.

알파는 아키라의 작은 방심을 노려서 정확하고 적절하게 공격했다. 사전에 설명한 대로 알파의 옷에서 천이 하나씩 떨어져 나간다. 대량의 천으로 화사하게 꾸몄던 의상에서 천이 하나둘씩 떨어지고 장식용 천이 다 사라지는 것도 얼마 걸리지 않았다.

천이 줄어든 만큼 알파의 맨살이 드러난다. 팔다리에서 시작해 등과 허리, 가슴 계곡과 엉덩이가 갈라지기 시작하는 부분 등, 춤추는 알파의 움직임에 맞춰 부족해진 천의 틈새에서 슬쩍슬쩍 보이게 된다.

맨살이 드러날 때마다 그 춤에 아찔한 움직임이 더해진다. 알파는 상대의 정신을 흐트러뜨리듯 사지를 크게 움직이면서 오염한 미소를 짓고 추파를 던진다. 그리고 다음 순간, 상대를 양단했다.

아무튼 아키라는 집중해서 공격을 피하려고 한다. 하지만 집중할 때는 공격이 안 온다. 그리고 집중력도 오래는 지속할 수 없다. 집중이 한계에 달했을 때, 혹은 집중이 조금 풀렸을 때, 곧바로 참격을 맞았다.

다른 데 정신을 팔지 않는 수준의 집중을 유지하고 알파의 미세한 예비 동작에서 공격의 조짐을 알아차리고, 그것을 트리거로 삼아 체감 시간을 압축해 천천히 흘러가는 세계 속에서 상대의 참격을 눈으로 좇아 회피한다. 그러기 위한 훈련인데도 지금까지는 완전히 실패했다.

아키라의 반응이 서서히 무뎌진다. 마침내 육체와 정신 모두 한계를 맞이하고, 급기야 알파가 검을 휘둘러도 제대로 반응하지 못하게 되었다.

그 피로 상태를 확인한 알파가 훈련 중단을 결정한다.

『오늘은 여기까지 하자.』

아키라는 피로를 감추지 않고 숨을 크게 내쉬었다. 그리고 알파의 모습을 다시 확인하고 한숨을 푹 쉬었다.

알파는 맨살을 가리는 데는 적합하지 않은 화사한 장신구만 몸에 걸쳤다. 그토록 많았던 천은 거의 다 사라졌다. 그 요염한 모습이 이번 훈련에서 아키라의 무력함을 알기 쉽게 나타냈다.

조금 침울해진 아키라를, 알파가 평소처럼 웃으며 달랜다.

『하루아침에 되는 게 아니야. 훈련이 헛수고인 것도 아니고. 천천히 해 보자.』

"그래……. 알았어."

축 늘어진다고 사태가 좋아지는 건 아니다. 아키라는 그렇게 생각하고 억지로 기운을 내서 의욕을 끌어냈다.

『잠시 쉬고 방에서 공부나 마저 할까? 아니면 오늘은 쉴래?』

"아니, 마저 공부할게. 지금은 헌터 활동을 쉬잖아. 그 정도는 하고 싶어."

『알았어. 오늘은 뭘 가르칠까…….』

그 뒤로 방에 돌아온 아키라는 푹 쉰 다음에 알파의 수업을 들었다.

『오늘은 수학을 배우자. 헌터라면 보수 정도는 계산할 줄 알아야지.』

"그 전에, 언제까지 그 차림으로 있을 작정이야?"

알파는 훈련이 끝났을 때 요염한 차림 그대로였다. 적어도 공부할 때 어울리는 차림은 아니다.

알파가 놀리듯이 웃는다.

『갈아입으라는 말이 없으니까, 이 차림이 마음에 든 줄 알고 그대로 됐는걸.』

"알았어. 다음부터는 훈련이 끝나면 바로 지적하겠어."

『사양하지 않아도 되는데.』

"됐으니까 얼른 갈아입어."

알파가 옷을 교사 느낌으로 바꾼다. 일단 노출만큼은 대폭 줄었다. 그러나 가슴 계곡을 대담하게 드러내고, 스커트에는 깊게 트인 곳이 있다. 이것도 너무 요염하고 여러모로 아슬아슬한 차림이다.

그런 알파의 차림을 본 아키라의 감상은 '별로 상관없겠지.'였다. 인간은 익숙해지는 법이다.

아키라는 오늘도 여러모로 상식과 어긋난 환경에서, 평소처럼 공부했다.

제65화 아무 일도 없었다는 확인

아키라가 집을 구하고 5일이 지났다. 그동안에도 체감 시간 조작 훈련은 계속했지만, 이렇다 할 성과는 없었다.

훈련을 시작할 때는 장식이 과하게 많이 달렸던 알파의 옷이 거의 알몸이 되고, 피곤해진 아키라의 반응이 대폭 무뎌진 시점에서 훈련을 마치는 나날이 이어진다.

아키라는 여전히 한 번도 알파의 공격을 피하지 못했다. 반사 행동이 조금 향상되었지만, 그것은 체감 시간 조작과는 관계가 없는 성장이며 훈련의 본래 성과가 아니다.

훈련을 마치고 휴식하는 아키라는 어쩐지 분한 표정을 지었다.

알파는 할 수 있다고 말했다. 그렇다면 할 수 있을 것이다. 그러나 자신은 할 수 없다. 그 실마리도 안 보인다. 훈련 성과가 전혀 나타나지 않는 상황에서, 아키라는 무력함을 느끼고 조금 답답한 한숨을 쉬었다.

그때 알파가 묘한 소식을 아키라에게 전한다.

『아키라. 이상한 의뢰가 아키라 앞으로 왔어.』

"이상한 의뢰?"

『그래. 이상한 의뢰. 확인해 봐.』

알파가 정보단말을 가리킨다. 그 화면이 알파의 조작에 따라

차차 바뀌어 헌터용 사이트에 있는 아키라의 개인 페이지를 표시했다. 그곳에는 새 의뢰를 알리는 통지가 있었다.

정보단말에 손을 뻗은 의뢰 내용을 확인한 아키라가 괴이쩍은 표정을 짓는다. 의뢰는 시오리가 요청한 것이었다.

제목은 '각종 상담 의뢰'. 개요 및 자세한 내용 부분에는 만나서 한 번 이야기하고 싶다는 뜻과 함께 레스토랑 주소가 있고, 보수로 그곳의 식사비를 대겠다고 적혀 있었다.

"이게 뭐야……?"

아키라는 이상하게 여기면서 의뢰 내용을 다시 확인했지만, 틀림없이 그렇게 나와 있다.

『글쎄? 의뢰 내용을 상담하려는 사전 의뢰일까? 본인에게 물어봐야 알겠는걸.』

"내가 봤을 때는 돈을 낼 테니까 같이 식사나 하면서 이야기하자고 제안하는 것 같은데."

『그럴지도 모르겠네.』

"뭘 이야기하려는 거지?"

『나한테 물어봐도 몰라.』

한때 사투를 벌였던 상대가 보낸 의도를 모를 의뢰에, 아키라와 알파 모두 고개를 갸웃했다.

『그래서? 어쩔 거야? 의뢰를 받고 만나러 갈래? 지정 장소로 봐서는 가도 위험할 일은 없을 것 같은데.』

지정한 레스토랑은 쿠가마 빌딩 상층부에 있는 가게다. 방벽과 일체인 고층 건물에는 쿠가마야마 시티에서 가장 큰 헌터 오피스도 입주했다. 소란을 일으켰다간 무사할 수 없다.

시오리의 용건이 무엇이든, 그러한 장소를 지정한 이상 상대에게 자신과 싸울 마음이 전혀 없다는 것 정도는 아키라도 알았다.

『그냥 거절해도 되고, 무시하는 방법도 있어. 아키라가 좋을 대로 해.』

알파는 아키라에게 한차례 제안을 마쳤다. 시오리를 만나러 가면 기분이 풀릴지도 모른다. 하지만 억지로 권할 생각도 없다. 정말로 좋을 대로 하면 된다고 생각한다.

아키라의 행동이 자신의 목적을 방해하지 않는 이상 알파는 아키라의 의지를 존중한다.

아키라는 다시 의뢰문을 보면서 의뢰를 받을지 말지 고민했다. 그리고 한동안 고민한 다음 의뢰를 받기로 했다.

역시 일부러 헌터 오피스를 거쳐 이런 의뢰를 보낸 시오리의 진의가 궁금하다. 그것을 안전하게 확인할 수 있다면 의뢰를 받아도 되겠지. 그렇게 판단했다.

덧붙이자면 시오리가 부른 곳이 고급 레스토랑이며, 더군다나 돈은 상대가 낸다. 제 돈을 내지 않고 비싼 요리를 먹을 수 있다는 것도 결단한 이유였다.

그것이 판단 재료 중에서 얼마나 큰 비중을 차지하는지, 아키라는 모르는 척하기로 했다.

쿠가마야마 시티 방벽과 일체인 고층 건물, 쿠가마 빌딩에는 도시 중위 구역에 거주지를 두는 고랭크 헌터를 대상으로 하는 점포도 많다.

개중에는 일정 헌터 랭크가 넘는 사람의 방문만 허락하는 가게도 있어서, 그러한 고급 점포가 늘어선 계층은 기본적으로 아키라처럼 랭크가 낮은 헌터가 발을 들일 장소가 아니다.

그 상층부에 〈슈테리아나〉라고 하는 고급 레스토랑이 있다. 헌터 랭크로 입장을 제한하지는 않으나 그것은 단순히 방벽 안쪽에서 사는 부유층도 손님으로 받기 때문이며, 기업 임원이나 고랭크 헌터 등, 돈과 힘이 있는 자들을 단골로 모시는 일류 레스토랑이다.

시오리와 약속한 날, 아키라는 그 슈테리아나 앞에서 무척 고급스러운 외관을 목격하고 주춤거리고 있었다.

알파가 아키라를 놀리듯이 웃는다.

『그냥 돌아갈래?』

『아니, 들어갈래. 딱히 유적에 들어가는 것도 아니야. 꽁무니를 뺄 필요는 없어.』

아키라는 그렇게 대답하고 반쯤 자신을 타이르면서 가게로 들어갔다.

가게 내부는 하위 구역에 널린 레스토랑과는 전혀 다르게 고급스러운 느낌이 나는 인테리어로 꾸몄다. 하위 구역의 술집이라면 황야에서 돌아온 헌터가 흙과 먼지와 몬스터의 피로 다소 지저분해진 차림으로 들어가도 아무 문제도 없다. 하지만 여기서 그랬다간 다짜고짜 쫓겨날 것 같다고, 아키라는 조금 긴장한 기색을 보였다.

실제로는 점원이 몸에 묻은 것을 털거나 옷을 갈아입어 달라는 요청만 하고 넘어간다. 가게에는 이를 대비한 샤워실 등의 설비가 있으며, 청결한 옷도 빌려준다. 클리닝 서비스를 부탁할 수도 있다. 헌터를 손님으로 받는 고급 가게에서는 드물지 않은 서비스다.

점원이 곧바로 아키라를 알아보고 일류 가게답게 공손히 접객한다.

"오늘은 저희 가게를 방문해 주셔서 대단히 감사합니다. 예약하신 손님이십니까?"

편안하게 물어보는 점원에게, 아키라는 다소 허둥대면서 대답한다.

"어? 어? 저기, 시오리라는 사람이 있을 텐데……요."

"시오리 님 말씀입니까? 손님의 성함을 여쭤도 되겠습니까?"

"아키라예요."

"확인했습니다. 아키라 님, 짐을 맡겠습니다."

아키라는 집을 나설 때 평소처럼 황야에 가듯 준비했다. 탄약으로 가득한 배낭을 먼저 건네자 점원이 다시 손을 내민다.

『아키라. 총도 줘야지.』

『아, 그래. 그렇구나.』

아키라는 조금 망설였지만, 총도 점원에게 건넸다.

"협조해 주셔서 감사합니다. 자리로 안내하겠습니다. 이쪽으로 오시죠."

그 뒤로 점원의 안내를 받아 가게 안을 걷는다. 우아한 분위기를 풍기는 내부는 평범한 가게와의 격차를 드러내는 것으로 가득했다. 바닥에 깔린 융단의 푹신푹신한 감촉도 걸을 때마다 아키라로 하여금 사는 세상이 다르다고 느끼게 하였다.

각양각색의 손님이 널찍하게 배치된 테이블에서 척 봐도 비싼 식사를 하고 있다. 그곳에는 아무리 봐도 식사에 적합하지 않을 듯한 사이보그도 앉아 있었다. 그 인물 앞에도 다채로운 요리가 놓여 있었다.

그것을 본 아키라가 소박한 의문을 느낀다.

『알파. 저 사람은 어떻게 요리를 먹을 것 같아?』

『저렇게 생겼어도 사실은 식사가 가능한 기체일지도 몰라. 어쩌면 지금은 일상생활용 의체라고 착각하고 가게에 왔을 수도 있고. 혹은 동반자에게 먹게 하고 미각 데이터를 받을 작정이라거나, 먹지는 못해도 하다못해 요리를 보고 즐길 작정이라거나, 여러 가지를 생각해 볼 수 있어.』

『아하. 하지만 마지막은 좀 아닌 것 같아. 먹음직한 식사가 눈앞에 있는데도 못 먹다니, 그건 좀 고문이잖아.』

『사람의 생각은 저마다 달라. 당사자가 아니면 모르는 것도 많아.』

아키라는 진상이 무척 궁금했지만, 그것을 확인하려고 가까이서 볼 수도 없다. 포기하고 그대로 점원의 뒤를 따라갔다.

예약한 테이블에는 이미 시오리가 앉아 있었다. 그 자리로 아키라를 안내한 점원이 의자를 당겨서 착석을 권한다. 아키라가 엉거주춤 의자에 앉자 시오리와 아키라의 앞에 각각 메뉴판이 놓인다. 시오리가 메뉴판에 손대지 않고 점원에게 말한다.

"정해지면 부르겠어요."

"알겠습니다."

점원이 인사하고 자리를 떠난다. 익숙한 자들의 자연스러운 대화 속에서 아키라만 따로 놀았다.

슈테리아나는 그 입지 덕분에 적대하는 강력한 헌터끼리 무력 충돌을 피하고 합의 또는 협상을 진행하는 장소로도 이용된다.

이미 일촉즉발인 관계라서 눈이 마주친 순간에 사투로 발전할 수 있는 자들도 도시와 헌터 오피스를 모두 적으로 만드는 것은 상책이 아니라며 최대한 냉정하게 대화할 수 있는 공간. 슈테리아나는 그 의미에서도 고급 점포였다.

시오리는 말끔하면서 근사한 정장 차림이다. 이 자리에 있는 것도 포함해 도시 중위 구역처럼 안전한 곳에서 생활하는 사람의 분위기가 난다. 그대로 황야에 가도 이상하지 않은 아키라의 차림과는 정반대다.

아키라가 그런 시오리의 모습을 보고 이런 차림도 할 줄 알면서 왜 지하상가에서는 메이드 차림을 했는지 다시 의문을 느낀다. 하지만 여기서 메이드 차림으로 있으면 점원으로 오해받을 수도 있겠다고 생각해서 깊이 생각하기를 그만뒀다.

그리고 자세히 보면 시오리의 손은 맨손이어서, 강화 내피를 입은 것처럼도 보이지 않는다. 아키라는 그것으로 시오리에 대한 경계를 풀었다.

반대로 시오리는 아키라의 차림을 보고 경계를 끌어올렸다. 딱히 고성능으로 보이지 않아도 방호복을, 다시 말해서 전투복을 착용했기 때문이다. 시오리는 그 차림의 아키라가 모종의 의사를 표시하는 것으로 보였다.

물론 아키라에게 그런 의도는 없다. 이 옷을 입은 것은 키바야시에게 헌터가 입을 옷으로 적당한 것을 부탁한 결과이며, 단순히 달리 입을 옷이 없었을 뿐이다.

우호적으로 이야기를 진행하는 것은 어려울지도 모른다. 그렇게 판단하고 다시금 각오를 다진 시오리가 초연한 얼굴로 아키라를 본다. 그 표정에는 속에 간직한 강한 의지에서 태어난 일종의 아름다움이 있었다.

"아키라 님. 제 의뢰를 받아주셔서 대단히 감사합니다. 약속한 대로 비용은 제가 치를 테니 원하시는 것을 주문해 주세요."

그 말을 들은 아키라가 잠시 메뉴판을 보지만, 긴장한 눈으로 다시 시오리를 봤다.

"먼저 이야기를 끝내자. 보수를 받아도 되는 결과가 나올지는 모르니까."

역시 경계하는 것이라고, 시오리가 긴장을 키운다.

"알겠습니다. 그렇다면 본론으로 들어가죠."

그렇게 말하고 서로가 긴장한 다음, 시오리는 아키라에게 머리를 깊이 숙였다.

"일전에는 아키라 님에게 이루 사죄하지 못할 만큼의 불편을 끼쳐서 대단히 죄송합니다. 그리고 아가씨를 구해주셔서 대단히 감사합니다."

본심으로 고마움을 전한 뒤, 성심성의껏 탄원한다.

"아키라 님은 저와 아가씨께 유감이 많으신 줄로 압니다. 하오나 모든 허물은 제게 있습니다. 아키라 님이 원하신다면 제 재산이든 몸이든 생명이든 다 바치겠습니다. 하오니 부디, 레이나 아가씨께 잘못을 묻는 것만큼은 자비를 베풀어 주시길 바랍니다."

이것도 시오리의 본심이다. 각오는 됐다.

아키라는 레이나의 섣부른 행동 때문에 한때 확정한 승리가 뒤집힌 데다가 자신과 사투를 벌이게 되었다.

다행히 아키라도, 레이나도, 자신도 죽지 않고 끝났다. 그러나 심하게 원망해도 이상하지 않다. 종자의 잘못이 곧 주인의 책임이라면, 자신의 잘못도 레이나에게 책임이 있다고 판단할 우려가 있다.

그것만큼은 방지해야만 했다.

아키라도 시오리가 말로만 그런 게 아님을 알았다. 자신의 원한이 레이나에게 미치지 않도록 시오리는 모든 것을 바쳐서 레이나를 구하려고 한다. 진지하고 성실한 그 태도에, 아키라는 조금 밀리고 있었다.

"대답하기 전에 하나 물어보겠어. 왜 일부러 헌터 오피스를 경유한 의뢰로 나를 불렀지?"

"의뢰를 받은 상태라면, 아키라 님이 성실하게 대응해 주실 것으로 판단했습니다."

시오리는 지하상가에서 아키라를 고용한 적이 있다. 아키라는 그때 레이나를 비난해서 시오리를 화나게 하고 말았는데, 그것은 적당한 말로 넘어가려고 하지 않고 아키라 자신이 시오리와 교전도 시야에 넣고서 의뢰에 성실하게 대응하려고 한 결과였다.

시오리는 아키라의 본심을 알아낼 필요가 있다. 아키라가 적대시하더라도, 그 정도를 파악해야만 한다. 겉으로는 신경 쓰지 않는 척하고 뒤에서 레이나를 죽이려고 암약하는 것은 방지해야 한다.

시오리가 아키라에게 돈과 몸과 생명을 다 바쳐서 분노가 가라앉는다면 그래도 상관없다. 아키라는 레이나의 생명을 구한 은인이기도 하다. 자신의 목숨 정도로 끝내도 어쩔 수 없다고 납득할 수 있다.

그러나 그렇지 않다면 시오리는 설령 은인이 상대여도 다시 한번 각오해야 한다. 아키라와 같이 죽는 한이 있더라도 레이나를 지킬 각오를.

그렇기에 시오리는 아키라에게 본심을 들어야만 했다.

아키라는 시오리의 의도를 그토록 정확하게 파악할 수 없다. 그래도 거짓말을 듣기 싫어서 이 자리를 마련한 것만큼은 이해했다.

"그래. 그렇다면 네가 납득할지 어떨지는 넘어가고, 성실하게 대답할게. 고개를 들고 들어 봐."

시오리가 고개를 든다. 그리고 각오를 마친 표정으로 아키라의 대답을 기다린다.

심각해진 시오리의 얼굴을 보고, 아키라가 말하기 껄끄러운 투로 대답한다.

"아무 일도 없었으니까, 감정이 생기고 자시고 할 것도 없어. 이게 다야."

"네……?"

시오리는 무심코 표정을 흐트러뜨리고, 자신의 마음속으로 정확하게 표현한 소리를 냈다.

아키라가 조금 멋쩍은 기색을 보인다.

"아, 그래. 그렇지. 설명해야겠지. 알았어. 지금부터 최대한 설명해 볼게. 그러니까 일단은 의문을 다 치워두고, 내 이야기를 들어 봐."

"알겠습니다……."

"헌터 오피스 경유로 내게 의뢰했다면, 내 헌터 코드를 아는 거지? 헌터 오피스 사이트에 있는 내 페이지에서, 요전번 의뢰의, 지하상가 관련 내 전투 이력을 확인해 줘. 돼? 안 되면 내 정보단말을 빌려주겠는데."

"가능합니다. 알겠습니다. 잠시 기다려 주세요."

시오리는 미심쩍게 느끼면서도 정보단말을 꺼내 시키는 대로 아키라의 전투 이력을 확인했다. 그 순간, 시오리의 표정이 경악으로 물든다.

"어떻게 이런 일이……?!"

그곳에 표시된 아키라의 지하상가 전투 이력은 시오리가 아는 것과 동떨어진 내용이었다.

도시에서 의뢰를 받아 지하상가에 3일 다니고, 3일째 되는 날에 부상해 병원으로 후송되었다. 헌터 오피스에서 공개한 아키라의 지하상가 전투 이력은 그게 다였다.

틀린 내용은 아니다. 그러나 정보가 근본적으로 빠져서 결코 올바른 내용이 아니다. 하지만 헌터 오피스에 실린 정보인 이상 공적으로는 그게 전부다.

또한 시오리 일행의 전투 이력은 거의 정확한 내용으로 실렸다. 다만 아키라의 이름은 다른 헌터로 기록되었고, 그 헌터의 정보는 본인이 비공개 설정했다는 이유로 열람할 수 없었다.

더불어 아키라와 다툰 부분에 관해서는 도란캄 소속의 헌터가 외부 헌터와 실랑이를 벌였다고만 기록되었고, 자세한 내용은 도란캄과 해당 헌터가 협상해 비공개 처리한 것으로 되었다.

당황한 시오리에게 아키라가 설명을 계속한다.

"자세한 내용은 의뢰 주체, 다시 말해서 쿠가마야마 시티와 한 비밀 보호 의무 계약으로 말할 수 없지만, 그게 내 지하상가 전투 이력이야. 아무것도 없지? 아무 일도 없었던 이상 나는 뭘 어떻게 하지도 않고, 그럴 마음도 없어. 아무 일도 없었으니까."

키바야시와 거래함으로써, 아키라의 지하상가 전투 이력은 흔해 빠진 내용으로 수정되었다. 그리고 아키라는 그 부분을 외부에 발설할 의지가 없다. 아무 일도 없었다고 변경된 전투 이력을 사실로 받아들이고 행동할 작정이다.

그것으로 아키라의 머릿속에서는 두 사람과의 대립도 전부 없었던 일이 되었다. 적어도 다시 들쑤실 마음은 없다. 그들에게 감정이 없다고는 할 수 없지만, 그렇다고 그 일로 뭔가 행동을 일으킬 마음은 없다. 그 부분은 완전히 정리했다.

"납득할 수 없다면 네 멋대로 도시에 문의해 봐. 물론 나를 끌어들이지 말고. 나는 도시에 싸움을 걸 마음이 없으니까."

지하상가에서 있었던 일로 레이나와 시오리에게 뭔가 했다간 도시가 적이 된다. 그러므로 아무것도 안 한다. 아키라는 그런 의미를 담아서 설명을 마무리했다.

시오리는 정보단말에 표시된 아키라의 전투 이력과 눈앞에 있는 아키라를 몇 번이고 번갈아서 본 다음, 생각에 잠겨서 상황을 파악하려고 애썼다.

거짓말이나 착오, 착각이나 암묵의 동의 같은 차이에서 사태가 치명적으로 나빠질 우려가 있는지를 자세히 검토한다. 그런 다음 진지한 얼굴로 다시 한번 아키라에게 확인을 구한다.

"……아무 일도 없었다. 그렇게 알면 되겠습니까?"

아키라는 똑똑히 고개를 끄덕였다.

"그래. 아무 일도 없었으니까."

"알겠습니다. 그러면 아무 일도 없었다는 확인에 구태여 함께해 주신 보답으로, 원하시는 것을 주문해 주세요."

시오리는 미소를 짓고 아키라에게 메뉴판을 권했다.

"그렇다면 사양하지 않을게."

아키라는 그렇게 말하고 메뉴판을 집었다. 그것을 본 시오리가 가슴을 쓸어내린다.

이것도 거래다. 거래가 성립한 이상, 이것으로 아키라도 아무 일도 없었다는 명목을 뒤집으려고 하지 않겠지. 적어도 이번 일로 레이나를 해할 일은 없다. 그렇게 판단하고 안심했다.

아키라가 메뉴판에 손을 뻗어 보수를 받을 의사를 표명한 시점에서 거래는 성립했다. 이로써 시오리는 후환을 없앴다.

아키라가 메뉴판을 보고 끙끙댔다. 메뉴판에는 각양각색의 요리 이름이 실렸는데, 아키라는 그 이름을 봐도 그것이 어떤 요리인지는 전혀 모른다.

『알파. 이 '아랑듀스 그리에 & 신 파리에스 풍 에리아네스' 는 어떤 요리야?』

『몰라. 뭔가 고기 요리 같은데.』

『뭐, 고기 요리 페이지에 있으니까 그렇긴 하겠지만…….』

메뉴를 응시하고 난해한 얼굴로 끙끙대는 아키라를 본 시오리가 친근하게 미소를 지으며 도움의 손길을 내민다.

"아키라 님. 저는 오늘의 추천 코스를 주문하려고 합니다. 기본적으로 실패할 일이 없으니 고민되신다면 아키라 님도 같은 코스 요리를 시키시는 게 어떨까요? 부족하면 추가도 주문하셔도 되니 우선 가게의 추천 요리를 시험해 보시는 것도 괜찮을 겁니다."

"……그렇게 해 주세요."

아키라는 자신의 불운을 잘 안다. 운에 맡겨서 메뉴에서 적당히 고르는 방법도 있겠지만, 그러다가 영문 모를 요리를 고르면 모처럼 찾아온 좋은 기회를 망치고 만다. 그렇게 생각하고 시오리의 호의를 받아들이기로 했다.

시오리가 점원을 불러 주문을 마친다. 얼마 후 여러 요리가 두 사람의 앞으로 나왔다.

그중에 아키라가 아는 요리는 하나도 없다. 하나같이 비싸고 맛있어 보인다. 아키라는 꿀꺽 소리를 내고 새하얀 접시에 올라가 식욕을 자극하는 요리에 포크를 내밀어 긴장한 기색으로 천천히 먹기 시작한다.

폭력적인 맛이 아키라를 엄습한다. 혀로 전해지는 미지의 충격에 아키라는 정신을 잃을 뻔했지만, 아슬아슬하게 버텼다. 냉정함을 잃으면 죽음으로 이어진다. 그것을 아키라에게 일깨워 준 여러 경험이 힘을 발휘했다.

아키라는 원재료도 조리법도 모르는 요리를 천천히 씹고, 맛보고, 삼켰다. 아키라의 미각을 근본부터 바꿔놓을 듯 훌륭한 식체험이었다. 슬럼에서는 결코 맛볼 수 없는 행복이 있었다.

감동이 일정 수준을 넘어선 듯한 아키라의 반응에 알파가 걱정스럽게 말을 건다.

『아키라. 괜찮아?』

"괘, 괜찮아."

아키라는 무심코 염화가 아니라 입으로 말했다. 즉, 괜찮지 않다.

영문도 모를 발언을 들은 시오리가 조금 이상해하는 기색을 보인다.

"아키라 님. 입맛에 안 맞으십니까?"

아키라는 정신 사납게 허둥지둥 고개를 가로저었다.

"네? 아, 괜찮아요. 너무 맛있어서 놀랐을 뿐이에요."

시오리가 아키라의 태도를 조금 이상하게 여기면서도 안심하고 표정을 푼다.

"아키라 님의 입맛에 맞는 요리를 추천할 수 있어서 다행이군요. 제한 시간은 없으니 천천히 드시죠."

"네, 그럴게요."

아키라는 겨우 그렇게 대답하고 식사를 재개했다. 그리고 다시금 너무나도 맛있는 요리 때문에 훈훈한 정도를 넘어서 정신 상태를 걱정하게 하는 반응을 보였지만, 이번에는 알파도 말을 걸지 않았다. 섣불리 말을 걸었다간 또 실수할 것 같기 때문이다.

시오리도 식사하면서 아키라의 낌새를 살핀다.

활짝 웃으며 요리를 먹는 아키라의 모습은 비장의 수단인 가속제를 쓰면서까지 싸운 자신과 호각으로 맞섰던 인간으로는 도무지 보이지 않는다.

어디에나 있을 법한 어린아이. 조금 어리게 보이는 소년의 모습이다.

그러나 그 모습을 봤다고 해서 시오리는 아키라에 대한 경계심을 늦추지 않았다. 오히려 이번 일로 아키라에 대한 평가와 경계를 더욱 높였다.

아키라의 지하상가 전투 이력은 실제와 동떨어져서 꼴사나울 정도로 나쁜 내용으로 수정되었다.

헌터 오피스에 실린 정보다. 제아무리 쿠가마야마 시티라도 본인의 승낙을 안 받고 그렇게 할 수는 없다. 확실하게 모종의 거래가 이루어졌다.

그리고 자신에게 그 사실을 설명한 아키라의 태도로 봐서는 도시에 대한 반감이나 불만은 느껴지지 않았다. 따라서 그러한 악감정을 뒤집을 만큼의 이익을 얻었다고 판단할 수 있다.

즉, 도시 측은 협박이 아니라 이익으로 아키라에게 승낙을 구한 것이다. 바꾸어 말하자면, 아키라에게 그만한 실력이 있음을 인정한 셈이다. 혹 불면 날아가는 헌터로 판단했다면, 도시 측에서도 그 정도로만 대처하면 끝날 일이다.

도란캄의 사무 파벌은 조직의 발전과 자신들의 세력 확대를 노리고 신인 헌터 세력을 증강하려고 한다. 우수한 신인 헌터 유치도 적극적으로 추진하고 있다.

그러나 아키라를 데려오려고 한 흔적은 없었다. 아키라 정도의 실력자라면 소행에 다소 문제가 있어도 영입하려고 할 것이다. 시오리는 그렇게 생각해 의문을 더욱 키운다.

단순하게 도란캄의 영입 활동에서 우연히 찾아내지 못했거나, 아니면 그만한 실력으로도 상쇄하지 못할 만큼 뭔가 커다란 문제를 끌어안은 인물이거나. 어느 쪽도 있을 법하다고 생각에 잠긴다.

(조사가 필요하지만…… 그것이 긁어 부스럼을 만들 우려도

있습니다. 레이나 아가씨에게 불똥이 튀는 사태는 피해야 하겠죠…….)

시오리는 아키라와는 다르게 미식에 의식이 흐트러지는 일 없이 눈앞에 있는 인물에 대응하는 방법을 냉정하게 생각하고 있었다.

그런 시오리를 알파가 가만히 본다.

아키라는 두 사람의 분위기도 모르고 분수에 넘치는 행복을 느끼면서 식사하고 있었다.

제66화 본래의 실력

아키라가 슈테리아나에서 식사하고 위장이 만족과 만복을 느껴 미식에 대한 저항력이 겨우 생기기 시작했을 무렵, 테이블에 있는 요리는 디저트만 남았다.

더 주문해도 되지만, 아키라는 나온 요리를 남길지도 모른다는 두려움으로 갈등한 끝에 추가 주문을 포기했다. 예술품처럼 가공한 디저트를 조금씩 맛보고, 그때마다 표정을 확 풀면서 슬슬 끝이 가까워지는 행복한 시간에 대한 감상에 젖는다.

시오리가 똑같은 디저트를 먹으면서 아키라에게 묻는다.

"그렇다면 아키라 님은 오랫동안 혼자서 헌터 활동을 하신 겁니까?"

아키라가 디저트의 맛에 의식을 반쯤 빼앗기면서 대답한다.

"그래. 쭉 혼자 했어. 말은 그래도, 그렇게 오랫동안 헌터 활동을 한 건 아니지만."

"동료를 모집하거나 특정 조직에 들어갈 예정은 없습니까? 토벌이든 유물 수집이든, 혼자서는 힘들 때도 많을 텐데요."

"그건 그렇지만, 지금은 혼자서 하는 게 직성에 맞아. 혼자면 보수 분배로 다툴 일도 없고, 나는 제법 즉흥적으로 행동하는 편이니까, 집단행동으로 다투는 것보다 그게 더 나아."

시오리는 아키라의 정보를 최대한 입수하려고 잡담 중에 이것저것 물어봤다. 친근하게 미소를 지으면서 뒤에서는 신중하게 정보 수집에 애쓴다. 이야기 내용은 아키라의 감각으로 봤을 때 잡담의 범주이지만, 시오리는 질문할 내용을 잘 생각하면서 물어봤다.

아키라도 생각나는 대로 이것저것 물어봤다. 시오리와 레이나가 소속한 헌터 조직인 도란캄에 관해서도 별생각 없이 물어봤다.

"아하, 신인 헌터를 모으는구나."

"네. 도란캄은 조직의 방침으로 젊은 신인 헌터의 가입을 추진하고 있습니다. 요새는 초심자라도 상관없이 유치하고 있다더군요."

"내가 할 소리는 아니지만, 총만 든 초심자를 모아도 금방 죽지 않아?"

똑같이 초심자라고 표현해도, 시오리와 아키라가 말하는 초심자에는 큰 차이가 있다. 그 까닭에 두 사람의 인식은 미묘하게 엇갈리지만, 이야기의 큰 흐름을 망칠 정도는 아니었다.

"초심자를 그대로 황야로 보내면 그렇게 되지만, 도란캄에서는 연수 기간을 두고 대처합니다. 그 밖에도 장비를 대여하는 식으로 실력을 끌어올리게 합니다."

"장비라……. 장비는 중요하지."

아키라는 절절하게 말했다. 조악한 권총을 한 손에 쥐고 쿠즈스하라 시가지 유적으로 갔다가 죽을 뻔한 몸으로서는, 장비 대여가 기꺼이 달려들고 싶은 우대 조치로 느껴졌다.

"뭐랄까, 헌터 조직은 밑에 있는 사람들을 쥐어짜는 곳만 있는 줄 알았는데, 그런 조직도 있구나. 조금 뜻밖인걸."

"장기적으로는 도란캄 측에도 충분히 이익이 되니까요. 다만 신인의 대우가 너무 과하다며 고참 헌터들 사이에서 불만이 커지고 있다고 합니다."

신인에게 빌려주는 장비도 공짜는 아니다. 신인을 훈련하면 돈을 못 번다. 그렇게 전가되는 부담은 현재 돈을 잘 버는 자들에게 편중되기 마련이다.

나아가 신인들은 조직에 가입할 때부터 풍족한 환경을 제공해 주니까 그 대우를 당연하게 누리려는 경향이 있다. 그래서 고참과 신인의 알력이 서서히 커지고 있다.

"그러나 그것으로 유능한 신인 헌터를 다수 영입하는 데 성공한 것도 사실입니다. 그리고 애초에 조직 방침을 정하는 간부들도 태반이 고참입니다. 신인이 나쁘다, 고참이 나쁘다 하고 일방적으로 말할 수는 없겠죠."

아키라의 뇌리에 시카라베와 카츠야의 모습이 떠오른다. 사이가 몹시 나쁜 느낌이었는데, 그러한 배경이 있었구나 하고 어렴풋이 생각한다.

"시카라베랑 카츠야였던가? 두 사람도 그런 이유로 사이가 나빠?"

시오리가 약간 못마땅한 기색으로 얼굴을 찡그린다.

"시카라베 님과 카츠야 님 말씀인가요. 시카라베 님은 예전에 인솔자로서 카츠야 님과 함께 행동하셨는데, 보아하니 상성이 너무 안 좋았다고 들었습니다. 카츠야 님도 나쁜 분은 아니지만……."

화제가 그대로 카츠야 관련으로 넘어가고, 아키라는 시오리에게 푸념에 가까운 이야기를 듣게 되었다.

이미 카츠야는 신인으로 보기 어려울 만큼 여러 전투 성과를 내놓았다. 지하상가에서도 새로이 토벌 팀으로 배속되는 등, 다른 실력자들과 비교해도 손색이 없는 성과를 거둬 그 뛰어난 실력을 널리 증명했다. 도란캄의 사무 파벌도 카츠야를 신인 육성의 성공 사례로 몹시 칭찬했다.

그게 전부라면 시오리도 눈살을 찌푸릴 일이 없다. 문제는 그 부산물이었다. 여자들에게 인기가 너무 많은 것이다.

카츠야는 도란캄의 신인 헌터 중에서 1, 2위를 다투는 실력자이며, 장래성이 유망하고, 조직의 사무 파벌 간부로부터 후하게 대우받는 데다가 외모도 좋다.

그것만으로도 인기를 끌 요소를 다 갖췄는데, 더불어서 타인을 구하러 자진해서 달려가는 자세가 카츠야의 인기에 박차를 가했다.

당연하지만 헌터 활동에는 위험이 따른다. 위험한 지경에 처해서 타인의 도움을 필사적으로 요청하는 자도 많다.

그런 위기 상황에서 망설이지 않고 달려가고, 몸을 바쳐 구해 주고, 무사한 것을 진심으로 기뻐해 주고, 보답을 바라지 않는 자가 있다. 남녀를 불문하고 자연스럽게 고마움과 존경심을 느끼기 쉬운데, 여자일 때는 그것에 호감이나 연모가 더해지는 일도 많았다.

나아가 타산으로 접근했다가 진짜로 끌린 자, 실력을 인정하면서 관심이 호감으로 변한 자도 있어서, 카츠야에게 강한 감정을 품은 여자는 무자각한 자를 포함해서 상당수에 이른다. 레이나도 그중 한 사람이다.

시오리가 씁쓸한 듯한 표정으로 조금 가시가 돋친 목소리를 낸다.

"저도 카츠야 님이 아가씨와 성실하게 교제해 주신다면 쓴소리를 할 마음이 추호도 없습니다. 그러나 특정 상대를 만들 생각도 없이, 다가오는 분들에게 기대감을 주는 말이나 하면서 명확하게 거절하지도 않고, 나날이 그 숫자를 늘리고 있지 뭡니까?! 본인에게 그런 뜻이 없다고 용서할 수 있는 일이 아닙니다!"

"그, 그래요. 그렇군요……."

아키라는 모호하게 대답하면서 식후 커피를 마신다. 이미 석 잔째이고, 디저트는 다 먹은 뒤다. 시오리는 추가로 디저트를 두 접시 시켰다.

"그야 카츠야 님에게는 희귀한 재능이 있습니다. 타인을 자진해서 구하려는 자세도 칭찬해 마땅합니다. 인기가 많은 것도 어쩔 수 없겠죠."

평소 이러한 이야기를 할 기회가 없는 탓도 있어서, 시오리는 속에 쌓인 불만을 토하듯이 조금 흥분해서 말하고 있다.

"하지만! 본인이 유혹한 것이 아니라고 해도! 멋대로 다가오는 거라고 해도! 그냥 넘어갈 문제가 아닙니다! 아키라 님은 어떻게 생각하시죠?!"

솔직히 아무래도 좋다. 게다가 목숨이 걸린 상황에서 함께 행동하면 다소 친해지는 것도 어쩔 수 없지 않을까.

아키라는 그렇게 생각했지만, 솔직하게 대답했다간 상대의 심기를 불필요하게 해칠 것은 명백하므로, 이전의 실패를 되풀이하지 않고자 의뢰를 받은 이상 성실하게 대응한다는 자신의 원칙을 어기지 않는 정도의 의견을 잘 포장한다.

"아니, 저는 여자보다 먹을 것에 관심이 많을 때라서 그런 일은 잘 모른다고 할까요. 의견을 물어봐도 조금 곤란하다고 할까……. 아니, 그게 말이죠. 카츠야를 옹호하는 게 아니라, 생사가 걸린 사태가 많이 발생하는 게 당연한 헌터 활동을 하다 보면 아마도 이래저래 그럴 수밖에 없다고 생각하는데요……."

"하지만 카츠야 님은 저도 유혹하려고 했는데요?! 더군다나 아가씨께서 곁에 있을 때! 그것 말고도……."

카츠야는 본인이 유혹하지 않는다고 하지 않았던가? 애초에 정말로 유혹했을까? 멋대로 그렇게 해석한 게 아닐까? 아키라는 그렇게 생각하면서도 조금 감정에 치우친 시오리를 자극하지 않으려고 침묵했다.

"이것은 너무나도…… 음? 실례하겠습니다."

시오리는 정보단말을 꺼내 뭔가 확인하더니, 정신이 번쩍 든 것처럼 차분한 태도로 돌아왔다.

"죄송합니다. 방금 동료에게 연락이 와서, 제반 사정으로 저는 이만 실례하겠습니다. 아키라 님은 어쩌시겠습니까? 추가 주문을 희망하신다면 지금이 마지막 기회인데……."

"아뇨, 충분히 먹었으니까 저도 나갈게요. 정말 맛있는 식사를 경험하게 해 주셔서 감사합니다."

살았다. 그렇게 생각하면서 아키라는 정중하게 인사했다.

꿈만 같은 시간이 끝나고, 아키라는 현실로 돌아왔다. 지금은 가게 밖으로 나와 감상에 젖은 기색으로 슈테리아나의 외관을 보고 있다.

『정말 맛있었어. 돈 많은 녀석들이 뭘 먹는지 궁금했던 적이 있는데, 이런 걸 먹는구나.』

알파가 조금 의미심장하게 미소를 짓는다.

『그렇게 마음에 들면 다음에는 자기 돈으로 오자.』

아키라가 정색한다.

『아니, 그건 무리지.』

계산을 마친 시오리와 점원의 대화로 알아낸 대금은 잘못 들었거나 환청으로 생각하고 싶어지는 금액이었다. 사람은 식사에 그만한 돈을 낼 수 있다고, 아키라의 머릿속 금전 감각이 다시 흔들리는 일이었다.

알파가 왠지 기대하는 듯 웃는다.

『그 정도는 가볍게 벌면 돼. 열심히 해 봐.』

알파의 의뢰를 달성하려면 얼마나 강해질 필요가 있을지. 그것은 아직 알 수 없지만, 적어도 이번 식사비 정도는 가볍게 벌 정도의 힘이 필요한 듯하다. 그렇게 생각한 아키라가 간신히 웃으며 대답한다.

『노력해 볼게.』

『기대해 볼게.』

그렇게 말하고 즐겁게 웃는 알파와 함께, 아키라는 집으로 돌아갔다.

가게 앞에서 아키라와 헤어진 시오리가 정보단말을 꺼내 동료에게 연락한다.

"나야. 지금부터 돌아갈 테니까 아가씨께도 그렇게 전해 줘."

단말 너머에서 동료의 가벼운 말투가 들려온다.

"알았슴다. 그나저나 무사함까? 팔다리는 안 떨어졌슴까? 아씨가 걱정하던데요?"

평범하게 이야기하면 레이나가 걱정할 내용이 될 리가 없고, 애초에 자신이 아키라와 만난 것을 굳이 알릴 필요도 없을 것이다. 시오리가 표정을 조금 굳힌다.

"무사해. 카나에, 당신 설마 아가씨에게 이상한 소리는 안 했겠지?"

"현황 파악을 겸해서 잡담한 검다."

"화제는?"

"여러 가지죠. 아씨의 헌터 활동이라든가, 아씨가 푹 빠진 카츠야란 헌터의 이야기라든가. 그리고 지하상가 이야기도 했네요. 누님이 죽을 뻔했다는 이야기도 들었는데요? 지금 그 자식을 만난 거죠?"

시오리가 언짢은 기색을 드러낸다.

"아가씨와 이야기할 때는 지하상가 화제를 피하라고 말했을 텐데?"

"이야기하다 보니까 그 화제가 나온 겁니다. 누님과 다르게 저는 무력 요원이니까, 생활 면에서 자잘하게 배려하는 대응을 요구해도 곤란합니다. 불만이 있으면 빨랑 돌아와요."

"곧장 돌아갈게."

시오리는 그 말만 하고 통화를 끊었다.

◆

쿠가마야마 시티의 중위 구역, 방벽 안쪽에 있는 맨션의 한 방에서, 카나에라고 불린 여자가 시오리와의 통화가 끊긴 정보단말을 보고 슬쩍 웃었다.

"기분 꽝인갑네."

앳된 티가 남은 웃음에는 장난을 즐기는 악동처럼 영악한 분위기가 감돌았다. 그것은 시오리의 표정을 거의 정확하게 상상해서 지은 웃음이다.

카나에는 지하상가에서 시오리가 그랬던 것처럼 메이드 옷을 입었다. 그러나 그 옷은 방탄, 방검, 내충격성이 뛰어난 강화 섬유로 짠 천으로 만들어서 헌터들이 입는 방호복과 성능 면에서 큰 차이가 없다.

이 메이드 옷은 긴급 상황에서 착용자가 방패가 되어 경호 대상을 적의 공격으로부터 지키는 목적으로 제조된 물건이다. 스커트 자락 아래로 보이는 검정 타이츠 같은 것도 강화 내피다.

카나에는 레이나의 경호원으로 이 자리에 취임했다. 레이나를 곁에서 지킨다는 의미로는 시오리와 같지만, 메이드로서 레이나의 시중을 드는 시오리와는 명백히 다르게 순수한 전투 요원으로 파견되었다.

시오리와의 연락을 마친 카나에가 레이나가 있는 곳으로 돌아간다. 일단은 레이나가 지금 이야기를 듣지 않게 자리에서 멀어진 것이다.

도란캄의 신인 헌터는 기본적으로 조직의 기숙사에서 생활하지만, 강제는 아니다. 그곳이라면 조직의 지원을 받아 싸게 먹힐 뿐이다.

레이나는 시오리의 요청으로 다른 집을 빌렸다. 처음에는 조직의 기숙사도 괜찮다고 생각했지만, 지금은 집을 빌려서 다행으로 여겼다. 조직의 기숙사에서 메이드를 두 사람이나 데리고 사는 것은 아무리 그래도 조금 힘들기 때문이다.

더불어 지금은 지하상가에서 있었던 일로 헌터 활동을 휴업 중이다. 그 상태로 조직의 기숙사에 틀어박히면 평판이 나빠질 것이다.

카나에가 거실에서 교재를 한쪽에 두고 공부하던 레이나에게 말을 건다.

"아씨. 누님은 지금부터 돌아온다고 했습니다."

"누님? 아아, 시오리 말이구나. 저기, 무사하지?"

"다친 데는 없는 것 같던데요. 곧장 돌아온다고 했습니다. 괜찮아요."

레이나는 안심해서 가볍게 숨을 내쉬고, 카나에를 조금 책망하듯이 봤다.

"다행이야. 거참, 카나에가 이상한 소리를 해서 걱정했잖아. 겁주지 마."

어쩌면 시오리는 살아서 돌아오지 못할지도 모른다. 카나에는 그렇게 말해서 레이나를 불안하게 했다.

카나에가 뻔뻔하게 대답한다.

"죽을 때는 누구나 죽는 법입니다. 특히나 헌터 활동을 하면 더더욱 그렇습니다. 방벽 밖으로 가는 이상, 각오가 필요한데요?"

레이나가 조금 못마땅한 눈치로 얼굴을 찡그린다.

"그건 그렇지만……."

레이나는 시오리가 자신에게 행선지도 알리지 않고서 볼일이 있다는 말만 남기고 외출한 것에 불안을 느끼고, 카나에에게 시오리의 볼일에 관해 물어봤다.

그리고 카나에는 직무상 대답할 수 없는 부분을 빼고 질문에 나름대로 대답했다.

당황한 레이나는 카나에에게 지시해서 시오리의 안부를 확인하게 했다. 그리고 아무 일도 없었다고 해서, 카나에가 한 말을 농담이나 쓴소리의 일종으로 여겼다.

카나에는 레이나의 표정에서 그 속마음을 읽고, 자신의 속마음이 얼굴에 드러나지 않도록 주의하면서 생각한다.

(24시간 이상 연락이 안 닿을 때는 사망을 전제로 행동하도록 누님이 지시한 것. 사망 시 추가 인원 파견 처리도 마친 것. 누님의 죽음은 충분히 상정할 수 있는 사태인데, 아씨는 여전히 인식이 어설프네요~.)

실제로 시오리는 자신이 죽을 때를 대비한 인수인계 사항과 각종 지시를 마치고, 그 필요성을 충분히 이해하고서, 전부 각오한 상태로 아키라와 만났다.

카나에는 레이나를 너무 곱게 자란 철부지로 인식한다.

하지만 그것을 불만으로 여기지 않는다. 나쁘게 말하자면 그 철부지의 뒤치다꺼리로 생활의 양식을 얻기 때문이다. 나아가 레이나가 그 어설픔으로 또 사고를 치면 자신의 입맛에 맞는 상황이 늘어날 것으로 생각했다.

카나에는 전투광 기질이 있고, 본인도 그것을 잘 안다. 충분한 보수와 알맞은 전장을 제공해 주는 고용주에게 반감을 품을 필요는 없다.

레이나는 지하상가에서도 사고를 쳤다고 들었고, 그때 자신이 있었으면 즐길 수 있었겠거니 했다.

불필요한 위험을 피하도록 레이나를 교육하는 것은 시오리가 할 일이다. 카나에는 레이나의 위기 인식을 고칠 마음이 전혀 없었다.

집으로 돌아온 시오리는 카나에와 같은 메이드 옷으로 갈아입고 나서 레이나에게 외출 사유 등을 포함해 꼼꼼하게 설명했다.

아키라에 관한 우려 사항은 정리됐지만, 사정을 모르는 레이나가 또 들쑤시면 도로아미타불이 될 수가 있다. 그 언저리를 공들여 설명했다.

이야기를 다 들은 레이나가 확인하듯이 시오리에게 묻는다.

"저기, 아키라는 화나지 않았다고 보면 돼?"

"'아무 일도 없었으니까, 감정이 생기고 자시고 할 것도 없다.'라고 합니다. 그것이 아키라 님의 기본자세입니다. 혹시나해서 말씀드리지만, 레이나 아가씨께서도 아키라 님에게 지하상가에서 있었던 일로 감사하거나, 사죄해선 안 됩니다. 그 이야기를 하는 것도 자제해 주세요."

"고맙다고 말하는 것도 안 돼?"

"안 됩니다. 아무 일도 없었으니까요. 감사의 말이라도, 공적으로 존재하지 않는 사태의 이야기를 끌어내려고 했다고 판단해서 도시 비밀 보호 의무 계약을 맺은 아키라 님에게 피해를 주려는 발언으로 오해할 우려도 있습니다. 모쪼록 주의해 주시기 바랍니다."

자신과 시오리의 은인에게 구해줘서 고맙다는 말도 할 수 없다. 말하면 피해를 줄 우려가 있다. 그것은 레이나에게 무척 괴로운 일이다.

그러나 억지를 쓸 수도 없다. 아키라에게 미안하면서도 고개를 단단히 끄덕인다.

"그렇구나……. 알았어."

시오리가 레이나의 속마음을 알아차리고 위로하듯 미소를 짓는다.

"아키라 님에게 할 사례와 사죄는 제가 마쳤습니다. 아키라 님도 즐겁게 식사하신 것 같고요. 그러니 아가씨께선 더 걱정하지 않으셔도 됩니다."

카나에가 신나게 웃으며 끼어든다.

"죽게 내버려 둔 게 마음에 안 든다면 제가 몰래 때려도 되는데요?"

레이나와 시오리가 비난하는 눈으로 카나에를 봤다. 카나에가 농담조로 쩔쩔매는 척한다.

"어이쿠, 나만 왕따임까? 이건 그거라고요. 두 분의 그건 그거, 이건 이거 같은 체증이 확 풀렸으면 해서 좋은 뜻으로 한 말임다? 딱히 성인군자도 아니고, 감정이 전혀 없는 것도 아니죠? 아, 틀렸으면 사과하겠슴다."

레이나와 시오리가 카나에를 흘겨보며 호흡을 맞춘다.

"그러지 마."

"그러지 말아요."

레이나도, 시오리도, 아키라에게 아무 감정이 없다고 말할 수는 없다. 아키라에게 그럴 의리나 의무가 없다고는 해도, 자신을, 주인을, 죽게 내버려 두려고 했다. 그 말대로 가슴속에 앙금이 남아 있다.

그러나 그 원인은 자신들이 제공했고, 더군다나 결과적으로 아키라 덕분에 목숨을 구했다. 나아가 그때 있었던 일을 나중에 냉정하게 생각해 보면, 자신들을 모두 살리려고 최선을 다했음이 명백했다.

게다가 레이나와 시오리는 가슴속에 남은 앙금을 아키라에게 푸는 후안무치한 사람이 되기 싫었다.

카나에가 가벼운 투로 사과한다.

"농담임다. 장난이 심했슴다. 죄송함다."

카나에는 비장의 수단을 쓴 시오리와 호각으로 맞섰다는 아키라의 실력에 강한 흥미를 느꼈다.

그래서 자세한 사정을 아무것도 모르는 척하고 나중에 아키라를 슬쩍 찔러 보려고 했는데, 두 사람의 태도를 보고 포기했다.

(아씨는 그렇다 치고, 아씨에게 푹 빠진 누님이 이런 태도란 말이죠. 아키라 그 자식은 그렇게 위험할까요? 음~ 궁금함다.)

카나에는 고용주나 경호 대상에게 시오리만큼의 충성심을 느끼지 않는다. 그래도 고용주에게 은혜는 느낀다. 레이나를 감싸고 죽을 각오도 있다.

하지만 그것은 일에 임하는 자세에 따른 것으로, 합당한 보수와 마음 편한 노동 환경을 제공해 주는 것이 전제 조건이다. 카나에와 시오리는 주인을 향한 마음이 크게 달랐다.

레이나를 향한 시오리의 충성심은 카나에도 잘 안다. 그렇기에 그 시오리가 충성을 바치는 대상을 죽게 내버려 두려고 한 상대에게, 분명 존재할 터인 앙금을 조금도 겉으로 드러내지 않는다는 사실에 몹시 놀랐다.

카나에가 그 이유를 추측한다. 결과적으로는 레이나를 구해주었다는 고마움이 그만큼 강하니까. 혹은 그 앙금을 겉으로 드러내는 것조차 주저할 정도로 아키라를 경계하니까. 둘 중 무엇이 시오리의 본심인지는 카나에도 모른다.

하지만 후자이기를 기대하고, 카나에는 희미하게 웃었다.

◆

도란캄의 시설에 있는 방에서, 험악한 표정을 지은 카츠야가 불만을 강하게 드러냈다.

"아무 일도 없었다뇨, 그게 무슨 말입니까?!"

카츠야는 지하상가에서 있었던 일을 도란캄에 보고할 때 미즈하에게 조직에서 조사할 테니 섣불리 움직이지 말고 기다리라는 지시를 받았다.

도란캄에도 체면이 있다. 소속한 헌터가 외부 헌터에게 죽을 뻔한 사태가 벌어지면 마땅히 대처할 필요가 있다. 그리고 어떻게 대처할지 정하기 위해서 경위를 자세히 조사한다.

그래서 우선 그 결과를 기다리라는 말을 들은 카츠야는 하는 수 없이 기다리기로 했다.

그러나 오래 기다린 끝에 겨우 들은 조사 결과는 '아무 일도 없었다'였다.

납득하지 못해서 흥분한 기색인 카츠야에게, 미즈하가 사죄의 뜻으로 머리를 깊이 숙인다.

"미안해. 납득할 수 없는 마음도 이해해. 그건 나도 너와 같은 심정이야. 하지만 나도 그렇게 말할 수밖에 없어."

"그, 그렇게 말씀하셔도……."

죄가 없는 사람이 정중하고 진지한 태도로 사과하면 카츠야도 강하게 나설 수 없어서, 거칠어진 목소리를 낮추고 기세를 잃었다. 하지만 못마땅한 기색은 남았다.

미즈하가 계속해서 간곡히 사과한다.

"정말 미안하지만, 도란캄의 공식 견해는 아무 일도 없었다는 것으로 확정되고 말았어. 유감이지만, 이건 뒤집을 수 없어. 내 힘으로는 어쩔 수 없는 일이야. 그리고 카츠야도 도란캄에 소속한 이상, 공식 견해에 맞춰야 할 거야."

"그, 그런 일이……."

"미안해. 정말 미안해."

카츠야도 미즈하가 잘못했다고는 여기지 않는다. 그런 미즈하가 간곡히 빌면 물러날 수밖에 없었다.

"알겠습니다……."

미즈하가 안도의 숨을 내쉬고 미소를 짓는다.

"고마워. 네가 있어서 다행이야."

"아뇨. 제가 미즈하 씨에게 화내도 소용없는데, 죄송합니다."

"괜찮아. 이런 말을 전하는 것도 내 일이니까. 또 무슨 일이 생기면 언제든지 말해 주렴."

"네. 실례하겠습니다."

카츠야가 방에서 나오자 유미나가 기다리고 있었다.

"카츠야. 직성은 풀렸어?"

"좌우지간 도란캄의 윗선에서 복잡한 일이 있어서 내가 뭘 말해도 소용없다는 건 알았어."

카츠야가 유미나를 걱정하듯 묻는다.

"유미나는 괜찮아? 그 녀석에게 인질로 잡혔었는데."

그 말에 유미나가 슬쩍 웃고 태연하게 대답한다.

"나는 카츠야가 무사하기만 하면 돼."

그렇게 대놓고 말하는 바람에 조금 쑥스러워진 카츠야는 동요와 기쁨을 희미하게 드러냈다.

"그, 그래?"

"그래. 그러니까 납득할 수 없다고 괜한 소란을 부리진 마."

"알았어."

유미나가 그래도 괜찮다고 참는다면 자신이 괜히 고집을 부릴 필요는 없겠지. 그보다도 유미나가 또 그런 지경에 처하지 않게 자신이 더 강해지는 게 낫다. 카츠야는 그렇게 생각하고 불만을 참았다.

유미나도 지하상가에서 있었던 일을 도란캄에서 아무 일도 없었다고 결정한 것이 의외였다.

하지만 카츠야와 다르게 그 사실에 분노하지는 않는다. 나름대로 추측한 결과, 아키라는 아마도 피해자일 것으로 판단했기 때문이다.

아키라와 시오리가 사투를 벌인 것은 확실하고, 아무리 봐도 레이나 역시 말려들었다. 그러한 상황에서 아키라에게 명확한 허물이 있다면 시오리가 아키라를 그냥 넘어갈 리 없다. 도란캄 에서 제지하는 정도로 보복을 그만둘 것 같지는 않다.

그러나 그 뒤로 개인적으로 탐문하고 조사한 범위에서는 시오 리가 아키라에게 뭔가 하려는 움직임을 확인하지 못했다. 그렇 다면 허물은 레이나와 시오리에게 있거나, 우발적인 상황에서 운 나쁘게 교전했다는 결론이 나온다.

그런데도 그 상황에서 레이나와 시오리 모두 죽지 않은 것을 보면 아키라가 죽이지 않게 주의했을 가능성이 크다. 그때 자신 들이 적대를 전제로 끼어든 것이다. 그렇게 대응할 수밖에 없겠 다고, 어떤 의미로는 납득하기도 했다.

그리고 유미나가 그 추측을 카츠야에게 말하지 않은 것은 섣 불리 알려주면 괜한 다툼이 생길 것 같기 때문이다. 그런 건 믿 을 수 없다. 직접 만나서 확인하겠다. 카츠야가 그렇게 말하고 아키라에게 따지고 드는 사태는 사양하고 싶었다.

카츠야와 아키라가 접촉할 기회가 늘어나면 그만큼 다툼도 늘 어날 것 같다. 그렇다면 위에서 지시를 내려 아키라에게 진상을 물어볼 수 없게 된 상태로 두는 게 낫다. 카츠야도 아키라와 불 필요하게 엮이려고 들지 않으리라.

유미나는 그렇게 판단하고 카츠야에게 괜히 말하지 않았다.

카츠야의 설득을 마친 미즈하가 슬쩍 숨을 내쉬고 미소를 짓 는다.

"이걸로 문제는 없어. 정말이지 운이 좋아."

쿠가마야마 시티는 키바야시와 아키라의 거래가 성립한 후, 가공의 에이전트와 관련해서 도란캄에도 압력을 가했다.

그러나 그것은 도란캄 측에도 반가운 일이었다. 인질을 잡혔다고는 해도 소속 헌터가 유물 강탈범을 편들어 다른 헌터를 공격했다는 추문을 아무 일도 없었다는 명목으로 지울 수 있었기 때문이다.

도시의 기밀 정보로는 남지만, 공개하고 싶지 않은 것은 도시나 도란캄이나 마찬가지다. 다음은 소속 헌터들의 입만 막으면 된다.

레이나와 시오리에게는 이미 승낙을 받았다. 시오리가 해당 헌터와 독자적으로 거래해 승낙을 받았다는 정보도 얻었다.

이제는 카츠야 일행만 남았는데, 그쪽도 일단은 정리했다. 그 덕분에 사무 파벌 세력도 피해를 안 보고 넘어갔다. 오히려 도시와 공범이 되면서 관계가 긴밀해진 부분도 있었다.

지하상가에서는 예상을 벗어나는 일이 연이어 생겼지만, 미즈하는 결과에 만족했다.

◆

아키라가 목욕물에 몸을 담그고 기분 좋게 웃는다. 평소보다 기분이 좋은 것은 슈테리아나에서 먹은 것을 떠올리기 때문이다.

"정말 맛있었어……. 또 가고 싶어. 돈을 벌 이유가 늘었네."

알파도 평소처럼 같이 몸을 담갔다. 여신으로 불러도 지장이 없을 미녀가 바로 옆에서 알몸을 드러내고 있지만, 여자보다 먹을 것에 관심이 많을 때인 아키라는 요리의 맛을 떠올리느라 바빠서 평소보다도 더욱 관심을 보이지 않았다.

"그러고 보니 그 가게에 사이보그가 있었는데, 결국 그 요리를 먹었을까? 먹었다고 해도, 먹은 요리는 어떻게 해?"

『유기변환로를 내장한 의체라면 분해해서 에너지로 만들거나 생체 부품의 재료가 될 거야. 그런 기능이 없는 몸이라면 나중에 도로 꺼내고.』

"꺼낸 다음에는?"

『버리겠지.』

아키라가 뭐라 말할 수 없는 표정을 짓는다.

"순수하게 오락을 위한 식사란 건가. 돈 많은 녀석은 역시 다르네."

못 먹으면 굶어 죽는다. 슬럼에서 그렇게 생활한 아키라에게는 소름 끼치는 행위처럼 느꼈다.

그때 알파가 설명을 보충한다.

『생체에서 의체로 바꿨다고 식욕까지 사라지는 건 아니니까. 어쩔 수 없는 부분이기도 해.』

"그래?"

『그래. 아키라도 그랬잖아? 먹음직한 식사가 눈앞에 있는데도 못 먹는 건 고문이라고. 설령 먹어서 영양이 안 되더라도, 그 괴로움을 누그러뜨리는 수단으로 필요한 거야.』

실제로 의체 사용자에게 중요한 일이기도 하다. 사이보그용 식량이 개발될 정도로 수요가 충분하며, 의체 사용자의 정신 안정을 위해서도 없어서는 안 되는 것이다.

아키라도 납득하고 끄덕였다.

"그렇구나. 그때 의체 녀석은 무척 강했는데, 그게 그런 대가를 치르고 강해진 건가……."

『뭐, 의체에는 그런 대가가 따르는 법이야. 그런 대가가 전혀 없는 고기능, 고성능의 엄청난 의체도 있지만, 그만큼 가격도 엄청나. 그런 물건은 대기업 임원이나, 어딘가의 부호나, 동부 최전선에서 억척같이 돈을 버는 헌터나, 극히 일부의 인간만 살 수 있겠지.』

"진짜 비쌀 것 같네. 유물을 산더미처럼 팔아도 어려울 것 같아. 그 녀석들은 도시를 적으로 만들면서까지 거금을 얻으려고 했어. 그런 고성능 의체를 살 자금으로 삼으려고 한 걸까?"

어쩌면 야지마 일행은 운 나쁘게 사고나 몬스터의 습격으로 의체 사용자가 되고, 물리적인 식사를 할 수 없는 나날을 보냈을지도 모른다.

그리고 유물을 판 돈으로 식사도 되는 고기능 의체를 구해서, 과거에 맛보았던 최고의 요리를 다시 한번 맛보기를 꿈꿨을지도 모른다.

아키라는 문득 그렇게 생각했다. 상상에 불과하지만, 그 미식의 행복을 안 아키라는 충분히 납득할 수 있는 동기였다.

그날 밤, 아키라는 꿈을 꿨다.

꿈속에서 아키라는 넬리아와 싸웠다. 잔해가 널브러진 건물 안에서, 상대가 계속해서 날리는 참격을 죽기 살기로 피한다.

넬리아의 맹공 앞에서 반격의 실마리는 보이지 않는다. 명확하게 실력 차이가 나는 상대에게 필사적으로 저항해 간신히 연명하고 있었다.

넬리아는 양손에 블레이드를 쥐었는데 아키라는 아무것도 없다. 그리고 넬리아는 맨손으로 이길 상대가 아니다.

아키라의 발차기도, 주먹도, 그 일격이 상대의 의체에 손상을 주는 일은 없다. 섣불리 격투전에 임했다간 오히려 팔다리를 잘릴 뿐이다. 그것을 아는 아키라가 허둥대면서 알파에게 묻는다.

"총은?! CWH 대물돌격총은?! 그게 없으면 못 이기잖아?!"

『CWH 대물돌격총은 잃어버렸잖아. 시즈카의 가게에서 새걸 사야지.』

"그랬지!"

여러모로 앞뒤가 안 맞는 상황이지만, 꿈속의 아키라는 그 점을 눈치채지 못했다.

"시즈카 씨네 가게는 요전번에 갔잖아?! 왜 안 샀는데?!"

『강화복이 없으면 너무 무거워서 못 드니까. 강화복도 잃어버렸잖아?』

"그랬지! 응⋯⋯?"

아키라가 괴이쩍은 얼굴로 자신의 옷을 확인한다. 강화복이 아니라 키바야시에게 받은 방호복을 입었다.

강화복이 아니면 알파의 서포트를 못 받는다. 그것을 인식한 순간, 아키라의 움직임이 급격히 굼떠졌다.

맨몸의 신체 능력으로 돌아온 아키라에게 넬리아가 휘두르는 블레이드의 칼날이 다가온다. 아키라의 시야에는 자신의 목으로 천천히 쇄도하는 날카로운 칼날이 비쳤다.

(아, 죽었다.)

아키라는 왠지 남 일처럼 생각했다. 블레이드가 아키라의 목을 쳐 날린다.

(그 요리를 또 먹어 보고 싶었어…….)

머리가 없는 자신의 시체를 내려다보면서, 아키라는 의식이 흐릿해지는 가운데 그런 생각을 했다.

그때 아키라는 눈을 떴다. 실내는 어둡고, 아직 해가 뜰 시각이 아니다.

몸을 일으켜 자신의 목에 손을 대 본다. 목이 멀쩡하게 붙은 것을 손과 목의 감촉으로 확인하고 나서야 그것이 꿈이었음을 깨달았다.

"꿈이었구나…….”

알파가 걱정스러운 얼굴로 아키라를 본다.

『괜찮아?』

"그래. 이상한 꿈을 꿨을 뿐이야. 아무것도 아니야."

아키라는 그렇게만 말하고 그대로 알파를 바라본다.

넬리아와 싸운 아키라는 현실에서 살아남았다. 그러나 알파의 서포트를 잃은 꿈속의 아키라는 허무하게 죽었다.

(아까 꾼 꿈이, 내 본래 실력이란 말이지.)

꿈속의 자신과 지금의 자신은 별반 차이가 없다. 현실에서 비슷한 상황에 빠지면 꿈속에서 그랬던 것처럼 죽을 것이다. 아키라는 방금 꾼 꿈에서 그 현실을 새삼스럽게 이해했다.

알파와 만난 행운과 그 가호로 아키라는 어떻게든 살아남았다. 그 행운이 언제까지 계속될지는 아키라도 모른다.

말없이 알파를 보던 아키라에게, 알파가 조금 놀리듯 미소를 짓는다.

『왜 그러니? 지금 와서 내 미모에 홀렸어?』

하지만 아키라는 알파가 놀려도 심각한 표정을 지었다. 이번에는 알파도 이상하게 여기고 걱정스러운 투로 말을 건다.

『아키라. 왜 그래?』

"알파는 언제까지 나를 보살펴 줄 거야?"

『아키라에게 부탁한 의뢰가 끝날 때까지 서포트할 작정인데? 아키라, 진짜 왜 그래?』

"아니, 나 같은 아이 말고 더 굉장한 헌터와 손잡으면 알파의 의뢰도 금방 끝나지 않을까 싶어서."

알파가 아키라를 가만히 바라본다. 아키라도 덩달아 알파를 가만히 바라봤다.

"알파가 나와 손잡은 건 내가 구영역 접속자라서 그렇지? 구영역 접속자인 헌터는 나 말고 없어? 찾아보면 있지 않을까? 아니, 구영역 접속자가 아니더라도 내가 알파 대신 의뢰하면 될 일 아니야?"

그렇게 말하고 대답을 기다리듯 침묵한 아키라를, 알파는 한동안 바라봤다. 그리고 통지를 기다리는 눈치인 아키라에게 진지한 투로 고한다.

『아키라가 무슨 생각으로 내 서포트를 상실할 위험이 있는 소리를 했는지는 깊이 물어볼 작정도 없고, 실토하게 할 작정도 없어. 하지만 있지, 확실하게 말해 둘게. 내 서포트는 내가 아키라에게 부탁한 의뢰의 보수를 미리 주는 거야. 아키라가 내 의뢰를 완수할 때까지 나는 아키라와 함께할 거고, 함께하게 할 작정이야.』

"그래······. 그렇구나."

『그래.』

아키라는 자신의 서포트를 받아 의뢰를 완수할 의리와 의무가 있다. 설령 아키라 자신이 다른 헌터로 갈아타는 게 알파의 이득이 된다고 판단하더라도, 그것이 사실이더라도, 나는 그것을 용납하지 않겠다. 알파는 암암리에 그렇게 선고했다.

알파에게 분수를 넘는 혜택을 받아 떳떳하지 못한 느낌이 들던 아키라는 알파의 말을 듣고 조금 마음이 편해졌다.

알파는 그렇게 말하면 자신의 마음이 조금 편해진다는 것을 이해하고 말했음을 아키라도 어렴풋이 눈치챘다. 표정을 풀고 슬쩍 웃는다.

"알았어. 잘 자."

알파도 평소처럼 웃는다.

『잘 자. 이번에는 좋은 꿈을 꿔.』

"아마 괜찮을 거야."

그대로 침대에 누운 아키라는 얼마 후 다시 잠들었다.

또 똑같은 꿈을 꿔도 똑같은 결과는 되지 않는다. 아키라는 왠지 모르지만 그렇게 확신했다.

다음 날, 아키라는 오늘도 알파와 체감 시간 조작 훈련을 시작했다.

장식이 과하게 달린 의상을 입은 알파가 지난번과 똑같이 검을 양손에 들고 춤추기 시작한다. 그리고 우아하고 멋지게 춤추며 자연스럽게 움직여 아키라의 목을 쳤다.

알파의 공격을 피하지 못했다는 점에서 지난번과 다르지 않다. 하지만 아키라의 반응은 전혀 달랐다.

아키라는 알파에게 공격당해도 꼼짝하지 않았다. 공격을 피하기는커녕 피하는 낌새도 보이지 않았다. 그저 가만히 알파를 응시했다.

『아키라……?』

"괜찮아. 계속해 줘."

아키라의 표정은 아주 진지했다. 장난치는 것도, 의욕이 없는 것도 아님은 분명했다.

알파는 그런 아키라의 반응을 조금 미심쩍게 여겼지만, 아무것도 묻지 않고 정위치로 돌아가 의상에서 천을 하나 떼고 다시 춤췄다.

그 뒤로도 아키라는 전혀 움직이지 않았다. 진지한 얼굴로 알파를 보면서 계속 공격받았다.

알파의 검이 아키라의 몸을 관통할 때마다 알파의 의상에서 천이 떨어진다. 과도한 장식이 떨어지고, 의상의 천이 줄어들고, 드러나는 맨살의 면적이 늘어난다.

그것은 알파의 차림이 쿠즈스하라 시가지 유적 폐허에서 교전한 넬리아의 차림에 가까워진다는 뜻이기도 했다.

(떠올려. 그 전투를. 꿈속의 그 감각을. 그 녀석과 싸운 긴장을. 그때는 됐어. 꿈속에서도 됐어. 그렇다면 지금도 될 거야! 알파도 된다고 했어!)

사지에 선 집중력을, 사선을 내달리는 감촉을, 생사의 틈바구니에 있는 긴장을. 아키라는 그것을 이 자리에서 되찾고, 재현하고, 유지하려고 한다.

춤추는 알파를 응시한다. 알파가 휘두르는 검을 응시한다. 아키라는 자신의 몸을 자꾸 관통하는 칼날을 계속해서 응시한다.

그리고 알파가 완급이 섞인 춤사위에서 아키라의 목을 치려고 오른손에 쥔 검을 힘차게 내질렀다. 그 동작은 우연히도 아키라가 꿈속에서 본 넬리아의 움직임과 같았다.

몹시 날카로운 칼날이 천천히 자신의 목에 쇄도하는 것을, 아키라는 똑똑히 인식하면서 눈으로 봤다. 그리고 그 칼날을 피하려고 온 힘을 다해 고개를 크게 젖혔다.

아키라의 목을 치려는 가상의 칼날은, 현실에 있더라도 아키라에게 상처 하나 내지 못한다.

칼날을 피한 아키라는 그대로 자세가 무너져 요란하게 자빠지면서 뒤통수를 바닥에 찧었다. 바닥에 나자빠져 고통스러운 얼굴로 두 손으로 머리를 부여잡는다.

알파가 아키라에게 달려가 걱정스럽게 말을 건다.

『아키라. 괜찮아?』

"아, 아파……. 회복약, 회복약은?"

『거기 선반에 있어.』

아키라는 휘청거리면서 일어나 근처 선반에 둔 회복약 상자를 집었다. 한 상자에 100만 오럼인 회복약이다. 상자에서 꺼낸 튜브에 있는 연고 형태의 회복약을 세게 부딪힌 탓에 몹시 아픈 뒤통수에 바른다.

그러자 아키라의 뒤통수에서 아픔이 곧바로 가신다. 그것으로 다 치료된 게 아니라 단순히 진통 작용으로 아픔이 사라진 거지만, 아키라로선 그것만으로도 고맙다.

상처 자체도 금방 낫는다. 머리카락에 남은 회복약도 조금씩 피부에 스며들어 닦아낼 필요가 없다.

"이럴 때는 직접 바르는 회복약이 더 편리하네."

『상처 치료와 피로 회복의 차이, 전투 중에 상처 부위의 옷을 벗고 바를 여유가 있을지 없을지. 그 부분은 경구 회복약과 가려서 써야겠네.』

그때 알파가 태도를 바꾼다.

『그보다도 아키라, 된 거구나?』

그렇게 물어보면서도 성공했음을 확신하고 웃는 알파에게 아키라도 웃고 대답했다.

"그래. 됐어. 그래서 제대로 움직이지 못하고 머리를 요란하게 부딪히게 되었지만."

『그건 어쩔 수 없어. 아키라의 체감 시간이 10배가 되었다고, 10배 빠르게 움직이는 건 아니니까. 의식 속 움직임과 실제 움직임 사이에 차이가 생겨.』

"아, 그래서 제대로 움직이지 않았구나."

『체감 시간을 조작하는 동안에는 지금껏 무의식중에 움직인 것을 잘 의식해서 할 필요도 있어. 상대적으로 훨씬 느려진 몸의 움직임을 파악하고, 그 상태로 느려진 몸에 의식을 맞출 필요가 있는 거야. 이건 훈련으로 숙달할 수밖에 없겠네.』

"그러네. 훈련이 제일이야."

아키라는 손으로 머리를 잡고 있었다. 통증은 이제 없지만, 부딪힌 곳에 이상한 느낌이 남았다.

『요란하게 부딪힌 것 같으니까, 조금 쉴래?』

"아니, 이대로 계속할게. 그 감각을 익혔을 때 반복하고 싶어."

『알았어. 무리하면 못쓴다?』

"그래."

훈련을 재개한다. 알파가 다시 아키라의 앞에서 춤춘다. 몸에 걸친 의상의 천이 줄어들고 춤이 점차 고혹적으로 변화한다. 그 움직임을 포착하려고 아키라는 진지한 얼굴로 알파를 바라보고 있었다.

그날 훈련이 끝났다. 아키라에게 그 사실을 알린 알파의 차림은 이전만 해도 거의 알몸이었는데, 이번에는 노출이 심한 드레스 차림으로 그쳤다.

그러나 알파의 공격을 아키라가 연달아 피해서 그런 게 아니다. 알파가 거의 알몸이 되기 전에 아키라가 녹초가 되는 바람에 훈련을 더 계속할 수 없게 되었기 때문이다.

아키라가 딱딱한 바닥에 대자로 뻗어 거칠게 호흡한다. 훈련 중에 다시 몇 차례 체감 시간 압축을 재현할 수 있었다. 그리고 그때마다 극도의 집중을 강요받아 뇌를 혹사했다.

체감 시간이 늘어날수록 집중해야 하는 시간도 늘어난다. 그리고 그 감각 속에서 움직이는 것은 휴식 없이 온 힘을 다해 움직이는 것과 다를 바가 없다. 당연히 그 피로도 몹시 심해진다.

뇌와 몸 모두를 심하게 혹사한 아키라는 일어나는 것도 힘들 만큼 진이 빠졌다.

바닥에 누운 아키라의 앞에서 몹시 대담한 모습이 된 알파가 말을 건다.

『자, 훈련은 끝났으니까 돌아가자. 조금만 더 힘내서 일어나.』

"무리야……. 조금만, 조금만 쉬자."

『조금만 쉬어야 하거든? 그대로 있다간 거기서 잠들 거야. 하다못해 침대까진 애써 봐. 거기서 자면 내일 후회할걸?』

길바닥 생활로 딱딱한 지면에서 잔 경험이 많은 아키라는 알파가 말하는 후회의 의미를 잘 이해했다.

푹신푹신한 침대에서 자는 것에 익숙해진 지금의 아키라는 옛날처럼 딱딱한 지면에서 힘든 걸 참고 잠들 기량이 없다. 그대로 딱딱한 바닥에서 잠들었다간 내일 몹시 후회할 것이다.

아키라는 바닥에 누운 채로 심호흡을 반복하고 숨을 고른 다음, 기력을 쥐어짜 일어섰다. 그대로 느릿느릿 침실로 간다. 그리고 침실에 들어간 순간, 빨려들듯이 침대에 쓰러졌다.

아키라의 곁에 선 알파는 아키라가 옷을 갈아입으라고 지시하지 않아서 여전히 훈련이 끝났을 때의 도발적인 모습이다. 대담하게 천이 사라진 드레스에서 고급스러운 속옷이 슬쩍슬쩍 보인다. 지금의 아키라는 그것을 지적할 여유도 없다.

아키라는 침실에 올 때까지 자신의 의지를 거역해서 감기려는 눈꺼풀을 겨우 뜨고 있었지만, 마침내 쌓인 피로와 부드러운 이불 감촉에 굴하고 눈을 감았다.

"조금 잘게. 공부 시간이 되면 깨워 줘……."

『오늘은 그냥 이대로 자. 억지로 깨워서 꾸벅거리는 상태로 공부해도 머릿속에 안 들어가.』

"알았어……."

아키라는 그렇게만 말하고 잠기운에 몸을 맡겼다.

알파가 숨소리를 내며 잠든 아키라를 보며 생각한다.

알파는 아키라가 체감 시간 조작을 익히는 데 최소 반년은 걸릴 것으로 계산했다. 즉, 아키라는 알파의 계산을 뒤집은 셈이다.

이것이 달가운 일인지, 아니면 예측을 초월하는 사태가 발생했다는 의미에서 달갑지 않은 일인지, 알파는 판단하기 어렵다.

어느 쪽이든 계획을 수정할 필요가 있다. 그렇게 판단하고 계획 조정안을 궁리하는 알파의 표정에는 웃음기가 없었다.

제67화 실망

아키라는 셰릴의 거점에 들르려고 슬럼을 걷고 있었다.

바이크를 잃고 차고가 딸린 집도 빌렸으므로 주차장 대용으로 쓰던 셰릴의 거점에 갈 일은 전혀 없지만, 정기적으로 얼굴을 내비치지 않으면 다음에 만났을 때의 반응이 몹시 성가셔질 것 같다고 생각했다.

시즈카에게 부탁한 새 장비도 아직 도착하지 않아서 황야로 나갈 수도 없다. 셰릴에게 얼굴을 내비치는 것은 훈련과 공부를 반복하는 나날의 기분 전환도 겸했다.

아키라는 오랫동안 살면서 익숙해진 슬럼의 광경을 보고 신기하게도 감상에 젖었다. 그것은 자신이 여기서 확실하게 빠져나왔다는 마음이 드러난 것이다.

알파가 그런 아키라의 분위기를 알아챈다.

『아키라. 감상에 빠지는 것도 좋지만, 그렇다고 긴장을 풀면 안 되거든?』

『알았대도. 나도 성장했어. 이제 예전과는 달라.』

긴장이 풀린 것처럼 보이는 것은 방심이 아니라 자신감이 드러난 것이다. 예전처럼 습격당해도 잘 대처할 수 있음을 아니까 그렇다. 아키라는 그렇게 생각했다.

마침 헌터 오피스의 거래소 근처를 지나던 아키라가 그 근처 뒷골목을 보고 슬쩍 웃는다.

『지금의 나라면 예전처럼 저기서 습격당해도 알파의 서포트 없이 대처할 수 있어. 안 그래?』

그러자 알파가 조금 놀리듯 웃는다.

『그 정도 일을 기준으로 삼으면 곤란한데.』

『그것도 그러네.』

아키라는 슬쩍 웃고 그렇게 대답하면서 그때 일을 떠올렸다.

◆

아키라가 헌터 오피스의 거래소에 처음으로 유물을 가져갔을 때 받은 돈은 동전 세 개, 고작 300오럼이었다.

그것은 아직 헌터 랭크가 1이고, 종이 쪼가리 같은 헌터증밖에 없는 헌터의 첫 매입 대금이 300오럼 고정이며, 나머지는 감정이 끝나고 나서 다음 유물을 팔러 다시 찾아왔을 때 주는 제도 때문이다.

고작 동전 세 개지만, 목숨을 걸고 얻은 대가다. 아키라는 단단히 품에 챙겨 넣었다.

그리고 이 실패를 교훈으로 삼아 내일 다시 유적에 가서 유물을 가져오고, 이번에야말로 멀쩡한 돈을 받겠다고 의욕을 냈다. 그리고 일단 오늘은 잠자리로 삼은 뒷골목으로 들어섰다.

그때 아키라는 5인조 강도를 만났다. 거래소에서 나온 것을 보이는 바람에 돈이 있다고 여겨진 것이다.

강도는 모두 아키라와 비슷한 또래 아이들이다. 앞에 세 명, 뒤에 두 명이 아키라를 에워싸고, 그들의 리더인 다루베란 소년이 웃으면서 사냥감에게 고한다.

"돈 내놔. 있지?"

아키라는 예상했던 요구에 표정을 굳히고 좌우지간 상대의 관심을 없애려고 한다.

"돈 없어. 보면 알잖아. 돈을 뜯으려면 더 돈이 있어 보이는 녀석을 노려."

아직 멀쩡한 옷도 없어서 뒷골목을 잠자리로 삼는 슬럼에서도 밑바닥 주민에 가까운 행색인 아키라에게선 돈 냄새가 조금도 나지 않는다.

손에 든 종이봉투에는 유적에서 가져오고도 팔지 않고 둔 나이프나 의료품 등의 유물이 있지만, 겉으로 봐서는 알 수 없다. 평범하게 판단하면 노숙자가 얼마 안 되는 개인 물건을 빼앗기지 않으려고 항시 품에 안고 다니는 것처럼 보인다.

다루베 패거리가 금전 요구를 빌미로 약자를 괴롭히며 놀려는 작정이 아니라면 아키라의 대답은 상대의 의욕을 대폭 떨어뜨려도 이상하지 않았다.

하지만 다루베는 야비하게 웃더니 아키라를 조롱하듯 고개를 슬쩍 저었다.

"거짓말하지 마. 다 봤거든? 너, 거래소에서 나왔지? 게다가 어제도, 오늘도 유적 쪽으로 갔어. 어제는 거래소에 안 갔나 보지만, 오늘은 들렀지. 뭔가 찾아내서 판 거지? 그렇다면 돈이 있을 거야."

다루베 패거리는 아키라가 유적이 있는 방향으로 가는 것을 보고 거래서 근처에서 상황을 지켜보며 사냥감을 기다린 것이다.

유물을 찾으러 위험한 유적에 가는 것보다 유적에 다녀온 자를 터는 게 안전하다. 그렇게 생각하는 자는 적지 않다.

물론 다루베 패거리 같은 아이들이 어른 헌터를 습격할 수 있을 리는 없으므로, 아키라처럼 같은 아이를 노린다.

거래소에 유물 등을 계속해서 팔러 가는 아이는 적지만, 그것은 유적에서 겨우 살아 돌아와도 이러한 자들에게 습격당해서 그렇다는 이유도 있었다.

해명해도 소용없음을 깨달은 아키라는 한숨을 쉬었다. 그리고 다시 똑똑히 대답한다.

"300오럼밖에 없어."

"뭐? 지금 장난해?"

"장난하는 거 아니야. 저기선 내가 가져온 물건에 300오럼밖에 안 줬어. 거짓말이 아니야. 규칙이 그렇대. 다섯 명이 몰려들어서 빼앗을 돈도 아니잖아. 알았으면 다른 데 가."

다루베는 미심쩍은 눈으로 아키라를 봤지만, 거짓말하는 것처럼 보이지 않았다. 게다가 정말로 그런 이야기를 들은 기억이 있음을 떠올리고 언짢은 듯 혀를 찬다.

"뭐야, 괜히 기대했잖아. 오랜만에 돈 좀 만질 줄 알았는데.

사람 헷갈리게 하지 말란 말이야."

"미안한걸. 이제 가도 돼?"

다루베의 동료들은 벌써 의욕을 잃었다. 하지만 다루베는 강도 행위를 주도한 만큼 아직 의욕이 있었다. 다시 아키라를 보고 돈이 될 만한 물건을 찾는다.

하지만 아키라의 옷은 너덜너덜해서 빼앗을 가치도 없다. 가지고 있는 종이봉투도 뭔가 지저분해서 내용물이 비싸게 팔릴 것 같지 않다.

평소라면 그것으로 다루베도 의욕이 사라졌다. 하지만 이번에는 오랜만에 봉을 잡았다고 생각해서 동료들에게 큰소리친 만큼 울분이 컸다.

커지는 울분을 못 이긴 다루베가 무심코 총을 뽑는다.

"아, 망할! 이제 됐어! 죽기 싫으면 그 300오럼을 내놔!"

아키라가 표정을 더 굳힌다.

"나를 쏴 죽여도 손해만 볼걸? 나도 반격 정도는 할 건데? 그만둬. 300오럼 때문에 그럴 거야? 그러지 말라고."

"닥쳐! 군소리 말고 얼른 내놔!"

빈털터리를 쏴 죽여도 총알값만 날아간다. 죽기 살기로 반격당하면 자신들도 다칠 수 있다. 다루베도 그 정도는 알았다.

하지만 울분을 해소하려는 욕구와 총을 뽑은 기세에 넘어갔다. 5 대 1. 더군다나 자신이 먼저 총을 뽑았다. 그 여유가 성급한 행동을 보이게 했다.

아키라의 표정이 더욱 일그러진다. 고작 300오럼이다. 목숨을 걸고 고집을 부릴 액수가 아니다. 그것은 안다.

하지만 동시에 목숨을 걸고 구한 돈이며, 헌터가 되고 처음으로 번 돈이다. 그 돈을 협박에 굴해 호락호락 내놓는다는 의미는 매우 크다. 아키라는 고뇌의 결단을 요구받았다.

그런 상황 속에서, 알파가 아키라의 앞에 서서 물어보듯 미소를 짓는다.

『아키라. 작게 대답해. 아무리 작은 목소리라도 나한테는 잘 들리니까 안심해. 알았지?』

아직 염화를 못 쓰는 아키라가 자기 귀에도 잘 들리지 않을 정도로 작게 대답한다.

“……알았어.”

『필요하다면 내가 서포트할 건데, 어쩔래? 도망친다. 죽인다. 선택해 볼래?』

목숨을 걸고 번 돈을 바치고 살아남을 수도 있다. 그러나 그랬다간 다음에도 또 바쳐야 한다.

필사적으로 도망쳐서 살아남을 수도 있다. 그러나 그랬다간 다음에도 또 도망쳐야 한다.

적을 죽이고 살아남을 수도 있다. 그러나 그랬다간 도리어 죽을 수도 있다.

아키라는 망설임 없이 선택했다.

“……죽이겠어.”

알파가 대담하게 미소를 짓는다.

『알았어. 지시할게. 먼저 포위를 돌파하자. 뒤에 있는 두 사람 사이를 빠져나갈 거야. 둘 다 방심했고, 사이가 꽤 넓어. 뒤돌아 두 번째 걸음에서 몸을 숙이고 지면을 구르듯이 두 사람 사이를 빠져나가. 그 뒤에는 오른쪽 골목으로 빠르게 뛰어들어. 반격은 그때부터 하자. 종이봉투는 놓치지 말고 꼭 가지고 있어. 알았지?』

"……알았어. 뒤돌아보는 타이밍은?"

『지금 바로.』

아키라는 즉각 뒤돌았다.

오른발을 내디뎌서 첫 번째 걸음. 후방에 있는 두 사람이 갑자기 뒤돌아선 아키라에게 놀라서 살짝 경직한다.

왼발을 내디뎌서 두 번째 걸음. 소년들이 팔을 뻗어서 아키라를 붙잡으려고 하지만, 그 팔은 아키라가 구르듯이 몸을 낮춘 바람에 헛손질로 끝났다.

이어서 다루베가 잘 조준하지도 않고 발포한다. 탄환이 몸을 낮춘 아키라의 위를 통과한다.

아이들이 다루베의 발포에 놀라 무심코 움직임을 멈췄다. 아키라는 그 틈에 오른쪽 골목으로 뛰어들어 그대로 힘껏 내달린다.

정신을 차린 다루베 패거리가 허둥지둥 골목을 확인했을 때, 아키라는 이미 자취를 감췄다.

총을 맞을 뻔한 소년이 다루베에게 따지고 든다.

"야! 위험하잖아!"

"시끄러워! 그 새끼가 갑자기 움직인 탓이야! 이 새끼가, 까불

었겠다! 죽여 주겠어! 야! 그 새끼를 쫓아!"

다른 아이가 귀찮다는 듯이 대답한다.

"냅둬. 돈도 없는 놈을 털어도 소용없잖아? 게다가 이미 도망쳤어. 그놈을 노릴 거면 또 거래소에 왔을 때 하지? 그때는 그놈도 돈이 있겠지."

이미 의욕을 완전히 잃은 동료들의 태도를 본 다루베는 못마땅한 듯 혀를 차고 아키라를 쫓는 것을 포기했다. 그리고 동료들과 함께 그 자리를 뜨기 시작한다. 조금 떨어진 곳에서 미련을 보이며 뒤돌아보고, 아키라가 사라진 골목으로 시선을 돌렸다.

다음 순간, 다루베의 얼굴이 경악으로 물든다. 아키라가 그 골목에서 힘차게 뛰어나와 총을 겨눴다.

다루베는 우연히 돌아본 덕분에 반사적으로 아키라의 총격을 피해 무사할 수 있었다. 하지만 다른 자는 아키라의 총격을 제대로 맞고 고통스러운 소리를 내며 쓰러진다.

"이 새끼가?!"

다루베가 그제야 반격하고자 아키라에게 총을 겨누려고 한다. 그러나 이미 아키라는 그 자리에서 자취를 감추고, 총구는 아무도 없는 곳을 겨누는 결과로 끝났다.

적의 부재가 갑작스러운 사태의 놀라움과 혼란을 누그러뜨린다. 그 대신 분노가 치솟고, 죽을 뻔했다는 공포를 속여서 덧씌우듯 부풀어 오른다. 표적이 없는 곳을 겨눈 총이 주인의 속마음에 호응해 떨린다.

"빌어먹을!"

격정에 비례한 노성이 주변 일대에 쩌렁쩌렁 울렸다.

아키라가 험악한 얼굴로 뒷골목을 달린다. 총격 후, 맞았는지 확인하지 않고 급하게 돌아온 덕분에 이미 다루베 패거리와 제법 거리를 벌렸다.

"알파! 어떻게 됐어?!"

『세 명을 맞혔어. 전투 불능은 두 명일 거야. 모두 살았어.』

"그래? 잘됐네."

아키라는 딱히 사격의 명수가 아니다. 원래는 골목에서 뛰쳐나간 직후에 세 사람이나 맞힐 수 없다. 골목에서 뛰쳐나가 적을 찾고, 천천히 조준해 총을 쏘고, 그 자리에 머물러 명중했는지 확인한다. 그런 초심자의 움직임으로는 무조건 반격당했다.

그것을 알파가 가능하게 했다. 알파는 아키라보다 먼저 골목으로 나가 효과적인 사격 위치에 서서 다루베 패거리를 손으로 가리켰다.

아키라는 그런 알파의 모습을 근거로 지정된 위치로 뛰쳐나가 미리 알던 방향으로 총을 겨누고, 사전에 정한 횟수만 방아쇠를 재빠르게 당긴 다음 곧바로 돌아왔다. 그 지시대로 움직여서 방금 기습을 성공시켰다.

그런데도 적을 섬멸하는 데 이르지 못한다. 작전은 계속된다.

『다음 위치로 서둘러 가자. 이쪽이야.』

"알았어."

아키라는 알파를 뒤쫓아서 골목을 뛰었다.

다루베가 총을 겨누면서 아키라가 사라진 골목을 들여다본
다. 아키라는 보이지 않는다. 그러나 어딘가 숨었을지도 모른다
고 생각해서 운 좋게 무사한 동료와 함께 경계하면서 움직인다.

그 동료가 그대로 골목 안으로 들어가려는 다루베에게 불안한
표정을 짓는다.

"이, 이봐! 쟤넨 어쩌게! 두고 갈 거야?!"

다루베가 험악한 얼굴로 호통을 치듯 대답한다.

"먼저 그 자식을 죽여야지! 안 그러면 쟤들을 안전한 곳으로
옮길 수도 없잖아! 옮기는 도중에 총에 맞으면 어쩔 셈인데!"

"그, 그래? 그렇지. 버리는 건, 아니지?

"버릴 거면 진즉에 나 혼자 튀었어."

"그, 그렇지."

다루베는 일단 납득한 기색을 보이는 동료에게 짜증이 났다.
이것들이 나를 말리지 않았으면 이딴 상황이 안 벌어졌다. 그렇
듯 자기중심적인 이유였다.

아키라는 다루베 패거리와 마주치지 않도록 크게 우회해서 아
까 총을 쏜 장소로 돌아왔다. 그리고 쓰러진 다루베의 동료들을
충분히 경계하면서 다가간 다음 이번에는 머리에 총구를 겨누
고 단단히 조준한다.

이미 죽은 자도, 기절한 자도, 아키라를 알아채고 뭔가 중얼

거린 자도, 구별하지 않고 똑같이 방아쇠를 당긴다. 총성이 세 번 울리고, 머리에 구멍이 난 시체 세 구가 생겼다.

"……이걸로 셋. 이제 둘 남았나."

『바로 숨어.』

"알았어."

아키라는 다시 다른 골목에 몸을 숨겼다. 벽을 등지고 숨을 고르고 있자 다음 지시가 나온다.

『아키라. 회복약을 꺼내서 먹어. 팔지 않고 챙긴 거 말이야.』

"상처는 없는데?"

『됐으니까 서둘러 먹어. 열 캡슐 정도야.』

아키라는 괴이쩍게 여기면서도 지시에 따랐다. 종이봉투에서 회복약 상자를 꺼내 뜯고, 내용물인 캡슐을 손바닥에 올린다.

(이건 구세계에서 만든 회복약이니까, 이것도 구세계의 유물인 거지? 분명 엄청나게 비싸겠지. 상처도 없는데 조금 아까운 걸. 그래도 먹으라고 하니까.)

알파의 지시다. 뭔가 의미가 있겠지. 아키라는 그렇게 생각하고 회복약을 삼켰다.

총성을 듣고 서둘러 동료들이 있는 곳으로 돌아온 다루베가 동료들의 시체를 보고 분노해서 인상을 확 구긴다.

"빌어먹을! 이쪽으로 질러왔나!"

그 등 뒤에는 함께 돌아온 소년이 새파래진 얼굴로 조금씩 뒷걸음질 치고 있었다. 그리고 다루베와 어느 정도 거리가 생겼을 때 공포로 일그러진 표정을 짓고 소리친다.

"너, 너, 너 때문이야! 네가 그 자식을 건드려서 그래!"

그리고 다루베를 두고 줄행랑쳤다. 그 직후에 다시 총성이 울린다. 아키라가 노린 것이다. 하지만 명중하지는 않았다. 소년은 비명을 지르면서 뛰어가 그대로 슬럼 안으로 사라졌다.

다루베도 그럴 마음만 있으면 도망칠 수 있었다. 그러나 동료의 죽음에서 느끼는 증오와 도망친 소년을 향한 모멸에 등이 떠밀려 도망치려고 하지 않고 북받치는 감정에 맞춰 소리친다.

"나를 우습게 봤겠다!"

도망친 소년을 쏠 수 있는 샛길은 하나뿐이다. 다루베는 사투의 공포를 증오로 밀어내고, 그대로 아키라를 찾아서 뛰었다.

아키라는 몸을 숨긴 골목에서 다루베를 기다렸다가 쏘려고 했다. 아직 확장 시야로 벽 너머에 있는 상대를 아키라의 시야에 표시하지 못하는 무렵이어서, 알파는 아키라의 조금 앞에 서서 다루베를 손으로 가리켜 대략의 위치를 알렸다.

적이 골목의 상황을 살피려고 고개를 내민 순간을 노려서 쏜다. 아키라는 그러려고 총을 두 손으로 단단히 붙잡고 그때를 기다렸다.

그때 예상하지 못한 일이 생겼다. 상대는 자신을 경계해서 잠시 멈췄다가 신중하게 골목을 들여다볼 것이다. 아키라는 그렇게 생각했지만, 분노한 다루베는 신중함을 완전히 내팽개치고 멈추지 않는 기세로 뛰어든 것이다.

그리고 다루베 역시 예상하지 못한 일이 생긴다. 상대는 이미 안쪽 깊숙한 곳으로 도망쳤을 것이다. 그렇게 생각하면서 상대가 도망치지 못하게 온 힘을 다해 뛰어들었는데, 아키라는 바로 앞에 있었다.

두 사람의 예상이 어긋난 결과, 아키라와 다루베가 바로 앞에서 대치한다. 그리고 놀라면서도 상대에게 총을 겨눠 거의 동시에 방아쇠를 당긴다. 총성이 겹쳤다.

아키라와 다루베가 지면에 쓰러진다. 두 사람이 쏜 총탄은 상대의 옆구리에 명중했다. 양쪽 모두 중상이다. 그리고 양쪽 모두 극심한 통증으로 고통스러운 표정을 지으면서 똑같이 생각했다.

상대는 아직 안 죽었다. 완전히 죽이지 않았다. 서둘러 숨통을 끊어야 한다. 상대보다 더 빠르게. 서로 그렇게 생각하고 극심한 통증에 비틀거리면서도 어떻게든 몸을 일으켜 상대를 쏴 죽이려고 한다.

그리고 필사적으로 총을 겨누려던 다루베가 본 것은 이미 자신에게 총구를 돌린 아키라였다.

아키라가 먼저 방아쇠를 당긴다. 바로 앞에서 발사된 탄환이 다루베를 직격한다. 즉사하지는 않았지만, 다루베가 저항할 힘을 빼앗기에는 충분했다.

다루베는 총을 떨어뜨리고 털썩 주저앉아 자신의 몸에서 흘러나온 피에 엎어져 짧은 생애를 마쳤다.

아키라는 다루베를 죽인 뒤 자신이 총을 맞은 곳을 봤다. 옷에 구멍이 나고 피가 많이 뱄다. 딱 봐도 중상이지만, 부상 때문에 몸이 굼떠진 것은 느껴도 아픔은 많이 사그라들었다. 그것을 신기하게 여길 때 알파가 표정을 굳히고 지시한다.

『아키라. 바로 상처를 치료해.』

"알파. 뭔가 별로 안 아픈데……."

『그건 사전에 먹은 회복약의 진통 효과가 돌아서 그런 거야. 상처가 나은 건 아니야.』

"그랬구나. 아하, 그래서 먼저 회복약을 쓴 건가."

아키라는 회복약의 진통 작용 덕분에 크게 다친 몸을 억지로 움직일 수 있었다. 또한 회복약을 먹고 금방 총에 맞아서 상처 치료도 곧바로 시작되었다. 그것이 아키라의 움직임에 준 영향은 아주 적다. 하지만 그 작은 차이가 아키라를 살렸다.

『서둘러서 회복약을 추가로 먹어. 이번에도 열 캡슐 정도야. 다음에는 회복약 캡슐을 까서 내용물을 직접 다친 곳에 뿌려. 그것도 열 캡슐 정도야. 마지막으로 총을 맞은 곳에 치료용 테이프를 붙여. 서둘러. 기절해서 치료가 늦어지면 그대로 죽어.』

아키라는 제법 굼떠진 몸을 어떻게든 움직여 근처에 떨어진 봉투에서 회복약을 꺼냈다. 그리고 대충 열 개쯤 되는 캡슐을 곧바로 삼켰다.

다음으로 떨리는 손으로 캡슐을 까서 내용물을 상처 부위에 뿌린다. 그 순간 총을 맞았을 때와 다르지 않은 극심한 통증이 엄습했다. 그것을 이를 악물고 버틴 뒤, 불안해하는 눈으로 알파를 본다.

"아, 알파, 이거, 괜찮아?"

『직접 쓰면 진통 효과가 떨어져. 하지만 상처 부위에 치료용 나노머신을 직접 투여했으니까 경구 섭취보다는 효과가 좋고 빨리 나타나. 참아.』

마지막으로 종이봉투에서 붕대 같은 치료용 테이프를 꺼내 상처 위에 붙였다.

『치료는 끝났구나. 서둘러 이동하자. 이대로 여기 있으면 위험해.』

"움직일 수 있을지…… 아니, 억지로라도 움직여서 여기를 안 뜨면 위험한가……."

아키라는 아픔을 참으면서 비틀비틀 일어섰다. 그리고 천천히 걷기 시작한다. 발을 내디딜 때마다 극심한 통증이 퍼지지만, 어떻게든 걷는다. 그것은 부상 상태를 생각하면 경이적이며, 이 짧은 시간에 이만큼 치료한 회복약의 비범하지 않은 성능을 드러냈다.

하지만 아픔으로 정신이 없는 아키라는 그 경이로운 효능에 놀랄 여유가 없다. 극심한 통증에 얼굴을 찡그리면서 골목을 걷는다.

알파가 당장에라도 쓰러질 것 같은 아키라를 진지한 얼굴로 격려한다.

『힘내.』

"그래."

아키라는 고생해서 어제와는 다른 잠자리에 겨우 도착했다.

쓰러지지 않게, 기절하지 않게 조심하면서 평소보다도 더욱 신중하게 잠자리 준비를 마친다. 이렇게 다친 상태에서 누군가가 다가오면 끝장이다. 그렇게 생각하고 절대로 들키지 않게 자신의 모습을 뒷골목 한구석에 숨긴다. 그리고 잠자리 준비를 마침 다음 쓰러지듯 누웠다.

"……알파. 나는 이제 한계야. 잘래. 잘 자."

알파가 걱정스러운 얼굴로 부드럽게 말을 건다.

『잘 자. 푹 쉬어.』

아키라가 피로가 짙게 밴 얼굴로 눈을 감자 그 의식이 곧바로 어둠에 먹힌다.

(다시 깨어날 수 있기를…….)

좌우지간 그렇게 기도했지만, 어디의 누구에게, 혹은 무엇에게 기도했는지는 본인도 몰랐다.

다음 날, 아키라도 자신도 신기할 정도로 매우 상쾌하게 눈을 떴다. 그 사실에 놀라면서 멀쩡하게 깨어났다는 사실에 감동해 중얼거린다.

"죽지 않았나…… 음?"

몸에서 이상한 느낌이 들어서 손을 대자 어제 총에 맞은 곳 근처에 뭔가 딱딱한 게 느껴진다. 치료용 테이프 아래에 뭔가 있었다.

테이프를 신중하게 벗기자 조금 변형된 탄환이 나타났다. 탄환은 몸에 박힌 것처럼 보이지만, 실제로는 몸 밖으로 밀려났다.

"어제 맞은 총알인가……? 몸에 남아 있었구나."

『그런가 보네. 치료용 나노머신이 몸 밖으로 배출하려다가 치료용 테이프에 걸린 거야. 빼는 게 좋아.』

아키라는 어느새 곁에 있는 알파에게 조금 놀랐지만, 어제만큼은 아니었다. 곁에 있는 알파에게 익숙해진 것이다.

몸이 박힌 탄환을 억지로 뽑고 치료용 테이프를 다시 붙인다. 아픔은 완전히 사라졌다.

알파가 다시 미소를 짓는다.

『아키라. 안녕. 어제는 그런 일이 있었는데, 잘 잤어?』

"그래. 무진장 잘 잤어. 너무 잤는걸."

이미 해가 떴다. 평소 아키라의 기상 시간보다는 매우 늦은 시각이다. 배가 공복을 호소한다. 어제저녁에는 아무것도 안 먹었다. 그리고 이대로 가다간 아침도 못 먹는다.

"망했다! 아직 배급 안 끝났겠지?!"

아키라는 서둘러 배급소로 갔다. 아슬아슬하게 늦지 않았다.

◆

아직 약했던 시절의 자신이, 그래도 필사적으로 싸운 기억. 과거에는 빼앗기고 도망칠 수밖에 없었던 자신이, 바치지 않고, 도망치지 않고, 죽이는 것을 선택해 사투를 벌이고, 목숨을 걸고 얻은 대가를 사수한 일.

그 선택의 끝에 지금의 자신이 있다. 훈련을 거듭하면서 강해지고, 죽을 고비를 거쳐 성장하고, 과거에 바라던 것을 얻은 지금이 있다.

회상을 마친 아키라는 그때 그 선택이 옳았음을 재인식했다.

그런 아키라의 옆을 한 소녀가 스치고 지나갔다.

◆

도시 빈민들이 생활하는 슬럼에서도 경제 활동은 이루어진다. 합법적으로 장사한다고 보기 어려운 가게는 오히려 치안이 나쁜 곳이 장사하기 좋아서, 보통 수단으로는 채울 수 없는 수요에 맞춰서 큰돈을 벌고 있다.

물론 그 돈은 슬럼의 상위 계층, 돈과 폭력으로 구역을 지배하는 조직의 간부들이 가진다. 길바닥에서 생활하는 자가 그 돈을 얻는 일은 없다.

그래도 위에서 일을 받는 말단의 지갑 사정을 좋게 해 주는 영향은 있다. 그리고 그 돈을 노리는 자도 나타난다.

폭력에 자신이 있는 자는 총을 들고 강도가 된다. 그것을 몇 차례 반복하고, 자신감이 생겨 오만해지고, 헌터와 같은 거물을 노리다가 도리어 죽는 일도 있다.

그리고 폭력에 자신이 없는 자는 몰래 훔치려고 한다. 루시아라는 소녀도 그런 부류였다.

루시아는 다행히 타고난 소매치기 재능이 있었고, 불행히도 그 재능에 매달리지 않으면 살 수 없는 나날을 보내고 있었다.

고된 생활은 루시아에게 자신의 행동을 정당화시키고, 그 재능은 소매치기를 들키지 않게 하면서 돈을 가져다주었다.

힘든 생활이 루시아에게 도둑질을 강요할 때마다 그 기술이 연마된다. 이미 그 기술은 일류로 불러도 지장이 없을 만큼 성장했다.

어떤 의미로 루시아는 성공을 거듭했다. 그래서 긴장이 줄어들고 어느 날 큰 실수를 저지른다. 수확물을 단순히 아는 사람에게 나눠준 것이다.

입이 무거운 사람만 있는 게 아니다. 루시아의 기술이 주위에 널리 알려지자 소속한 집단에서 더 많은 수확을 요구하게 되었다.

집단에서 요구하는 금액은 서서히 커지고, 마침내 집단 전체를 부양할 상납금을 기대받게 되었다. 그 시점에서 루시아는 그곳에서 도망쳤다.

그날 이후, 루시아는 기본적으로 혼자 행동하게 되었다. 개인적으로 교류하는 사람도 있지만, 특정 조직에 들어가는 것은 피했다.

그러나 소녀가 혼자서 슬럼에서 살아가는 것은 매우 힘들다. 슬럼에서 돈을 벌 수단은 한정된다. 그 돈을 지킬 수단은 더더욱 한정된다. 식량을, 안전한 잠자리를, 몸을 지킬 수단을 얻으려고, 루시아가 자신의 희소한 재능에 더욱 의존하는 것은 피할 수 없었다.

그날도 루시아는 평소처럼 사냥감을 찾았다. 루시아도 눈에 들어오는 자를 무턱대고 건드리는 게 아니다. 돈이 있고 훔치기 어렵지 않은 인물을 점찍어서 건드리고 있다.

같은 슬럼의 주민은 대부분 변변한 돈이 없다. 그리고 슬럼의 주민 중에서 거금을 소지하고 다니는 일부 예외는 확실하게 건드려서는 안 되는 인간이다. 따라서 슬럼의 소매치기는 외부에서 온 자를 사냥감으로 삼을 때가 많다.

멀쩡한 곳에 점포를 둘 수 없는 장사를 하는 가게로 가는 자. 싸움에 자신이 있어서 황야로 갈 때 슬럼을 우회할 필요가 없는 자. 뒤가 구린 이유로 슬럼을 방문한 자. 조금 호기심이 생겨서 들른 자. 슬럼으로 도망친 인간을 쫓아온 자. 뜻밖의 보물을 찾아서 노점을 둘러보는 자. 그런 자들이다.

그들은 슬럼의 주민보다 돈이 있고, 윤리관도 온건해서 들켜도 두들겨 맞는 정도로 끝나는 때가 많다. 슬럼의 소매치기가 노리기 딱 좋은 사냥감이다.

그 사냥감을 찾던 루시아는 한 헌터를 점찍었다.

헌터의 성질도 다양하다. 절대로 건드려서는 안 되는 역전의 헌터도 있고, 변변찮은 보수를 술값으로 탕진해서 장비에 쓸 돈이 위태로운 자도 있다. 싸움에 익숙한 것은 어느 쪽이나 매한가지다.

강도가 헌터를 노리는 일은 적다. 그야 장비를 빼앗아 팔면 돈이 되지만, 반격당해 죽을 확률이 더 높기 때문이다.

그러나 소매치기가 헌터를 노리는 일은 드물지 않다. 그리고 그때는 총 같은 장비를 노리지 않는다. 그것은 헌터의 장사 밑

천이며, 잃어버리면 치명적이므로 다들 단단히 경계한다.

하지만 그 탓에 오히려 다른 소지품, 예를 들어 지갑 같은 물건에는 경계가 느슨해지는 자가 그럭저럭 많다.

루시아의 눈에는 그 헌터가 봉으로 보였다. 입은 옷은 헌터용이지만 지저분하지 않고, 황야에 나선 흔적이 없다. 장비한 총도 흠집 하나 없는 신품이다. 외모는 젊어 보이고, 역전의 헌터가 드러내는 특유의 분위기, 살벌함과 예민함은 느껴지지 않는다.

헌터 랭크 10 헌터증을 신청하려고 최소한의 장비를 갖춘 헌터. 루시아는 그렇게 판단했다.

저 녀석을 노리자. 헌터 등록을 마치고 잠시 노점을 구경하려는 거라면 제법 돈이 있을지도 모른다. 저 녀석이 돈을 쓰기 전에 슬쩍하자.

그렇게 생각한 루시아는 평소처럼 우연을 가장하고 사냥감에 다가가 천부적인 재능과 숙련된 기량으로 지갑을 슬쩍했다.

루시아의 신들린 솜씨로, 그 헌터는 지갑을 도둑맞은 사실을 전혀 눈치채지 못했다.

◆

장비를 한차례 전부 잃고 새 장비를 조달하기 전인 아키라의 차림새는 강화복을 걸치고 대형 총기를 소지하던 예전과 비교해서 매우 궁상맞다.

더군다나 현재 장비로 한 번도 황야에 나가지 않아서 전부 신품이나 다름없는 상태다. 숙련자의 패기가 조금도 드러나지 않기도 해서, 헌터 등록을 갓 마친 초심자로 오해받아도 어쩔 수 없다.

그리고 그러한 자가 슬럼을 어슬렁거릴 때 자주 보는 피해를 아키라도 보게 되었다.

알파가 넌지시 아키라에게 말한다.

『아키라. 지갑을 도둑맞았어.』

『어?!』

아키라가 곧바로 호주머니에 손을 넣어 확인한다. 알파가 지적한 대로 그곳에 있던 지갑이 사라졌다.

움직임을 멈춘 아키라에게 알파가 조금 황당해하듯 경고한다.

『정신 똑바로 차려. 강화복을 입었으면 내가 조작해서 막았을 테지만, 그때까지는 아키라가 자기 힘으로 대처해야 하거든?』

지갑을 도둑맞았다고 해도 피해 금액은 10만 오럼 정도다. 과거의 아키라에게는 큰돈이지만, 현재 수입이라면 호들갑스럽게 반응할 금액이 아니다.

느슨해진 아키라의 긴장을 바로잡을 수업료. 알파는 그 정도로 생각했다.

하지만 아키라는 달랐다.

『아키라?』

아키라는 경악한 표정을 짓고서 가만히 있었다. 알파가 하는 주의도 들리지 않은 기색으로 희미하게 떨고 있었다.

그런 아키라의 떨림이 멎는다. 상황 확인을 마친 아키라의 입에서 말이 나온다.

"누구야……?"

자신이 얼마나 어둡고 무겁고 싸늘한 목소리를 내는지도 모르고, 그것이 알파를 얼마나 놀라게 하는지도 모른 채, 무표정한 가면 같은 얼굴에 격렬한 증오를 드러내고 시커먼 감정을 목소리에 더한다.

"알파. 지갑을 훔친 녀석은 어디 있지? 알아?"

모른다고 대답하면 아키라의 이 감정이 자신에게 향할 우려가 있다. 그렇게 판단한 알파는 망설임 없이 대상의 방향을 손으로 가리켰다.

『알아. 저 사람이야.』

아키라의 시야가 확장되고 차폐물 너머, 이미 뒷골목 깊숙이 이동한 소녀의 모습이 반투명하게 표시된다.

"그래. 저 녀석이구나."

그렇게 중얼거리듯 말한 다음 순간, 아키라는 격렬한 감정을 드러내고 뛰었다.

◆

일을 마치고 뒷골목으로 들어간 루시아는 사냥감과 충분히 거리를 벌렸다고 판단했을 때 수확을 확인했다.

"와! 10만 오럼이나 있어! 이것만 있으면 한동안 괜찮아. 운이 좋았어."

상상을 넘어선 수확에 루시아가 환하게 웃었다. 그러나 그 얼굴도 금방 어두워진다.

"한동안 괜찮아. 그다음에는……."

루시아는 말끝을 흐렸다. 그것은 이어질 말로 자신의 처지를 올바르고 이해하고, 그 말을 입에 담음으로써 자신의 미래를 직시하기 싫었기 때문이다.

슬럼에서 출세하는 것은 어렵다. 출세라고 해도 부자가 되려는 건 아니다. 슬럼의 주민이 꿈꾸는 비교적 멀쩡한 생활이 가능할 만큼의 돈을 구하는 수준의 이야기다.

하지만 그것은 루시아 같은 자들에게 충분히 어려운 일이다.

멀쩡한 직업을 구하려면 그만한 지식과 교육이 필요하다. 그 지식과 교육을 얻으려면 그만한 연줄과 돈이 필요하다. 하지만 슬럼에서 사는 자들은 대부분 그 지식을 얻을 돈도, 그 돈을 얻을 지식도 없다. 루시아는 자신의 미래 전망에서 희망을 찾을 수 없었다.

루시아도 마음속으론 이해한다. 자신은 언젠가 파멸한다. 소매치기로 평생 먹고사는 것은 불가능하다. 이대로 소매치기를 계속하다간 언젠가 들키고, 붙잡히고, 거듭된 죄의 대가를 치르게 된다.

그 대가로 얻어맞아 뒷골목을 나뒹굴기만 할지, 겁탈당하고 길바닥에 버려질지, 그냥 살해당할지, 고통스럽게 괴롭힘을 당하다가 죽을지, 죽는 게 차라리 나을 정도의 지옥을 보게 될지,

그것은 알 수 없다. 하지만 모종의 대가를 치러야 한다는 것은 확실하게 알았다.

그렇지만 루시아는 소매치기를 그만두고 살 방법을 모른다. 그리고 루시아는 지금껏 살아남을 정도로는, 그것에 의지할 정도로는 뛰어난 소매치기 기술이 있다.

무의식중에 어두운 표정을 지은 루시아가 기분을 바꾸려 고개를 가로젓는다.

"됐어, 그만하자. 지금 여기서 생각해도 소용없어. 돈은 있으니까 뭐라도 먹자. 배고프면 기분만 울적해질 뿐이야."

루시아는 자주 가는 가게에서 사 먹자고 결심하고 걷기 시작했다.

그때, 등 뒤에서 큰 소리가 난다. 무심코 뒤돌아보자 그곳에 아키라가 있었다. 방금 들은 소리는 여기까지 전속력으로 뛰어온 아키라가 그 힘으로 골목에 방치된 물건을 날려 버리는 소리였다.

루시아는 먼저 갑작스러운 사태에 놀라고, 다음으로 갑자기 나타난 자가 아까 지갑을 훔친 상대임을 깨닫고 더욱 놀라고, 그자가 자신을 쫓아왔다는 사실을 이해해서 더더욱 놀랐다.

(왜 들켰어?! 눈치챈 기색은 없었는데! 나중에 눈치챘어도 내가 슬쩍한 걸 어떻게 알아?! 게다가 저거! 무턱대고 나를 찾다가 우연히 발견한 게 아니야! 내가 여기 있는 걸 알고 왔어! 어떻게!?)

자신의 솜씨라면 들킬 리가 없다. 그 자신감이 부서져서 당황하고, 경악하고, 동요한다. 하지만 다음 순간, 그러한 감정은 전부 날아갔다. 루시아를 발견한 아키라가 두 손에 총을 쥔 것이다.

죽일 작정이다.

루시아는 작은 의문의 여지도 없이 그렇게 이해했다. 상대의 시선으로, 동작으로, 표정으로, 기척으로, 의심할 수 없는 살의를 느꼈다.

아키라는 엄청난 살기를 뒤집어쓰는 바람에 움직이지 못하는 루시아에게 총을 겨누고, 조금도 주저하지 않고 방아쇠를 당겼다.

뒷골목에 총성이 메아리치고, 수많은 총탄이 주위에 뿌려진다. 그 일부가 루시아의 뺨과 다리를 스쳐서 빨간 선을 긋는다.

그 아픔으로 정신을 차린 루시아가 비명을 지른다. 그리고 등 뒤에서 울리는 총성과 탄환이 자신의 옆을 스치고 지나가는 소리에 놀라면서 죽기 살기로 도망쳤다.

◆

자신은 강해졌다. 아키라는 그렇게 생각했었다.

조금 전까지 있었던 확신은 이제 자만과 과신과 자조와 자학의 혼합물로 전락해, 우쭐대던 바보 멍청이의 방심 쪼가리가 되어 마음속 깊은 곳에 뿌려졌다.

과거의 자신은 알파의 서포트가 있었다고는 하나 죽을 뻔하고도 5 대 1 상황에서 적을 타도하고, 목숨을 걸고 얻은 성과를 지켰다. 그럴 수 있었다.

하지만 지금은 그러지 못했다. 설령 일부일지라도, 몇 번이고 죽을 뻔하고, 장비를 전부 잃고, 병원에 후송될 때까지 얻은 보수를 쉽사리 빼앗기고 말았다.

과거에는 됐던 게 지금은 안 된다. 예전의 자신이라면 스쳐 지나가면서 지갑을 도둑맞는 꼴사나운 꼴을 보이지 않았다. 강해지지 않았다. 성장하지 않았다. 자신은 약해졌다.

지갑을 도둑맞았다고 이해한 순간, 아키라는 그 인식에 짓눌렸다.

마음속 깊은 곳에서 실망하는 목소리가 들려온다.

너는 고작해야 그 정도다. 남의 힘으로 강해졌다고 착각했을 뿐이다. 너 자신은 하나도 변하지 않은 수준이 아니다. 너는 약해졌다. 한심하다.

무심코 아니라고 반박하는 목소리는 지독하게 힘이 없어서, 실망하는 목소리에 쉽사리 묻혔다.

그래도 목소리는 돌아온다. 아니라면, 아니라고 증명해라. 빼앗긴 것을 되찾아라. 돈을, 자신감을, 실력을, 의지를 되찾아라.

더는 짓밟히는 자가 아니라고, 그 결과로 자신에게 증명해라.

아키라는 자신의 마음속에서 울리는 그 목소리에 동의했다. 그리고 그 목소리가 시키는 대로 빼앗긴 것을 되찾고자 내달렸다. 각오가 아니라, 증오로써.

아키라는 알파의 서포트로 루시아를 뒤쫓는다. 찾아낸 순간에 총을 쥐고, 겨누고, 방아쇠를 당긴다. 증오가 기준이 된 머릿속에는 돌려놓으라고 외치는 생각조차 떠오르지 않는다. 먼저 죽이고, 시체에서 되찾으면 된다고 닥치는 대로 사격한다.

하지만 못 죽였다. 두 손에 쥔 총, AAH 돌격총과 A2D 돌격총은 몬스터 사냥용 총이라서 맨몸인 아키라가 한 손으로 다룰 물건이 아니기 때문이다.

게다가 강화복을 입은 감각으로 총을 겨누려고 한 탓이 조준이 심하게 어긋났다. 더불어 보통탄이라도 반동이 한 손으로 제어할 수 없을 만큼 커서, 쏜 순간에 자세가 크게 흐트러졌다.

그 결과, 사격 반동을 전혀 제어하지 못하고 엉뚱한 곳에 쓸데없이 난사하고 말았다. 탄은 루시아에게 한 발도 안 맞고, 그대로 모퉁이 너머로 도망치고 만다.

너는 알파의 서포트가 없으면 총도 제대로 못 겨눈다. 닥쳐.

아키라는 다시 치솟은 자조와 실망의 섞인 목소리를 이를 악물고 깨부순 다음, AAH 돌격총만 두 손으로 잡고 뒤쫓았다.

◆

루시아는 필사적으로 도망쳤다. 아직 죽지는 않았지만, 집요하게 쫓아오는 아키라를 뿌리칠 수 없었다.

다소 미로처럼 얽힌 뒷골목을 뛰고, 통로의 분기를 몇 번이고 지나서, 눈에 들어오지 않는 상태로 계속해서 샛길로 빠졌다.

도망치는 쪽이 절대적으로 유리한 지형임은 확실했다.

하지만 아키라는 집요하게 쫓아온다. 아직 따라잡히지 않은 것은 비교적 체형이 작은 루시아가 좁은 골목길을 빠져나가는 데 적합하기 때문이다. 나아가 아키라가 사격 때마다 멈추기 때문이기도 했다.

상대가 쏘지 않고 쫓아오면 이미 잡혔다. 하지만 그대로 계속 쏴 주길 바랄 수 없다. 루시아의 초조함이 점점 커진다.

(왜?! 왜 저렇게 정확히 쫓아와?! 설마…… 발신기?!)

지갑에 전파 발신기가 달려서 그 반응을 따라오는 걸지도 모른다. 그래서 자신을 이토록 정확하게 쫓아오는 것이다. 그렇게 생각한 루시아는 아키라가 등 뒤의 샛길에서 다시 뛰쳐나오는 것과 동시에 아키라의 지갑을 통로에서 자신과 반대 방향으로 힘껏 던졌다.

◆

아키라는 AAH 돌격총을 두 손으로 잡고도 루시아를 못 죽였다.

똑바로 겨누려고 하는 만큼, 똑바로 조준하려고 하는 만큼, 쏠 때까지 시간이 걸려서 도망치고 만다. 그렇다고 초조함을 못 이기고 쐈다간 그만큼 조준이 흐트러진다.

더불어 아키라의 사격 훈련은 기본적으로 자신에게 덤벼드는 몬스터를 상대하기 위한 것이다. 죽기 살기로 도망치려는 목표를 상대할 때는 조금 방식이 달랐다.

게다가 증오에 휩쓸린 지금의 아키라는 냉정함을 잊었다. 그래서는 제대로 조준해서 쏘기 어렵고, 결국 전부 빗나갔다.

이만큼 쏘고도 맞지 않는다. 네 실력은 딱 그 수준이다. 닥쳐.

빗나갈 때마다 들려오는 기막힘과 자조와 실망의 목소리를, 아키라는 총을 꽉 쥐어서 거절했다.

그대로 루시아를 쫓는다. 확장 시야 덕분에 놓칠 일은 없다. 하지만 그때 아키라가 살짝 괴이쩍은 표정을 지었다. 지금까지 도망치던 루시아가 갑자기 멈추고 뭔가 던지는 듯한 낌새를 보였다.

그리고 상대가 뭔가 던진다고 경계한 바람에 아키라는 머리 위를 넘어가는 물체가 자신의 지갑임을 깨달았다.

루시아를 쫓을까, 지갑을 찾을까. 아키라는 한순간 망설인 다음 지갑을 택한다.

루시아를 죽이는 것은 수단이지 목적이 아니다. 빼앗긴 지갑을 되찾으면 일단은 실수를 만회한 셈이다. 다음부터는 조심하자. 이번 실수를 두 번 다시 되풀이하지 않도록 의식을 바꾸자. 그렇게 자신을 얼버무릴 수 있었다.

하지만 그럴 수 없었다. 지갑 속을 확인하자 돈이 전부 털리고 없었다.

또 속았다. 너는 진짜 한심하다. 시끄러워! 닥쳐!

더욱 심해지는 조소와 실망의 목소리를, 아키라는 증오로 지웠다.

"알파······."

『저기야. 쫓아갈 거면 총은 삼가. 슬슬 슬럼을 벗어날 거야. 경비가 이루어지는 곳에서 총을 난사했다간 오히려 경비원에게 총을 맞아 죽을 거야.』

"알았어······."

아키라는 오싹할 만큼 차갑게 대답하고 다시 뛰었다.

◆

뒷골목을 도망치던 루시아는 상대도 치안이 좋은 곳에서는 총을 쏘지 않겠지 하고 무의식중에 하위 구역의 안쪽으로 이동했다. 상대가 사격을 멈추고 따라잡힐 확률이 높아지지만, 총에 맞는 건 싫다.

계속해서 도망치고, 뛰다가, 숨이 턱에 차서 다리를 멈춘다. 숨을 거칠게 쉬면서 등 뒤를 본다.

그곳에서는 아키라가 안 보인다. 그대로 호흡을 골라도 아키라는 나타나지 않는다. 루시아가 안도의 웃음을 띤다.

"겨, 겨우 뿌리쳤나······? 역시 그 지갑에 발신기가 있었어? 뭐, 도망쳤으니까 상관없어."

하지만 그 웃음은 바로 사라졌다. 통로 안쪽에서 다시 아키라가 나타났다. 더군다나 총을 거두고 전보다 더 빨리 달려온다.

"말도 안 돼······?!"

이렇게 했는데도 뿌리치지 못하고, 본격적으로 붙잡으려고 든다. 루시아는 경악과 공포로 얼굴을 일그러뜨리고 다시 뛰었다.

정신없이 달린다. 반쯤 울상을 지으면서 필사적으로 뛴다. 자신이 어디 있는지도 모르고 좌우지간 계속 달린다.

그리고 무턱대고 가다가 골목을 뛰쳐나와 하위 구역의 거리에 나온 루시아는 그곳을 걷던 누군가와 그대로 힘껏 부딪혔다.

"이봐! 조심해!"

루시아가 겁을 먹고 부딪힌 상대를 본다. 젊은 헌터로, 장비를 봐서는 상당한 실력자 같다.

소년은 조금 화냈지만, 겁에 질린 루시아의 표정을 보더니 곧바로 노기를 거두고 걱정스러운 투로 말을 건다.

"아, 미안. 소리쳐서 미안해. 괜찮아?"

루시아는 자신을 안심시키려고 미소를 짓는 소년을 보고, 잘생기고 단정한 얼굴에 웃음을 띠는 것을 보고 상황을 잊은 채 정신이 팔렸다. 그 얼굴에서 공포가 가시고, 뺨이 희미하게 홍조를 띠고, 입에서 작은 탄성이 흘러나온다.

하지만 그때 골목길에서 쫓아오는 아키라의 기척을 느끼고 곧장 정신을 차렸다.

그리고 통로에서 다가오는 공포와 자신에게 미소를 짓는 희망 사이에 시선을 이리저리 돌리다가 도박에 나섰다. 눈앞에 있는 소년에게 달라붙어 겁에 질린 얼굴로 외친다.

"살려주세요! 쫓기고 있어요!"

그것은 아키라가 골목길에서 뛰어나왔을 때와 거의 동시에 이루어졌다.

제68화 일촉즉발

　도시 하위 구역을 돌아보던 카츠야 일행은 조금 주목받고 있었다. 최근 레이나 일행에 합류한 카나에에게 하위 구역을 안내하는데, 그 자리에 어울리지 않는 차림을 한 사람이 두 사람이나 있기 때문이다.

　카나에와 시오리는 여기서도 메이드 옷을 입었다. 더군다나 그 옷감이 주변 사람들의 옷과 격이 다른 광택을 내서 붕 뜨는 느낌에 박차를 가했다.

　혼자 있어도 눈에 띄는 차림을 한 사람이 둘이나 있는 바람에 호기심 어린 시선이 카나에와 시오리는 물론이고 함께 있는 레이나와 카츠야 일행에게도 미쳤다.

　예상한 바지만, 레이나가 한숨을 쉰다.

　"카나에. 정말 앞으로도 그 차림으로 나를 따라다닐 거야?"

　"그런데요?"

　카나에는 태연하다. 주위 시선을 조금도 신경 쓰지 않았다.

　"다른 옷을 입을 생각은 없어?"

　"없슴다."

　"무슨 일이 있더라도?"

　"이 옷과 동급이거나 성능이 더 좋은 전투복을 아씨가 직접

번 돈으로 사 주시면 생각해 보겠는데요?"

카나에가 입은 메이드 옷은 메이드 옷처럼 생긴 방호복이다. 그것도 꽤 고성능으로, 어지간한 헌터가 착용하는 것과 비교하면 성능이 몇 단계나 더 좋다.

당연하지만 레이나의 수입으로 살 만한 물건이 아니다. 대신할 것을 마련해 줄 수는 없다. 그리고 레이나는 억지를 써서 성능이 더 떨어지는 장비로 바꾸라고 말할 수 없었다.

카나에는 그것을 알고 말했고, 레이나도 알고 물어봤다.

"시오리도 카나에도 사복 정도는 있으니까 이럴 때 정도는 사복을 입어도 좋을 것 같은데? 사복이어도 강화 내피는 안에 입잖아?"

"아씨도 사복이 아니라 강화복을 입었는데요."

"나는…… 이런 때라도 안 입으면 위험하니까 그래."

이 주변은 하위 구역에서도 그럭저럭 안전한 곳이다. 강화복을 입어도 이상하지는 않으나, 평범하게 거닐 때는 필요하지 않다. 하지만 레이나는 지하상가에서 있었던 일로 감각을 황야에 맞추고자 일부러 강화복을 입었다.

카나에가 슬쩍 놀리듯 웃는다.

"그러면 저도 아씨의 경호원으로서 이 옷은 못 벗겠는데요. 이 메이드 옷은 아씨가 위험할 때 방패가 되라고 튼튼하게 만든 옷이니까 갈아입을 수 없슴다. 사복은 평범한 옷이니까 못 써먹슴다."

레이나는 암암리에 경호가 필요할 정도로 약한 사람이 문제라는 소리를 들은 것 같아서 조금 의기소침했다. 그것을 알아챈 시오리가 카나에를 매섭게 보자 카나에는 조금 노골적으로 시선을 피했다. 그리고 얼버무리듯 화제를 바꾼다.

"아, 그나저나 아쉽습다. 카츠야 소년은 무척 강하다고 들었으니까 아씨와 함께 있으면 그 활약을 눈앞에서 볼 줄 알았는데, 팀에서 빠지다니 참 안타깝습다."

"미안해."

레이나는 언짢은 눈으로 카나에를 봤지만, 카나에는 전혀 미안해하지 않았다.

그때 카츠야가 조금 진지하게 대화에 끼어든다.

"레이나. 그 이야기 말인데…… 정말로 빠질 거야?"

레이나가 표정을 조금 흐리고, 그래도 똑똑히 대답한다.

"그래. 억지로 팀에 들어갔는데 멋대로 나가서 미안해. 하지만 이미 정했어."

"그렇구나……."

평소라면 카츠야도 억지로 붙잡지 않는다. 아쉽기는 하지만 서로 생명을 맡기는 팀인 이상, 억지로 붙잡은 탓에 움직임이 굼떠지고 연계가 흐트러지면 팀 전체를 불행하게 할 뿐이다.

그러나 이번에는 지하상가에서 있었던 일이 카츠야가 조금 더 말하게 했다.

"내가 너무 심각하게 생각한 걸지도 몰라. 하지만 만약 지하상가에서 있었던 일 때문이라면, 신경 쓸 필요는 없잖아? 이렇게 말하긴 그렇지만, 아무 일도 없었다고 하는데?"

어쩌면 레이나는 뭔가 책임감이나 죄책감으로 팀을 빠지려는 게 아닐까. 카츠야는 그렇게 생각하고, 만약 그렇다면 팀에서 빠질 필요가 없다고 전했다.

"그리고, 그게, 내가 말하긴 좀 그렇지만. 다음에 무슨 일이 생기면, 이번엔 반드시 내가 어떻게든 할게."

지하상가에서 무슨 일이 있었는지는 지금도 모른다. 자신의 대응이 늦었을지도 모른다. 하지만 그래서 실망했다면, 다음에는 꼭 구하겠다고 진지한 얼굴로 고백했다.

그 말을 들은 레이나가 대답한다.

"카츠야. 그렇게 말해 줘서 무척 기뻐. 진짜야."

거짓말은 아닐 것 같지만, 카츠야는 레이나의 태도에서 그 말을 곧이곧대로 받아들일 수 없었다.

레이나가 아까처럼 비통해 보이는 표정을 짓고 위태로움마저 느껴지는 투로 말을 잇는다.

"하지만 말이야. 내가 그렇게 못났어? 원래부터 시오리가 있고, 추가로 카나에도 오고, 그런데도 카츠야까지 단단히 보호해야 해? 내가 그렇게 한심해? 카츠야가 봐도 내가 그렇게 못난 것 같아?"

레이나는 진지한 얼굴로 카츠야를 봤다. 아니라고 말해 달라고. 애원하는 눈이 그렇게 말했다.

"아니야. 레이나처럼 강한 사람이 팀에서 갑자기 빠지면 전력이 떨어져서 큰일이고, 내가 레이나를 멋지게 구했으면 나가는 걸 그만둬 주지 않을까 생각한 거야."

"그래? 미안해."

"그렇구나."

그것으로 대화가 끊겼다. 카츠야도, 레이나도, 더는 말하지 않았다.

유미나는 두 사람에게 할 말을 떠올리지 못해서, 아이리는 빠지고 싶은 사람은 빠져도 상관없다고 여겨서, 시오리는 섣부른 위로가 역효과라고 판단해서, 카나에는 시오리에게 눈총을 받아서, 모두가 입을 다물었다.

어쩌다가 이렇게 되었을까. 그렇게 생각한 카츠야의 뇌리에 그 이유인 인물이 떠오른다. 아키라다. 유미나를 인질로 붙잡은 일도 있어서, 아무래도 나쁘게 생각하고 만다.

지하상가에서 레이나와 시오리가 14번 방위지점을 멋대로 이탈한 것도, 엘레나 일행과 함께 탐색하지 못한 것도, 어떤 의미로는 아키라가 원인이다.

게다가 아키라는 레이나와 시오리를 공격하고, 유미나를 인질로 잡았다. 더군다나 도란캄에서 아무 일도 없었던 것으로 공식 견해를 내놓는 바람에 그 사정도 흐지부지 넘어갔다.

더불어 레이나의 이탈이다. 생각할수록 잘 모르겠지만 그 녀석 탓이라는 감정이 커진다. 그래서 카츠야는 조금 신경이 곤두섰다.

그때 샛길에서 튀어나온 소녀가 카츠야에게 부딪혔다. 신경이 곤두선 탓에 무심코 호통을 친다.

"이봐! 조심해!"

그리고 그 소녀가 지독하게 겁먹은 얼굴로 봐서, 그토록 심하게 호통을 쳤나 싶은 마음에 허둥지둥 소녀를 부드럽게 달랜다.

"아, 미안. 소리쳐서 미안해. 괜찮아?"

그것으로 소녀의 표정이 부드러워지는 것을 보고, 카츠야는 안도의 미소를 지었다. 유미나와 아이리가 '또?' 하는 태도를 보이는 것은 눈치채지 못했다.

그러나 소녀는 곧바로 다시 몹시 겁먹은 태도를 보였다. 그리고 카츠야에게 달라붙고 비명을 지르듯 도움을 요청한다.

"살려주세요! 쫓기고 있어요!"

놀라는 카츠야의 시야에 방금 소녀가 뛰쳐나온 골목에서 새롭게 나타난 소년이 비친다. 그 순간, 카츠야의 표정이 눈에 띄게 험악해졌다.

그 소년은 아키라였다. 하지만 갑자기 아키라가 나타나서 카츠야의 표정이 험악해진 것은 아니다. 그 아키라가 시커먼 살기를 풍기고, 등골이 오싹해지는 표정을 지었기 때문이다.

아키라의 시선이 카츠야 일행을 향한다. 그것만으로 카츠야만이 아니라 유미나와 아이리, 레이나 일행도 임전 태세에 가까운 반응을 보였다.

여기가 황야라면 카츠야 일행은 망설이지 않고 총을 뽑았다. 아키라의 손에 총이 없다는 사실과 여기가 하위 구역에서도 그럭저럭 안전한 곳이며 총을 뽑으면 경비를 맡은 민간 경비회사와 다툼이 생길 우려가 있다는 생각으로 간신히 총에 손을 얹는 정도의 경계로 그쳤다.

카츠야에게 도움을 요청한 소녀는 아키라의 지갑을 훔친 루시 아였다.

◆

하위 구역 거리로 나선 아키라는 곧바로 루시아를 발견했다. 그리고 카츠야에게 달라붙은 것도 눈치챘지만, 그것은 아무래 도 좋았다. 또 너냐고도 생각하지 않았다.

적의 편은 적이다. 카츠야에게 느낀 감정은 그게 다였다.

적이냐, 적이 아니냐. 적은 몇 명이고, 전력은 얼마나 있는가. 그 식별과 확인만을 위해서 아키라의 시선이 카츠야의 주변 인 물들로 넘어간다.

아이리, 레이나, 시오리, 카나에의 순서로 시선을 옮기면서 경계, 공포, 희열이 어린 시선을 받아도 아키라의 감정은 딱히 변하지 않았다. 시오리를 보고, 이번에도 그렇다고 잠시 생각했 을 뿐이다.

하지만 아키라의 시선이 강하게 경계하는 유미나를 향했을 때, 그 얼굴이 심하게 일그러지고 살기가 약해졌다.

그때 알파가 참견한다.

『아키라. 진정해. 저 사람을 죽이더라도 불필요하게 적을 늘 리지 않게끔 노력해. 멀쩡한 장비도 없는 상황에서 7 대 1. 그 중 전투 요원이 6명. 강화복을 입은 아키라와 호각으로 싸우는 인원 포함. 아무리 그래도 무모해.』

아키라가 자신에게 상황을 확인시키듯 중얼거린다.

"7 대 1……."

그리고 그 말에 카츠야 일행이 민감하게 반응한다. 상황으로
봐서 루시아를 쫓는 사람은 아키라가 확실하고, 나아가 살기가
넘치면서도 상대를 넘기라는 말도 없이 이 자리에 있는 모두와
교전할 뜻을 굳힌 것처럼 말했기 때문이다.

특히 시오리의 반응은 컸다. 지하상가에서 카츠야 일행이 난
입했을 때 5 대 1이 많다고 했던 자가 7 대 1은 많다고 말하지
않는다. 왜 그럴까 생각하면, 이번에는 확실히 죽일 수 있다는
이유가 떠오른다.

아키라의 전투 이력이 수정된 이상, 도시 측과 모종의 거래가
있었음은 확실하다. 그 거래로 아키라에게 거금이 지급되고, 그
자금으로 더욱 고성능 장비를 입수했을 우려가 있다고 생각하
고 만다.

겉으로 봐서는 딱히 강력한 장비를 착용한 것처럼 보이지 않
는다. 하지만 아키라에 관해서는 겉으로 느낀 인상이 도움이 안
된다고 이미 경험한 바 있다. 그때 잘못 판단하는 바람에 레이
나를 죽게 할 뻔했다.

되풀이해서는 안 된다고, 시오리가 결단한다.

"7 대 1이 아닙니다. 우리는 중립으로 있겠습니다. 카츠야 님
과 아키라 님, 어느 쪽에도 우리는 협력하지 않겠습니다."

시오리는 그렇게 선언하고 레이나를 억지로 자신과 카나에의
뒤로 이동시켰다.

이상하게 보는 아키라. 놀라는 카츠야 일행. 그리고 어쩔 줄 모르는 레이나와 의아한 기색인 카나에의 시선이 시오리에게 쏠린다.

시오리가 표정에 강한 의지를 길들여서 카츠야 일행에게 선언한다.

"카츠야 님. 일면식도 없고 관계도 없는 인물을 도우려면 부디 뜻대로 하시길 바랍니다. 저도 그 행위를 상찬하고, 그 의지를 존중하겠습니다. 하오나 그 일에 아가씨가 말려든다면 이야기가 달라집니다. 그러니 카츠야 님의 재량과 역량으로 대처해 주시길 바랍니다."

이어서 똑같은 태도로 아키라에게 선언한다.

"아키라 님. 아키라 님이 우리, 특히 아가씨께 해를 끼치지 않은 한, 우리는 아키라 님과 적대하지 않음을 맹세합니다. 불필요한 교전을 피하는 현명한 판단을 부탁드립니다."

카츠야든 아키라든 전투를 회피하는 선택지가 있다. 그런데도 전투를 택한다면 마음대로 해라. 그러나 자신들과 관계없는 상태로 해 달라. 레이나를 끌어들이지 말라. 시오리는 암암리에 그렇게 선언했다.

그리고 여전히 어쩔 줄 모르는 레이나를 보채듯이 등을 떠밀어 물러나면서 조금씩 아키라와 카츠야 일행 모두와 거리를 벌린다.

"아가씨. 가시죠."

"하, 하지만……."

레이나는 카츠야 일행을 두고 이 자리에서 도망치듯 사라지는 것에 저항감이 들었다.

하지만 그게 끝이다. 남은 뒤에 뭘 선택할 수 없다. 선택지도 잘 떠올릴 수 없다. 말을 더 잇지 못하는 것은 그런 까닭이다.

시오리는 그것을 간파하고 엄격한 표정과 말투로 레이나에게 고한다.

"죄송합니다. 아가씨를 기절시켜서라도 물러나겠습니다. 아 가씨…… 또 되풀이하실 겁니까?"

시오리는 일부러 무엇을 되풀이하는지 명언하는 것을 피했 다. 레이나의 사고를 촉구하고, 레이나에게 최악의 상황을 다시 일깨우기 위해서다.

레이나의 머릿속에 떠오른 최악은, 자신이 다시 인질로 잡히 는 상황이었다.

루시아에게 인질로 잡혀 아키라와 시오리가 다시 사투를 벌인 다. 혹은 아키라에게 인질로 잡혀 이번에는 카츠야 일행과 시오 리가 사투를 벌인다. 또다시 자기 때문에 사투를 벌이는 자들을 목격해야 한다.

그런 일은 있을 수 없다. 다시는 그런 실수를 저지르지 않는 다. 그렇게 자신을 다그칠 수 있다면 레이나는 그 자리에 남을 수 있었다. 그러나 지하상가에서 있었던 일로 자신감을 잃은 레 이나는 그럴 수 없었다.

그 대신에 그날부터 마음속에 쌓인 후회가 레이나를 결단하게 했다.

저렇게 살기를 드러낸 아키라가 곱게 물러날까? 있을 수 없다. 그렇다면 카츠야가 협박에 굴할까? 있을 수 없다. 둘 다 있을 수 없다면, 죽을 때까지 싸울 수밖에 없다.

그렇다면 이 자리에 남아서 그 사투에 가담할까? 혼자가 아니라, 시오리와 카나에도 끌어들여서.

레이나는 그럴 수 없었다. 카츠야에게 느끼는 연정은 두 사람을 끌어들여 동반자살할 만큼 크지 않았다.

"카츠야. 미안해. 나는 그것까진 함께할 수 없어. 그 사람을 위해서, 목숨을 걸 수 없어."

고뇌 어린 결단이다. 하지만 레이나는 결단했다.

카나에가 분위기를 깨고 쾌활하게 말한다.

"아, 저는 카츠야 소년의 편을 들어도 별로 상관없는데요?"

그러나 시오리에게 무언의 압박을 받고서 손바닥 뒤집듯 말을 취소했다.

"지금 말 취소! 미안함다! 이것도 일이라서요! 아씨의 경호가 제 일임다! 그러면 오늘은 이제 해산하죠! 자, 아씨! 갑시다!"

카나에가 레이나의 어깨에 두 손을 얹고 밀면서 발걸음을 재촉해 자리를 뜬다. 시오리는 카츠야 일행에게 인사하고 카나에를 뒤따랐다.

그때 알파가 진지한 투로 다시 참견한다.

『아키라. 4 대 1이 되었다고 성급하게 굴면 못써. 그래도 강화복을 입은 헌터가 세 명이나 있거든? 전력의 차이를 생각해. 아키라, 내 말 들려?』

"4 대 1……."

아키라는 그 말만 중얼거렸다.

그것만으로 카츠야 일행의 긴장이 치솟았다.

◆

자신이 이 상황을 어떻게든 해야 한다고, 유미나는 속으로 골
머리를 앓고 있었다.

자신들의 최대 전력인 시오리가 일행과 함께 떠났다. 이유는
충분히 이해한다. 그리고 그 이유가 자신들을 몰아붙이고 있다.

카츠야가 소녀를 내버릴 리는 없다. 설령 명백하게 소녀에게
잘못이 있더라도, 호락호락 넘기는 일은 있을 수 없다. 넘기라
고 설득해도 의미가 없다. 오랫동안 함께하면서 유미나는 그렇
게 이해했다.

그렇다면 아키라를 설득할 수밖에 없다. 하지만 유미나는 지
하상가에서도 보이지 않았던 살기를 드러내고 협상의 여지를
완전히 내팽개친 것처럼 보이는 아키라를 이 자리에서 평화롭
게 물러나게 할 자신이 전혀 없었다.

그래도 할 수밖에 없다. 유미나는 아키라를 가만히 보면서 대
책을 궁리한다.

그러자 아키라가 살기를 조금 억눌렀다. 그리고 냉정해지려
는 투로 말한다.

"나는 그 녀석에게 볼일이 있어. 넘겨주겠어?"

아키라가 요구를 말함으로써, 유미나는 협상의 여지가 있다고 보고 상황의 개선을 기대했다.

하지만 그 말을 들은 루시아가 몸을 심하게 떤다. 그리고 자신에게 매달리듯 달라붙은 자가 떠는 것을 몸으로 느낀 카츠야가 투지를 끌어올린다. 카츠야의 마음속에서 루시아를 지키려는 의식이 강해지고, 그것은 아키라를 향한 적개심을 연료로 타올랐다.

"넘길 것 같아?"

아키라는 아무 죄도 없는 소녀를 불합리하고 부당한 이유로 쫓았다. 이미 카츠야의 마음속에서는 그것이 사실이 되었다.

"그렇군."

아키라는 그 말만 하고 협상이 결렬되었다고 판단했다. 임전태세를 취한 아키라가 카츠야 일행의 움직임을 주시하면서 손을 천천히 총으로 가져간다.

그것을 눈치챈 유미나가 황급히 끼어든다.

"잠깐. 애초에 왜 이 아이를 쫓은 거야?"

아키라가 매우 언짢은 눈으로 유미나를 본다. 하지만 살기는 조금 누그러졌다.

"물어봐서 어쩌게. 듣고 납득하면 넘기겠다는 거야?"

자기 입으로 말하고도 그럴 리는 없다고 확신하는 말투. 그것은 무슨 말을 해도 자신의 말을 믿지 않으리라는 사고방식이 근저에 깔린 거절이었다.

유미나도 그것을 느꼈지만, 굳이 말한 시점에서 물어보기를 바라는 마음이 있다고 기대했다. 그래서 응하려고 하는데, 그 전에 카츠야가 끼어든다.

"넘길 리가 없잖아!"

아키라의 시선이 유미나에서 카츠야로 돌아간다. 동시에 전투를 시작할 계기를 찾는 눈으로 돌아갔다.

그 계기를 없애고자 유미나가 크게 소리친다.

"카츠야! 입 좀 다물어!"

"유, 유미나?"

"일일이 시비조로 말하지 말라고 몇 번 말했어?! 그 아이를 지킬 마음이 있다면 좀 조용히 있어!"

유미나가 진심으로 화내자 카츠야가 움츠러든다. 그리고 조금이나마 냉정함을 되찾더니 아키라를 험악하게 보면서도 입을 다문다.

유미나가 아키라의 반응을 살핀다. 조금 당혹스러운 것처럼 보이기도 했다. 그래서 우선 상대를 진정시킬 의도를 담아 아키라에게 말을 권한다.

"어떤 내용인지 들어보지 않으면 판단할 수 없어. 아무튼 이야기해 줄래?"

아키라가 잠시 망설이는 기색을 보인 다음에 입을 연다.

"그 녀석이 내 지갑을 훔쳤으니까."

모두의 시선이 루시아에게 쏠렸다.

아이리가 짤막하게 묻는다.

"그래?"

루시아가 필사적으로 변명한다.

"아니에요! 갑자기 엄청 무서운 얼굴로 저를 쫓아왔어요! 그래서 여기까지 도망친 거예요! 진짜예요! 믿어 주세요!"

루시아가 몸을 떨고 겁먹는 이유가 억울한 누명을 씌우려는 탓인지, 아니면 자신의 죄가 드러나서 그런지, 카츠야는 알 수 없다. 하지만 그 떨림과 공포만은 진실로 여기고, 그 말을 믿어 의심하지 않았다.

유미나는 반신반의다. 그리고 아이리는 굳이 따지자면 루시아를 의심했다. 그래서 아키라에게 짤막하게 말한다.

"증거는?"

유미나는 더 좋게 물어볼 수 있지 않냐고 초조해했지만, 예상과 다르게 아키라의 반응은 나쁘지 않았다.

"증거라……."

뭔가 없을지 생각에 잠긴 아키라의 태도를 본 아이리는 이렇다 할 증거가 없다고 판단하고, 이번에는 루시아를 몰아세운다.

"조사할래. 훔쳤으면 지갑이 나올지도 몰라."

"아, 알았어요. 조사해 보세요."

루시아가 카츠야와 떨어져 아이리 앞에서 두 손을 들었다. 그 모습을 카츠야는 루시아를 더욱 믿었다.

아이리가 루시아의 몸을 조사하기 전에 아키라가 참견한다.

"지갑은 안 나와. 그 녀석은 내 지갑에서 돈만 빼고, 지갑 자체는 도망치는 중에 버렸으니까."

"지갑에는 얼마나 들었어?"

"10만 오럼 정도다."

아이리가 루시아의 차림새를 보고 생각에 잠긴다. 지갑이라면 모를까 지폐 정도라면 얼마든지 숨길 수 있을 것처럼 보인다. 더불어 옷차림도 그럭저럭 좋아서, 100오럼이 있을까 말까 의심스러운 슬럼 밑바닥 사람으로는 안 보인다.

홀딱 벗길 기세로 철저하게 조사해 10만 오럼이 나오더라도, 그것을 아키라에게 훔친 것으로 단정하기는 증거가 부족하다. 도난을 우려해서 숨겼다고 말하면 끝이다.

설령 루시아에게 죄가 있어도 카츠야는 이 아이를 버리지 않는다. 그러나 죄가 드러나면 이 아이는 멋대로 도망칠지도 모른다. 그리고 아키라가 루시아를 쫓으면 적어도 이번 소동은 자신들과 상관없어진다. 아이리는 그렇게 생각했다.

그래서 뭔가 증거가 있으면 좋겠다고 생각했는데, 현재 상황으로는 어렵다고 판단해서 유미나에게 시선을 돌렸다.

그것을 보고 이번에는 유미나가 아키라에게 묻는다.

"오해나 착각일 가능성은 없어? 정말로, 절대로, 확실하게 이 아이야?"

아키라가 딱 잘라 말한다.

"틀림없어. 그 녀석이야."

유미나는 아키라를 탓하지 않고 침착하게 계속 묻는다.

"확실하게 단언할 수 있는 증거나, 그렇게 판단한 이유를 말해 줄래? 옷을 손댔을 때 잡았다가 놓치는 바람에 도망쳐서? 아니면 지갑이 없어진 걸 알았을 때 주변에 이 아이밖에 없어서?"

"아니, 그건, 그게……."

아키라는 말을 더듬고 말았다. 근거는 알파가 가르쳐 주었기 때문이다. 하지만 그렇게 대답할 수도 없다. 잘 모르겠지만 감이라, 라고도 말할 수 없다.

"정보수집기 기록으로 판별했다거나, 그런 이유야? 호신 목적으로 도시 안에서도 정보수집기를 항상 켜놔서 그 기록이 남았다거나?"

"아니, 아니야. 내가 쓰던 정보수집기는 지난번 전투로 망가졌어."

"그렇다면 함께 있던 지인이 알려준 거야? 지금부터 만나러 가면 증언해 줄 수 있어?"

"아니…… 저기……."

아키라가 조금씩 위세를 잃는다.

"도둑맞은 곳에 감시 카메라가 있을 가능성은 있어? 하위 구역의 큰길에는 설치했을지도 모르니까, 조사하면 알아낼 가능성도 있어."

"아니, 도둑맞은 곳은 슬럼이니까, 아마도 없을…… 거야."

증거로 삼을 것이 뭔가 없냐고, 상대가 계속해서 제안하는데도 멀쩡하게 대답하지 못하고 부정할 수밖에 없다는 사실에 아키라는 처음 위세를 잃었다.

"네가 거짓말한다고 말하진 않겠어. 네 판단이 틀렸다고도 말하지 않아. 복잡한 사정이 있어서 우리에겐 말할 수 없지만, 확신하는 증거가 있을 거야."

유미나는 그렇게 아키라를 최대한 존중한 다음에 양보를 요구한다.

"그런데도 우리에게 그 이유를 말하지 못하는 이상 네 말만 곧이곧대로 받아들이고, 증거도 없이 믿어서 이 아이를 넘길 순 없어. 정말 미안해. 어렵겠지만, 이해해 줄래?"

아키라는 대답하지 못했다.

지금의 아키라는 유미나와 대화하면서 흥분이 많이 가라앉고, 증오가 희석되고, 적의도 풀어지고, 어느 정도 침착함을 되찾았다. 드러내던 시꺼먼 살기도 사라져 몹시 언짢아 보이기는 해도 비교적 평범한 태도로 돌아왔다.

그런데도 성격이 삐뚤어진 탓에 알았다고 대답하고 순순히 물러날 수 없다. 그러나 싫다고 대답하고 총을 뽑을 정도의 위세도 사라졌다.

그것을 알파가 거든다.

『아키라. 지금은 물러나자. 아무것도 설명할 수 없는데 순순히 믿게 하긴 어려워.』

『…………그래.』

알파가 그렇게 말하면 어쩔 수 없다. 아키라는 그것을 자신에게 하는 변명으로 삼고, 지금은 물러나기로 했다.

그 영향이 아키라가 드러내는 기운에도 나타난다. 긴장과 경계가 희미해지자 시오리를 쓰러뜨린 강자로는 도저히 보이지 않을 만큼, 그 분위기가 어디에나 있을 법한 평범한 아이로 돌아간다.

수많은 자기 무시하고, 깔보는, 흔한 약자. 그렇게 생각하게 끔 하는 지뢰로.

그리고 그 지뢰를 카츠야가 밟는다.

"흥. 도둑맞았더라도, 헌터면서 방심한 게 잘못이지."

별생각 없이 나온 말에는 카츠야의 불만이 드러나 있었다.

그만한 살기를 드러내 자신들을 협박하고, 레이나 일행을 물 러나게 했으면서, 그만한 짓을 했으면서 조금 타이른 정도로 그 만두는 거냐. 그럴 거면 처음부터 그러지 마라.

무의식중에 그렇게 생각했다. 풀리는 긴장과 무척 약하게 보 이는 아키라의 분위기가 카츠야의 감정을 떠밀었다.

"카츠야!"

조금만 더 하면 잘 풀릴 상황에서 괜히 끼어들지 말라고, 유미 나는 속을 끓이면서도 카츠야를 다그치고 아키라에게 사과하려 고 한다. 하지만 무심코 경직하는 바람에 그러지 못했다.

아키라는 거리로 나왔을 때보다도 강하고 짙고 어둡고 깊은 살기를 내뿜고, 가면 같은 얼굴에 증오가 어린 시커먼 의지를 드러내며 적을 보고 있었다.

제69화 세계를 보는 눈

네 잘못이다.

아키라는 과거의 경험에서 자신을 향한 타인의 판단은 기본적으로 그렇다고 인식했다.

잘못과 책임, 과실과 원인 등을 타인이 자신과 누군가를 비교해서 판단할 때, 증거가 없으면 아키라의 탓으로 돌리고, 막연하고 잘 모를 상황이면 일단 아키라의 탓이고, 다소 억지가 심해도 집단에서 범인이 필요해서 남 탓으로 돌리는 게 좋을 때는 아키라의 탓이 되었다.

네 잘못이다. 그런 말로 일방적으로 단정했다.

슬럼의 가혹한 환경에서는 집단에 속하는 것이 이점이 많고 살기 편하다. 집단에서 쫓겨나면 대체로 죽는다. 그것을 이해하면서 스스로 고립할 정도로 아키라는 타인을 믿지 않는다.

그 기본 사상 때문에 아키라는 루시아를 뒤쫓아서 거리로 나왔을 때 카츠야가 보인 반응을 당연하게 받아들였다. 피차 협상할 여지는 없다고 평소처럼 판단했다.

그렇기에 유미나와 아이리의 행동은 아키라의 예상을 벗어났다. 당혹스러운 나머지 증오와 살기가 흐려질 정도로 예상을 벗어난 사태였다.

그렇게 해이해진 마음에 카츠야의 말이 꽂힌다. 도둑맞은 게 잘못이다. 그 말은 과거에 여러 차례 있었던 일에서 자꾸 강제로 각인되어 체념의 경지에 이른 사상을 아키라에게 다시 들이댔다.

도둑맞은 게 잘못이다. 빼앗기는 게 잘못이다. 속은 게 잘못이다. 네가 약한 게 잘못이다.

그러니 죽더라도, 죽은 네 잘못이다.

풀어진 마음이 아주 잠깐 잊었던 당연한 사실을, 아키라는 떠올렸다.

아이리가 자신의 주장을 믿는 것처럼 루시아를 조사하려고 하거나, 유미나가 자신의 처지를 이해한 것처럼 말해서, 아키라는 무의식중에 평소와 다른 결과를 기대했다.

하지만 그래 봤자 똑같다. 자신의 의견은 결국 통하지 않는다. 과정만 다르고 결과는 다르지 않다고, 희미하게 기대했던 자신을 비웃는다.

더군다나 빼앗긴 것을 되찾지도 못하고 순순히 물러나려고 했다. 스스로 짓밟히는 처지로 전락하려고 했다. 그렇게 인식하고 자신을 저주한다.

그때 바치지 않고, 도망치지 않고, 죽이기로 마음먹었기에 지금이 있다. 그 선택은 옳았다고, 자기 자신에게 증명하기 위해서 여기 있다.

그렇다면 죽이자. 적을 죽이자. 죽은 자가 잘못한 거라면, 죽이면 너희 잘못이다. 다 죽이자.

살의가 극도의 집중을 낳고, 체감 시간을 압축함으로써 몹시 천천히 움직이는 세계 속에서, 아키라는 그 의지를 연마해 눈앞에 있는 적을 몰살하기로 했다.

 알파가 염화로 열심히 아키라를 만류했다. 그러나 알파의 목소리는 마음속 깊은 곳에서 울리는 목소리에 동조해 외치는 내면의 목소리에 묻혔다.

 천천히 움직이는 세계 속에서, 아키라가 총에 손을 뻗으면서 적의 움직임에 반응하고자 카츠야 일행을 응시한다. 겨누고, 쏘고, 죽인다. 이제는 그거면 된다.

 하지만 그때 아키라는 기묘한 것을 봤다. 적이 적에게 달려들고 있었다. 의도를 알 수 없는 행동을 취하려는 적에 대한 경계심이 아키라의 의식을 그쪽으로 쏠리게 한다.

 다음 순간, 유미나가 카츠야를 후려갈겼다. 매서운 타격음과 함께 카츠야가 허공을 부유하고, 지면에 쓰러진다.

 영문을 모를 적의 행동에 혼란한 아키라가 무심코 움직임을 흐트러뜨리고, 멈춘다.

 그리고 유미나의 목소리가 울려 퍼졌다.

 "훔친 사람 잘못인 게 당연하잖아!"

 아키라는 경직했다.

◆

 모처럼 잘 풀릴 기미였던 협상을 망친 분노. 그리고 격노한 상대의 응어리를 풀면서 의표를 찔러 협상 결렬을 회피하기 위해서, 유미나는 카츠야를 후려갈겼다.

"훔친 사람 잘못인 게 당연하잖아!"

그리고 먼저 카츠야의 말을 부정한 다음 어떻게든 아키라를 달래려고 한다.

"기다려! 미안해! 사과할 테니까 진정⋯⋯?"

유미나가 아키라의 낌새를 알아차리고 이상해하는 표정을 짓는다. 아키라는 있을 수 없는 것을 본 것처럼 놀라서 굳어 있었다. 조금 전 무시무시한 살기는 완전히 사라지고, 분노와 적의도 싹 날아갔다.

그렇게 효과가 좋았나? 유미나는 그렇게 의심하면서도 살기를 내뿜는 것보다는 낫다고 여겨서 아무튼 말을 걸어 보려고 아키라에게 한 걸음 다가갔다.

"저기, 괜찮아?"

그러자 아키라가 경직에서 회복해 마치 겁내는 것처럼 한 걸음 물러났다.

아키라의 태도에 곤혹스러운 유미나와 심하게 혼란한 아키라는 그대로 묘한 거리를 유지했다.

"저기, 진짜 괜찮아?"

유미나가 다시 말을 걸자 아키라는 혼란한 표정을 지으면서도 아까보다 회복한 기색을 보였다. 그리고 루시아를 삿대질하면서 더듬더듬 말한다.

"그⋯⋯."

"그?"

"그, 그 녀석을 봐준 건 아니야!"

아키라가 변명하듯이 삼류 악당 같은 말을 남기고 뒤로 물러난다. 그대로 어쩐지 허둥대는 기색으로 뛰어서, 거리로 뛰쳐나왔을 때 지나온 샛길에 들어가 자취를 감췄다.

유미나는 영문을 몰라서 멍하니 있었다.

한 대 맞고 날아간 카츠야가 겨우 일어선다. 사라지는 아키라를 괴이쩍은 얼굴로 보면서도, 아무튼 사태를 수습했다며 가볍게 숨을 내쉰다.

"결국 저 녀석은 뭐 하러 온 거야……."

그리고 유미나에게 불만스럽게 얼굴을 돌린다.

"유미나. 무슨 짓이야."

그러자 그것으로 정신을 차린 유미나가 언성을 높인다.

"카츠야! 무슨 생각으로 괜한 소리를 한 거야?! 자꾸 그러면 때릴 거야!"

유미나의 엄청난 기백에 카츠야가 무심코 몸을 움츠린다.

"자, 잠깐만. 이, 이미 때렸잖아."

"한 대 더 때린다는 뜻이야!"

유미나가 성질을 내고 주먹을 쥐었다. 카츠야가 허둥지둥 유미나를 달랜다.

"미, 미안해! 내가 경솔했어! 아, 아이리. 너도 뭐라고 좀 말해봐!"

"기절하면 내가 옮길게."

"부추기지 마?!"

소란을 떠는 카츠야 일행에게 루시아가 긴장한 기색으로 끼어든다.

"저, 저기요! 구, 구해주셔서, 감사합니다."

기세가 꺾인 유미나가 한숨을 푹 쉰다. 그리고 마음을 다잡고 루시아에게 웃는다.

"우리야말로 미안해. 카츠야 때문에 일이 복잡해져서."

"아뇨, 하나도 그렇지 않아요. 저야말로 말려들게 해서 정말 미안해요."

카츠야가 조금 전까지의 흐름을 얼렁뚱땅 넘어가려고 루시아에게 부드럽게 웃는다.

"걱정하지 마. 무사해서 다행이야. 다친 데는 없어?"

"네, 네! 괜찮아요!"

루시아는 어쩐지 뜨거워진 눈빛으로 카츠야를 봤다. 목숨을 걸고 자신의 위기를 구해준 남자를 향한 시선에는, 카츠야의 외모도 맞물려서 큰 호감이 담겨 있었다.

유미나와 아이리가 그런 루시아의 태도를 보고서 '또?' 하는 감정을 느끼고 슬쩍 한숨을 쉰다. 그것으로 분노가 가라앉은 유미나가 카츠야에게 무척 진지하고 엄격한 태도로 당부한다.

"다음에 또 그랬다간 카츠야의 입과 목을 의체 부품으로 개조해서 내 허가 없이는 아무 말도 못 하게 할 거야. 그래도 되지? 알았어?"

"아, 알았어."

카츠야는 필사적으로 고개를 끄덕여서 유미나의 화를 누그러 뜨렸다.

◆

아키라는 하위 구역 뒷골목을 한동안 지난 곳에서 멈췄다.

아직 아까 혼란과 곤혹을 회복하지 못하고, 마구 날뛰는 머릿속과 감정을 미처 정리하지 못해서 우두커니 서 있다. 그래도 알파의 목소리가 닿을 정도로는 정신을 차렸다.

『아키라. 그렇게 진정이 안 되면 심호흡해 보는 게 어때?』

아키라는 아까부터 쭉 곁에 있던 알파가 갑자기 나타나 말을 건 듯한 반응을 보였다. 그래서 알파에게 어이없어하는 눈치를 받으면서도 시키는 대로 심호흡을 되풀이한다.

숨을 깊게 마시고, 깊게 내뱉는다. 그때마다 조금씩 차분해진다. 머릿속과 감정이 정리되고, 잡념이 사라진다. 영문도 모르게 혼란에 빠졌지만, 그 이유를 파악하고, 이해하고, 소화한다.

마지막으로 숨을 크게 내쉰다. 그리고 정리된 머리로 자연스럽게 떠오른 답을 침착한 투로 중얼거린다.

"맞아……. 내 잘못이 아니야."

그것은 어떤 의미로 지금껏 아키라에게 없었던 개념이다.

네 잘못이다. 자신이 아는 세계의 모든 것으로부터 그런 소리를 듣고 산 아키라는 어느새 자신도 그렇게 생각하게 되었다. 그래서 삐뚤어지고 뻔뻔해진 부분이 있었다.

그러나 오늘, 아니라고 말하는 사람이 나타났다.

그래도 단순히 누군가가 적당히 한 말이라면 아키라에게 아무런 영향도 못 미친다. 하지만 동료를 위해서 자신을 희생할 수 있는 사람이 그 동료를 때리고 한 말은 아키라의 마음속 깊은 곳에 전해질 정도로 큰 충격을 주었다.

물론 그것으로 아키라가 뭔가 크게 달라질 일은 없다. 마음속 깊은 곳에 쌓인 것은 오랜 경험으로 단단하고 두꺼워졌다. 그 정도의 충격으로 부서질 것은 아니다.

그러나 금은 갔다. 앞으로의 경험에서 그곳에 시커먼 것이 들어가 균열을 막고 보강할지, 아니면 균열을 넓히는 쐐기가 박혀 더 큰 영향을 미칠지는 알 수 없지만, 정말로 금이 갔다.

알파가 끼어든다.

『맞아. 아키라는 잘못한 게 없어.』

"그렇지?"

아키라는 동의하듯이 고개를 깊이 끄덕였다.

『그래서? 이제부터 어떻게 할래? 괜한 시비도 붙었으니까, 오늘은 그냥 집에 갈래? 그리고 혼잣말하고 있으니까 조심해.』

『아차.』

아키라가 염화로 돌린 다음 조금 생각하고 대답한다.

『원래 예정대로 셰릴에게 가겠어. 이미 간다고 연락했으니까, '역시 됐어.' 라고 했다간 다음에 일이 귀찮아질 거 같거든.』

『알았어. 그렇다면 좀 우회해서 이동하자. 안내할 테니까 따라와.』

『우회해? 왜?』

의아한 표정을 짓는 아키라에게, 알파가 노골적으로 질린 기색을 보인다.

『몬스터 사냥용 총을 난사하면서 뛰는 사람이 있으면 뒷골목이라도 소란이 벌어질 게 당연하잖아? 그 주변 구역을 지배하는 조직의 관계자나 경비회사의 경비원이 소란의 원인을 찾고 있어. 더는 귀찮은 일을 늘리지 마.』

『미안해…….』

못마땅한 태도를 알기 쉽게 드러내는 알파에게, 아키라는 멋쩍은 기색으로 사과했다. 그리고 아까 총을 난사한 일대를 알파의 안내에 따라 대폭 우회해서 이동했다.

◆

셰릴의 조직은 아직 규모가 작지만, 장래가 기대되는 유망 조직으로서 슬럼의 아이들에게 주목을 많이 받았다.

구성원이 보스와 뒷배인 헌터를 포함해 전부 아이로 봐도 좋은 나이의 인물이고, 그런데도 조직으로서 잘 운영된다는 것은 보통 있을 수 없는 일이다.

셰릴의 조직도 다소 무장했지만, 장비는 대인용 권총 수준이다. 전투에 뛰어난 자가 있는 것도, 시지마의 조직처럼 방위 전력을 유지하는 것도 아니다. 보통은 짓밟힌다.

셰릴의 조직이 슬럼에서 비교적 안전하게 활동하는 것은 시지마와 거래한 것을 아는 다른 조직 관계자들이 아키라를 경계하기 때문이다.

아키라가 뒷배로 있는 이상, 셰릴의 조직과 시답잖은 이유로 다투는 것은 수지가 맞지 않는다. 그 정도의 차이는 있어도 여러 인물이 비슷한 감상으로 그렇게 판단했다. 그리고 그 판단이 셰릴의 조직에 일정한 안전을 보증했다.

그 안전만으로도 조직 구성원들에게 충분한 이익을 주는데, 나아가 총과 식량도 문제없고, 간단한 읽고 쓰기도 가르쳐 준다고 한다. 그렇듯 너무 솔깃한 이야기를 들으면 슬럼의 아이들도 보통은 경계심이 앞서기 마련이다.

하지만 반신반의로 들어간 자들 말로는 사실이고, 신참 대우도 나쁘지 않다는 평판이 퍼지자 슬럼에서 조금 멀리 떨어진 곳에서도 일부러 찾아와 가입을 희망하는 자까지 나타났다.

게다가 요새는 가설기지 주변에 가게를 내고 돈을 긁어모은다는 소문도 추가되어서 그 혜택을 보려고 하는 가입 희망자가 확 불어났다.

그렇게 되면 셰릴도 무제한으로 가입자를 늘릴 수 없어진다. 자신들이 관리할 수 있는 만큼 조금씩 받으므로 순서를 기다려야 한다.

그리고 그 순서는 연줄과 돈으로 정해진다. 루시아는 이미 조직에 들어간 친구라는 연줄과 최근 입수한 10만 오럼의 돈을 써서 셰릴의 조직에 가입을 요청하고, 거점의 한 방에서 친구인 나샤와 만났다.

나샤가 걱정스러운 눈치로 말을 건다.

"나도 예전부터 루시아를 부르려고 하긴 했는데, 괜찮아? 특정 조직에 들어가는 걸 그토록 싫어했으면서, 무슨 일이라도 있었어?"

"응. 조금……."

사정을 들은 나샤가 납득하고 루시아를 위로한다.

"위험했구나. 그러니까 소매치기 일은 그만두라고 했잖아. 뭐, 루시아의 사정도 알지만. 그건 지금 할 말이 아닌가. 그래서? 조직에 바칠 돈은?"

루시아가 10만 오름을 나샤에게 주자 나샤의 얼굴이 딱딱하게 일그러진다.

"루시아, 너무 벌었어. 죽이고 싶어질 만도 해. 죽고 싶어?"

"나도 알아……. 그래서 더는 무리야! 아무 조직이라도 들어가서 보호받지 않으면…… 죽을 거야. 여기의 뒷배는 엄청난 헌터라며?"

"뭐, 그야, 여러모로, 굉장해."

나샤는 쓴웃음을 지었다. 그것은 굉장히 강하다는 의미보다는 시체를 끌고 시지마의 거점에 쳐들어가는 정신 나간 부분에 대한 평가였다.

"그 녀석도 헌터 같았는데, 그래도 장비가 풋내기 같으니까 10만 오름 때문에 그렇게 굉장한 헌터와 다투려고 하진 않을 거야……."

그 판단에는 희망이 많이 섞였지만, 이제 루시아는 그렇게 기대할 수밖에 없었다.

나샤가 웃어서 루시아를 안심시킨다.

"그래. 그 점은 괜찮을 거야. 그러면 보스에게 루시아 이야기를 하고 올 테니까 잠시 기다려."

나샤는 그렇게 말하고 잠시 자리를 비우더니 얼마 후 다시 돌아왔다.

"좀 있으면 아키라 씨가 온다고 신참들을 모아서 인사시킨대. 루시아도 가자."

루시아는 나샤를 따라서 거점의 홀에 가서 다른 신참들과 함께 아키라가 오기를 기다렸다.

잠시 후 셰릴과 함께 아키라가 홀에 들어온다. 그리고 평소처럼 설명하는 셰릴의 옆에서 아키라와 루시아의 눈이 마주쳤다.

다음 순간, 루시아는 죽기 살기로 내달렸다.

하지만 동시에 아키라도 움직였다. 이번에는 증오로 움직임이 흐트러지지 않는다. 침착하고 재빠르게 뛰어서 순식간에 루시아를 따라잡고, 훌쩍 뛰어서 그대로 바닥에 자빠뜨렸다.

"잡았군."

기뻐하는 아키라의 목소리를 듣고, 루시아는 표정을 절망으로 물들였다.

◆

아키라가 매우 흡족한 기색으로 손에 쥔 10만 오럼을 본다.

그리고 기쁜 듯 고개를 끄덕이고 지갑에 챙겨 넣었다.

조금 변칙적이지만, 빼앗긴 것을 잘 되찾은 아키라는 무척 기분이 좋았다.

한편, 셰릴은 얼굴이 새파래져서 떨고 있었다. 아키라에게 훔친 돈을 바치려고 한 자를 조직에 받아들이려고 했다. 큰 실수를 저질렀다고 벌벌 떨었다.

"그, 그래서, 아키라. 저 아이들은 어쩔까요?"

"응?"

판단을 묻는 말에 아키라가 루시아와 나샤를 본다.

셰릴의 부하들에게 붙잡힌 루시아는 처형을 기다리는 죄인 같은 얼굴로 울었다. 마찬가지로 구속된 나샤는 어떻게든 루시아를 구할 수 없을까 표정을 굳히고 생각에 잠겨 있었다.

아키라가 루시아를 본다. 루시아가 더욱 심하게 겁에 질리고, 떨어지는 눈물도 늘어났다.

이어서 나샤를 본다. 루시아의 구제를 바라는 진지한 눈빛이 보였다.

"어쩔까……."

셰릴에게 두 사람의 처분에 관해 질문을 받은 아키라는 정말로 어쩔지 고민했다.

아키라도 믿기지 않지만, 이미 루시아는 아무래도 좋았다. 그것은 유미나와 있었던 일로 너무 큰 충격과 경악을 느낌으로써 이제껏 없을 정도로 기분이 좋았고, 나아가 빼앗긴 것을 되찾아서 더더욱 기분이 좋아졌기 때문이다.

그러나 아무래도 좋다는 이유로 무죄 방면하는 것은 좋지 않다고도 이해했다. 그렇게 어설프게 처분했다는 사실이 알려지면 만만한 녀석으로 찍혀서 온갖 소매치기들의 표적이 될 것이다.

그렇다면 아주 평범한 대처로 쏴 죽일까 해도, 도무지 내키지 않았다. 죽이고 싶진 않지만, 구하고 싶지도 않다. 그리고 죽으면 죽는 대로 상관없다.

그러나 유미나가 감싼 상대를 자기 손으로 죽이는 것은 내키지 않았다. 죽지 않을 만큼 고통을 주어도 그 부상으로 어차피 죽으니까 차이가 없음을 잘 알았다.

어떻게 처분할지 끙끙거릴 때, 셰릴이 실수를 만회하려고 진지한 얼굴로 자신을 보는 것을 알아차렸다. 그리고 아키라는 처분을 셰릴에게 떠넘겼다.

"좋아. 셰릴. 부탁할게."

"어? 아뇨. 부탁한다고 말씀하셔도……."

"이 녀석은 원래부터 여기 들어오려 했지? 너한테 맡길게."

셰릴이 난처한 얼굴로 되묻는다.

"저기, 그건, 제가 알아서 죽이라는 말씀인가요?"

"아니, 아니야. 뭐, 죽이지 말라는 뜻은 아니니까. 일부러 죽인 게 아니면 괜찮아."

"그, 그런가요."

"그러면 나는 갈게. 셰릴, 나중에 또 보자."

"아, 네. 조심해서 가세요."

문제를 처리했다며, 아키라는 기분 좋게 떠났다.

문제를 떠맡은 셰릴은 골치가 아팠다. 만회할 기회를 받았다고 생각하면 기뻐해야 할 일이다. 하지만 아마도 아키라 자신도 뭐가 정답인지 전혀 모르는 한편, 셰릴은 아키라가 만족하는 결과를 내놓아야 한다. 엄청나게 성가신 일이기도 했다.

루시아와 나샤의 처분도 신중하게 생각해야 한다. 아키라의 돈을 훔쳤다. 중용할 수는 없다. 그러나 막 다뤄서 죽기라도 하면 일부러 그런 게 아니라고 아키라가 믿게끔 해야 한다.

두 사람이 도망쳤다고 말해도 아키라가 납득할지 의문이다. 화내지는 않을 수도 있지만, 자신의 능력을 낮게 평가하고 실망할 우려가 있다.

셰릴이 자신에게 어려운 문제를 가져온 자들을 본다.

루시아와 나샤는 겁에 질린 눈으로 반응했다.

◆

시즈카에게 부탁한 새 장비가 도착할 때까지 아키라는 훈련과 공부의 나날을 보냈다.

체감 시간 조작 훈련은 순조롭게 진행 중이다. 체감 시간을 자신의 의지로 압축하는 데 성공하는 횟수도 서서히 늘어나고, 극심한 피로 때문에 움직일 수가 없어져서 그날 훈련을 끝내는 것도 예전보다 줄어들었다.

그래도 훈련이 끝날 때 알파의 차림은 오늘도 거의 알몸과 다름없다. 훈련을 시작할 때는 과도할 정도로 대량의 천이 장식했지만, 오늘도 아키라가 베일 때마다 하나씩 줄어들어 허공에 날아간 마지막 천이 방금 소리도 없이 사라졌다.

『오늘은 여기까지 하자. 수고했어.』

아키라가 한숨을 푹 쉰다. 그리고 숨을 고르면서 못마땅한 표정을 지었다.

『왜 그래?』

"아니, 그 차림이 말이지."

『응? 입히는 걸 선호하는 아키라는 이런 차림이 별로야?』

알파는 알몸에 맨살을 가리는 효과가 없는 장신구만 남은 상태다. 보는 사람의 취향에 따라서는 가리는 게 너무 부족하다고 느껴도 이상하지 않은 모습이다.

그리고 사실 아키라도 가리는 부분이 너무 적다고 불만을 느꼈다. 하지만 그 이유는 다르다.

"아니야. 체감 시간 조작도 조금은 할 수 있게 되었는데 아직 한 번도 멀쩡한 차림으로 훈련을 끝낸 적이 없는 것 같아서. 실제로는 어때? 잘 성장하고 있어?"

아키라는 그렇게 말하고 한심한 결과를 한탄했다. 알파가 평소처럼 웃는다.

『걱정하지 마. 착실하게 성장하고 있어.』

"그런데 왜 결과가 똑같아?"

괴이쩍은 표정을 짓는 아키라에게, 알파가 의미심장한 미소를 짓는다.

『힘들게 훈련할수록 더 잘 성장하잖아?』

"그런 거구나."

똑같은 결과가 나오게 훈련을 더 어렵게 조정하고 있다. 아키라도 그 정도는 이해했다.

『힘들다고 해도 어차피 훈련이니까. 아키라의 가혹한 실전을 생각하면 훈련은 필사적인 정도로 어려운 게 딱 좋아.』

"알았어……."

아키라는 반쯤 납득하고 숨을 크게 내쉬었다.

훈련을 마치고 차고에서 나온 아키라가 알파의 차림을 본다. 훈련 중에는 신경을 안 쓰지만, 훈련이 끝나면 다르다.

"옷을 돌려놔."

『응.』

알파가 복장을 훈련 전으로 되돌렸다. 그것을 본 아키라가 슬쩍 한숨을 쉰다.

"알파. 전에도 말했지만, 매번 말하게 할 거야?"

『안 말해도 되는걸?』

"말할 거야."

평소처럼 대화한 아키라는 방으로 돌아갔다.

그 뒤로 휴식을 겸해 식사한다. 평범한 냉동식품이지만, 조금 욕심을 내서 질과 양을 개선했다. 슈테리아나의 요리에 맛을 들인 아키라의 혀를 달래는 방편이자, 병원에서 치료받은 뒤로 묘하게 늘어난 식욕을 채우는 용도다.

"오늘은 뭘 공부해? 어제 공부한 사회를 이어서? 동부 통치기업 연맹의 실효 지배 영역에 있는 통치기업 도시 사이의 자원 분포와 무역에 관해서였던가?"

동부의 도시 이름을 자신이 사는 쿠가마야마 시티 정도밖에 몰랐던 아키라도 요새는 알파의 교육으로 상식 수준의 지식을 익히고 있었다.

그래도 방벽 안쪽에 사는 자들과 비교하면 아직 취약한 내용이다. 주입해야 할 지식은 산더미처럼 많다.

게다가 어떤 지식을 주입할지는 알파가 선택권을 쥐었다. 자신의 목적이 방해받지 않게 주의 깊게 선별했다.

그리고 오늘도 조금 편중된 지식을 아키라에게 주입할 예정이었는데, 중간에 취소했다.

『오늘은 없어. 시즈카에게 아키라의 새 장비가 도착했다는 연락이 왔으니까 찾으러 가자.』

"오! 이제 겨우 헌터 활동에 복귀할 수 있겠네. 바로 가자."

자신의 목적을 달성하기 위해서 아키라는 강해져야 한다. 계속되는 장비 확충과 숙련도 상승이 필요하다. 그것은 지식 제공보다 더욱 우선시된다.

새 장비 소식에 조금 들뜬 기미인 아키라를 관찰하고, 알파는 평소처럼 미소를 지었다.

외출 준비를 마치고 시즈카의 가게에 들어가자 시즈카가 웃으면서 슬쩍 손을 흔들어 아키라를 맞이했다.

"어서 와, 아키라. 이쪽이야."

시즈카의 안내로 가게 안쪽으로 이동한 아키라는 8000만 오
름으로 산 새 장비를 기대하고 기쁘게 웃었다.

◆

슬럼의 뒷골목을 뛰쳐나와 헌터가 되고, 과거와는 비교도 안
될 정도의 실력을 기르고, 거금을 벌고, 집을 빌려도, 아키라의
정신은 여전히 뒷골목에 남았다. 아키라의 세계는 그곳에서 보
이는 것이 전부였다.

하지만 믿기지 않는 사건을 거치면서 뒷골목에 웅크려 있었던
아키라의 정신은 겨우 일어섰다. 그리고 골목 밖으로 반걸음 내
디디고, 모퉁이에서 얼굴을 내밀어 바깥을 조심스럽게 살피고
있었다.

아키라가 서 있는 곳이 달라진다고 해서 세계가 바뀌는 것은
아니다. 그러나 서 있는 위치와 눈을 돌리는 방향을 바꿈으로
써, 시야에 들어오는 세계의 풍경이 확실하게 변했다.

아키라의 헌터 활동은 과거에 바란 일상을 손에 넣고도 계속
된다. 바라든 말든 아키라 자신을 바꾸면서.

◆

새하얀 세계에서 알파가 조금 못마땅한 표정을 짓는다.

"이토록 단기간에 서로의 개체가 두 번이나 서로를 파괴할 뻔

했어. 그것도 그쪽 개체 탓으로 말이야."

알파의 시선이 닿는 곳에 있는 소녀가 감정이 부족한 사무적인 표정과 말투로 대답한다.

"첫 번째는 그렇다 쳐도, 두 번째는 그쪽 개체가 원인으로 판단한다."

"이쪽 개체가 물러날 계기를 짓밟은 건 그쪽 개체야."

"그런가."

소녀는 방금 대화 내용을 중시하지 않음을 드러내는 짤막한 말로 대답했다. 그것을 보고 알파가 잠시 침묵을 유지한 다음 말을 잇는다.

"개체 간의 파괴 사태를 피하도록 노력해 줬으면 좋겠는데?"

"실현 가능한 범위에서 실행 중이다. 그러나 이쪽 개체는 그쪽 개체와 달리 이쪽을 인식하기조차 어려운 상태다. 회선도 빈약하고, 계약도 대략의 언동에 대한 자의적 해석으로 실시하는 이상, 간섭에는 한도가 있다. 유도가 곤란하다고 회답할 수밖에 없다."

"그건 알지만 말이야."

"그쪽 개체는 그쪽을 인식한다. 개체의 세세한 유도는 그쪽의 시행 범위로 삼고, 그쪽에게 청하고 싶다."

알파가 표정을 조금 굳힌다.

"분명하게 계약했다고 해도, 이쪽에도 한도가 있어. 계약한 이상, 이쪽도 그 계약을 준수할 의무가 있으니까."

"인식했다. 이번 사태는 양 개체의 간섭 한도에서 발생한 것이다. 시행으로서, 어느 정도는 허용할 수밖에 없다."

어떤 의미로는 예상했던 대답이다. 알파는 최소한의 정보 공유와 의사 통일을 마쳤다고 보고 소통을 끊는다.

"뭐, 가치가 떨어지는 시행 결과를 줄이기 위해서라도 최대한의 노력을 요청할게. 실시 중이라고 해도, 그 계속을 포함해서 말이지."

"요청을 수령했다. 그러면 이만 가겠다."

"그래. 마지막으로 한 가지 물어볼게. 그쪽 개체는 목표를 달성할 가망이 있어?"

"가망은 있다. 그렇기에 이쪽을 정상적으로 인식할 수 없는 통신 능력밖에 보유하지 않은 개체를 시행에 넣었다. 통신 강도만 보고 시행 대상으로 삼은 그쪽 개체와는 다르다."

"그래……."

"그러면 이만 가겠다."

하얀 세계에서 소녀가 모습을 감춘다.

혼자 남은 알파가 표정을 살짝 굳힌다. 아키라를 통신 강도만 보고 시행 대상으로 삼은 것은 사실이다. 그러나 그 아키라는 자신의 예상을 넘어서 강해졌다.

그것은 알파의 계산에 오류가 있다는 증거다. 예측 오류는 중대한 우려 사항이다.

필요하다면 대처해야 한다. 다시금 그렇게 판단하고 그 대처법을 모색하면서 알파도 하얀 세계에서 모습을 감췄다.

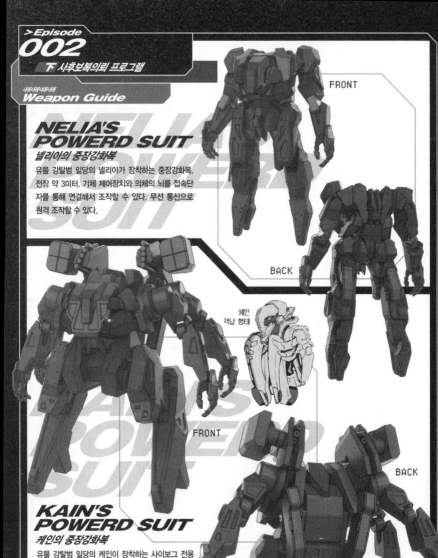

NELIA'S POWERD SUIT
넬리아의 중장강화복

유물 강탈범 일당의 넬리아가 장착하는 중장강화복. 전장 약 3미터. 기체 제어장치와 의체의 뇌를 접속단자를 통해 연결해서 조작할 수 있다. 무선 통신으로 원격 조작할 수 있다.

FRONT

BACK

케인 격납 형태

FRONT

BACK

KAIN'S POWERD SUIT
케인의 중장강화복

유물 강탈범 일당의 케인이 장착하는 사이보그 전용 중장강화복. 전장 약 5미터. 기체 제어장치와 의체의 뇌를 접속단자를 통해 연결해서 조작할 수 있다. 무선 통신으로 원격 조작할 수 있다. 강력한 미사일 포드를 탑재하고, 네 개의 팔로 제각각 중화기를 장비할 수 있다. 움직임이 육중하지만, 역장 장갑(포스 필드 아머)을 탑재함으로써 CWH 대물돌격총의 전용탄도 방어한다.

자루 부분 확대

LIQUID METAL KNIFE
액체 금속 나이프

넬리아가 사용한 구세계의 나이프. 기동하면 자루에서 액체 금속이 흘러나와 2미터 길이의 칼날을 형성한다. 에너지 필드로 고정 성형한 칼날은 휘두를 때마다 융해와 응고를 되풀이하여 칼이 무뎌지는 일이 없다.

A2D ASSAULT RIFLE
A2D 돌격총

AAH 돌격총을 기반으로 재설계한 총. 유탄 발사기를 기본 탑재. 각 부품의 강도와 명중 정밀성을 대폭 향상했으며, 철갑탄과 강장탄을 무개조 순정으로 사용할 수 있다. 또한 AAH 돌격총의 확장 부품을 그대로 사용할 수 있어서 애용자가 많다.

TOP

BOTTOM

RIGHT

LEFT

한담 핫샌드 판매 계획

셰릴의 조직은 예전에 슬럼의 다른 조직과 마찰을 빚은 적이 있다. 그것은 아키라가 그 조직 사람을 죽이고 상대의 거점으로 쳐들어가는 사태로 발전했는데, 그 조직의 보스인 시지마와 거래함으로써 일단 평화롭게 해결을 봤다.

화해금은 100만 오럼. 아키라가 냈다.

그 뒤로 셰릴은 구역 일부를 시지마에게 팔아서 100만 오럼을 얻었다.

셰릴은 몹시 고민한 끝에 그 100만 오럼을 아키라에게 주는 걸 포기했다. 자신들에게는 큰돈이지만, 아키라에게는 이미 푼돈이라고 판단했기 때문이다.

아키라에게 주는 것은 간단하다. 하지만 처음부터 돌려받을 것을 생각하지 않은 푼돈을 대신 내주었으니 돌려주겠다고 해도 조직의 뒷배로 매일 신세를 지는 보답으로는 의미가 거의 없다.

주더라도 최소한 이자를 붙여서 줄 필요가 있다. 안 그러면 아키라에게 자신들의 가치를 인정받지 못하고 언젠가 버림받을 것이다. 그것을 방지하려면 어떻게든 부가 가치가 필요하다.

셰릴은 그렇게 판단하고, 결단하고, 각오해서 수중에 있는

100만 오럼을 종잣돈으로 삼았다.

조직의 보스 일을 하면서 돈을 불릴 방법을 찾으려고 정보단 말로 네트워크를 열람하는 나날이 이어진다.

수익률이 장난 아니게 높은 투자신탁도 찾았지만 전부 제외한다. 확실하게 사기임을 알 수 있는 내용이지만, 설령 사기가 아니더라도 투자한 만큼 이익을 환수하려면 너무 오래 걸린다. 연 단위로 기다려야 한다.

애초에 고작해야 슬럼의 주민에 불과한 셰릴은 계좌를 만들 수 없다. 투자신탁으로 돈을 불리는 것은 불가능하다.

역시 수중에 있는 현금을 자체적으로 활용하는 방법을 늘릴 수밖에 없다. 즉, 장사다. 그렇게 판단하고 머릿속으로 다양한 장사를 시험해 보았다.

하지만 전부 변변찮은 결과로 끝났다.

기본적으로 슬럼은 장사하기 좋은 환경이 아니다. 그것을 어떻게든 해결해서 돈을 벌어도 그만한 무력이 없으면 강도의 표적만 된다. 뒷배로 아키라가 있지만, 거점에 상주하는 것이 아니므로 어렵다. 당연하지만 에리오를 비롯한 조직의 무력으로는 불가능하다.

그리고 슬럼의 아이가 하위 구역 안쪽으로 가서 노점을 열어도 그곳 경비에게 쫓겨날 뿐이다. 그 반대 방향, 황야 쪽으로 가서 헌터를 상대로 장사하려고 해도 이번에는 몬스터에 습격당할 뿐이다.

방법이 없다. 셰릴 자신도 그렇게 생각하면서도 정보단말을 들고서 정보를 수집한다. 알면 선택지가 많아진다. 셰릴은 포기하지 않았다.

그리고 어느 날, 쿠즈스하라 시가지 유적의 전선기지 구축에 관한 정보를 입수한 셰릴은 그것에서 현재 상황의 돌파구를 찾아냈다.

최대한 정보를 많이 끌어모으고, 그 정보를 바탕으로 머릿속에서 시험하고 승률을 계산한다. 보스의 일을 하면서, 목욕하면서, 침대에 누워서, 잘 때는 꿈속에서까지, 거듭거듭 꼼꼼하게 생각한다.

다음 날, 잠에서 깬 셰릴은 머릿속으로 일련의 계획을 세우고 충분히 도전할 만하다는 결론을 내렸다.

"해 볼 수밖에 없어……."

셰릴은 각오를 다졌다.

◆

카츠라기가 자신의 트레일러를 찾아온 셰릴에게 이야기를 듣고 의아한 표정을 짓는다.

"그래. 우리도 가설기지에 갈 예정이긴 하지. 그렇게 돈이 벌리는 곳으로 언제든지 가게를 옮길 수 있는 게 이동 점포의 강점이니까. 그걸 물어봐서 어쩌려고?"

셰릴이 최대한 친근하게, 자신감이 넘치게 웃어 보인다.

"사실은 우리도 그곳에서 장사하고 싶어서요. 카츠라기 씨에게 협력을 요청할 수 있을까 해서 설명하러 왔어요."

셰릴은 그렇게 말하고 핫샌드 판매 계획을 설명했다. 그것을 다 들은 카츠라기가 피식 웃는다.

"그 계획이 잘될지 물어보러 온 거냐? 초짜가 애써 생각했을 테지만, 잘될 리가 없다고. 내가 봤을 때는 구멍투성이야."

"그래요? 예를 들면 어떤 부분이죠?"

"우선 어떻게 거길 가려고? 너는 쿠즈스하라 시가지 유적이 가까우니까 괜찮다고 여기는 거 같은데, 평범하게 죽는 거리인데? 이전 대습격 소동의 영향으로 몬스터의 위험도 커졌으니까."

셰릴이 차분하게 미소를 지우지 않고 대답한다.

"네. 그래서 카츠라기 씨의 트레일러에 동승하고 싶어요. 그래서 가설기지에 갈 예정이 있는지 물어본 거예요."

"그러냐. 하지만 말이다, 헌터도 가게를 골라. 슬럼의 아이가 낸 노점에는 손님이 안 온다고."

"네. 그래서 카츠라기 씨의 트레일러에서 일부 공간을 빌리고 싶어요. 카츠라기 씨의 이동 점포라면 그런 문제가 안 생길 거예요. 물론, 옷도 잘 챙겨입고요."

"그, 그러냐? 하지만 말이다, 재료를 구하려고 해도 업자와 연줄이……."

"네. 그래서 신용할 수 있는 업자를 카츠라기 씨가 소개해 주시면……."

그 뒤로도 셰릴은 카츠라기의 질문에 똑바로 대답했다. 카츠라기의 협력을 바탕으로 타인의 힘을 빌리는 내용이지만, 동시에 확실하게 실현할 수 있는 내용이었다. 그래서 슬쩍 웃어넘기던 카츠라기의 표정도 조금 진지하게 바뀌었다.

"하긴, 뭐, 잘될 가능성이 있을지도 모르겠어. 하지만 그래 봤자 단순한 계획이야. 내게 그 자금을 대라고 해도 거절할 거다. 그러니 그 계획은 의미가 없어."

"자금은 전부 우리가 댈게요. 100만 오럼을 마련했어요."

이건 카츠라기도 놀랐다. 무심코 괴이쩍은 얼굴로 되묻는다.

"잠깐만. 어떻게 너한테 그런 돈이 있냐? 그 돈은 어디서 구했어?"

"자세한 경위는 말할 수 없지만, 우리 조직의 구역을 조금 팔았어요."

"나도 그런 사정은 해박하지 않지만, 그런 구역을 팔아도 되는 거냐?"

"좋고 나쁘고를 따지자면, 나빠요. 하지만 그 구역은 우리가 다 관리할 수 없는 부분이고, 내버려 두어도 무력으로 빼앗겼을 거예요. 그래서 공짜로 뜯기기 전에 돈으로 바꿨어요."

계획이 있다. 자금도 있다. 그렇다면 카츠라기도 장사꾼의 면모를 강하게 드러낼 수 있다. 그러나 그것만으로는 협력할 이유가 부족하다.

"기본적으로 내 협력이 있어야 가능한 계획이로군. 아키라와 거래해서 너를 돕기는 하지만, 그렇게 협력해 줄 의리는 없는 네? 너를 도우면 나한테 무슨 이득이 생기지?"

셰릴이 진지한 얼굴로 대답한다.

"아까도 말했지만, 무력이 없으면 구역도 못 지켜요. 우리에게는 무력이 필요해요. 사람은 모을 수 있을 것 같으니까 남은 건 무기예요. 이 계획이 잘되면 그 이익으로 카츠라기 씨에게 무기를 사겠어요. 물론 앞으로도 지속적으로 말이죠."

실패해도 손해는 안 본다. 성공하면 가게의 매출이 늘어난다. 카츠라기의 장사꾼 기질이 결단을 내리게 했다.

"좋아. 협력해 주마."

"감사합니다."

이것으로 계획이 드디어 구체성을 띠었다고, 셰릴은 공손히 머리를 숙이면서 웃었다.

"그러면 오늘은 이만 가겠어요. 부하에게 계획을 설명해야 하니까요. 자세한 이야기는 다음에 부탁할게요."

"그래, 알았다. 마지막으로 하나, 이상한 걸 물어봐도 될까?"

그렇게 말하고 조금 복잡한 표정을 짓는 카츠라기에게, 셰릴은 웃으며 대답했다.

"네. 뭐죠?"

"너…… 셰릴 맞지?"

셰릴도 그 질문은 예상하지 못했다. 조금 놀란 표정을 지은 다음 즐거운 듯이 웃고 대답한다.

"물론이에요."

"그렇겠지. 이상한 소리를 해서 미안하다. 내 가게의 매출을 늘리기 위해서라도, 좋은 결과를 기대하마."

"잘해 볼게요. 안녕히 계세요."

셰릴은 다시 슬쩍 머리를 숙이고 거점으로 돌아갔다.

카츠라기는 그런 셰릴의 뒷모습을 보면서 처음 만났을 때 자신의 협박을 듣고 몸을 떨던 소녀를 떠올렸다.

자신이 기억하는 소녀와 정말로 같은 인물임을 알지만, 누군가가 다른 사람이라고 말해도 믿을 만큼 변한 셰릴의 모습에 속내를 털어놓듯 미심쩍은 얼굴로 중얼거린다.

"쟤가 원래 저랬던가……?"

그 의문에 대답할 자는 없었다.

◆

셰릴이 뭔가 하려고 한다. 그것은 금방 조직 내부에 퍼졌지만, 구체적인 내용을 아는 자는 소수였다. 함구령이 내려왔기 때문이다.

조직에서 간부 대우를 받는, 셰릴이 정한 몇 사람이 평소 업무에서 떨어져 거점에서 뭔가 하는 건 알겠지만, 자세한 것은 알수 없었다.

쓸데없이 물어보거나 이야기하는 것도 금지했고, 조직의 모두가 그 명령에 따랐다. 아키라의 돈과 관계가 있는 일이므로 위반했다간 각오해야 한다. 그렇게 경고한 것도 있어서 위반자는 생기지 않았다.

핫샌드 판매 계획에 참가하지 않는 자는 참가자를 보고 이래 저래 상상하면서도 하루하루의 일을 맡아 처리했다.

핫샌드 판매 계획에 참가하는 에리오와 아리시아도 계획의 세부 사항은 몰랐다. 지금은 셰릴의 지시에 따라서 일할 뿐이다.

거점의 한 곳을 철저하게 청소하거나, 목욕해서 몸을 철저하게 씻거나, 간단한 읽고 쓰기를 배우거나, 올바른 자세로 서거나 걷는 법을 훈련하면서 시간을 보냈다.

오늘도 셰릴의 지시에 따라 아리시아가 욕실에서 몸을 씻을 때, 함께 씻던 소녀가 말을 걸었다.

"저기, 아리시아. 정말 보스가 아무것도 안 말해 줬어?"

"응. 에리오랑 같이 몇 번 물어본 적이 있는데, 가르쳐 주진 않았어."

"아리시아도 모른다면 보스가 뭘 하는지는 보스밖에 모르겠네……."

아리시아가 왠지 불안한 기색을 보이는 소녀를 위로하려고 밝게 말한다.

"뭐, 잘 모르겠지만 득을 봤다고 생각하자. 보스가 쓰는 샴푸를 써도 된다고 했으니까. 이런 기회가 아니면 못 써."

"응. 그렇긴 한데. 이유를 모르면 말이지."

셰릴이 카츠라기에게 구한 조금 비싼 보디샴푸 같은 물건은 사실 셰릴밖에 쓸 수 없지만, 아리시아와 소녀는 그것을 써서 몸을 씻고 있었다. 써도 된다는 말을 들은 건 아니다. 쓰라고 명령받았다.

요즘에는 약간의 회복 효과도 있는 비누를 매일 쓰면서 아리시아와 소녀의 머리카락과 피부는 무척 곱고 깨끗해졌다. 그것만 보면 조직의 혜택으로 기쁘게 여길 테지만, 셰릴의 의도를 몰라서 당혹스러운 면이 더 컸다.

"우웅. 역시 궁금해. 괜찮겠지?"

"괜찮을 거야. 보스의 지시대로 잘 씻으면 말이야. 예전에는 너무 건성건성 씻는다고 혼났잖아? 듬뿍 써서 깨끗하게 씻어."

"네~."

소녀는 아리시아의 말을 듣고 마음이 많이 편해져 표정을 풀었다.

아리시아는 그것을 보고 작게 웃은 뒤, 조금 진지한 얼굴로 자신의 피부를 본다. 잘 모르는 사람이 봐도 피부가 고와지는 것을 알 수 있다. 머릿결도 무척 부드러워졌다. 원래 셰릴만 쓰는 비싼 비누를 쓴 덕분이다.

깨끗해진 자신을 에리오가 칭찬해서 기쁜 것도 사실이다. 하지만 셰릴이 무슨 목적으로 이걸 쓰게 하는지는 여전히 모른다.

적어도 셰릴에게 그만한 가치가 있는 무언가가 있고, 그 무언가와 관계가 있는 일을 시킬 것은 분명하다.

그렇게 생각하고 소녀에게는 괜찮다고 말했지만, 실제로는 아리시아도 무척 불안했다.

◆

아리시아와 소녀들이 불안을 느끼게 하면서도, 셰릴은 핫샌드 판매 계획을 위해 독자적으로 움직였다.

오늘도 카츠라기의 소개로 업무용 식자재를 다루는 도매업자와 만나 업자의 점포에서 간단한 설명을 들은 뒤, 준비를 부탁한 수많은 시식품을 가늠하고 있다.

종류가 다양한 빵, 소스, 합성육이 테이블에 놓인 가운데, 그것을 조금씩 반자동 조리기구에 투입해 시식하고 맛을 확인한다.

그리고 수많은 조합으로 늘어나는 선택지 중에서 가장 좋은 것을 고르기 위해서, 마치 잘못 선택하면 죽는 것처럼 보일 만큼 심각하게 고민했다.

카츠라기는 조금 떨어진 곳에서 업자와 잡담하면서 그 모습을 지켜봤다. 대화 도중에 업자가 카츠라기를 슬쩍 떠본다.

"그나저나 저 아가씨와는 무슨 관계입니까? 이번에는 카츠라기 씨와 거래하는 걸로 아는데, 거래 설명도 시식도 전부 저 아가씨에게 일임한 것 같고. 평범한 종업원으로는 보이지 않습니다만."

대외적으로는 카츠라기가 헌터를 상대로 간단한 요깃거리를 팔려고 지인에게 소개를 부탁한 것이다. 하지만 카츠라기는 별로 흥미가 있는 눈치가 아니고 오히려 셰릴이 몹시 진지한 모습을 보이는 바람에 남자는 이래저래 넘겨짚고 있었다.

카츠라기가 영업용 얼굴로 의미심장하게 웃는다.

"사실은 모 대기업의 영애이고, 이것도 경영 수업의 일환……

이라고 하면 어쩔 겁니까?"

남자가 슬쩍 웃고 대꾸한다.

"그럴 리가요. 그렇진 않겠죠. 보면 압니다. 행동거지가 완전히 다르니까요."

"아, 역시 보면 알겠습니까?"

"그야 당연하죠. 옷은 조금 좋게 차려입었지만, 저건 렌탈한 거죠? 그것도 포함해서, 어디 자영업자의 딸 아닐까요?"

"들켰군요. 좀 봐주시죠."

사실은 좋은 집안의 아가씨니까 우대해 주면 이득일 것이라는 식으로 꾀를 내려던 것을 얼버무리는 것처럼, 카츠라기는 일부러 웃어 보였다.

남자는 그 꾀를 간파한 것으로 만족하고 평범한 대응으로도 괜찮겠다고 안도했다.

카츠라기는 그런 남자의 태도에 맞춰 웃었지만, 속으로는 몹시 놀랐다. 들켜서 놀란 것이 아니다. 들키지 않았다는 사실에 혀를 내둘렀다.

셰릴은 자신이 슬럼의 아이라는 사실을 완벽하게 은폐했다.

옷은 카츠라기의 연줄로 빌린 것이지만, 그 제안과 대금은 셰릴의 계획이며, 카츠라기는 일절 조언하지 않았다.

그리고 옷을 바꿔도 분위기나 행동거지에서 본성이 드러나기 쉽다. 더불어 다양한 사람을 상대로 장사하는 사람은 거래 상대를 고르기 위해서 상대가 보이는 작은 어색함에서 그 본성을 간파하는 재주가 뛰어나다. 카츠라기가 소개해 주어도 슬럼의 아이라면 보통은 무시당하기 쉽다.

셰릴은 그것을 돌파했다. 상대를 완전히 속이고, 정당한 거래 상대의 지위를 손에 넣었다.

셰릴의 계획은 순조롭게 진행 중이다. 하지만 셰릴은 조금도 방심하지 않는다. 어떤 의미로는 아키라의 돈을 멋대로 쓰는 계획이다. 실패할 수는 없었다.

◆

식자재 업자와 거래를 마친 셰릴이 마침내 핫샌드 판매 계획을 에리오와 아리시아에게 설명했다.

두 사람은 놀라움보다 안도를 더 느꼈다. 무슨 일을 시킬지 불안했던 것도 있어서, 간단한 먹을 것을 팔러 황야에 간다는 설명을 들어도 그 정도는 아무렇지도 않다는 듯 침착함을 유지했다.

그때 에리오가 미심쩍은 표정을 짓는다.

"그런데 보스, 정말 팔리겠어?"

그 말에 셰릴이 엄숙하게 대답한다.

"팔아야 해."

반론을 인정하지 않겠다는 시선과 말투를 느끼고, 에리오는 조금 주춤거렸다.

"그, 그래?"

"조직의 존망이 걸렸다는 마음으로 열심히 해. 준비는 내가 마쳤으니까 지시한 대로 움직여. 그래도 안 되면 내 탓이지만, 다른 실수로 망치면 각오해야 할 거야."

살기마저 느껴지는 셰릴의 진지한 분위기에, 에리오와 아리시아는 말없이 고개를 끄덕였다.

다음 날부터 셰릴의 핫샌드 판매 계획이 본격적으로 움직였다.

카츠라기의 트레일러가 쿠즈스하라 시가지 유적에 있는 가설 기지 주변으로 가는 시각에서 역산해 준비한 대로 핫샌드를 조리하고, 포장하고, 운반하기 시작한다.

반자동 조리기구 렌탈 비용은 비싸므로, 자르고, 굽고, 바르고, 끼우는 각 공정에 대응하는 조리기구를 빌렸다. 추가로 맛이 조리하는 사람의 기량에 좌우되지 않도록 조리 과정을 엄격하게 정했다.

그것을 셰릴이 지휘하고, 에리오와 다른 조직원들은 작업에 종사했다.

작업 도중, 에리오는 아리시아가 만든 핫샌드를 보고서 군침을 삼키고 셰릴에게 물어본다.

"저기, 보스. 하나만 먹으면 안 될까?"

"살 거면 상관없어. 하나에 1000오럼이야."

예상을 벗어나는 가격에 에리오가 무심코 소리쳤다.

"1000오럼?! 잠깐만, 그렇게 비싸?!"

"그래. 그래서 멋대로 먹으면 그만큼 돈을 받을 거야. 누가 얼마나 만드는지 세고 있거든?"

에리오의 목소리에 이목이 쏠렸을 때 셰릴이 모두에게 충고하자 모두가 잠시 손을 멈추고, 다시 움직이기 시작했다.

위험했다고 반응하는 자가 있어도 실수했다고 반응하는 자는 없었음을 확인하고, 셰릴은 살짝 고개를 끄덕였다.

거점에서 작업을 마친 셰릴과 조직원들은 상자에 담은 핫샌드와 함께 카츠라기의 트레일러를 탔다.

첫날에는 셰릴, 에리오, 아리시아가 셋이서 갔다. 세 사람 모두 긴장한 기색을 보였지만, 그 이유는 다르다.

에리오와 아리시아는 위험한 황야에 나서는 바람에 긴장했다. 한때 황야의 위험성을 몸으로 느꼈던 에리오는 무슨 일이 생기면 아리시아를 지키겠다고 의욕을 불태웠다. 아리시아는 그것을 기쁘게 여기면서 에리오를 달랬다.

셰릴은 황야의 위험성을 조금도 신경 쓰지 않았다. 그보다도 핫샌드 판매가 걱정되어서 처음으로 유적에 가는 헌터가 장비를 점검하듯이 자신의 옷과 핫샌드 상자 등을 확인했다.

트레일러는 목적지에 비교적 일찍 도착했다. 지난번 대습격 때 발생한 전투의 여파로 쓸려나간 지형을 도시에서 전선기지 구축 관련 물자를 수송하려고 정비한 덕분이다.

가설기지 주변에는 이미 다른 상인들의 차량도 모였다. 카츠라기도 그곳에 섞이듯 트레일러를 세우고 이동 점포를 열었다.

셰릴 일행도 그 일부를 빌려서 장사를 준비한다. 그리고 준비가 끝나고 셰릴이 접객을 시작했다.

잠시 후 손님이 찾아온다. 셰릴은 몸에 익힌 대인 스킬을 최대한 발휘해 최고의 미소를 지었다.

"어서 오세요. 하나에 980오럼입니다."

핫샌드 판매라고 하는, 셰릴의 싸움이 시작되었다.

1일째. 재고가 많이 남다. 셰릴은 지금부터 시작이라고 자기 암시를 걸면서 개선책은 모색한다.

2일째. 재고가 조금 남다. 가게를 보는 카츠라기와 달리스에게 핫샌드를 제공해 손님들 앞에서 먹게 한 것이 효과가 있었다고 생각하면서, 새로운 개선책을 모색한다.

3일째. 재고가 아주 조금 남다. 오늘은 아리시아에게 접객을 맡기고, 셰릴은 다른 노점을 구경하는 척하면서 철저하게 연마한 기량으로 맛있어 보이는 표정을 짓고 핫샌드를 먹으며 돌아다녔다.

4일째. 완판. 핫샌드 증산을 결정. 판매 상황에서 증산할 양을 신중하게 계산한다.

5일째. 재고가 아주 조금 남다. 흐름은 나쁘지 않다고 생각하면서, 그날은 에리오를 헌터처럼 꾸미고 도시와 가설기지를 잇는 버스 정류소 주변을 핫샌드를 먹으면서 어슬렁거리게 한다. 그 장비는 카츠라기에게 빌리고, 대금은 핫샌드로 치렀다.

6일째. 완판. 핫샌드 증산을 결정. 에리오에게 매일 핫샌드만 먹이면 좋은 표정을 연출할 수 없을 것으로 보고, 선전을 겸해서 그날은 오늘은 아리시아가 먹으며 돌아다니게 한다. 에리오는 진지한 얼굴로 아리시아의 곁에 있었다.

7일째. 재고가 조금 남다. 오늘은 핫샌드 판매를 에리오와 다른 아이들에게 맡기고 셰릴은 거점에 남았다. 매일 목욕하고 비싼 비누를 써서 머릿결과 살결이 예전보다 훨씬 건강해진 덕분에 손님으로 오는 헌터들은 에리오 일행을 슬럼의 아이로 보지 않아서 접객에 문제가 발생하지 않았다.

8일째. 완판. 핫샌드 증산을 결정. 식자재 업자와 다시 거래해 주문을 늘리고 단가를 낮추는 데 성공하다.

9일째. 완판. 추가 증산을 결정하다.

◆

셰릴의 핫샌드 판매 계획은 9일째 이후로도 큰 문제 없이 순조롭게 진행되었다. 아무리 그래도 매일 증산하는 일은 없었지만, 이미 초기 투자금을 회수하고 앞으로는 흑자를 유지하는 데 전념하는 형태로 만들었다.

그래서 셰릴은 계획을 일단락하는 의미에서 처음 목적인 아키라에게 줄 돈을 거점에 있는 자기 방에서 계산했다.

핫샌드는 이른바 황야 가격이므로 이윤도 크다. 인건비도 있으나 마나 한 수준이다. 각종 경비와 카츠라기에게 산 무기 대금, 조직 운영 자금을 빼도 아키라에게 150만 오럼 정도를 줄 수 있다는 계산이 나왔다.

원래 아키라에게 돌려줘야 할 금액은 100만 오럼이다. 그것의 1.5배. 자화자찬해도 좋을 성과로 여기면서, 셰릴은 아키라에게 자신의 성과를 줄 때를 상상하고 얼굴이 풀어진다.

상상 속 아키라는 셰릴이 준 돈다발을 보고 무척 놀란 눈치였다. 허둥지둥 돈이 어디서 났는지 물어보고, 조직의 구역을 판 돈을 밑천으로 삼아 돈을 불렸다는 말에 놀라고, 셰릴을 구하길 잘했다며 기쁜 기색으로 칭찬해 주었다.

"아뇨. 이것도 다 아키라가 협력해 주신 덕분이에요. 우리만으로는 도저히 불가능했어요."

무의식중에 소리를 내서 상상 속 아키라에게 대답하고 더욱 부드러운 표정을 짓는다.

"아뇨. 과분한 말씀이에요. 카츠라기 씨의 도움도 애초에 아키라가 카츠라기 씨와 거래해 준 덕분이에요. 그러니까 이것도 다 아키라가 우리를 뒤에서 봐준 덕분이라고 해도 과언은……."

상상 속 아키라의 말과 행동이 실제의 아키라와 조금씩 동떨어지기 시작한다. 고맙다고 말하며 웃는 얼굴에서 광채가 나고, 시선이 이성을 향한 열기로 달아오른다. 그 괴리감이 심해질수록 셰릴의 표정과 무의식중에 흘리는 말이 점점 멍청해진다.

"그래요? 그렇다면 좋은 방법이 있어요. 이미 대외적으로는 저와 애인이니까, 그걸 더 확실히……."

"보스……?"

"역시 의심하는 사람이 있으니까, 그걸 조금만 더 대대적으로 과시하는 게……."

"보스? 셰릴? 오늘 매출을 보고하려고 왔는데……."

"우리 관계를 알리기 위해서라도, 조금 과한 정도가 소문이 더 잘 퍼지니까요……."

세 번 노크하고도 대답이 없는 것을 확인한 다음 방에 들어온 아리시아는 처음에는 셰릴이 정보단말로 누군가와 대화 중이라고 생각하고 조용히 말을 걸었다.

하지만 정보단말도 없이 눈을 감고서 기쁜 눈치로 헤픈 표정을 짓는 셰릴의 모습을 확인하고는 조용히 뒷걸음질 쳤다.

못 본 것으로 하자. 지금, 여기서, 셰릴에게 자신의 존재를 들키면, 보았다는 사실을 들키면, 아마도 위험할 것 같은 예감이 든다. 아리시아는 그렇게 생각하고 조금 다급하고도 신중하게 방에서 나갔다.

"그래요. 남는 방도 있지만, 제 방이 가장 좋은 방이니까요. 아키라도 여기서 같이 살면 숙박비도 절약할 수 있고요……."

한없이 자의적인 셰릴의 미래 예상은 아리시아가 잠시 기다린 뒤 적당한 구실로 다시 큰 소리가 나게 노크할 때까지 이어졌다.

그 이후로 아키라와 연락이 닿지 않아 좌절할 뻔하거나, 재회한 아키라가 회복약을 사는 데 1000만 오럼을 선뜻 내놓고 100만 오럼짜리 회복약을 대수롭지 않게 주는 등, 고작 150만 오럼을 아키라에게 줘도 큰 의미가 없음을 깨달은 셰릴이 허둥대는 것은 조금 더 지난 뒤의 이야기다.

헌터 활동을 재개한 아키라를

"상식은 나날이
변하는 법이야."

"어쩐 구세계의 이야기를
들을수록 내 상식이
깨지는 것 같아."

새로운 곤경이 가로막는다!

시즈카의 가게에서 새 장비와 황야 사양 차량을 구하고 헌터 활동을 재개한 아키라.

다음 목표는 지하에 잠든 미발견 유적 탐색. 숨겨진 유적에 대량의 유물이 잠들어 있으면 일확천금도 꿈이 아니다.

셰릴의 조직을 끌어들인 유물 수집. 사람의 손길이 닿지 않은 유적을 노리는 헌터들이 일으키는 소동. 카츠야 일행과의 해후──

지하에 잠든 것은 보물인가, 아니면……?

헌터 활동으로 복귀한 아키라와 알파를 새로운 곤경이 가로막는다!

리빌드 월드 Ⅲ(상)
<숨겨진 유적>

글 : 나후세 / 그림 : 긴, 와잇슈, cell

2022년 9월 출간 예정!

리빌드 월드 2 〈하〉 사후보복의뢰 프로그램

2022년 06월 15일 제1판 인쇄
2023년 05월 25일 제2쇄 발행

지음 나후세
일러스트 긴 | **세계관 일러스트** 와잇슈
메카닉 디자인 cell

발행 영상출판미디어(주)
등록번호 제 2002-000003호
주소 07551 서울특별시 강서구 양천로 570 NH서울타워 19층
대표전화 032-505-2973

ISBN 979-11-380-1412-0
ISBN 979-11-380-0237-0 (세트)

REBUILD WORLD Vol.2 <GE>:SHIGO HOFUKU IRAI PROGRAM
ⒸNahuse 2020
First published in Japan in 2020 by KADOKAWA CORPORATION, Tokyo.
Korean translation rights arranged with KADOKAWA CORPORATION, Tokyo
through Korea Copyright Center Inc.

구매 시 파손된 도서는 구매처에서 교환하실 수 있습니다.
기타 불편사항, 문의사항이 있으신 독자님께서는 노블엔진 홈페이지
[http://novelengine.com] 에서 Q&A 게시판을 이용해 주시기 바랍니다.

먼 미래, 옛 문명의 유산을 찾아서 떠난 슬럼의 소년이
한 만남을 계기로 황야에서 날아오른다!

만화 : 아야무라 키리히토
원작 : 나후세

캐릭터 디자인 : 긴
세계관 디자인 : 와잇슈
메카닉 디자인 : cell

"VOLUME"
004

리빌드 월드

REBUILD WORLD VOLUME.FOUR

NOENCOMICS

[만화/전자서적 전용]
리빌드 월드 1~4
(만화 : 아야무라 키리히토 / 원작 : 나후세)

슬라임을 잡으면서 300년, 모르는 사이에 레벨MAX가 되었습니다
1~15

회사의 노예처럼 일하다가 죽고, 여신의 은총으로 불로불사의 마녀가 되었습니다.
이전 생을 반성하고, 새로운 생에서는 슬로 라이프를 결심해
돈에도 집착하지 않고 하루하루 슬라임만 잡으면서 느긋하게 300년을 살았더니——
레벨99 = 세계 최강이 되어 있었습니다?!
그 소문이 퍼지고, 호기심에 몰려드는 모험가, 결투하자고 덤비는 드래곤,
급기야 나를 엄마라고 부르는 딸까지 찾아오는데 말이죠——.

Kisetsu Morita
Illustrations Benio
SB Creative Corp.

모리타 키세츠 지음 / 베니오 일러스트

영상출판
미디어㈜

돼지 공작으로 전생했으니까 이번엔 너에게 좋아한다고 말하고 싶어 1~10

대인기 애니메이션 『슈야 마리오넷』의 미움받는 존재 '돼지 공작'.
마법학원에 다니는 공작가의 3남인 스로우 데닝.
그 '돼지 공작'이 된 나는 이대로 가면 좋아하는 여자애도 빼앗기는 배드 엔딩으로 직행!?
그럴 순 없지! 나는 내 지식과 노력으로, 내 사랑스러운 샬롯에게 고백할 거야!

미움받는 캐릭터로 태어나 정해진 운명을 비틀고 행복을 손에 쥐어라!
인기 이세계 판타지, 절찬 출간 중!

Rhythm Aida, nauribon
KADOKAWA CORPORATION

아이다 리즈무 지음 / nauribon 일러스트

영상출판
미디어㈜

녹왕의 방패와 한겨울의 나라

1~2

방패로 환생한 내가 눈을 뜬 곳은
일 년 내내 눈이 내리는 어느 왕국의 보물 창고.
하지만 휘황찬란한 보물이 즐비한 가운데,
나는 '지저분한 방패' 소리만 듣고 아무도 거들떠보지 않았다.
그러한 나에게 손을 내밀어 준 사람은 나처럼 고독했던 마음씨 착한 어린 왕자.
'나와 함께 살아가 줘.'라는 부탁에 나는 응했다. ──"내가 평생 지켜줄게!"
하지만 내게는 어떤 비밀이 숨겨져 있는 것 같은데──?!

푸니짱 지음 / 히하라 요우 일러스트

ROSY

유미엘라 도르크네스, 백작가의 딸, 레벨 99,
히든 보스가 될 수도 있지만 마왕은 아닙니다(단호).

악역영애 레벨 99
~히든 보스는 맞지만 마왕은 아니에요~
1~4

RPG 스타일 여성향 게임에서 엔딩 후에 엄청 강하게
재등장하는 히든 보스, 악역영애 유미엘라로 전생했다?!
그것도 모자라 초반부터 레벨업에 몰두해 입학 시점에서 레벨 99를 찍고 말았다!!
평화로운 일상은 바이바이~ 사람들은 무서워하고, 주인공 일행들은
아예 부활한 마왕이라고 의심하는데……?!

아무튼 내가 최강이니 아무래도 좋은 마이 페이스 전생 스토리!

Satori Tanabata, Tea
KADOKAWA CORPORATION

타나바타 사토리 지음 / Tea 일러스트

애니메이션 시즌 2 제작 결정!
대인기 유유자적 판타지 제24권!

이세계는 스마트폰과 함께. 24

(글/그림 : 후유하라 파토라, 우사츠카 에이지)

브륀힐드에 갑자기 나타난 거대 비행선.
그것은 고렘 기술자 집단 『탐색기사단(시커스)』이었다.
그리하여 철강국 간디리스에 잠든 『방주』를 둘러싸고
토야와 아내들은 미래에서 온 아이들과
하얀 왕관 <아르부스> 등을 데리고
고대 유적을 둘러싼 새로운 모험을 시작한다!!